Maria Triana
917 Hansen Street
West Palm Beach, FL 33405

Pertenece a
Marie Trianin
Semaneira Arredon

SILENCIO EN EL PARQUE

Danuta Reah

Silencio en el parque

Traducción de
Mar Guerrero

Umbriel

Argentina • Chile • Colombia • España
Estados Unidos • México • Uruguay • Venezuela

Título original: *Silent Playgrounds*
Editor original: HarperCollins*Publishers*, Londres
Traducción: Mar Guerrero

© 2000 *by* Danuta Reah
© de la traducción, 2003 *by* Mar Guerrero
© 2003 *by* Ediciones Urano, S. A.
   Aribau, 142, pral. - 08036 Barcelona
   www.umbrieleditores.com

ISBN: 84-95618-41-9
Depósito legal: B. 16.649 - 2003

Fotocomposición: Ediciones Urano, S. A.
Impreso por Romanyà Valls, S. A. - Verdaguer, 1 - 08760 Capellades (Barcelona)

Impreso en España - *Printed in Spain*

A la memoria de mi padre,
Jan Kot,
arquitecto y artista
(1913-1995)

Przechodniu I powiedz Polsce, że padliśmy tu, służąc jej wiernie.
(Panegírico a la Brigada Paracaidista polaca en Arnhem)

Deseo expresar mis más sincero agradecimiento a las personas que me han ayudado mientras escribía este libro y en especial al grupo de escritores de la lista de correo electrónico, Sue y Penny, por su inestimable asesoramiento crítico; al inspector jefe Steve Hicks por ayudarme una vez más en los detalles de los procedimientos policiales; al profesor Green, por esclarecerme cuestiones de medicina forense y no reírse demasiado de mis ideas más descabelladas; a Richard Wood, por el tiempo que me ha dedicado con sus consejos sobre la búsqueda de personas desaparecidas; al personal del museo de la isla de Kelham, por contestar a mis preguntas sobre Shepherd Wheel; a Teresa, por toda su ayuda; a Julia, cuyas correcciones mejoran claramente mi manuscrito; a Alex y, por supuesto, a Ken, por revisar conmigo esta obra de principio a fin.

Quienes conocen Sheffield reconocerán muchos de los lugares que aparecen en este libro: Endcliffe Park, Bingham Park, Hunters Bar y la Universidad de Sheffield. No obstante, los apartamentos Green Park sólo existen en mi imaginación y, aunque he utilizado el campus universitario como escenario, la universidad que se describe en esta obra existe también únicamente en mi imaginación, si bien el café que sirven en la cafetería de estudiantes es excelente.

Suelo pasear por los frondosos bosques de Endcliffe Park y Bingham Park, haciendo la misma ruta que Suzanne. Son dos de los muchos parques que hay en Sheffield y que progresivamente van sucumbiendo al vandalismo y el abandono. La riqueza de esta ciudad comprende parajes agrestes que llegan casi hasta el centro. Es triste que los urbanitas aficionados a los tirones no valoren estos lugares como lo hacemos la gente de Sheffield. Son insustituibles.

Sólo las azules flores de las espuelas de caballero muestran que hubo aquí jardines, hace mucho tiempo…

(Penny Grubb, en la presente obra)

1

Ya estaba oscuro, la negrura se cernía muy cercana, ocultando las cimas de los tejados, las esquinas lejanas, las formas pesadas y misteriosas. Sonaban las gotas de agua al otro lado de la contraventana, *drip...* *drip... dripdripdrip... drip.* La única luz procedía de los resplandecientes carbones. Bajo la parrilla, las cenizas caían susurrantes en el hogar. El calor del fuego iba menguando, pero ni siquiera en su mejor momento había logrado disipar las sombras. Las losetas del suelo estaban húmedas. Las astillas en descomposición se desmoronaban unas sobre otras. El metal de la parrilla estaba oxidado, pero el que tenía delante brillaba y absorbía en su borde el destello del fuego, apresándolo en la brillantez del acero y volviéndolo cada vez más rojo. Las voces rondaban por su cabeza:

—*¿Cuándo?*

—*Pronto, Ashley, pronto.*

—*¿Pero cuán pronto?*

—*Ahora.*

TENGAN CUIDADO CUANDO PASEN SOLOS JUNTO A LOS HUERTOS

Las palabras estaban escritas con rotulador rojo en una hoja pautada de tamaño DIN A4, pegada al letrero que había a la entrada del parque y que ponía: LLEVEN LOS PERROS CON CORREA. La escritura era desigual, tal vez el letrero lo había escrito un niño. El blanco del papel resplandecía a la luz del sol. La noche anterior había llovido, pero el papel no estaba mojado ni emborronado. A las cinco de la mañana había dejado de llover. A las seis, aquel día en concreto, la contrata de limpieza había entrado en el parque con su camión para vaciar las papeleras, recoger la basura y los trozos de cristal. Una chica encargada de repartir periódicos vio el papel cuando se adentraba en el parque de camino a la siguiente manzana de casas que le correspondía en su itinerario. Se detuvo a leerlo, se encogió de hombros y continuó su camino.

El papel seguía allí cuando Suzanne pasó junto al parque poco después de las diez. Se había propuesto salir todas las mañanas a correr por los dos parques que formaban una alargada isla de verdor en el centro de la ciudad, cerca de la calle con balcones de ladrillo rojo en la que vivía. Ida y vuelta, serían probablemente unos tres kilómetros, y el día anterior lo había conseguido de un tirón. Aquella mañana su propósito era el mismo, y tal vez ampliara un poco más el recorrido por la frondosidad del bosque. Mientras corría, repasó el plan del día. Era viernes. Tenía mucho que hacer. Le correspondía estar con Michael aquel fin de semana, y a ella le gustaba planificar cuidadosamente esos días, visitar muchos sitios y reunirse con amigos.

El letrero le llamó la atención y se detuvo a leerlo.

Qué extraño. ¿Qué habría pasado para que alguien se decidiera a poner esa advertencia? Se quedó mirando el sendero principal, que atravesaba las praderas de césped y los cuidadosos bancales de flores, para estrecharse después y desaparecer entre las sombras de los árboles. Hacía aproximadamente un año que una mujer había sido agredida en aquel bosque. Suzanne miró a su alrededor. El parque estaba desierto a aquella hora de la mañana, pero el resplandeciente sol de comienzos del verano, las flores y el fresco verdor de las hojas nuevas le conferían un aspecto amable y benigno. ¿Por qué los huertos? Estaban al otro lado del río.

No tendría que haberse parado. Se sentía cansada y empezaba a enfriarse. Habría podido seguir durante horas si no se hubiera detenido. Volvió los ojos a la hoja de papel y sintió cierto desasosiego al pensar en el sendero solitario que recorría el bosque, tan transitado los fines de semana cuando las familias seguían la ruta hacia la vieja presa, y tan desierto los días laborables, cuando los niños estaban en el colegio y sus padres trabajando. *¡Para de una vez!*

Reanudó la marcha con energía, al tiempo que contemplaba el intercambio de luces y sombras en su carrera bajo los árboles. No había viento, y el sendero en claroscuro transcurría tranquilo. Daba la impresión de que el parque estaba vacío. Ya se habían ido los dueños de perros que salían por la mañana temprano, y no habían llegado todavía los que lo hacían a última hora.

El sendero se bifurcaba. En aquel punto Suzanne podía cruzar el río y pasear por la otra margen, donde el camino se estrechaba y tenía más barro. En la actualidad, el arroyo Porter transcurría por los bosques y parques, pero antes sus orillas estaban ocupadas por los pequeños molinos y talleres que utilizaban la corriente del río para activar los pesados martinetes y las ruedas de moler de la incipiente industria del acero. Todavía podían verse los restos de los antiguos trabajos, lugares en los que el río se desviaba formando lagunas y embalses, las antiguas presas abandonadas, que ahora estaban cubiertas de cieno o servían de campos de juegos. Los fines de semana o en vacaciones, la gente paseaba junto a las presas y daba de comer a las aves acuáticas que habitaban allí ahora, echaba al agua sus veleros de juguete o pescaba.

Suzanne se detuvo un momento, después siguió por el camino por encima del puente, hasta que llegó al estrecho sendero que recorría las huertas. Intentó esquivar los montones de barro que habían formado a su paso las bicicletas de montaña. El sendero seguía bajo la sombra de los árboles, pero las huertas estaban a pleno sol. Suzanne se quedó mirándolas. Algunas se extendían cuidadosamente en bancales, con perfectas hileras verdes rastrilladas, limpias de maleza y dispuestas con las varas de las plantas trepadoras; pero la mayoría de las huertas estaban abandonadas y descuidadas, cubiertas de malas hierbas y arbustos, entre los que crecían las grosellas silvestres, junto a viejos cobertizos donde guardar los aperos. Todo estaba en silencio. Una pareja de ancianos, vestidos con jerséis y botas de goma, trabajaba en un huerto cerca del arroyo, pero los demás estaban vacíos. Suzanne vio un aro fino de humo que salía de la chimenea de una cabaña. Pensó si debería preguntarles a los ancianos por el letrero que había visto. *Tengan cuidado...*

Frunció el ceño, acto seguido se dio cuenta de que había ralentizado la marcha hasta casi quedarse quieta. Aceleró el paso y siguió adelante por el camino con determinación. Luego comenzó a alternar otra vez entre el paseo y la carrera. Seis pasos de carrera, seis de paseo, seis de carrera, seis de paseo. El ambiente del parque era sereno, lejos de las exigencias del trabajo y la casa. Dejó vagar su mente sin rumbo, contemplando los cambios de luz por el sendero y el curso del agua serpenteante que formaba remolinos entre las rocas y en las orillas. Era casi como la biblioteca. Un lugar donde Suzanne sólo tenía que preocuparse de ser, sin pensamientos de cara al futuro ni pensamientos de vuelta al pasado.

Las mejores ideas solían ocurrírsele en la biblioteca y en el parque. La vida de Suzanne —en aquel momento presente— se centraba en su investigación sobre jóvenes delincuentes, muchachos con un largo historial de delitos, despropósitos y violencia. Muchachos como su hermano Adam. Se había propuesto dar consistencia científica a su intuición de que muchos de aquellos jóvenes tenían problemas con el lenguaje, con la comunicación. Quería comprobar si era capaz de cuantificar lo que anteriormente sólo había observado. Sus meses de trabajo en la biblioteca, examinando publicaciones y manteniendo conversaciones telefónicas y presenciales con otros investigadores y con personas que trabajaban con jóvenes delincuentes, habían dado sus frutos, y Suzanne había sido aceptada para realizar una investigación sobre el tema. Se las había arreglado para conseguir una pequeña subvención, y la habían adscrito a un programa de jóvenes delincuentes, el proyecto Alfa II. Si lograba demostrar sus hipótesis —y sin duda lo lograría—, le concederían más financiación y conseguiría acabar su tesis doctoral.

En aquel momento había llegado a Shepherd Wheel, uno de los antiguos talleres que fueron restaurados en una época más próspera y optimista. Había sido un lugar de mucho trabajo, cuando soltaban el agua de la presa para que activara la noria y ésta pusiera en movimiento los engranajes y correas de transmisión que hacían trabajar las ruedas de moler. Pero los recortes habían puesto precio a aquella pieza de frivolidad patrimonial, y el edificio estaba ahora cerrado a cal y canto, con la noria en estado de descomposición. Suzanne volvió a aminorar la marcha y, dejándose llevar por un impulso, avanzó por el camino hasta el taller, subió los escalones, atravesó la verja de entrada y fue hasta el patio que había detrás del molino.

La noria estaba allí, en una estrecha fosa. Suzanne vio los cangilones que extraían el agua, ahora vacíos. Se inclinó sobre el muro y echó un vistazo a la oscuridad que rodeaba la noria. Por encima de su cabeza estaba la compuerta que había servido para retener el agua, y bajo sus pies estaba la piedra húmeda y cubierta de moho. Un opaco reflejo la deslumbró con su brillo. Suzanne movió la mano y el reflejo repitió su movimiento. Había allí olor de agua estancada. La joven se estremeció. Era la oscuridad de un lugar al que nunca llegaba el sol.

Volvió al camino y avanzó por la vereda junto a la presa. Hacía tan sólo unas semanas era casi como un lago, con peces y aves acuáticas. Sin embargo en aquel momento, con la sequedad del verano, era un arroyo cuyo curso se abría camino entre canales de espeso barro. Suzanne miró las huellas de los pájaros, cubiertas ya de agua y desdibujadas. Más cerca de la orilla, el barro se veía removido y el musgo que lo había recubierto estaba disperso, como si alguien hubiera estado cavando allí. Las paredes de la presa estaban llenas de grietas tras años de abandono. Suzanne siguió andando hasta que llegó al final del parque donde comenzaba el verdadero bosque. Estaba a punto de atravesar la carretera con paso desafiante, pero el sentido del trabajo que le quedaba por hacer, el deber no cumplido, la obligó a detenerse y darse la vuelta. Recuperó el paso de carrera. La vuelta era toda cuesta abajo, soportable.

Cuando pasó otra vez por Shepherd Wheel, vio a un hombre que salía subrepticiamente de detrás del edificio, del patio donde estaba la noria en el que ella había estado hacía unos instantes. Se le aceleró el corazón y por un momento sintió pavor. *Tengan cuidado…* Entonces, durante unos instantes, creyó haberle reconocido: era uno de los jóvenes del proyecto Alfa, Ashley Reid. Logró verle la cara, pálida bajo su cabello negro. Estuvo a punto de dirigirle una sonrisa y saludarle, pero se dio cuenta de que era un extraño, otro muchacho pálido, de mirada oscura. Suzanne apartó la vista con rapidez, consciente de que se había quedado mirándole.

◆ ◆ ◆

Lucy se sentó en el columpio y lo echó para atrás todo lo que sus piernas le permitieron. Levantó los pies del suelo y comenzó a columpiarse, inclinándose hacia atrás y hacia delante, atrás y adelante. A principios del verano no había sido capaz de darse impulso por sí sola, pero ahora lograba llegar mucho más alto que cuando Emma la empujaba. Hacia atrás y hacia delante. Por fin se había librado de Emma. Pues que *se jodiera* Emma. La palabra favorita de mamá.

—Espérame en el parque de juegos —le había dicho Emma. Se refería al parque pequeño, pero a Lucy no le gustaba ése. Prefería el grande, aunque hubiera que andar más. Tuvo que quedarse esperando en el parque pequeño, enfadada y con miedo. No era justo. Entonces, de repente, ahí estaba él.

—¡Ven, Lucy, date prisa! —Y los dos se marcharon en un paseo mágico hasta el parque grande por el bosque, atravesando la carretera que a ella no le dejaban cruzar sola.

A ver si Emma era capaz de encontrarla. Primero los columpios, luego el tobogán y después un helado. A lo mejor Emma no estaba tan enfadada. Hacia atrás y hacia delante. El columpio se elevó en el aire. Lucy pensó que habría podido tocar las hojas de los árboles si no tuviera que agarrarse a las cuerdas. Cerró los ojos y dejó que los rayos de sol juguetearan sobre sus párpados. Hacia atrás y hacia delante. Le dio aún más impulso al columpio, subiendo cada vez más alto; sentía que la cadena chirriaba y daba tirones cuando llegaba a lo más alto de su vuelo. La altura alcanzada era suficiente. Dejó que el columpio aminorara la marcha y, durante unos instantes, pareció que estaba sentada completamente inmóvil y que el parque a su alrededor no cesaba de moverse envuelto en una neblina. El columpio bajaba y se elevaba, bajaba y se elevaba un poco menos cada vez, y la niña empezó a arrastrar sus zapatos por la tierra aprovechando el momento en que el asiento del columpio estaba en su punto más bajo. Dejó por fin que el columpio de detuviera y se quedó allí sentada, con satisfacción. Había empezado a girar el asiento en redondo para soltarlo después y conseguir así que girara rápidamente en sentido inverso, cuando vio que alguien la estaba mirando. Era un hombre que estaba de pie junto al banco que había en el borde del parque, donde empezaba el bosque. Era el Hombre Ash. Lucy volvió a hacer girar el asiento, esta vez con más fuerza para que el giro inverso fuera más rápido. Mientras daba vueltas sobre sí misma —las cadenas de aquel columpio no eran tan buenas como las que tenía su amiga Lauren en su jardín, porque chirriaban mucho al enroscarse—, Lucy se preguntó dónde estaría Emma.

—Emma se ha ido. —Lucy miró a su alrededor. Él estaba de pie detrás de ella y la estaba mirando.

»Hemos perdido a Emma —dijo él, mientras la niña permanecía sentada totalmente inmóvil. No le gustaba el Hombre Ash. Él seguía mirándola. Se acercó al columpio y comenzó a retorcerlo con tal fuerza que Lucy sintió que los pies se le levantaban del suelo. El giro subsiguiente fue tan rápido que la mareó. El hombre seguía mirándola, de pie junto al columpio.

—Hemos perdido a Emma —volvió a decir él.

Lucy levantó la vista para mirarle. Tenía en el rostro una sombra debida a su cabellera. Volvió a decir la misma frase.

—Ya lo sé —dijo Lucy.

Eran las diez y media pasadas cuando Suzanne llegó otra vez a las verjas del parque. Había mucho tráfico en la ronda de Hunters Bar, y el aire resultaba muy caliente y metálico después de la frescura del parque. Suzanne subió por Brocco Bank y giró en Carleton Road, el pequeño camino empinado donde vivía. Era una calle típica de Sheffield, con hileras de casas de ladrillo rojo que trepaban por la ladera, el pavimento hecho de una mezcla de losetas y asfalto, y maleza y hierbas que crecían entre las grietas y pegadas a los muros.

Vio a su vecina y amiga Jane, que estaba sentada en los escalones de delante de su casa con un cuaderno de bocetos sobre las rodillas y tarros de tinta en el peldaño más cercano. Jane era ilustradora, y la mayor parte de su trabajo se publicaba en libros infantiles. Sonrió al ver a Suzanne.

—¿Has estado en el parque? —Suzanne asintió con la cabeza y se detuvo a hablar, apoyándose en la pared. Se quedó mirando el cuaderno de bocetos.

—Son estas sombras —dijo Jane—. Quiero captar el rojo de los ladrillos y el negro de las sombras con el sol justo en esa posición. Quieren «una combinación de lo cotidiano y lo misterioso».

Jane se quedó mirando la pintura un momento y dejó luego el pincel en el borde del tarro de tinta.

—¿Qué hiciste anoche? Era bastante llamativo el Range Rover del que te bajaste.

Suzanne lanzó un suspiro. Jane estaba en plena campaña a favor de ponerle un poco de emoción a la vida de Suzanne. Eran amigas desde poco después de que naciera Michael, hacía ya seis años. Se conocieron en el parque cuando Jane tiraba migas de pan a los patos para entretener a la pequeña Lucy de seis meses. Para Suzanne, con su vida familiar hecha un caos y luchando por superar la depresión posparto, la calma de Jane, que parecía una Madonna del Renacimiento, era un remanso de paz.

—Era sólo Richard Kean, del proyecto Alfa —dijo Suzanne.

Richard era uno de los psicólogos del Centro y una de las pocas personas que parecía realmente interesada en el trabajo de Suzanne.

—¿Richard? ¿Ese tipo alto de pelo negro? ¿Y qué hacía soltándote en casa en medio de la noche?

—Eran las nueve y media —replicó Suzanne, en un tono de excusa.

—Eso es la mitad de la noche para ti —dijo Jane, justificándose. Ella no aprobaba la vida monástica de Suzanne.

—Mmm —contestó Suzanne, de forma evasiva.

No había nada que contar. Había estado en una sesión de tarde del proyecto Alfa y, a la vuelta, Richard la había llevado a casa. En aquel momento prefería que Jane cambiara de tema.

—He visto una cosa rara en el parque, esta…

Jane la interrumpió.

—¿Viste allí a Em y a Lucy?

—¿Ha vuelto Em?

Emma, la canguro que trabajaba para Jane, había estado fuera la semana pasada, y Jane se las había visto y deseado para cumplir una entrega con las fechas muy apretadas. Al final, como siempre, lo había conseguido, ensimismándose en su burbuja de abstracción.

—Sí, apareció esta mañana como caída del cielo.

Jane frunció el ceño y pasó la yema del dedo para difuminar más una mancha a lápiz en la ilustración que estaba haciendo.

—Ni llamada por teléfono ni nada. Pero la verdad es que me ha venido muy bien.

Se quedó otra vez mirando el dibujo, siempre con el ceño fruncido, todavía insatisfecha.

—No consigo que esto quede bien. No sé lo que quiero. —Levantó la vista para mirar a Suzanne—. Lucy tenía hora en el hospital. No quería ir, así que le he dicho que podía pasar una hora en el parque con Em y después tomarse un helado.

Suzanne se encogió de hombros con empatía. Lucy tenía un asma muy fuerte y aborrecía sus visitas periódicas al hospital. El helado era una gran concesión. Su madre era una fanática de la salud.

Jane retomó la conversación.

—¿No las has visto? Iban al parque de los columpios.

En su carrera, Suzanne había pasado por allí y estaba vacío. Jane frunció el ceño y dejó de prestar atención al dibujo. Su mirada de vaga abstracción se volvió repentinamente realista.

—Pues tendrían que estar allí. Le dije a Em que no la llevara al café… Ya sabes, eso no me gusta. No es nada grave —añadió—. No es tanto porque no haya aparecido, sino que…

El mes anterior Emma había cuidado de Lucy unas cuantas horas a la semana. Antes Jane tenía a Sophie, una estudiante del primer año de universidad que alquilaba una habitación en la residencia de estudiantes al lado de la casa de Jane. Un poco antes de que empezara el curso, Sophie llamó a la puerta de Jane y le ofreció sus servicios como niñera. Después de ponerse en contacto con los padres de la joven, humildes agricultores de la costa este, Jane aceptó la oferta, y el arreglo salió bien. Sophie era inexperta y de modales poco cuidados, pero era alegre, sensata y divertida. A Jane le gustaba y Lucy la adoraba, vivía en la casa de al lado, con lo que podía adaptarse bien al elástico horario de Jane. Pero un día, de repente, la joven dejó las clases y se marchó.

Emma era otra estudiante que visitaba con frecuencia la vivienda vecina, la típica residencia de estudiantes con mucho movimiento de entradas y salidas, pero Jane y Suzanne no la habían conocido hasta el día, después de Navidades, en que Sophie se la había presentado.

—¿Le importa si Emma viene conmigo y con Lucy?

Y así, poco a poco, casi de forma imperceptible, Emma entró en sus vidas, una joven tranquila, por no decir seria, en marcado contraste con la vivacidad de Sophie. En marzo Emma se puso a vivir en la residencia de los estudiantes y, tímidamente, se ofreció como sustituta cuando Sophie se marchó. Al principio Jane estuvo encantada, sobre todo por tener a alguien que Lucy y ella conocían de antemano, pero después empezó a cambiar de opinión. Emma era bastante más joven que Sophie y, como Suzanne comenzaba a sospechar, mucho menos responsable. Suzanne escuchaba con cierta incomodidad mientras Jane expresaba sus dudas. Desde que Sophie se había marchado, Emma se había vuelto malhumorada y poco fiable. Lucy había empezado a tener pesadillas, pesadillas con monstruos, con un tal «Hombre Ash», contaba Jane, sueños terribles en los que a Emma la perseguían los monstruos. A veces, cuando volvían del parque, la ropa de la joven olía a tabaco.

—Yo sé que Em fuma —dijo Jane—. Que se estropee los pulmones es problema de ella, pero sabe muy bien que no tiene que fumar cerca de Lucy.

—¿Ella qué te dijo?

—Bueno, dijo que creía que no importaba si lo hacía al aire libre. Supongo… No sé… No quiero que Lucy sufra otra pérdida. A ella le gusta Emma. Lo único es eso de…

—¿Los monstruos?

—Sí… —Jane se quedó otra vez mirando el dibujo y apartó una araña minúscula que andaba por la superficie del papel—. No. —Levantó la vista para mirar a Suzanne—. Ya lo he decidido. No quiero que Emma cuide más de Lucy. Buscaré a otra persona.

Cuando Suzanne acabó de charlar con Jane, eran casi las once. Entró en su casa por la puerta de atrás y pasó a través de la pila de zapatos que se amontonaban en el felpudo. Los platos del desayuno estaban en el fregadero y las encimeras estaban llenas de migas de tostadas, mantequilla y manchas secas de leche y azúcar justo donde había tomado el desayuno. Una mosca exploraba todo aquello, y Suzanne le dio un manotazo. El insecto huyó volando, su zumbido invadió el ambiente por un momento, y luego volvió a posarse.

La joven atravesó la habitación hasta la puerta lateral de la casa para recoger el correo. Sobre el felpudo había tres sobres marrones. Suzanne los abrió; eran recibos, pero nada de números rojos. Los puso en la bandeja que tenía en la mesa del comedor. Al añadir los tres nuevos sobres, la pila de los anteriores se desmoronó, y Suzanne tuvo que recogerlos del suelo y volver a ordenarlos.

Tenía que ponerse a trabajar cuanto antes.

Arriba, en su estudio, le invadió una sensación de paz al cerrar la puerta. Era una pequeña habitación abuhardillada que quedaba bajo el tejado. Tenía una ventana cenital, alta y estrecha, que al abrirse dejaba justo la altura precisa para que Suzanne pudiera apoyar los brazos en el alféizar y mirar los tejados de alrededor. Lo hizo en aquel momento, para disfrutar del cielo despejado y el brillo de los rayos de sol sobre los tejados húmedos de las casas que daban al otro lado del valle. Frente a ella, las tejas de pizarra de su propio tejado descendían hasta los canalones, ocultando las gotas que caían en la carretera de abajo. Si Suzanne estiraba el cuello, lograba ver a Jane que seguía sentada en los escalones de delante de su casa, con la cabeza inclinada sobre su dibujo.

Pero tenía mucho trabajo que hacer. Dentro, el estudio estaba frío y en sombra. La luz de la ventana iluminaba el escritorio. En las paredes del fondo de la habitación había estanterías con libros, todos ordenados por materias y autores. Contra otra pared había un pequeño armario de oficina, de un gris metálico, y una cómoda silla de color rojo fuerte ocupaba una de las esquinas bajo una pequeña lámpara de lectura. En los estantes de los laterales de su escritorio, guardaba las cintas de audio, fase inicial de su proyecto de investigación.

Si quería estudiar el modo en que se comunicaban los jóvenes del proyecto Alfa, tenía que grabarlos, analizar su lenguaje, ver si empleaban todas las estrategias y habilidades de conversación que los investigadores habían identificado a lo largo de los años. Cuando la negociación degeneraba en violencia, ¿era porque los jóvenes querían luchar, demostrar su fuerza, establecer su dominio, o acaso lo hacían porque no sabían interpretar los signos sutiles del lenguaje que indicaban «me están educando», «no me gusta lo que estás diciendo», «te estoy pidiendo que hagas una cosa»? Cuando se quedaban en blanco y asentían a algo que no habían oído o no habían entendido, ¿era porque no querían oír, o era porque no sabían que no lo habían entendido, o porque no sabían cómo decir que no lo habían entendido? ¿Y la frustración resultante era lo que les llevaba a adoptar una conducta antisocial?

Como primer paso, Suzanne había grabado una serie de entrevistas bastante formales con algunos de los jóvenes del programa. Ella había pedido —y se lo habían concedido— que la dejaran entrevistar a los que tuvieran los historiales más graves y persistentes. Un aspecto frustrante era que Suzanne no sabía lo que habían hecho y, a menos que ellos se lo contaran, se quedaría para siempre sin saberlo. La gestión del programa era muy estricta con los permisos de los jóvenes, y verdaderamente draconiana en todo lo relacionado con la confidencialidad.

Sacó de una bolsa las cintas de las entrevistas individuales. No estaba autorizada a tenerlas allí. Se suponía que debían estar guardadas en un sitio seguro, en la universidad. Hasta el momento, Suzanne había entrevistado a tres jóvenes delincuentes. Dean, de diecisiete años, que participaba en el programa por exigencia de su libertad condicional; Suzanne estaba segura de que aquel joven podía llegar a ser violento. Había contestado con monosílabos, con actitud reticente y en ocasiones agresiva. Después entrevistó a Lee, también de diecisiete años, un joven despierto e inquieto, que estaba permanentemente metido en problemas. En la entrevista había dado muestras de lucidez, cuando por fin dejó su obsesiva actitud histriónica. Y Ashley. Aquella entrevista había sido extraña. Suzanne conocía mejor a Ashley que a cualquiera de los otros, y aun así había estado vacilante, incoherente, ilógico. Durante las cuatro semanas siguientes a que tuvieran la entrevista, Suzanne había escuchado la cinta varias veces, y todavía le costaba encontrarle algún sentido.

P. *Háblame de tu familia, Ashley.*
R. Eh… No es…

P. *Perdona, no tienes por qué contármelo si no quieres.*

R. Sí.

P. *¿Quieres contármelo?*

R. ¿Los hermanos y eso?

P. *Si no ...*

R. (Risas) Hermanos y eso.

P. *Perdona, Ashley, no te entiendo.*

R. Eh... So... em... luz...

P. *¿Cómo?*

R. Simon.

P. *¿Simon es tu hermano?*

R. Sí.

P. *Háblame de Simon.*

R. (Risas) Simon dice...

P. *¿Sí?*

R. No mucho. (Risas)

En ese momento, Suzanne se había quedado pensativa. Era extraño, muy extraño. Durante la entrevista el joven se fue poniendo cada vez más nervioso y, al final, acabó antes de tiempo. Suzanne se preguntaba si estaría dispuesto a que volviera a grabarle. Tal vez fuera el primero en aportarle datos que corroboraran su teoría. Irónicamente, Suzanne había tenido sus dudas sobre la idoneidad de aquel muchacho para su investigación, ya que estaba clasificado como joven con «dificultades de aprendizaje», y ella temía que eso pudiera sesgar los resultados. Necesitaba más información sobre Ashley antes de confiar en su propio análisis. Pensó en los nuevos hallazgos que aportaría su trabajo al oscuro mundo de la delincuencia juvenil; tal vez se descubrieran formas mejores de ayudar a chicos como Adam, pero primero... *¡Estaba soñando despierta!* Se obligó a concentrarse otra vez.

A las doce y media volvió a empaquetar su equipo de grabación. Tenía que ir a la universidad. Rebobinó la cinta, anotó el número del contador y la guardó en su maletín. Se sentía llena de optimismo. Reparó en su estado de ánimo, y la sensación de luminosidad permaneció con ella. Era como si algo oscuro y pesado, algo de lo que no se había dado cuenta, hubiera dejado de oprimirla hacía poco tiempo, y empezaba a comprender en ese momento lo pesaroso y asfixiante que había sido. Pensó en el fin de semana de Michael, y en lugar de la angustiosa ansiedad que solía sentir, notó que casi lo estaba deseando.

Tal vez ya fuera capaz de asumir la responsabilidad. Tal vez no hubiera ningún motivo para tener miedo de que ocurriera algo horrible. Tal vez todas las madres se preocupaban por sus hijos. Tal vez, ojalá, ella fuera normal. Se pasó un cepillo por el pelo y se lo ató en una coleta, pensó por un momento en pintarse un poco y al final lo descartó. Quizá Jane tuviera razón. Quizá había llegado el momento de salir de su concha. Cogió el maletín y bajó las escaleras. Buscó el bolso y las llaves, y salió a la puerta. Mientras la cerraba con llave, vio a Jane de pie a la entrada de su casa, mirando calle abajo con expresión de angustia.

—¡Eh! —Suzanne la saludó con entonación de pregunta—. ¿Pasa algo?

Jane se apartó el pelo de la cara.

—No sé —dijo—. Es tarde ya para Emma y Lucy. —Miró la hora.

—¿Cuándo tendrían que haber vuelto? —preguntó Suzanne.

Jane volvió a mirar su reloj.

—Hace una hora. La cita de Lucy era a las doce menos cuarto.

Suzanne se acordó de la conversación que habían tenido antes y sintió una punzada de inquietud. Monstruos… Intentó tranquilizar a su amiga.

—Yo no me preocuparía —dijo—. Lucy se habrá escondido y la pobre Em estará hecha un manojo de nervios. Si quieres vamos las dos juntas a buscarlas.

Las dos mujeres conocían muy bien la tendencia de Lucy a esconderse. Jane tenía la cara tensa.

—Acabo de volver. He estado en los dos parques. Allí no estaban. Luego he ido al café, y no habían estado en toda la mañana. Pensé que estarían de vuelta y ahora… No sé qué hacer.

Suzanne se quedó pensativa.

—Em sabe que a Lucy le gusta esconderse, ¿no?

—Sí, claro. Ayudó varias veces a Sophie a buscarla. Le di el teléfono para que se lo llevara, por si acaso. —Miró a Suzanne y movió lentamente la cabeza—. He llamado mil veces, y no contestan.

Aquello hizo que Suzanne permaneciera callada; no era fácil encontrar una explicación.

—A lo mejor se ha quedado sin batería. O tal vez lo ha metido en el fondo del bolso y sin darse cuenta lo ha apagado. Puede que se lo hayan robado...

Aquellas ideas resultaban vanas, y Suzanne vio en el rostro de Jane el principio de una objeción, así que se adelantó.

—Pero creo que tenemos que llamar a alguien. Por si acasaso. Quizá haya habido un accidente.

La expresión de Jane era cada vez más desesperada.

—No sé... —dijo.

Suzanne sintió profundamente la aflicción de su amiga. Normalmente era ella la que se ponía nerviosa y se disgustaba, y Jane la que mantenía una calma imperturbable.

—Vamos, Jane. No será nada. Seguro que al final de la mañana estarás enfadadísima con Lucy y te acabarás preguntando cómo has podido ponerte en ese estado. De todas formas, vamos a asegurarnos. Después de llamar, iré yo al parque a buscarlas.

—Pero tú ya has estado en el parque —Jane tenía los ojos como platos y expresión de terror—. Y tampoco las has visto, ¿verdad?

Suzanne negó con la cabeza.

—No, pero no iba buscándolas.

—Si Em te hubiera visto y Lucy se hubiera escondido, te lo habría dicho, te habría pedido que la ayudaras. Las dos las hemos buscado en el parque. Allí no están.

En aquel momento Suzanne acompañaba a Jane al interior de la casa, hacia el teléfono.

—Sí, sí que están —dijo—. Lo que pasa es que no las hemos visto. Es un parque grande. ¿Quieres que llame yo?

Jane la miró fijamente, con pánico en el rostro. Suzanne vaciló. No sabía qué número marcar. Tenían que llamar a la policía. Según fue pensando en la situación, empezó a preocuparse más. Era cierto que el parque era grande, pero bastante estrecho en su mayor parte, y ella sabía los sitios a los que solían ir Em y Lucy. Si hubieran estado allí, las habría visto, o ellas la habrían visto al pasar. Probablemente a Lucy no le habría agradado demasiado, pero para Emma hubiera sido un alivio en caso de que Lucy llevara mucho tiempo escondida en uno de sus típicos jueguecitos. Suzanne pensó en Lucy, en la fragilidad de su cuerpo y en su terca obstinación. Levantó el auricular y probó con el número del móvil de Jane. Dejó que sonara. No hubo respuesta. Después marcó el número de la policía. O no pasaba nada, o se trataba de una urgencia muy grave.

El molino de Shepherd Wheel estaba oscuro bajo los árboles. Las puertas estaban cerradas con candados; el metal de las armellas resplandecía. Las ventanas, con las persianas echadas y cerradas con cerrojos. Los árboles se movían levemente por la brisa, creando un baile de sombras en el agua, al otro lado del mohoso tejado. Y comenzó otra vez, tenue, apenas perceptible por encima de la corriente del río; sólo alguien que estuviera muy cerca de las ventanas cerradas podría oírlo, sólo alguien con el oído muy fino. Alguien que estuviera escuchando. El sonido de un teléfono.

2

Suzanne estaba familiarizada con las situaciones de crisis. La crisis era una experiencia que se vive con un frío distanciamiento, como si uno fuera un observador de su propia existencia. La crisis era algo que te mantenía, bloqueada por el terror y el pánico, bajo una máscara congelada. Cuando se pasaba, te dejaba exhausta y yerma. Crisis para Suzanne fue Adam, su hermano el pequeño, que había muerto hacía seis años, y también las facciones afiladas y finas de su padre, y su voz: *¡Te hago responsable de esto, Suzanne!*

Escuchó a la mujer policía que le estaba explicando a Jane lo frecuente que era que se perdieran los niños, que hasta la adolescente más sensata del mundo podía distraerse, y hacer tiempo después para esperar a cuando la crisis se hubiera pasado de un modo u otro.

En respuesta a la llamada de Suzanne acudieron dos agentes, con una rapidez encomiable pero alarmante. Un hombre y una mujer. La mujer se había presentado, con actitud calmada, comprensiva, profesional.

—Soy Hazel Austen. He venido por lo de su hija. Lucy, ¿no es eso?

Con unas cuantas preguntas rápidas se hizo una idea general de la situación, y en aquel momento hablaba con Jane del camino que solían seguir Emma y Lucy, de su rutina.

—... Vamos a ir al parque ahora mismo, pero quisiera que me dijera...

Para relajar el nudo de tensión que sentía en su interior, Suzanne dejó vagar los ojos por la habitación que le era familiar. Había varios tipos de cuadros: láminas enmarcadas, ilustraciones de Jane, dibujos de Lucy pegados por las paredes y las puertas sin orden ni concierto. Los libros y juguetes de la niña estaban apilados en una esquina y amontonados a punto de caerse en la estantería que había junto a la ventana. Una fotografía de Lucy con su padre, Joel, estaba clavada con una chincheta en la estantería. Aquello era nuevo. Parecía una de las fotografías de Jane, y por el tamaño y los bordes curvos, seguramente la habría revelado ella misma. Los rostros, ambos serios, miraban al frente contra un fondo de nebulosas luces. El cabello rubio de Lucy se mezclaba con el cabello oscuro de su padre. Los dibujos de la niña pegados a la pared estaban a la altura de su cabeza, ligeramente torcidos, levemente desiguales. Tenían mensajes, con las palabras de Lucy y la escritura de Jane, cuyas letras había rellenado cuidadosamente la niña, cada una de un color diferente.

Los dibujos formaban parte del mundo fantástico de Lucy. *Mi gato Flossy en el parque*, y se veía un animal lleno de rayas y con una cantidad inusitada de dientes. *Yo y mis hermanas en el parque*, una figura pequeña, de cabello rubio, entre dos figuras más altas, una rubia y la otra morena. *Papá y mamá*, dos figuras altas, ambas con el pelo rubio, como Lucy. *Tato Ash en el parque*, una figura sonriente, de cabello oscuro. En la familia inventada de Lucy, el padre siempre estaba presente —a diferencia del ausente e itinerante Joel—, ella tenía perros y gatos, hermanas, y a veces hermanos. El resto de su mundo estaba poblado por extraños personajes, como su amigo imaginario, Tamby, o el siniestro Hombre Ash, y, al parecer, desde recientemente, por monstruos.

La noche anterior Suzanne y Jane habían compartido una botella de vino en aquella habitación, charlando entre el desorden reinante mientras Lucy estaba sentada a la mesa de dibujo. Resultó una velada cálida y acogedora, con la vaga conversación algo disparatada de Jane y las intermitentes intervenciones de la niña. Sin embargo, en este momento el desorden ya no era acogedor y reconfortante, sino que daba un aspecto caótico, como si una ventolera se hubiera apoderado de la habitación, dejando las cosas de cualquier manera.

—... una taza de té.

Al punto, Suzanne abandonó sus divagaciones. Hazel se dirigía a ella. Al ver la mirada perdida de Suzanne, repitió la frase.

—Creo que a Jane le vendría bien una taza de té.

Por un momento, sus palabras no significaron nada, pero luego Suzanne reaccionó y dijo:

—Oh, sí, claro.

Se levantó y trajo té y galletas de su propia casa, cruzando el patio compartido al que daba la puerta trasera de su domicilio. Entró de nuevo en la habitación, con una bandeja, y se encargó de sacar las tazas, servir el té y poner las galletas en un plato.

—Es una niña muy independiente y sabe muy bien que no debe hablar con extraños. Jamás se iría con cualquiera.

Jane hablaba casi entre susurros en la oscuridad, como si quisiera convencer a Hazel para que hiciera realidad sus palabras, para que todo se resolviera. Era cierto que Lucy era espabilada y sabía cómo comportarse en la calle, pensó Suzanne, pero tenía sólo seis años.

Suzanne le pasó una taza de té a Jane y le ofreció su apoyo.

—Lucy es una niña muy sensata —dijo dirigiéndose a Hazel, y Jane la miró con agradecimiento.

Sobre la mesa estaban los lápices de colores y el libro de dibujo de Lucy, y Suzanne los apartó a un lado. Intentó desviar la mirada del dibujo que Lucy había estado pintando la noche anterior, pero el dibujo atrajo su atención y se quedó mirándolo mientras escuchaba a Hazel contándole a Jane otra vez que todavía era pronto, que la mayoría de los niños que desaparecían regresaban sanos y salvos. Era el dibujo típico de un niño, un cielo azul en toda la parte superior de la hoja, y una pradera verde en la inferior. Sobre la hierba había dos figuras, una alta y otra pequeña. Los brazos salían muy separados de ambos lados de los troncos, y cada dedo estaba perfectamente dibujado. Las dos figuras estaban cogidas de la mano. Serían Lucy y Jane. Suzanne lo miró más de cerca. No, la figura alta tenía el pelo castaño. ¿Serían Lucy y Sophie? Suzanne recordó la imagen de Lucy sentada a la mesa, inclinada sobre la hoja de papel, con expresión de seriedad y concentración, hablando a su manera del dibujo, en parte consigo misma, en parte con su madre y ella. *Y están en el parque y van an-*

dando por un campo muy grande y van de la mano y están sonriendo, mira… Pero aquellas figuras no estaban sonriendo, advirtió Suzanne, tenían las bocas hacia abajo, con expresión triste.

Suzanne levantó la vista y vio que los ojos de Jane se concentraban en el libro de Lucy. Lo tenía que haber quitado de en medio. Jane lo cogió.

—Este dibujo es de ella —dijo Jane, mirando alternativamente a las dos mujeres—. Lo hizo anoche. Se le da muy bien… —Se le apagó la voz y tuvo que tragar saliva.

En aquel momento regresó el agente. Miró hacia donde estaban Jane y Hazel charlando, y después le hizo un gesto con los ojos a Suzanne. Ella se acercó, y él la llevó fuera de la habitación. Jane levantó la vista mientras Suzanne salía, pero sólo durante un instante. El policía estaba esperando junto al teléfono en el pasillo de la entrada.

—¿Dijo usted que había llamado al móvil que tiene la niñera?

—Sí, pero no contestó.

Él se quedó mirándola fijamente.

—¿Pero estaba encendido?

Suzanne movió la cabeza con perplejidad. Nunca había tenido un móvil y no sabía muy bien cómo funcionaban.

—Pues no lo sé. ¿Cómo se nota eso?

En respuesta, el policía marcó el número y colocó el teléfono en el oído de Suzanne. Escuchó primero el tono fijo antes de que se estableciera la conexión y después una voz grabada: «El teléfono móvil al que llama está apagado o fuera de cobertura en este momento». Suzanne miró al policía y negó con la cabeza.

—No, la última vez que yo he llamado, daba la señal de estar sonando en alguna parte.

—¿Y cuándo ha sido aproximadamente?

—Hará una media hora. Justo antes de que yo llamara a la policía. —El hombre no dijo nada, y Suzanne insistió—: ¿Eso qué significa?

—No es nada, probablemente no sea importante.

Suzanne no estaba dispuesta a que la engañaran con mentiras piadosas.

—Pero tal vez sí sea importante. ¿Me puede usted decir lo que significa, por favor?

El policía se encogió de hombros.

—Puede ser que se haya quedado sin batería, o que alguien lo haya apagado después de la última vez que usted llamó.

Lucy había estado en el parque. Encontraron rastros de ella bastante lejos de donde decía la madre que solían ir. A un kilómetro y medio aproximadamente adentrándose en el bosque, había un parque de juegos cerca de la presa Forge, la última presa. En la cafetería que estaba junto a ese parque, en el extremo del bosque, el dueño había salido del local para fumarse un cigarrillo al sol, y dijo:

—Sí, una niña pequeñita, de pelo rubio, sí, ha estado por aquí esta mañana temprano, sobre las diez. Compró un helado —el hombre se quedó pensativo unos instantes—. Y un trozo de tarta. Le pregunté si era para los patos. La había visto otras veces por aquí, y su madre suele comprar algún trozo de tarta para los patos.

—¿Es ésta? —El agente le enseñó una fotografía y el hombre asintió con la cabeza.

—Sí, es ella. ¿Es que le ha pasa…?

—¿Iba alguien con ella?

Se oyó un chasquido en la radio que llevaba el agente en su chaqueta y luego algunas palabras, que el dueño de la cafetería no logró entender. El policía habló unos instantes por la radio, con tono calmado, y volvió después a su pregunta.

—Sí… Bueno, yo creo que sí.

—¿Quién iba con ella? ¿Podría usted describir a la persona que iba con la niña?

Sintiéndose un poco más azarado, el dueño de la cafetería se quedó pensando. En realidad él no había visto a nadie, concluyó al recapacitar. La niña había ido dos veces a la entrada de la cafetería, la primera vez a por un helado y la segunda a por una tarta y un refresco. Lo cierto era que él no había visto a nadie.

—Mire, no lo sé —dijo, hablando con lentitud—. Yo di por sentado… Pero no vi a nadie.

Había sido una mañana tranquila, un día con poco movimiento. Algunas personas habían pasado por allí antes, poco después de las nueve, y se habían detenido a tomar una taza de té. Él había visto gente de camino hacia la presa, o tal vez más allá. El sendero formaba parte del circuito peatonal de Sheffield, y ofrecía también la posibilidad de desviarse hacia el distrito montañoso de Derbyshire. Era un sendero muy transitado. Tal vez algunos transeúntes se dirigían hacia la presa, a pasar allí el día pescando, él no lo sabía a ciencia cierta. Había estado pendiente de la cafetería, pese al poco movimiento según había dicho, supervisando las cuentas y con la tele puesta la mayor parte del tiempo. El agente, que no dejaba de tomar notas, reparó con pesar en que, si llegaba a abrirse una investigación formal, alguien tendría que encargarse de seguir la pista de las personas que habían pasado por allí, preguntarles qué habían visto, averiguar si alguien había hecho el camino de ida pero no el de vuelta, y si esa persona no había vuelto era porque sabría demasiado bien qué le había ocurrido a la niña desaparecida.

Suzanne se dio cuenta de que, por alguna razón, el agente estaba ahora más preocupado. La llegada de un hombre vestido de civil, un inspector, intensificó el nudo que sentía en el estómago. Se sentía incómoda rodeada de policías. Suzanne tenía demasiados recuerdos de Adam, de aquella voz al teléfono. *Me temo que tenemos aquí a Adam otra vez. Ha estado…* Y de su padre. *Encárgate tú de eso, Suzanne. Es responsabilidad tuya.* En aquella ocasión, Suzanne había confiado en la policía, los había escuchado y hecho lo que le decían. Todavía resonaba en su cabeza la voz de la mujer. *Simplemente díganos dónde está Adam. Queremos ayudar al muchacho, Suzanne.*

El recién llegado se presentó como el inspector Steve McCarthy. Rápidamente comprobó las mismas cosas que había comprobado Hazel e hizo un par de preguntas antes de marcharse. Suzanne se quedó francamente impresionada por la eficacia de aquel hombre, pero le pareció brusco y frío. Después hizo preguntas sobre Emma, cuánto la conocía Jane, lo que hacía, dónde vivía… Jane se quedó repentinamente pálida cuando el inspector le dijo que Emma no era estudiante y que nunca había sido residente en el número catorce de su calle.

Suzanne no había reparado antes en lo mucho que habían confiado en Emma porque la conocían, o pensaban que la conocían. Ese era el motivo de que el agente estuviera tan preocupado. Había algo extraño en torno a Emma. Suzanne fue a sentarse en el brazo de la silla de Jane. Le pasó un brazo por los hombros y dijo:

—Las dos conocemos bien a Emma. Es amiga de Sophie.

El policía levantó las cejas como pidiendo una confirmación, y Suzanne cayó en la cuenta de lo poco convincente que resultaban sus palabras.

Entonces le habló de Sophie, de sus padres, de su tutor, del curso en el que se había matriculado.

—Así fue como conocimos a Emma —explicó. Como el policía no decía nada, Suzanne preguntó—: ¿Pasa algo malo? Es algo en relación con Emma, ¿verdad?

—Necesitamos más información sobre su pasado —dijo el agente.

El policía hizo caso omiso de la pregunta de Suzanne. Se mantuvo inexpresivo mientras tomaba notas, y después empezó a hacerles preguntas sobre el padre de Lucy.

—¿Dónde vive? ¿Con qué frecuencia ve a Lucy? ¿La niña sabría ir a su casa?

Jane negó con la cabeza. Suzanne no pudo quedarse callada.

—Lucy siempre veía a Joel aquí.

Suzanne jamás se refería a Joel como al padre de Lucy. No se merecía aquel tratamiento. Apenas iba a visitarlas. Por lo que ella sabía, Joel dedicaba todo su tiempo a sus indefinidos intereses comerciales, en discotecas y fiestas en naves industriales o antiguas fábricas abandonadas. Cuando veía a Lucy, intentaba ganar puntos con ella en poco tiempo, como hacerle regalos o jugar con ella, pero nunca de manera estable, nunca estaba ahí cuando la niña lo necesitaba. Cada vez que dejaba triste a Lucy —lo que al final solía ocurrir siempre; por ejemplo, si se olvidaba de la fecha de su cumpleaños, decía cosas como: *No le des tanta importancia, Jane, es sólo una fecha del calendario.* O si le prometía que iba a ir a su fiesta y luego no aparecía, ponía excusas como: *Yo no aguanto pasarme una tarde entera con niños que no paran de pegar gritos a mi alrededor.* Cuando decía: *Por supuesto que vendré a ver tu representación, princesa* y después no lo hacía,

Lucy lloraba y se negaba a actuar, incluso decía: «No podemos empezar todavía, mi papá no ha llegado»: *Mira, me surgió un imprevisto. Deja de fastidiar, Jane*—, cada vez que dejaba triste a Lucy, Jane siempre le excusaba de un modo u otro, siempre intentaba que resultara mejor persona a los ojos de Lucy. Pero ¿cómo explicarlo? Intentó resumirlo, y creyó ver un atisbo de divertimento en la mirada del policía.

—Joel nunca raptaría a Lucy —añadió—. Más bien estaría dispuesto a pagar a otra persona para que le quitara a Lucy de encima.

Jane apoyó la cara entre las manos, después levantó la vista.

—Además, Joel no vive en Sheffield —dijo, en tono cansino—. Es imposible que Lucy esté con él.

Suzanne captó un rápido intercambio de miradas entre el inspector McCarthy y Hazel Austen. Se sonrojó. Debería haberles dicho eso desde el principio. Jane se adelantó a la siguiente pregunta.

—En Leeds. Vive en Leeds —dijo—. Y ahora está en Londres, trabajando.

Jane, que normalmente tenía la tez pálida, estaba completamente blanca y tenía cara de estar agotada. Pronunciaba las palabras como si fueran su última defensa y como si no fuera a quedar nada cuando terminara de hablar.

—Tendrá hambre. No ha comido nada. Es pequeña, y lo del asma… Lucy es una niña muy valiente, pero le da miedo la oscuridad. Es preciso que vuelva antes de que anochezca. Se sentirá aterrorizada si está sola. —Miró al hombre, que la escuchaba impasible—. Tengo que ir a buscarla.

Por un momento, McCarthy miró a Jane y pareció que se ablandaba. Adoptó un tono de voz más amable.

—Hay gente buscándola.

Suzanne se fijó un instante en la mirada de aquel hombre y creyó interpretar en sus ojos la esperanza de que Lucy fuera uno de los pocos niños que aparecían. Sintió una profunda impotencia.

Lucy se escondió entre los arbustos y se quedó agazapada escuchando. Los sonidos iban cambiando. Primero había oído pasos, pasos blandos sobre el lecho de las hojas caídas, movimientos hacia atrás y hacia delante entre los arbustos. Ella se había quedado en silencio total. También había oído el sonido de una bicicleta que cruzaba por el sendero lleno de barro, pero no la había visto. Había logrado huir del Hombre Ash, pero había monstruos en el bosque.

Encontró recovecos entre las piedras, sitios en los que podía esconderse y nadie la encontraría nunca. Oyó que alguien la llamaba: «¡Lucy! ¡Lucy!». Pero no conocía esa voz y se quedó callada, *como un ratoncillo*, se lo contó todo a Tamby en su mente. En aquel momento oía a los niños que estaban jugando en el parque. Quizá ya estuviera a salvo. Salió de los arbustos y volvió al sendero. No se fue adonde estaban los columpios. Quería irse a casa. Se suponía que ella no tenía que ir sola por el bosque y menos aún cruzar las carreteras. Deseó que Sophie estuviera con ella. Sophie habría sabido lo que había que hacer.

Fue dando saltitos por los anchos peldaños que llevaban hasta el arroyo y jugando a mantener el equilibrio por las piedras que marcaban el borde del sendero.

Saltaba de una piedra a la siguiente, primero con un pie y luego con otro, moviéndose con rapidez para no perder el equilibrio. Entonces llegó al lugar en el que el sendero se bifurcaba y subió con rapidez hasta la presa. A veces había gente allí pescando, y Lucy y Sophie solían quedarse a mirarlos. A la niña le gustaba ver aquellas cajas llenas de gusanitos retorcidos. En cierta ocasión, Lucy vio que uno de los pescadores se los comía, pero Sophie dijo que eso era asqueroso. «Sí que es asqueroso —había dicho Lucy—. He visto que se los metía en la boca. Qué *asqueroso*». Lucy miró a su alrededor. Emma no estaba allí. No había ningún pescador. No había nadie en la presa, no había nadie en ninguna parte. Lucy quería que estuviera Sophie, quería estar con su mamá. Quería irse a casa. Empezaba a sentir una angustia en el pecho y no tenía su medicina. Emma se había quedado con ella. Siguió avanzando por el sendero hasta el final de la presa. Se sentía muy cansada. En aquel momento ya había llegado hasta las casas de campo y los escalones largos que bajaban hasta el arroyo. Fue bajando con cuidado por los peldaños, pisando cada uno sólo una vez y sin poner el pie en las grietas. Si no lo hacías con cuidado, los monstruos te cogían.

◆ ◆ ◆

Suzanne miró la hora y, con una punzada de culpabilidad, cayó en la cuenta de que ya tendría que estar en la escuela, esperando a Michael. Tendría que haber llegado a tiempo para verle cantar en el concierto de su clase. Se lo había prometido. Y también se lo había prometido a Dave. Miró a Jane. No quería decir nada de ir a recoger a su hijo al colegio porque le recordaría a Jane que también ella tendría que estar recogiendo a Lucy.

—Volveré enseguida —dijo.

Corrió calle abajo hasta las verjas de la escuela que, afortunadamente, estaba sólo a cinco minutos de allí. Pensó en Michael que estaría esperándola solo en el patio, o quizá se hubiera puesto a buscarla. Podía ocurrir con tanta facilidad… Un desliz, un momento de despiste, y… *Te hago responsable de esto, Suzanne.* Notó de repente el aire que estaba respirando y que le resultaba demasiado ligero en sus pulmones, como si careciera completamente de oxígeno. Sentía un cosquilleo en las manos y en la cara, junto con opresivas punzadas en el pecho. Por fin llegó al patio que rodeaba el edificio prefabricado en el que estaba la clase de Michael. Suzanne se detuvo, se apoyó durante unos instantes en la pared y se concentró en recuperar el control de su respiración.

Siempre le ocurría lo mismo. En cuanto se quedaba sola a cargo de Michael, el pánico se apoderaba de ella. Se acordó de la mirada de Dave, cargada primero de simpatía, después de preocupación y al final de exasperación y enfado. «Depresión posparto», eso fue lo que dijo el médico. Pero no había logrado superarla.

Todo el sentimiento de bienestar que había tenido antes se desvaneció en un foso negro de miedo, culpabilidad y tensión. Se daba cuenta de que no iba a ser capaz. No en aquel momento, con Lucy desaparecida y con todo lo que podía ocurrir durante el fin de semana. Aquella decisión le sirvió para calmarse, y logró subir los escalones hasta la puerta del aula y quedarse allí a esperar a que acabara el concierto.

Saludó a Michael, y al niño se le iluminó la cara al verla. Lisa Boyden, la profesora de Michael, se le acercó a preguntarle discretamente por Lucy. Sin duda, la policía habría hecho las comprobaciones pertinentes en el colegio. Suzanne movió la cabeza dando a entender que no había noticias y se quedó allí, esperando con impaciencia a que terminara la actuación.

Eran más de las cuatro cuando cruzó con Michael las verjas del colegio. El niño no paraba de hablar, contento de verla, con ilusión por lo que iban a hacer el fin de semana y lleno de alegría por el concierto, por lo bien que se lo había pasado. Se le veía completamente dispuesto a perdonarla porque hubiera llegado tarde, ya que por lo menos al final había aparecido. Suzanne sonreía, pese a la tensión que sentía en la cara, y mantenía la conversación con el niño —*¿Ah, sí? ¡Qué estupendo! ¿No me digas?*—, mientras los dos subían por la carretera y ella se concentraba en controlar la respiración, sin oír en realidad nada de lo que el niño le estaba diciendo. Notó que la voz de Michael iba perdiendo interés al darse cuenta de que ella no le prestaba atención; vio el descontento y la perplejidad en el rostro del niño. Quiso levantarle del suelo y abrazarle, explicarle que lo sentía. Pero en lugar de hacerlo, dijo:

—Primero vamos a ir a casa de papá.

Michael la miró y asintió con la cabeza, con una expresión de resignación que dolía porque resultaba demasiado madura, demasiado consciente. *¡Tú eres la responsable!*

Dave vivía al otro lado del parque y, absorta en sus pensamientos, Suzanne se encontró con que el niño ya estaba cruzando la verja de entrada.

—Mira cuántos policías. —Michael parecía de repente entusiasmado—. Ha habido un robo —dijo.

Suzanne miró a su alrededor. Había dos coches patrulla aparcados junto a la zona de los columpios y hombres vestidos de uniforme que hablaban con la gente y les enseñaban fotografías. Había una furgoneta, una furgoneta de la policía, con letras oscuras bajo la insignia oficial. Suzanne entornó los ojos para leer lo que ponía. BÚSQUEDA SUBMARINA. Las presas. Suzanne sintió que el pecho se le oprimía.

—Sí, espero que cojan al ladrón —dijo, intentando controlar el tono de su voz—. Venga, vamos a ver a papá, a ver qué está haciendo.

—Yo quiero mirar. Prefiero quedarme un rato. —Michael comenzó a forzar el llanto en su voz, al tiempo que arrastraba a su madre de la mano, y sin entender por qué tenía tanta prisa.

Suzanne tragó saliva para reprimir su impaciencia. Tenían que salir del parque antes de que…

—Venga, Michael, vámonos. —El pánico le salió en forma de enfado y se odió a sí misma por ello.

Michael cedió y siguió andando con su madre, mostrando su rebelión en el modo de arrastrar los zapatos y con intermitentes tirones de la mano de su madre.

Cuando llegaron a la casa de Dave, Suzanne oyó la música que salía del estéreo, aquellos ritmos disonantes de los compositores modernos que ella aborrecía y Dave adoraba. Al menos, estaba en casa. Suzanne llamó al timbre, se acordó de que no funcionaba y dio unos golpecitos en la puerta.

—Eso papá no lo oye —observó Michael con espíritu práctico, al tiempo que golpeaba la puerta con los puños.

—Vale, vale, ya me he enterado. —La malhumorada expresión de Dave se suavizó al ver a Michael, pero volvió otra vez a su rostro al mirar a Suzanne. Levantó al niño en el aire con los brazos, a modo de saludo.

—Hola, pequeñajo. Vienes pronto hoy, ¿eh?

—¿Puedo ver los dibujos animados? —Ya se había olvidado de Suzanne y del jaleo que había en el parque. Simplemente estaba contento de volver a casa, y Suzanne reparó en ello con una punzada de dolor.

—Venga, Mike, ve poniendo la tele y ahora voy yo —dijo Dave, sin dejar de mirar a Suzanne, sin abandonar la expresión de dureza. Él sabía muy bien por qué estaba allí.

—¿Y bien? —No estaba dispuesto ni a la menor concesión—. ¿Ni siquiera eres capaz de…? —La miró más de cerca, y la exasperación y la impaciencia se reflejaban en su rostro.

—Lo siento —dijo ella.

Con palabras entrecortadas y sin poder controlar su respiración, Suzanne le contó lo que había pasado con Lucy y cómo los acontecimientos hacían temer un final inevitable.

—No quiero que Michael esté cerca de todo esto si llega a… No creo que sea conveniente para él.

Sus palabras habrían sonado sensatas y prácticas si hubiera logrado expresarse con coherencia.

—¿Acaso Mike entiende esas cosas? Por Dios, Suzie, ya veo cuál es el problema. —Era evidente que podía saberlo—. ¿Pero me quieres decir cuántas ocasiones tiene Mike de pasar un tiempo contigo?

Suzanne sintió que la culpabilidad se apoderaba de ella. Dave tenía razón.

—Ya han pasado muchas horas —dijo ella—. Y hay algo que la policía no nos dice. Yo creo que ha pasado algo.

Dave la miraba y asentía, aceptando su punto de vista.

—Si estoy equivocada, Michael puede volver mañana y pasar conmigo el fin de semana.

Dave negó con la cabeza.

—Suzanne, nuestro hijo no es un perrito cualquiera. Si pasa la noche aquí, aquí se queda. Podrás estar con él el fin de semana que viene. Yo tengo que salir y me viene mejor que no esté él.

¿Le estaba hablando de su nueva novia? Michael ya le había hablado de ella. ¿Cómo se llamaba? ¿Carol? *Carol pinta caritas en los huevos de Pascua…* Suzanne se sentía muy confusa, desorientada, con la repentina sensación de que todo estaba fuera de control.

—Si estás tan preocupada por Jane —siguió diciendo Dave, con tal impaciencia que resultaba cruel—, más vale que te vayas ya.

Jane. Y Lucy. Hacía casi una hora que se había marchado. Podría haber ocurrido cualquier cosa. Intentó despedirse de Dave con tono conciliatorio, pero el rostro de él permaneció impasible. Michael estaba viendo los dibujos animados y apartó a su madre de delante cuando ella se acercó a darle un beso.

La cabeza le iba a estallar. Dave tenía razón. Necesitaba serenarse y recuperar el control antes de volver. Decidió caminar por el parque de regreso y subió por un sendero que se adentraba en el bosque. Ya no sería de gran ayuda para Jane. ¿Qué podía decir o hacer ella? No había nada qué hacer ni qué decir. El inspector ese lo sabía, ella lo había notado. Sabía que las palabras eran inútiles, lo que importaba eran los actos.

Siguió caminando por el parque. Había ido con Michael por la carretera después de ver la furgoneta de la policía. Ahora ella quería mirar, ver qué pasaba por los alrededores. Inquieta, pensó en el letrero que había leído por la mañana; con los últimos acontecimientos se le había borrado de la mente. Debería habérselo dicho a alguien. Se lo contaría a los policías en cuanto llegara. Pero tal vez no tuviera nada que ver. Lucy y Emma se habían ido a la zona de juegos del primer parque. Entre aquel lugar y donde ella estaba, había una carretera principal y un largo sendero. Miró a su alrededor. No había ningún policía. Ningún coche patrulla ni nadie que rastreara por los arbustos. Aquella parte del parque estaba desierta. Era como si se hubieran rendido y se hubieran ido a casa.

En aquel momento el sol estaba bajo, las sombras de los árboles caían oblicuas sobre el sendero. Suzanne caminaba lentamente, dejando que el silencio le aliviara la tensión y que el parque le devolviera el dominio de sus sensaciones. Las luces y las sombras alternaban jugueteando por el sendero. Sentía en los brazos el roce de los primeros rayos vespertinos. Se quedó un momento de pie, bajo los árboles, escuchando el sonido de los niños que jugaban a lo lejos, el sonido de los pájaros a la orilla de la presa. El sonido de… Aquello era algo nuevo, diferente. Un sonido rítmico y chirriante que ella no conocía, de agua formando remolinos y corriendo con rapidez, empujada por alguna fuerza. Miró alrededor, intentando localizar de dónde salía. El sonido podía ser engañoso en medio del parque, rebotaba contra las paredes, contra los árboles, y te despistaba al buscar de dónde salía en la dirección equivocada, en el sitio equivocado. Se dio cuenta entonces de que llevaba un rato sin oírlo. Movió los ojos hacia Shepherd Wheel, al otro lado del arroyo. Ahí estaba, salía de ahí. Tardó unos momentos en identificar aquel ruido, y después no estaba segura. Era —muy probablemente— el sonido de la noria de agua al girar.

Suzanne se acercó hasta casi estar encima de la noria, pero ¿por qué estaba funcionando la noria a esa hora del día? ¿Por qué estaba funcionando la noria en cualquier caso? El Ayuntamiento había cerrado el lugar hacía ya muchos años. Lentamente, Suzanne dio la vuelta y cruzó el puente por encima del arroyo. Mientras se dirigía al edificio, buscó la manera de entrar. Las puertas y las ventanas estaban cerradas a cal y canto. Se fue por el sendero que daba la vuelta al patio. Las verjas estaban cerradas con candado. Frunció el ceño. En aquel momento, oía con claridad el chirrido de la noria al moverse. Zarandeó la verja, se oyó el crujir del cerrojo. Dio la vuelta y lo intentó por la puerta. El cierre era muy sólido y el candado brillaba resplandeciente.

Los acontecimientos del día conformaban un cuadro que Suzanne no quería ver. El extraño joven. La noria funcionando. La verja se componía de barrotes altos de metal, con una hilera de puntas encima. La valla era igual, pero estaba cubierta de hiedra y vegetación, y Suzanne logró poner un pie en una de las ramas y encaramarse hasta sujetar el extremo de arriba. La rama cedió y Suzanne se arañó la pierna al deslizarse, pero se las arregló para no caerse, alzarse un poco más y encontrar otro sitio en la hiedra donde sujetarse. Ya tenía la rodilla en uno de los barrotes en el extremo superior de la valla. Con esa sujeción, se las arreglaría para pasar por encima de las herrumbrosas puntas. Ojalá que no se resbalara y se quedara empalada en una de las puntas. Pasó un pie al otro lado de la valla. Agachándose torpemente, logró pasar el resto del cuerpo, sujetándose en las puntas, y saltó al patio.

Le dolían los brazos y le escocía la pierna donde se había arañado. Pensó por un momento, al saltar al patio, que podía pasar un mal rato si hubiera allí borrachos o vagabundos, ya que no tenía modo de salir con rapidez, pero el no oír ninguna voz, ningún sonido humano, la tranquilizó, y estaba en lo cierto. Allí no había nadie, sólo la noria, girando sin parar, la compuerta abierta, el agua cayendo sobre las aspas, todo en sombra, más oscuro bajo los árboles a la puesta de sol. La cascada de agua lanzaba miles de gotas que brillaban con los colores del arco iris donde les daba el sol. Mientras estaba mirando fijamente, el flujo de agua disminuyó hasta convertirse casi en un hilo, los colores del arco iris se desvanecieron y la noria empezó a girar cada vez más despacio, hasta detenerse. Se acercó un poco más a la reja y miró con detenimiento por encima del borde, con la vista puesta en la oscuridad donde la noria había estado dando vueltas.

Flores en el agua. Alguien había tirado florecillas azules que giraban en remolino en la turbulencia que había dejado la noria, y los rayos del sol, que atravesaban las copas de los árboles, formaban en la superficie del agua dibujos de plata y azul, rayos de luz y flores, agua y nomeolvides. La luz resplandeciente se nubló cuando una nube tapó el sol, y el agua se puso transparente de pronto, al tiempo que se veían el tono amarillento de las piedras del muro que quedaban bajo el agua y los matojos de helechos que se agitaban como bailando bajo la superficie. Allí estaba el reflejo de ella, mirándola de frente desde lo profundo, bajo la noria, bajo las sombras, en la oscuridad. Pero el rostro era de un blanco níveo, con los ojos muy abiertos y desorbitados, mirándola, mientras algunos cabellos dorados flotaban con la corriente.

No se acordaba de cómo salió del patio. No se acordaba de que detuvo a un ciclista que pasaba por el sendero. Lo único que recordaba era estar sentada en el suelo de piedra y seco, con la espalda apoyada contra la pared, y ver pasar en el agua los pies de aquel cuerpo.

Lucy. Lucy en el agua, bajo la noria chirriante.

3

La corriente había arrastrado parte del cuerpo de la joven hasta el conducto por el que el agua retornaba al arroyo. Un buceador se sumergió en aquel sucinto espacio para liberarla de la fuerza del agua, de modo que, lentamente y con sumo cuidado, lograron sacarla de allí. Tenía nomeolvides en el pelo y en la cara cuando salió del agua. Alrededor de la boca había marcas rojas y, en el momento en que la cabeza cayó hacia atrás cuando la estaban levantando, un hilo de agua sanguinolenta le corrió por el rostro. *Sospechosa muerte.* Era una mujer joven, de unos diecisiete o dieciocho años. Llevaba una camiseta de manga corta y no tenía zapatos.

El inspector Steve McCarthy miró con detenimiento la escena que le rodeaba. La noria estaba parada y en silencio. Había en el ambiente un fuerte olor a piedra y madera mojadas, a hierba y a agua estancada. El patio se iba desdibujando entre las sombras y el sol se perdía detrás de los árboles. Sopló entonces una leve brisa, y los árboles se cimbrearon con el sonido seco de las hojas, lanzando sombras huidizas sobre las losetas del patio, cubiertas de moho y hierbas. Todos los miembros del equipo que trabajaban en la escena del crimen ya estaban inspeccionando la zona y la noria, en busca de rastros de la persona o personas que habían tirado a la muchacha al agua y habían puesto en funcionamiento el mecanismo. McCarthy frunció el ceño: no entendía por qué habían puesto a girar la noria, lo que había atraído la atención sobre aquella zona.

Mientras el equipo colocaba el cuerpo en la camilla, el agente responsable de la investigación, el inspector jefe Tom Brooke, echó un vistazo rápido al cuerpo, con actitud profesional, y miró a la médico forense. Ella se encogió de hombros.

—De momento, no puedo decirle nada. No parece que haya estado mucho tiempo en el agua, pero no sé lo que la corriente habrá hecho con los rastros que pudieran servirnos de prueba.

—¿A usted qué le parece, Steve? ¿Tal vez un extraño accidente?

McCarthy, que observaba la escena junto a Brooke, habría anhelado que fuera un accidente. Acababa de terminar una investigación por asesinato, una que duró varias semanas sin ni siquiera poder establecer la identidad de la víctima —un vagabundo, un anciano al que habían golpeado y lacerado hasta la muerte con una botella de whisky rota—. Tenía previsto tomarse unas vacaciones. Otra investigación por asesinato echaba por tierra la mera posibilidad.

—No tengo ni idea.

La forense miró a McCarthy con desagrado. Le consideraba un tipo raro.

—Pues yo no puedo decirles nada hasta que no haya hecho la autopsia.

Los tres se quedaron mirando la camilla mientras atravesaba el patio, deslizándose sobre las ruedas, hasta la ambulancia.

El que la forense se negara a expresar una opinión no preocupaba en absoluto a McCarthy. Él sabía perfectamente que no se trataba de ningún accidente. Al ver la cara en el agua por primera vez, pensó que tal vez fuera cosa de los jóvenes que rondaban por allí. Por las noches, el parque estaba muy transitado por los adolescentes de la zona, que practicaban juegos muy interesantes. Desde la carretera, cuando había caído la noche, era frecuente ver hogueras entre los árboles. Por las mañanas, los restos de botellas rotas, los condones usados y las latas vacías explicaban por sí solos las historias que allí habían ocurrido. Agujas en los antiguos servicios, pintadas en las paredes e incluso en los árboles. *Chicos y chicas que salían a divertirse.* Aquella joven podría haber sido un miembro de una de las bandas, habría estado tonteando por allí y, después de poner la noria en funcionamiento, se habría caído y se habría ahogado. Una especie de justicia poética en opinión de McCarthy. Pero él mismo sabía que aquella teoría era poco probable.

La forense ya había terminado de recoger sus cosas. McCarthy la acompañó hasta su coche.

—¿Se sabe quién es la joven? —preguntó ella.

—Tenemos una joven de diecisiete años que responde a la descripción, Emma Allan. Aún no hemos conseguido una identificación oficial. Pero la mujer que encontró el cuerpo dice que es ella. Todo tiene relación con el caso de una niña desaparecida que ocurrió antes. —El inspector captó la mirada interrogativa de la forense—. No, la niña está sana y salva.

—¿Y la mujer que la encontró —insistió la forense— no puede hacer una identificación oficial?

—Al principio dijo que se trataba de la niña —contestó McCarthy, recordando la incoherencia de la mujer totalmente pálida—. No sabía que ya habíamos encontrado a la niña. —El inspector se adelantó al siguiente comentario—. Es comprensible, pero no nos interesa una identificación de alguien que ve lo que quiere ver, en lugar de lo que hay.

La médico forense se quedó mirándole unos instantes y después se encogió de hombros.

—Entonces, será mejor que vuelva al depósito de cadáveres —dijo, al tiempo que se quitaba los guantes.

McCarthy contempló la larga superficie del parque, que se extendía hacia el oeste hasta adentrarse en los campos, y hacia el este de vuelta a la ciudad. Ya había caído en la cuenta de que era prácticamente imposible acordonar aquel parque. Las entradas de los dos extremos ya estaban cerradas; él mismo había ordenado que cerraran el sendero que llegaba hasta Shepherd Wheel, pero el acceso desde los bosques, las huertas o los campos más alejados seguía completamente abierto. Era preciso que acabaran cuanto antes las operaciones de rastreo en la escena del crimen. Tenían que comprobar bien el patio y la noria. Y aún no habían encontrado el lugar en el que la mujer había sido asesinada.

En un primer momento, McCarthy apostaba por el patio de detrás del molino, cercado por los árboles y oculto a posibles observadores. Pero no había ninguna prueba de nada en aquellas mohosas piedras. Uno de los agentes especiales había encontrado restos de sangre en la pared del molino que se hundía en el agua, formando uno de los laterales de la fosa de la noria. En aquella pared había una oscura ventana pequeña, a poco más de un metro por encima del agua. Brooke pensó que encontrarían las pruebas que buscaban en el interior del molino cerrado. Aquel escenario era seguro, y McCarthy se alegró de que tuvieran que esperar hasta que hubiera más luz natural para seguir con las pesquisas.

No iba a ser fácil encontrar a alguien que tuviera la llave. No les iba a quedar más remedio que romper el candado de la verja de entrada al patio, pero el molino podía esperar. Aquello recordó a McCarthy otra cosa que debía hacer. Regresó al puente para hablar con la mujer que había encontrado a la muchacha muerta. La reconoció nada más verla. Era la mujer de los ojos recelosos, la que había estado mirándole sentada junto a Jane Fielding, como si quisiera proteger a su amiga de él. No le había dicho mucho, aparte de darle una descripción pormenorizada del padre de Lucy que McCarthy tal vez hubiera encontrado entretenida en otras circunstancias.

En aquel momento estaba sentada en el suelo junto al viejo molino, con las piernas cruzadas y la cabeza apoyada en los brazos. Cuando el inspector se acercó, ella levantó la cabeza y le miró sorprendida, con los ojos muy abiertos y el rostro tan pálido que el tono de color de los rayos del sol sobre su piel resultaba casi amarillo. Dio la impresión de que no le entendía bien cuando él dijo:

—No es Lucy. Lucy está a salvo. No es una niña.

El inspector se arrodilló junto a ella para asegurarse de que le había entendido, y la mujer se puso rígida, como si su presencia le resultara amenazante. Musitó algo parecido a *responsable* o *responsabilidad*, e intentó ponerse de pie, tambaleándose levemente por su estado de conmoción. El inspector la sujetó por el brazo y llamó a una de las agentes, haciendo un gesto con la mano.

—Atienda, por favor, a… —el inspector no acabó la frase.

—Milner —dijo ella—. Suzanne Milner. Estoy bien, es que me he levantado demasiado rápido, pero me encuentro bien.

—Muy bien, señora Milner, pero necesito hablar con usted antes de que se vaya.

El inspector McCarthy dio algunas instrucciones a la agente y después fue adonde estaba esperando Brooke, que observaba cómo los hombres trabajaban en la noria. Mientras regresaba junto a la mujer, McCarthy se preguntaba quién debía interrogarla. Repasó mentalmente lo que ella podría haber visto y lo que no, las cosas que él necesitaba conseguir que recordara. Pensó en lo que ella le había dicho de que la noria había empezado a girar más lentamente hasta pararse, mientras ella la miraba. ¿Quién había parado la noria?

¿Qué sabía él de aquella mujer? Nada, salvo que tenía alguna relación con la señora Fielding. Todo tenía un tono artificial, a lo *new age*; algo que no iba para nada con McCarthy. La historia de la mujer resultaba chocante. Al parecer, había trepado por la verja para mirar en el patio del molino; una proeza que ni el propio McCarthy hubiera estado dispuesto a realizar, menos aún con aquellas amenazantes puntas de hierro. El inspector se preguntaba qué era lo que ella esperaba encontrar allí.

Era medianoche. Suzanne se sentó frente a su escritorio, con la cabeza apoyada entre las manos. No podía dormir. No dejaba de ver aquel rostro en el agua, y seguía siendo Lucy. Había algo irreal, como de sueño, en toda aquella historia. El inspector… —¿cómo se llamaba?— McCarthy —así se llamaba— se lo había dicho: *No es Lucy. Lucy está a salvo. No es una niña*, pero no lograba apartar de la mente aquella imagen del rostro de Lucy. Fue a ver a Jane tan pronto como le dijeron que podía ir, pero la casa estaba cerrada y vacía. Se volvió a casa y estuvo perdiendo el tiempo, sin saber qué hacer, recogiendo libros, zapatos, tazas y volviendo a dejarlos en algún otro sitio. Los fragmentos de su fin de semana le rondaban por todas partes. Se mordió la uña del pulgar hasta que un repentino dolor le advirtió de que se estaba mordiendo la carne por debajo de la uña. Pensó en llamar a Dave, pero eso le daría la oportunidad de decirle otra vez esas cosas: *¿Es que ni siquiera eres capaz de…? ¡Nuestro hijo no es un perrito cualquiera, Suze!*

Se puso a ordenar los papeles que tenía pendientes desde el lunes, por tamaños, primero los grandes arriba y los pequeños abajo, y después al revés. De ninguna manera conseguiría una pirámide, ya que todos eran de formas y tamaños distintos. Se acercó a la ventana y se quedó allí mirando a la calle, que ya estaba oscura.

P. Pero no me lo has contado. ¿Adónde vas cuando sales? Quiero decir, cuando vas por ahí, a ver a tus amigos, ese tipo de cosas.

R. Simon fue a un sitio.

P. ¿Simon? ¿Tu hermano?

R. Eh… No… Es que no puedo… (Pausa de cinco segundos.)

P. Cuando sales por las noches, Ashley. Acabas de decir que Simon fue a un sitio. ¿Ahí es adonde tú vas también?

R. Sí.

P. ¿Dónde está?

R. Está en… Es que no puedo… em… Está en… Bajas hasta detrás del garaje, donde está el nombre de Lee.

P. ¿Lee? ¿Ves a Lee cuando sales?

R. No… Soy… em… Dijeron que todo iba a ser diferente. No sé, yo no sabía…

P. ¿Qué? Perdona, Ashley, pero no te sigo.

R. Da igual.

La cinta se acabó. La mente de Suzanne, como solía ocurrirle cuando estaba cansada, empezó a divagar en el tiempo. Estaba en la oficina del proyecto Alfa, hablando con Richard Kean, el psicólogo del proyecto. Él dejó las reglas bien claras.

—No puedes acceder a los registros confidenciales —le había dicho—, y eso incluye los de la policía. Lo siento, pero de momento no puede ser. Todos ellos responden al perfil que tú estabas buscando: conducta delictiva destructiva y persistente.

Ella asintió con un movimiento de cabeza, mostrando así que estaba de acuerdo con él. No estaba dispuesta a discutir después de las semanas de negociaciones que le había costado llegar a atravesar la puerta del Centro. Prefería… La máquina hizo un clic, y Suzanne reparó en que la cinta acababa de llegar al final. Tal vez debía irse a la cama. No se estaba concentrando. Apretó el botón de rebobinar y vio cómo los números del contador avanzaban vertiginosamente hacia atrás. Después apretó el botón de PLAY.

P. *Háblame de tu familia, Ashley.*

R. Eh... No es...

P. *Perdona, no tienes por qué contármelo si no quieres.*

R. Sí.

P. *¿Quieres contármelo?*

R. ¿Los hermanos y eso?

P. *Si no ...*

R. (Risas) Hermanos y eso.

P. *Perdona, Ashley, no te entiendo.*

R. Eh... So... em... luz...

P. *¿Cómo?*

R. Simon.

P. *¿Simon es tu hermano?*

R. Sí.

Suzanne se lo preguntó a Richard, después de haber grabado la entrevista con Ashley.

—Ashley dice que tiene un hermano. Yo tenía la impresión de que era hijo único.

Richard se quedó pensativo, mordiéndose levemente el labio inferior.

—Bueno, si él mismo te lo ha contado... Tampoco es nada muy confidencial. El entorno familiar de Ashley ha sido muy perturbador. Tiene un hermano del que se ocupan los Servicios Sociales desde hace años. Era autista y su familia no podía hacerse cargo de él. Cuando luego descubrieron que Ashley tenía problemas, él pasó también al cuidado de los Servicios Sociales.

En aquella época, Richard era más receptivo con ella, más proclive a tratarla como a otra profesional.

—Yo creo que esa es la raíz del problema de Ashley. Nadie le ha querido. Nunca ha tenido a nadie que se ocupara de él realmente. Es difícil superar eso.

La cinta se acabó. *Nunca ha tenido a nadie que le quisiera.* Suzanne quería mucho a Adam, pero eso no había sido suficiente. Sentía cansancio mental por el esfuerzo de apartar las imágenes de su cabeza. De la piedra húmeda brotaban hierbajos y helechos, un exuberante follaje que florecía lejos de la luz. Las piedras estaban cubiertas del verdín del musgo. Más abajo, el curso del agua se aceleraba constante y con fuerza. Alguien la miraba fijamente desde debajo del agua, pero ella no lograba verle las facciones, la corriente iba demasiado rápida. Después el agua se despejó, y aquellos ojos abiertos la miraban con expresión de terror y de súplica. El rostro de Adam, que la miraba desde debajo del agua.

Lucy se metió en la cama y estiró la manta hasta la barbilla. Era tarde. Estaba cansada, pero no quería dormirse. Todavía no. Había ido a un sitio con su madre y había estado hablando del parque con Alicia. Alicia decía que ella era policía, pero no era como los de verdad, con uniforme y gorra. Se oían voces abajo; papá y mamá hablando. Su padre había venido de Londres en la moto. La voz de papá se oía cada vez más fuerte, estaba enfadado con mamá.

Se dio la vuelta en la cama. No lo había contado. Había mantenido el secreto, pero ahora no sabía qué hacer. Deseó que Sophie estuviera allí. Ella sabría lo que había que hacer. Se dio la vuelta otra vez. No se sentía cómoda en la cama. Miró por la ventana. Fuera estaba oscuro. No veía nada porque las cortinas estaban echadas, pero ella sabía que estaba oscuro. Pero no importaba, Tamby vigilaba. *Al acecho…* Como decía Sophie, *monstruos…* Pero Tamby vigilaba. *Todos estamos a salvo*, le dijo Lucy a Tamby en su imaginación.

Oyó la voz de su papá:

—Pero, joder, Jane, ¿qué fue lo que te dijo? —Y luego bajó la voz.

Lucy sabía de lo que estaban hablando. Se creían que ella no lo sabía, pero lo sabía muy bien. Estaban hablando de Emma. Los monstruos se habían llevado a Emma, Lucy lo sabía. Emma era la mayor y Lucy sólo una niña, pero Lucy sabía lo que pasaba con los monstruos. Intentó decírselo a Emma, pero no la escuchó. Emma se creía que no había peligro en jugar con los monstruos, pero Lucy sabía lo que pasaba. Juegas con los monstruos una vez, dos, tres veces, y al final te cogen. La niña lanzó un suspiro. Había intentado cuidar de Emma, lo había intentado con todas sus fuerzas.

La voz de su papá, fuerte otra vez.

—¡Lo que yo quiero saber es lo que ella dijo!

Lucy miró hacia la cortina. Se movía, sólo un poco, como solía hacerlo cuando había corrientes de aire. No es nada más que la corriente, decía su mamá. Lucy no sabía adónde mirar, y la oscuridad se lo ponía más difícil. Era como el juego que jugaban en el patio del colegio, *el escondite inglés*. Te ponías de espaldas, y todos avanzaban detrás de ti, moviéndose muy despacito para que no los oyeras. Te dabas la vuelta rápidamente, pero todos seguían quietos, como petrificados. Nunca conseguías verlos en movimiento, pero cada vez que te dabas la vuelta estaban en un sitio distinto, cada vez más cerca. Pero mientras los mirabas, no podían moverse.

Lucy tenía sólo seis años, pero sabía muy bien lo que hacían los monstruos.

4

Cuando por fin Suzanne se quedó dormida, soñó. Tuvo aquel sueño familiar del que se creía que ya se había librado, en el que aparecía Adam, llamándola: *¡Mírame, Suzanne! ¡Escúchame, Suzanne!* Y también su padre: *Te hago responsable de esto, Suzanne.* Se despertó sobresaltada, jadeante, desorientada. Se incorporó sobre la cama e intentó ver la esfera del reloj. En el exterior, el cielo empezaba a clarear. Eran casi las cinco. Tenía el camisón empapado y las sábanas enredadas entre las piernas. El rostro de Adam seguía en su mente, provocándole aquel familiar nudo en el estómago. Se esforzó por quitarse la imagen de la mente. Fuera. *Se acabó.*

El alivio que empezaba a sentir se difuminó al recordar los sucesos de la tarde anterior. Se propuso con todas sus fuerzas extirpar de su mente el recuerdo de Emma, pero no podía evitar pensar en lo que debía de ser el que te hundieran bajo el agua con la noria girando por encima de ti, sentir las manos frías de alguien sobre tu cuerpo con intenciones asesinas, notar… En aquel momento, las imágenes empezaron a girar vertiginosamente en su cabeza. *Mírame… Escúchame…*

Tenía que levantarse, tenía que hacer algo. Eran las cinco menos cinco. Trabajaría con las cintas otra vez durante un par de horas, y luego tomaría el desayuno.

◆ ◆ ◆

A la mañana siguiente, poco después de haber amanecido, registraron el edificio de Shepherd Wheel. Las carreteras estaban vacías en el trayecto que recorrió McCarthy en su coche desde su apartamento hasta el parque. Dejó el vehículo en la entrada y fue caminando hasta el molino, disfrutando del silencio, interrumpido por el canto de los pájaros, y del vacío y quietud de la mañana. Shepherd Wheel tenía un aspecto tranquilo con las primeras horas de luz, el tejado cubierto de moho refulgía con un cálido tono amarillo, y las sombras alternaban caprichosamente sobre las paredes y el sendero.

Estaba allí una empleada del Departamento de Museos para abrirles las dependencias del molino, una mujer joven que, como observó McCarthy de inmediato, tenía el aspecto de estar de excursión al haber salido de su entorno laboral. En cualquier caso, estaba entusiasmada. McCarthy calculó que estaría cerca de los treinta años. Tenía el cabello castaño, corto y cuajado de bucles en desorden, el rostro levemente arrebolado, y un brillo en los ojos que se le intensificó nada más entrar en escena. La joven le sonrió, al tiempo que le estrechaba la mano.

—Hola. Soy Liz Delaney.

Él respondió al saludo.

—Steve McCarthy.

En los registros del día anterior, apenas habían encontrado nada en el patio. Ahora tenían que mirar dentro de las instalaciones. Había dos puertas, pintadas del color verde característico de todo lo municipal, con pesados cierres para los candados que mantenían el edificio seguro, cerrado a cal y canto. McCarthy cogió las llaves que le ofrecía Liz Delaney.

—¿Cuánto hace que estuvo aquí alguien por última vez? —preguntó a la joven.

—No lo sé con exactitud —dijo ella—. Una persona viene por aquí de vez en cuando y comprueba cómo están las cosas —continuó la joven, sin dejar de sonreír.

McCarthy se quedó pensativo, moviendo las llaves que le colgaban de la mano.

—¿Cuánto hace que estuvo abierto al público?

La joven frunció ligeramente el ceño y se encogió de hombros. McCarthy seguía mirándola.

—Bueno, unos cuantos meses, supongo. —Esperó unos instantes a que el inspector rompiera el silencio—. No es mi trabajo realmente. Antes de que yo empezara a trabajar en el Departamento ya estaba cerrado.

McCarthy sabía con certeza que la joven estaba equivocada. Shepherd Wheel había estado abierto al público a comienzos del mes de mayo, hacía sólo cinco semanas. Antes había estado abierto el día del Patrimonio Cultural Europeo, o algún evento de esos en el que tanta gente parecía dispuesta a gastarse los impuestos de los contribuyentes. Pero alguien había tenido acceso al molino desde entonces.

La primera puerta daba a un cuarto pequeño, con ventanas enrejadas en las paredes encaladas. Entraba mucha luz por la ventana que miraba al sol de primera hora de la mañana. Había un pasillo central que estaba bordeado por barreras protectoras de madera y alambre para mantener a los visitantes lejos de las piedras de moler. Las máquinas estaban cubiertas por una capa de polvo. Olía a cerrado. Algunas hojas secas entraron al pasillo después de que abrieran la puerta. Por toda la habitación había poleas, planchas y latas de aceite amontonadas en las esquinas, en el alféizar de las ventanas y contra las paredes. Por encima de la cabeza del inspector, se veía un gran eje que atravesaba el techo y pasaba al siguiente cuarto por un agujero de la pared. Servía para transmitir la energía de la noria a las piedras de moler que estaban situadas a ambos lados del pasillo.

A los ojos de McCarthy, aquel lugar estaba abandonado, sin que nadie hubiera tocado nada desde la última vez que estuvo abierto. Abrigaba serias dudas de que hubiera estado allí ningún visitante subrepticio.

La segunda puerta daba a un cuarto mucho mayor. McCarthy la empujó y se adentró en la habitación. Nada más entrar, se sintió embargado por un fuerte olor agrio, de algo orgánico, muy distinto del olor a cerrado y a polvo que había en el primer cuarto. Aquella habitación era más oscura, las ventanas que la iluminaban estaban cerradas y quedaban ensombrecidas por la proximidad de los árboles. En comparación con la calidez del exterior, el ambiente allí era húmedo y frío. Interrumpía el silencio únicamente el sonido del agua, un débil goteo constante. En las oscuras esquinas, se intuían formas de cosas amontonadas; la tenue luz que entraba por las ventanas casi no dejaba ver los dientes de un engranaje, pero sí se reflejaba en una cinta transportadora. También en aquella habitación todo estaba cubierto por una espesa capa de polvo. McCarthy miró a su alrededor. Detrás de él había una chimenea encastrada en la pared. La iluminó con la linterna. Los barrotes de la parrilla estaban herrumbrosos. Había cenizas en la parrilla, en el balde de recoger las cenizas y en el hogar de debajo. El polvo de delante de la chimenea estaba removido.

El inspector dirigió la luz de la interna por las losetas del suelo y luego subiendo por encima de la pared. Se veían manchas negras en los sitios donde el polvo había sido removido. En los barrotes de la parrilla había trozos alargados de algo —¿hilos?, ¿pelos?—. McCarthy retrocedió unos pasos en el mismo momento en que entraron en la habitación los del equipo de la escena del crimen. McCarthy ya había observado el montón de ropa junto a la antigua chimenea, las marcas de que algo había sido arrastrado por el polvo y, después de mirar más de cerca, el brillo del papel de estaño parcialmente quemado sobre la parrilla. Sabía que iba a llevar su tiempo rastrear todos los cuartos de trabajo, realizar las pruebas de las muestras forenses y encontrar el arma del crimen que, hasta el momento, no había aparecido. Sonó un ruido de madera resquebrajada cuando abrieron las contraventanas, y una tenue luz invadió la habitación.

R. No hay ningún sitio adonde ir.
P. *¿Ah, no? ¿Qué quieres decir?*
R. No hay ningún sitio adonde ir.
P. *¿Quieres decir en tu tiempo libre? ¿A eso te refieres?*
R. A veces.
P. *Sólo quiero saber qué es lo que te gusta hacer en tu tiempo libre?*
R. ¿So…?
P. *¿Qué es lo que haces?*
R. Pensé que estábamos juntos.
P. *¿Cómo? Perdona, Ashley, pero no te entiendo.*
R. So… Perdón.
P. *Ashley, ¿tú quieres hacer esto? Únicamente…*
R. ¡Se lo estoy diciendo!

Suzanne apagó el magnetófono y miró al reloj. Las siete y media. Era el momento de un descanso. Tenía la firme determinación de concentrarse en su trabajo. Se iría a la Universidad y pasaría allí unas horas en la biblioteca. Tal vez empezaría a analizar la cinta con seriedad y así podría enseñarle algo a Maggie Lewis, su supervisora, cuando volvieran a reunirse el siguiente miércoles. Se desperezó. Ya se había duchado, pero no se había tomado la molestia de vestirse, y en aquel momento no sabía si ponerse la ropa o desayunar primero. Tenía una cita en la comisaría, que estaba en el centro de la ciudad. Probablemente tendría que pensar más de lo habitual en lo que debía ponerse. Primero el desayuno, y luego pensaría en algún atuendo elegante que le subiera la moral.

Estaba en la cocina haciendo las tostadas cuando oyó que alguien llamaba a la puerta. Antes de que ella dijera nada, la puerta se entreabrió y entró en la casa Joel Severini, el padre de Lucy, con su típica media sonrisa.

—¿Qué tal estás? —dijo, poniendo un énfasis característico en el «estás». Iba vestido con vaqueros y una camisa sin abotonar, y llevaba los pies descalzos.

—Joel…

Suzanne se detuvo junto a la puerta de la cocina, tomando conciencia de repente de que sólo llevaba puesto el fino camisón. En ningún caso esperaba ver a Joel, aunque recientemente aparecía por allí con más frecuencia.

—¿Qué haces aquí? —Su pregunta sonó fría y distante, pero no se molestó en suavizarla con algún otro comentario más afable. ¿Por qué molestarse? Joel no le gustaba, y ella tampoco a él. No era ningún secreto.

Joel entornó levemente los ojos, pero decidió tomarse la actitud de Suzanne como una invitación a que entrara, y se quedó frente a ella apoyado en la pared. Clavó su mirada en ella durante unos segundos antes de responder.

—Es por lo de Lucy. Su desaparición…

—Sí, ya lo sé. —Suzanne se encogió de hombros y se sintió azarada por su atuendo. La mirada de él la incomodaba. *¿Y qué…?*, quiso añadir.

—Bueno, es por eso. —Su tono implicaba que no hacía falta que ella añadiera nada.

Quizá estuviera siendo injusta con él. Jane siempre insistía mucho en que Joel se preocupaba por Lucy. *A su manera.* Y la realidad era que había ido a verlas tan pronto como se enteró de lo ocurrido.

—¿Cómo está Lucy? ¿Y Jane?

—Están bien, ya se les ha pasado el susto. Están las dos durmiendo todavía. Oye, ¿no podrías darme una tacita de té? —Miró por el patio hacia la puerta trasera de la casa de Jane—. Ahí no hay más que hierbas y flores, ¿comprendes lo que te digo?

Suzanne señaló hacia el armario de las tazas.

—Sírvete tú mismo. —Quizá entonces después se marchara.

Joel se acercó a la encimera de la cocina y comprobó que había agua en la tetera.

—¿Quieres tú también?

Suzanne negó con la cabeza. Ella esperaba que cogiera unas cuantas bolsitas de té y se marchara. No le quería en su casa. Esperó mientras él se preparaba el té, observando sus movimientos por la habitación. Los vaqueros le quedaban holgados, por debajo de sus estrechas caderas, y se le veía una fina línea de vello en el vientre. Cuando lo conoció, hacía ya seis años, él le había caído bien. En medio del caos que rodeó al nacimiento de Michael y la repentina e inevitable desintegración de su matrimonio, Joel le pareció amable y simpático. Cuando Dave, que pasaba horas y horas trabajando, tenía sus arranques de impaciencia, Joel solía decirle: «Tranquilízate, Dave», y le dirigía a ella su típica media sonrisa. A veces, cuando Suzanne estaba sola porque Dave tenía algún concierto que le obligaba a pasar la noche fuera, Joel se pasaba por su casa a tomar una cerveza y charlar durante una hora o algo así. Había sido una especie de seducción —o, mejor dicho, de no seducción— de lo más humillante.

Él la escuchaba, la animaba a que hablara de Adam, de Michael, y le decía las cosas reconfortantes que su padre nunca le había dicho. Cuando se echaba la culpa a sí misma de que ella y Dave se estuvieran distanciando, Joel, con enfado (o eso parecía), criticaba a Dave por su falta de apoyo, le hablaba a ella de mala gana de las mujeres que Dave veía cuando daba conciertos, y poco a poco su relación fue avanzando, desde la suave caricia por el pelo y el brazo alrededor de los hombros, hasta un deseo (aparentemente no reconocido). Y sí, lo aceptaba, ella le había deseado, aunque fuese el compañero de Jane y uno de los mejores amigos de Dave.

Él se dio cuenta e intentó aprovecharse de la situación una noche en que ella y Dave habían tenido una discusión especialmente fuerte. Suzanne logró controlarse, pese a que la mera fantasía de tener un encuentro con él le había hecho pasar momentos verdaderamente angustiosos. Joel se rió de ella, pero no una risa cómplice por sus absurdos escrúpulos, ni siquiera una risa fingida para disimular el mal humor. Fue una risa de desprecio.

—Se llama un polvo piadoso, Suzie. No creas que vas a tener muchas ofertas como ésta. Pero ¿tú te has visto? —había dicho él. Ella no le gustaba, el desprecio de sus palabras se lo confirmaba. Lo único que él quería era saber que ella estaba a su disposición. Después se había marchado, y Suzanne se dio cuenta de que no tenía a nadie a quien echarle la culpa, salvo a sí misma.

Del mismo modo en que Joel la había encizañado contra Dave contándole cosas malas de él, había encizañado a Dave contra ella. No podía echarle la culpa a Joel de la ruptura de su matrimonio, pero había sido un factor decisivo, algo que acabó descompensando el frágil equilibrio que había entre los dos en un momento crucial. Jamás le había contado a Jane lo que había ocurrido. Estaba demasiado avergonzada.

Con el paso del tiempo, Dave había cambiado, se había hecho más viejo, más serio, pero no le daba la impresión de que Joel fuera muy distinto a como era hacía seis años. Con cierto estupor, Suzanne cayó en la cuenta de que él debía de tener más de cuarenta. De pronto, Joel levantó la mirada y la pilló mirándole. Él amplió levemente su sonrisa, aunque sin modificar el tono de su mirada.

—Entonces, ¿qué fue lo que pasó ayer?

Era una pregunta inesperada, pero lo que más sorprendía a Suzanne era el tono fingido de preocupación que había en su voz. Empezó a contarle lo que había pasado por la mañana, cómo fue cuando se dieron cuenta de que Emma y Lucy se habían perdido, pero Joel la interrumpió.

—No. Eso ya me lo ha contado Jane unas cincuenta veces. Lo que yo quiero saber es lo que pasó cuando volvió Lucy.

Suzanne movió la cabeza con perplejidad.

—De eso no sé nada. Cuando yo volví a casa, Jane y Lucy se habían ido.

Joel dio un sorbo a la taza de té, mirando por la ventana con los ojos entornados, como pensativo.

—Jane dejó que interrogaran a Lucy. Ni siquiera la dejaron estar presente. Y se empeña en decirme que a la niña no le importó. —Joel tenía expresión de enfado en los ojos.

—Probablemente Jane pensaría que si servía para… Quiero decir… Han asesinado a Emma, ¿entiendes? ¿Es que vamos a pensar que ha sido un accidente?

Joel se encogió de hombros.

—Era demasiado pronto para interrogar a la niña. No tienen ninguna pista. Mira, a ti Jane te hace caso, así que díselo. Dile que dejen en paz a Lucy. —Vació la taza en el fregadero, con expresión de dureza en el rostro.

—Jane sabe perfectamente qué es lo mejor para Lucy —dijo Suzanne. No estaba dispuesta a escuchar ni una sola crítica de Joel.

Los ojos de él se cruzaron con los de ella.

—Igual que tú, ¿no, Suzie? —Ella bajó la mirada. Joel tenía razón. ¿Acaso ella sabía lo que había que hacer?— Hablé por teléfono con Dave —siguió diciendo Joel—. Está cabreadísimo contigo. —Mantenía aún la sonrisa—. Piensa un poco. Si hubieras vuelto aquí directamente con Mike, Lucy habría estado en casa, y tú no te habrías visto implicada en el caso como lo has hecho.

Ella no dijo nada. Joel puso la taza vacía en su sitio, boca abajo, sin apartar los ojos de Suzanne. Tuvo que pasar junto a ella de camino hacia la puerta. Cuando le rozó el hombro levemente con la mano, Suzanne se la apartó con un brusco movimiento. El brillo de la mirada de Joel se intensificó.

—Remordimientos de conciencia, ¿no, Suzie? —dijo.

Mientras se marchaba dando un portazo, Suzanne le oyó reírse.

◆ ◆ ◆

Ya estaban todos en la sala de reuniones. Brooke acababa de terminar el primer resumen de la investigación, y los diversos equipos organizaban sus correspondientes tareas. Tina Barraclough evaluó la situación y decidió esperar a ver qué pasaba. Era su primera investigación de importancia desde que la habían ascendido a oficial de policía, y quería hacer un buen trabajo, destacarse. Se fijó en las personas que iban a trabajar con ella de forma más estrecha. A Steve McCarthy lo conocía, había trabajado antes con él. Era importante que se mantuviera prudente, pues le recordaba como una persona impaciente y autoritaria. Pete Corvin, su superior directo, era una incógnita. Era un tipo corpulento, con la cara colorada, que parecía más un gorila que un subinspector. A Mark Griffith y Liam Martin, los otros dos oficiales, los conocía muy bien. Había trabajado con Mark cuando él no era más que un agente, y los dos se conocían del pub.

La asfixia fue la causa de la muerte de Emma Allan. Tenía cortes dentro de la boca y en la garganta, heridas de arma blanca; eso había dicho la forense, como si alguien le hubiera atravesado la boca con fuerza con un cuchillo en un momento de ira. Se había ahogado en su propia sangre. La ausencia de otras lesiones indicaba que, hasta el mismo momento de sufrir el ataque, la joven había confiado en su agresor. Tenía marcas de aguja en el brazo. Los restos de papel de estaño que encontraron en la rejilla habían servido para calentar heroína, pero no encontraron ningún otro indicio de que se hubiera consumido drogas allí, ni agujas ni jeringuillas ni envoltorios.

Steve McCarthy intentó completar el cuadro. Fue recorriendo los acontecimientos del día anterior, cuando desapareció Lucy Fielding. Al principio daba la impresión de que se trataba del típico cruce de cables, situación que todos ellos conocían muy bien, cuando una madre creía que su hijo debía estar en un sitio y la persona que estaba a cargo del niño decidía que era mejor ir a otro sitio. Pero una comprobación rutinaria disparó la alerta.

Emma Allan, de diecisiete años, ya había atraído la atención de la policía. A los catorce años era una ladronzuela reincidente, especializada en los hurtos en tiendas y pequeños delitos. Antes de cumplir los quince, se había ido de casa en dos ocasiones, pero después dio la impresión de que las diferencias con sus padres se habían suavizado, hasta hacía bien poco. En marzo, tras la muerte de su madre, el padre denunció la desaparición de su hija. Tenía una sanción administrativa por posesión de drogas, y la habían pillado en casa de un conocido heroinómano que se pagaba el vicio haciendo de «camello».

—Le dio una información falsa a la señora Fielding. Se hacía pasar por estudiante, pero jamás se había matriculado en la universidad. Además, era demasiado joven —dijo McCarthy.

El cuadro de la vida de Emma en los últimos tiempos no estaba claro. El padre decía no haber visto a su hija desde la última vez que la dejó en casa.

—¿Pero hizo algo por encontrarla? —Tina Barraclough tenía problemas con los padres que no cuidaban de sus hijos.

—Nos contó que sí. —McCarthy añadió una anotación en la hoja de papel que tenía en la mano. Se quedó mirando a los miembros del equipo.

—De momento, lo que sabemos es que Emma era amiga de una estudiante, Sophie Dutton, que hasta hace más o menos un mes era la que cuidaba a la hija de los Fielding. La señorita Dutton vivía en el número catorce de Carleton Road, al lado de la casa de Jane Fielding. Es una casa de estudiantes y ahora está vacía. No sabemos hasta qué punto conocía a los otros inquilinos; es algo que tendremos que comprobar. Pero según lo que dijeron la señora Fielding y la otra mujer —volvió a comprobar sus notas—, la señora Milner, Emma Allan y Sophie Dutton pasaban mucho tiempo juntas.

—¿Y tenemos ficha de Dutton? —Corvin hizo la conexión obvia.

McCarthy se encogió de hombros.

—No está fichada. Según la señora Fielding, Sophie es limpia y pura, no fuma, no bebe, es de un pueblecito de la costa este…

Su escepticismo no explícito era compartido por el grupo. La cristalina vida de Sophie Dutton que acababa de esbozarles McCarthy no cuadraba en absoluto con que fuera íntima amiga de alguien con los intereses y hábitos de Emma Allan.

—¿Cómo se hicieron amigas? Los universitarios son muy exclusivistas. —Barraclough conocía muy bien la división que existe entre los chicos de la calle y los de la universidad. McCarthy mostró su desconocimiento con un claro movimiento de cabeza. No tenían esa información.

—Tenemos que hablar lo antes posible con la tal Dutton —dijo Brooke, dirigiéndose al equipo—. También hay que indagar más sobre los últimos movimientos de la vida de Emma, dónde estaba viviendo, qué hacía y con quién lo hacía. —Se limpió las gafas, y la expresión de su rostro resultaba exageradamente desvaída sin ellas—. ¿Cuándo se marchó Dutton? Volvió con sus padres, ¿no es eso?

McCarthy asintió con la cabeza.

—Según la señora Fielding, se fue en mayo. Estamos intentando localizar a sus padres.

Encontraron la ropa de Emma que faltaba, amontonada junto a la chimenea: unos pantalones vaqueros, unas bragas y unas sandalias. Ninguna pieza estaba rota ni forzada de ninguna manera. No había señales de agresión sexual. La forense no estaba segura de que hubiera habido actividad sexual. No había ninguna prueba, pero también era posible que el agua las hubiera destruido.

En aquel momento, Brooke dio por terminada la reunión.

—De acuerdo. ¿Alguna pregunta?

—Hay una cosa que no entiendo —empezó a decir Barraclough según releía sus notas—. No entiendo por qué el agresor tuvo que tirarla justo debajo de la noria. Podría haberla tirado por la ventana de atrás, el patio queda bien oculto. Habríamos tardado días, semanas, en encontrarla. ¿Y por qué puso la noria en funcionamiento? ¿Es que quería que la encontráramos?

Nadie tenía una buena respuesta.

—¿Un chiflado? —sugirió Corvin.

McCarthy asintió con la cabeza.

—Pudiera ser. Hace poco hemos tenido un exhibicionista en ese parque, y a unos cuatro kilómetros por el sendero, en la presa de Wire Mill, hubo una agresión en el bosque. Eso fue hace unos doce meses. El caso sigue abierto.

Un asesino impredecible. Tina Barraclough sabía que no había que excluir esa posibilidad. Un mirón en el parque, alguien que había estado observando a Emma, viéndola hacer el amor con su novio, y que tenía sus propias ideas sobre lo que quería hacer. Si Emma había ido a Shepherd Wheel por su propia voluntad... Se dedicó a revisar las declaraciones de los testigos que habían reunido hasta aquel momento. Un hombre que paseaba a su perro había visto a una mujer que respondía a la descripción de Emma, en dirección a Shepherd Wheel, cerca de las diez y media de la mañana del día que murió. Barraclough no acababa de entender que aquel lugar fuera un sitio de encuentro, un refugio donde hacer el amor. Era muy oscuro y desapacible.

—Le mete un cuchillo a su novia en vez de la polla —dijo Corvin.

—¿Y alguien que se siente culpable quiere que lo pillen? —A Barraclough no la convencía la idea de que fuera un asesino impredecible; en realidad, a ninguno le convencía. Esos eran los casos más difíciles, y con frecuencia los más llamativos.

—¿Y qué sabemos del padre? —Corvin pasó al siguiente cuestionamiento lógico desde el punto de vista de Barraclough.

Brooke volvió a entrar en la habitación.

—Dennis Allan. No tiene nada reciente, no hay expedientes en Servicios Sociales. Pero sí hay algo en 1982. Una condena por conducción temeraria a causa del alcohol. Mató a un niño: le cayó un año. Hablamos con él anoche, preguntas de rutina. Va a ser el primero en pasar por aquí. Steve, tú te encargarás de interrogarle. Es preciso saber los motivos exactos por los que la chica se fue de casa. —Se detuvo un instante, tras el cual contestó a la pregunta no pronunciada—. No está libre de sospecha, ni mucho menos.

—¿Qué le ocurrió a la madre de Emma? —Otra vez era Corvin el que preguntaba.

Brooke se quedó un momento mirando al equipo. La luz le daba directamente en las gafas, ocultando la expresión de sus ojos.

—Murió de una sobredosis de somníferos. El veredicto fue muerte accidental. —Un murmullo recorrió la habitación.

—¿Culpable? —dijo Tina Barraclough.

El padre de Emma era un hombre de corta estatura, de poco más de cincuenta años. No se parecía en nada a su preciosa hija, de cabellos rubios. Tenía el pelo, de un tono rojo indefinido, salpicado de canas.

En su cara regordeta destacaban los trazos discontinuos de las ve-
nillas de sus mejillas sobre la tez pálida. Su aspecto era poco saludable e inquietante. A ojos de McCarthy, no parecía un padre que acabara de perder a su hija. La ficha de Emma contaba una historia que
a McCarthy no le gustaba. Algo muy grave había ocurrido en la vida
de aquella chica, bastante antes de los últimos acontecimientos, bastante antes de la muerte de su madre. Emma no era simplemente una
adolescente traumatizada por la pérdida.

En aquel momento ya habían cumplido los formalismos y quedaba patente que Allan no tenía coartada respecto a lo que había hecho la mañana anterior.

—¿Que qué estaba haciendo? —dijo el padre, aparentemente
sorprendido por la pregunta—. Había trabajado en el turno de noche. Fui a casa y me metí en la cama.

Nadie le había visto, aparte del de la tienda de periódicos, a eso
de las ocho. Pasó por la tienda a comprar el periódico y un paquete de
cigarrillos. El hombre empezó a ponerse nervioso a medida que caía
en la cuenta de las implicaciones que encerraban las preguntas de
McCarthy. Sus mejillas cobraron más color y se le enrojecieron los
párpados. McCarthy estaba esperando que profiriera alguna objeción, pero no dijo nada; se limitó a retorcerse las manos con nerviosismo.

—¿Le parece que retrocedamos unas cuantas semanas, señor
Allan? —McCarthy estaba decidido a presionarle un poco más—.
Tengo entendido que perdió usted a su esposa…

—En marzo, a finales de marzo. —Dio la impresión de que estaba ansioso por decírselo.

McCarthy tenía la fecha escrita delante de él: el 29 de marzo.
Aquella mañana, Dennis Allan acabó el turno a las seis, volvió a casa
y encontró a su mujer muerta.

—Lo lamento —un formalismo necesario—. ¿Le importaría contarme lo que pasó, señor Allan? Tómese su tiempo.

El hombre parpadeó, y los ojos se le enrojecieron aún más.

—Sandy, mi mujer, estaba… —Daba la impresión de que le costaba encontrar las palabras—. Estaba enferma, ¿sabe usted? Afectada mentalmente. Durante nuestro matrimonio, todo fue un proble-

ma. Estaba en tratamiento, pero las medicinas no siempre le hacían efecto. La atontaban mucho, entonces dejaba de tomarlas y luego…

Dennis Allan bajó la vista y se miró las manos, que no dejaba de retorcerse.

McCarthy, formando un triángulo con las yemas de los dedos enfrentadas, apoyó los labios sobre el vértice y, en silencio, asintió con la cabeza.

Dennis Allan levantó la vista y le miró.

—Estaba siempre…, quiero decir que… —Tragó saliva—. Se hacía daño a sí misma con frecuencia, ¿me entiende?

McCarthy volvió a asentir en silencio.

—No lo hacía con intención, no era eso, no es que lo deseara realmente, pero cuando las cosas la superaban, se atiborraba de pastillas, ¿me entiende? —Buscó con los ojos la mirada de Tina Barraclough, después la de McCarthy, demandando comprensión.

—¿Se tomó una dosis excesiva? —preguntó la oficial de policía, para darle pie.

Él la miró con agradecimiento.

—Pero no lo hizo a propósito —dijo.

—Pero esta vez… —McCarthy vio cómo el rubor inundaba el rostro de aquel hombre.

—Se tomó un montón de pastillas, y con alcohol. Lo hizo mientras yo estaba en el trabajo. Sandy…

El hombre hundió la cabeza entre las manos. Era innegable su desesperación, natural en un hombre que estaba hablando de una pérdida tan reciente; un hombre que experimentada una doble pérdida. McCarthy se preguntaba por qué no acababa de convencerle. Decidió esperar, consciente de que Barraclough estaba a punto de expresar algo que aliviara su dolor. McCarthy hizo un leve gesto de negación con la cabeza, y Tina Barraclough volvió a sentarse. El inspector detectó claramente la desaprobación en el rostro tenso de la joven agente. Tras unos minutos de silencio, Allan volvió a hablar:

—Yo fui quien encontró su cuerpo cuando volví del trabajo. La verdad es que no sé si lo hizo a propósito.

—¿Y Emma? —preguntó McCarthy en tono pausado.

—Emma… Aquel mismo día empaquetó sus cosas, ni siquiera

habló conmigo. —El hombre miró a los dos oficiales, con expresión de estar calibrando el nivel de comprensión con que le escuchaban—. Se fue. Intenté localizarla en la universidad, pero me dijeron que no estaba matriculada. Ni siquiera vino al funeral de su propia madre. —Su voz transmitía desconcierto.

En las pesquisas que habían hecho el día anterior para localizar a Lucy, se identificaron testigos que recordaban haber visto a Emma en el parque más o menos a la misma hora en que, según Jane Fielding, Lucy y la joven habían ido allí. Una mujer vio a Emma y a Lucy en la zona de los columpios, cerca de las verjas de entrada, al volver de dejar a su hija en el colegio, y señaló que le había sorprendido que la niña no estuviera en el colegio a esa hora. Un hombre que fue a sacar a su perro recordaba haber visto a una joven que respondía a la descripción de Emma, caminando de forma apresurada por el sendero en dirección a Shepherd Wheel.

—Reparé en ella porque se la veía muy nerviosa.

La joven iba sola. El hombre del perro estaba muy seguro de que no iba con ningún niño. ¿Qué había sido de Lucy entonces? McCarthy abrigaba la esperanza de que aquella incógnita se resolviera en la grabación que habían hecho los de Protección de menores cuando interrogaron a Lucy la noche anterior, poco después de que encontraran a la niña, cansada, sí, pero sin ninguna muestra de agresión, en medio del bosque a un kilómetro de Shepherd Wheel.

Sin embargo, la historia de Lucy era confusa y no resultaba concluyente. Era una niña muy pequeña, tan solo tenía seis años, y mezclaba sus fantasías con las cosas que le ocurrían en la realidad. La agente del servicio de Protección de menores que la interrogó, Alicia Hamilton, consiguió esclarecer algunos de los aspectos más confusos de la historia que les había contado la niña.

—Puede que nos dé una pista o que no sirva para nada —explicó la agente, mientras hablaba con el resto del equipo sobre la entrevista grabada de Lucy—, pero, al parecer, Emma se había inventado el juego ese de perseguir a los monstruos. Y hay una parte que sugiere algo más.

Entonces Emma se fue a perseguir a los monstruos, y yo me marché a los columpios. Bueno, ella se fue y yo salí corriendo.

—Esa es la parte interesante —Hamilton detuvo la cinta—. Cuesta un poco de trabajo entenderlo, pero, como veréis todos dentro de unos minutos, da la impresión de que Emma se traía algún chanchullo. Según Lucy, Emma se iba con frecuencia a perseguir a los monstruos, y Lucy tenía que esperarla en los columpios. Después, si la niña se había portado bien, Emma le daba un helado.

La historia de Lucy quedaba clara en ese punto, incluso hasta el punto de saber que lo que Emma estaba haciendo, fuera lo que fuese, encerraba algún peligro.

Se lo dije. Puedes hacerlo una vez, dos veces, pero a la tercera los monstruos te cogen.

Sin embargo, más adelante en la grabación, las fantasías de la niña resultaban impenetrables.

P. ¿Por qué te fuiste al bosque, Lucy?
R. Por los monstruos. Por el Hombre Ash.
P. Háblame del Hombre Ash, Lucy.
R. Es amigo de Tamby. Aunque no realmente. Tamby es mi amigo.
P. ¿Quién es Tamby, Lucy?
R. Mi amigo.
P. ¿Y qué puedes contarme del Hombre Ash?
R. El Hombre Ash… el Hombre Ash es amigo de Emma.
P. Háblame de él.
R. Ya se lo he dicho. Es amigo de Emma. Y Tamby también.

—Su madre dice que son personajes de las historias de la niña. «Tamby» es un personaje con el que la niña hace que juega en el jardín y en el parque. Y el tal «Hombre Ash» es una especie de gigante, un ogro…

McCarthy empezó a sentir dolor de cabeza. Hamilton siguió hablando:

—No son todo fantasías. Había alguien. Alguien tuvo que llevar a la niña a la zona de juegos de la presa Forge. Está demasiado lejos para que ella fuera sola. Además, alguien tuvo que darle dinero para que se comprara el helado. Pero Lucy no puede, o no quiere, decirnos quién era.

Suzanne esperó hasta oír el ruido de la moto de Joel, aquel rugido controlado de un vehículo de enorme potencia, demasiado caro para una persona que afirmaba no tener dinero para ayudar a su hija. Así se aseguró de que Joel se hubiera marchado. Luego cruzó por el patio al de la casa de Jane y, al llamar con los nudillos, la puerta, que ya estaba abierta, cedió hacia el interior. Jane estaba sentada a la mesa de la cocina, sujetando una taza entre las manos, y con la mirada perdida. Delante de ella tenía su cuaderno de bocetos. Nada más ver a Suzanne, se puso de pie y le dio un abrazo.

—Me he enterado de que fuiste tú quien la encontró —dijo Jane a Suzanne, a modo de saludo.

Suzanne respondió con calidez al abrazo de su amiga.

—¿Qué tal está? ¿Se encuentra bien?

Jane asintió con la cabeza, al tiempo que volvía a sentarse.

—Sí. Está un poco callada, pero supongo que se le irá pasando. La policía me llevó directamente a ese sitio en el que interrogan a los niños.

Jane acercó la tetera y sirvió a su amiga una taza de una pálida infusión. El olor a manzanilla invadió la habitación.

—Pero ¿qué pasó? ¿Es que alguien…? —Suzanne sabía muy bien que la actitud serena de Jane era engañosa.

—Lo que pasó fue que Emma se marchó, así sin más, se fue sola por el parque. —El rostro de Jane, amable por lo general, tenía una expresión dura—. Al parecer, Emma tenía la costumbre de dejar sola a Lucy y la chantajeaba con helados para que no se moviera de donde estaba. Lucy no le hizo caso, algo lógico si tenemos en cuenta que ella sabía que teníamos cita con el médico. La policía cree que alguien estuvo con ella en la zona de juegos, pero Lucy dice que no. Les contó que se escondió de los monstruos. Pero últimamente siempre hace esas cosas. Y dijo que Tamby la ayudó, y también les habló del Hombre Ash.

Suzanne reconocía todos aquellos nombres por las veces que había estado escuchando las historias de Lucy.

—Yo hablé con ella anoche —siguió contando Jane—, y esta mañana también le he hecho preguntas. Yo creo que estaba sola. Ella sabe ir a la presa Forge. Hemos hecho ese camino juntas un montón de veces. Se me ponen los pelos de punta de imaginármela andando sola por esos bosques. Y cruzando las carreteras… —Apretó con fuerza la taza que sujetaba entre las manos y miró a su amiga—. Me siento fatal conmigo misma. No entiendo cómo he sido capaz de dejar a Emma…

Suzanne conocía muy bien los sufrimientos de la culpa.

—Tú creías que la conocías, Jane. Las dos pensábamos eso.

Jane no estaba preparada para acallar sus remordimientos tan rápidamente.

—A la que yo conocía era a Sophie —dijo. Suzanne esperó y, al cabo de un momento, Jane siguió hablando:

—Fuera quien fuese el que… lo hizo, debió de encontrarse con Emma después de que dejara a Lucy, gracias a Dios. No creo que la niña viera nada. Joel me ha dicho que no tendría que haber permitido que interrogaran a Lucy, pero… —Jane lanzó a Suzanne una mirada de cautela al oír las pisadas de Lucy por la escalera, y empezó a pasar las hojas de su cuaderno de bocetos—. Mientras esperaba cuando interrogaron a Lucy, hice algunos dibujos —dijo.

En aquel momento la niña entró en la cocina con una pluma de pavo real en la mano; un regalo que le hizo Sophie y que era uno de los tesoros de Lucy.

—¡Hola, Lucy! —dijo Suzanne, y sin poder refrenarse, le dio un abrazo.

La niña se zafó del abrazo con impaciencia.

—Estoy *ocupada* —dijo.

—Ah, bueno, perdona, Lucy. ¿Qué estás haciendo?

Lucy frunció los labios con desdén, y luego se ablandó.

—Estoy jugando. Tamby está persiguiendo a los monstruos. —Se detuvo para mirar a las dos mujeres—. A los policías de verdad no les dije nada, pero a Alicia le conté lo de los monstruos.

—La agente de Protección de menores —señaló Jane—. La que le hizo las preguntas a Lucy.

Suzanne sintió un escalofrío.

—Ya me lo había imaginado. —*Queremos ayudar al muchacho.*

—Ahora me voy al jardín —dijo Lucy.

Jane la vio salir al patio, sujetando con mucho cuidado la pluma de pavo real cuando intentaba sortear con éxito el escalón.

—Aún sigue con lo de los monstruos —dijo Jane.

Suzanne siguió mirando a su amiga con atención mientras ésta pasaba las hojas del cuaderno, hasta que llegó a la página que estaba buscando.

—Al final conseguí plasmar lo que quería —dijo Jane—. Mira, hice estos bocetos ayer mientras esperaba a que interrogaran a Lucy.

Suzanne contempló aquella escena que le resultaba sumamente familiar: las casas en distintos niveles, los cubos de basura con ruedas a la entrada de las viviendas; los diminutos jardines frontales, pequeñas franjas de terreno que separaban las casas de la carretera, unos cuajados de flores y otros llenos de maleza y objetos viejos. Era la escena que Suzanne veía todos los días desde la ventana de su dormitorio, representada con el toque especial de Jane. Aquellos bocetos reflejaban los contrastes de luz y oscuridad, los lugares en los que daba el sol de forma más intensa y las partes que quedaban en sombra, negras e impenetrables. Había algo en aquellos bocetos que hizo que Suzanne sintiera cierta inquietud. Acercó la vista para verlos con más detenimiento. Como agazapado entre las sombras de la entrada, había algo apenas esbozado, una presencia más que humana, con aire amenazante. De debajo de la tapadera de uno de los cubos de basura, salía una mano de un tamaño exagerado por las largas uñas de los dedos. Un ojo —¿de pájaro, tal vez?— vigilaba con expresión aviesa detrás de una cortina, levemente retirada por unas garras. Suzanne cayó en la cuenta de que, mirara donde mirara, todo el dibujo estaba lleno de cosas extrañas, agazapadas, ocultas, pero presentes, alrededor y entre la gente que paseaba por las calles alegremente, sin saber lo que les acechaba. Levantó la vista para mirar a Jane con expresión de perplejidad.

Jane seguía mirando los dibujos.

—Monstruos —dijo.

◆ ◆ ◆

Los árboles estaban cuajados de hojas y sus pesadas copas colgaban sobre los senderos que recorrían los bosques siguiendo el curso del Porter, por el valle Mayfield hasta la presa encenagada de Old Forge, más allá de la cafetería y la zona de juegos hasta adentrarse en la espesura de arboleda, al otro lado de la presa Wire Mill, donde florecen los nenúfares blancos, dejando atrás los viejos embalses y canales, más allá de las zonas ajardinadas y más allá del oscuro silencio de la presa de Shepherd Wheel. Allí bordeaba el parque una hilera de casas grandes de piedra, de tres plantas en la parte frontal y cuatro en la posterior, donde el terreno descendía hasta el río. Los árboles dejaban en sombra los jardines de aquellas casas. Sus raíces socavaban los cimientos. Muy cerca de los muros crecían laureles y distintos tipos de coníferas. Los semisótanos daban a pequeños jardines traseros que quedaban separados del parque por muretes.

El jardín de detrás de la primera casa estaba abandonado y cubierto de maleza. Las hojas del otoño se pudrían sobre la tierra, allí donde las margaritas y los dientes de león pujaban por brotar. Sobre el asfalto se veía desparramado el contenido de un cubo de basura volcado en el suelo, que se mezclaba con el barro y el musgo. Los zorros y los roedores habían dado cuenta de lo comestible, habían roto las bolsas de basura y las habían desparramado por el suelo. Alguien había limpiado un rectángulo perfecto en la tierra, con tal precisión que los bordes parecían cortados con bisturí. Crecían en él capuchinas y nomeolvides. La tierra estaba seca y las plantas tenían el aspecto de estar un poco mustias.

La ventana del semisótano estaba oscura. El sol no daba en la parte trasera de la casa, los árboles lo impedían. A través de la ventana, el blanco de las paredes irradiaba un tenue brillo en la oscuridad. Había dibujos pegados por las paredes, todos con la forma de un rectángulo blanco, en cuyo centro se perfilaba una ilustración realizada con cuidadosos trazos. El estilo era meticuloso, abigarrado, de miniatura. En uno de los dibujos se veía a una adolescente de cabello rubio; en el siguiente, a un joven de ojos oscuros; en otro, a una mujer joven, riéndose. En el siguiente, una niña miraba fijamente de frente, con el pelo revuelto cubriéndole parte de la cara. Y en otro de los dibujos, la misma niña otra vez, pero ahora concentrada en algún juego que quedaba fuera de la ilustración. Las manos de la niña jugaban con el blanco vacío.

Todas las láminas eran del mismo tamaño, y el espacio de separación entre ellas estaba perfectamente medido. Al principio, los dibujos estaban dispuestos en orden secuencial: primero la adolescente, después la joven, después la mujer y a continuación la niña; la adolescente, la joven, la mujer, la niña. Pero luego se rompía la secuencia: la adolescente, la niña, la joven; la adolescente, la niña, la joven; la niña, la joven; la niña, la joven… Y la secuencia quedaba interrumpida en mitad de la pared.

Suzanne reconoció al hombre que la estaba interrogando. Era el policía que había estado en casa de Jane el día anterior, el mismo que habló con ella después de que encontrara el cuerpo de Emma en el agua. El inspector McCarthy. Suzanne se había vestido con elegancia para la ocasión, con su mejor traje de chaqueta —bueno, en realidad el único que tenía—. Se había pintado un poco y se había secado el pelo estirándoselo con el secador hasta que logró convertir en una melena lisa sus escarolados bucles. Pero, a pesar de todos sus preparativos, sentía opresión en el pecho y atisbos de pánico. No había vuelto a estar en una comisaría desde aquella última vez con Adam, la última de las muchas visitas en las que Adam permanecía en un silencio sepulcral hasta que, por fin, emergía el niño asustado que Suzanne conocía bajo la fachada de adolescente envalentonado. Siempre salían los dos juntos de las comisarías, de los tribunales de menores, hasta aquella última vez en la que Suzanne tuvo que marcharse sola, dejando a su espalda la voz de Adam. *¡Escúchame, Suzanne!*

Se obligó a sí misma a volver al presente. Tenía que estar alerta, pensó, al ver la fría mirada del hombre que estaba sentado al otro lado de la mesa. La noche anterior ella ya le había respondido una serie de preguntas sobre cómo había encontrado a Emma, pero él volvió a planteárselas, por lo que era evidente que no estaba totalmente convencido de algunas partes de su historia. Suzanne se dio cuenta de que no podía explicarle por qué tomó la decisión de ir a investigar a la noria. Para ella, era algo tan obvio como mirar a tu alrededor si alguien grita «¡Cuidado!», pero el inspector parecía incapaz de comprender o aceptar aquello.

—Estaremos de acuerdo en que no era fácil saltar al patio —decía McCarthy en aquel momento.

—No, tuve que escalar la valla.

—¿Pasó usted por encima de esas verjas en punta? Un poco peligroso, ¿no le parece?

Era verdad, no había sido fácil. Suzanne se preguntó por qué no pensó en eso antes de encaramarse a la valla; simplemente no lo pensó, lo hizo. McCarthy no le había hecho en realidad ninguna pregunta, por lo que ella no dijo nada. Al cabo de unos instantes, el inspector dijo:

—Lo que estoy intentando determinar, señora de Milner…

—Señora Milner —le interrumpió Suzanne, que captó sobre ella la mirada de aquel hombre, que valoraba si tomar en cuenta o no aquella afirmación. Se acordó de la forma en que Joel la había mirado aquella mañana en la cocina.

—*Señora* Milner, intento aclarar por qué se tomó usted semejantes molestias para saltar al patio, si no tenía ninguna razón para pensar que había pasado algo malo allí.

—¿Usted siempre sabe por qué hace las cosas?

Nada más acabar aquella pregunta, Suzanne lamentó haberla hecho. Le daba una imagen de estar a la defensiva. Aquel hombre, como Suzanne ya había percibido, tenía la costumbre de no responder, de hacer caso omiso de algo que ya se había dicho. Estaba apoyado en el respaldo de la silla, mirándola fijamente, como si esperara algo más de ella. Suzanne notó que empezaba a respirar de forma entrecortada; intentó distraerse, relajarse de alguna manera. Empezó a mirarse las manos. No tenía mal las uñas, aparte de la que se había mordido el día anterior. Tenía un poco de suciedad en la uña del pulgar e intentó quitársela. Menos mal que había tenido tiempo suficiente para pintarse las uñas. En cierto modo, así se sentía más segura. Notó que la respiración recobraba su ritmo normal, pero no se le ocurría ninguna respuesta a la pregunta de aquel hombre.

—No sé… —dijo por fin, sin que se le ocurriera nada mejor. Vio que el rostro del inspector se endurecía y reforzó su respuesta—. *No lo sé.* Usted ya sabe lo que había pasado. A lo mejor pensé que allí había algo relacionado con Lucy.

—¿Pensó usted eso?

—No lo sé.

La conversación llegó a un punto muerto. Él permaneció en silencio. Suzanne notó otra vez que le aumentaba la tensión. Por un momento, casi esperó encontrar frente a ella, al otro lado del escritorio, a la mujer con la que habló, aquella última vez, acerca de Adam. *Queremos ayudar al muchacho, Suzanne.* Deliberadamente, empezó a repasar en su mente la escala de las pruebas de comunicación que ella había adaptado para utilizarla en el proyecto Alfa. Consistía en formular una serie de preguntas de respuestas obvias, y clasificar después las contestaciones en función de una lista de categorías: *No responde. Respuesta inapropiada para el contexto...* Como hacía con Ashley cuando le preguntaba por su familia. Fue bastante rara la manera en que Ashley reaccionó durante la entrevista. Suzanne intentó recordar si le había notado algún signo de aquellas respuestas extrañas cuando habló con él en la cafetería...

—... en el patio, señora Milner?

—Perdone, ¿le importaría hacerme la pre...?

De nuevo, Suzanne notó aquella expresión de dureza en el rostro del inspector, más comprensible esta vez. No estaba prestando atención. Aquella expresión le hacía un poco más humano.

—¿Vio usted algo que le hiciera pensar que había pasado algo malo en el patio?

—Ya. Perdone, estoy un poco cansada. —Suzanne intentó sonreír. No había ninguna razón para alimentar el antagonismo, se dijo a sí misma. Aquello no tenía nada que ver con Adam. El inspector no respondió, sino que esperó a que ella lo hiciese. *Aunque no muy humano.*

»Bueno, no aquella misma noche. Me refiero aparte de, vamos, lo que usted sabe. —*¡Suzanne, por Dios, exprésate con propiedad!*— Quiero decir, ¿me está usted preguntando por lo que ocurrió por la noche o por la mañana?

—¿Estuvo usted en el parque ayer por la mañana?

Suzanne reparó en que eso no se lo había contado. Sin darse cuenta les había hecho creer que su visita al parque por la noche era la única que había hecho en el día. La voz del inspector era neutral, pero Suzanne pensó que le parecía detectar cierta exasperación bajo aquel tono. Se sintió como una estúpida, pero también enfadada. ¿Era capaz de entenderla aquel hombre? ¿Estaba tan acostumbrado a la violencia, a las muertes repentinas, que se comportaba ya como un autómata y esperaba que los demás hicieran lo mismo?

—Sí —eso era lo único que podía decir.

—¿A qué hora?

Suzanne se quedó pensativa.

—Fui al parque más o menos a las nueve y media de la mañana, y cuando volví a casa eran cerca de las diez y media. Salí a correr. Atravesé Endcliffe Park, después crucé la carretera principal y llegué hasta Bingham Park. —Suzanne siguió contándole hasta que llegó a lo del letrero que había visto a la entrada del parque.

El inspector no logró controlar su exasperación esta vez.

—Pero ¿por qué no nos dijo eso ayer?

Suzanne notó que se ponía colorada. Detestaba que la pillaran en falta.

—Bueno, es que… Con todo lo que ocurrió, la pobre Lucy… No me acordé de ese detalle.

El inspector asintió con la cabeza, claramente insatisfecho por aquella respuesta, y retomó la historia del letrero. Se quedó tan sorprendido con aquel detalle como Suzanne cuando lo vio, y empezó a hacerle preguntas sobre la gente que frecuentaba el parque, las personas a las que veía por allí con regularidad, si había tenido algún incidente con exhibicionistas u otros tipos extraños… Suzanne fue respondiendo negativamente a todas aquellas preguntas.

Después ella le contó otra vez lo de la noria, lo de la verja abierta, cuando entró al patio… El rostro del inspector permanecía impasible, pero Suzanne sentía como si estuviera leyendo sus pensamientos tras aquellos ojos inexpresivos. Siguió adelante en su deseo de disculparse, explicarse, de contarlo todo con claridad y calma. Él la forzaba a pasar por los mismos detalles una y otra vez. Suzanne cerró los ojos para reproducir la escena con claridad en su mente.

—Era mi reflejo —dijo—. Yo agitaba el agua para deshacerlo, y volvía a aparecer.

La siniestra y absurda imagen de Emma muerta, que aparecía en el agua una y otra vez para mirarla fijamente, desmoronó el precario equilibrio de Suzanne, cuya voz acabó desvaneciéndose entre sus explicaciones.

Pareció que ya habían terminado. Suzanne empezó a relajarse cuando él dejó de presionarla con preguntas que ella no sabía responder, exigiéndole una información que no podía darle, haciéndola sentirse culpable de no contar todo lo que sabía. Era importante explicar que por la mañana no había visto ni a Lucy ni a Em, pero tenía que contarle lo de aquel hombre —¿un joven?—, al que vio cerca de Shepherd Wheel.

—Por la mañana sólo vi a una persona en aquella parte del parque. —Suzanne recordó la extraña sensación que había tenido al verle—. Al principio pensé que era alguien conocido, pero…

—¿Quién? —El tono de McCarthy era neutro, pero en aquel mismo instante Suzanne supo que había cometido un error.

—No, no era nadie —dijo, con rapidez. Con demasiada rapidez—. Sólo pensé que era alguien conocido, al principio. —Empezó a notar que se le entrecortaba la respiración y el pecho le oprimía. Se concentró. Empezó a respirar lentamente, intentando controlar el ritmo. Manteniendo la calma. *Te hago responsable de esto.* La letanía de su padre. McCarthy seguía mirándola fijamente. Si le daba más evasivas, sólo conseguiría empeorar la situación. Al fin y al cabo, no era Ashley. Cuando quiso empezar a hablar, apenas le salió la voz, y tuvo que interrumpirse y tomar aire para poder seguir.

—Sólo por unos instantes, pensé… Pensé que tal vez era Ashley Reid… Del proyecto Alfa… Pero en realidad no era él. —No habría sonado menos convincente si se hubiera propuesto mentir de forma deliberada.

McCarthy se puso a trabajar con los archivos informáticos. Estaba enfadado y quería hablar con quien hubiera interrogado a Suzanne Milner la noche anterior. Lo tendría que haber hecho él. Pero ahora ya tenían la información. Aproximadamente a las diez y cuarto habían abierto el patio de la noria y alguien, un hombre joven que respondía a una descripción concreta, había pasado por allí y, por la dirección que llevaban sus pasos, se podría haber dicho que venía del patio.

Estaba perplejo además de enfadado. Normalmente tenía especial aptitud para interpretar a las personas durante los interrogatorios, pero con Suzanne Milner todo había sido muy extraño. El día anterior se había mostrado excesivamente protectora de su amiga, después casi se había quedado bloqueada por la conmoción. Y en la entrevista de aquel día, con la imagen de una académica perfectamente acicalada, se las había arreglado para sacarle de sus casillas. Se había presentado en la comisaría vestida con una sobria elegancia, una imagen bien distinta de la de la chica con vaqueros y camiseta que le había dado el día anterior. Al principio, McCarthy interpretó que la joven mantenía una actitud de hostilidad. Allí sentada, con la espalda muy recta, la cabeza ladeada y mirándose las uñas con detenimiento antes de contestar a cada pregunta, lanzándole rápidas miradas de soslayo y apartando la vista en cuanto sus ojos se cruzaban con los de él. Daba la impresión de que se tomaba todo aquello como un juego, sin ninguna intención de colaborar, con escuetas contestaciones a preguntas de las que él necesitaba una respuesta.

Pero luego, a lo largo de la entrevista, McCarthy se había dado cuenta de que no era más que fachada. Lo que en un principio él había mal interpretado como hostilidad era, en realidad, tensión, pero una tensión que parecía relacionarse más con el entorno de aquella mujer que con él. La impresión que le había dado era que le costaba muchísimo concentrarse en la entrevista.

McCarthy repasó sus anotaciones. La confusión en lo del parque... Aquello podía aceptarse. Estaba conmocionada, se había quedado afectada por haber encontrado a aquella mujer muerta en el agua. Lo azarada que se había puesto al tener que admitir que había estado cerca de Shepherd Wheel en la hora crucial y no lo había dicho antes le había resultado convincente.

Pero ¿había intentado pasar por alto lo del letrero para que él no se enterara? Si era así, ¿por que lo había mencionado después? Qué raro. Él había notado que había algo más, y no se había equivocado. Ashley Reid, del programa Alfa. ¿Por qué se le disparaban las alarmas? Ya conocía aquel nombre. Lo mejor iba a ser intentar averiguar lo que podría haber estado haciendo ese tal Ashley, aunque no fuera en verdad la persona que estaba allí. Veamos qué ha hecho desde la última vez que lo arrestaron. McCarthy tecleó los comandos pertinentes en el ordenador y esperó.

En la fotografía que apareció en la pantalla se veía a un joven moreno y de ojos oscuros, que miraba fijamente a McCarthy con una leve sonrisa y expresión de recelo en los ojos. Tenía diecinueve años; era un poco mayor que casi todos los jóvenes que enviaban a aquel programa. McCarthy empezó a revisar los antecedentes penales yendo hacia atrás en el tiempo. Hacía tres años, Reid había cumplido una breve condena de internamiento en un centro de rehabilitación para jóvenes, por haberse metido en una pelea y haber herido a su oponente con una botella de vidrio. La mayoría de sus otros delitos eran los típicos de un joven problemático: robos en tiendas, hurtos al descuido y faltas por conducta vandálica. Pero Reid fue más allá, y tenía más de una condena por allanamiento de morada. Tendrían que haberlo enviado a prisión. ¿Por qué al proyecto Alfa? McCarthy siguió leyendo. En la ficha de Reid ponía que tenía «dificultades de aprendizaje». A McCarthy aquello le sorprendió; el rostro que le miraba desde la fotografía no daba esa impresión. Según los datos del archivo, el joven era especialmente apropiado para formar parte del programa experimental que se estaba llevando a cabo en el proyecto Alfa. El asistente social que se encargaba de su caso había dicho de él que no era tanto un joven con malas inclinaciones como un muchacho muy fácil de dirigir, el chivo expiatorio de los actos que hacían otros más inteligentes que él. Ese era el argumento por el que Ashley Reid se había librado de la cárcel.

McCarthy levantó las cejas con escepticismo. Leyó después que Reid tenía también sobre él un cargo pendiente, de los que exigen la comparecencia en juicio. Los guardias de seguridad del campus universitario lo encontraron a altas horas de la noche en la parte oscura que quedaba detrás del edificio de Químicas, por el camino solitario que atravesaba el aparcamiento y servía de atajo. Se lo acusaba de ir preparado para cometer un delito de allanamiento de morada. En el momento de la detención, llevaba una linterna, una navaja y un rollo de cinta adhesiva. En opinión de McCarthy, en aquel entorno, eso no era ir preparado para cometer un atraco, sino para cometer una violación.

El mundo de las sustancias químicas es ordenado, predecible y, para quienes lo comprenden, seguro. Ya había caído la noche, y Simon dejó que sus ojos vagaran por las líneas rectas de las baldosas que recorrían el lustroso suelo, formando ángulos rectos y geometrías cuadradas. Cuadrados pequeños y otros más grandes que contenían cada uno cuatro cuadrados pequeños, y cuadrados más grandes que volvían a incluir otros cuatro cuadrados más pequeños, formados a su vez por otros cuatro cuadrados, y así hasta el infinito. El orden.

Mezcló las tres soluciones. Primero la acetamida con agua; después el hipoclorato de calcio con agua, y finalmente, con mucho cuidado, el hidróxido de sodio con agua. ¡Cuidado con la temperatura! Colocó las tres soluciones en el congelador.

Había filas de pesados bancos. Franjas de luz en el techo, que relucían brillantes, transformando la superficie del cristal, las botellas, los tubos, las formas, las curvas. La luz, mezclándose y fragmentándose en el caos.

Lo importante era mantener baja la temperatura. Con los experimentos había aprendido que funcionaba bien poner un cuenco de acero inoxidable sobre una mezcla de hielo y sal, siempre que uno fuera lo suficientemente cuidadoso y paciente. Las moléculas se asentaban formando sus configuraciones, y se rompían al recibir el estímulo adecuado, para recombinarse en formaciones fáciles de predecir. Absorbente y hermoso.

La luz: reflejándose, refractándose, lanzando líneas contra todo lo que fuera de cristal y fragmentándose una y otra vez, y otra vez, y otra vez.

Puso la primera solución en el cuenco y la revolvió para bajarle la temperatura. Después, lentamente, con sumo cuidado, añadió la segunda, mientras trabajaba bajo la campana de humo. *¡Con cuidado!* Una vez, solamente una vez, el orden, las proporciones, el tiempo, *algo* fue mal, y el olor a desinfectante del cloro empezó a invadir la habitación.

A partir de aquel momento sólo le quedaba sentarse y esperar. Dos horas. Aquella noche Simon llevó consigo su cuaderno de bocetos. Lo abrió por una página nueva. La pureza de aquella blancura, su intenso vacío le agradaron, y se quedó sentado mirando la página largo rato. Pisadas sobre el lustroso suelo. Un rostro, sonriente. Nada más que un rostro. Los rostros deben dibujarse, delinearse con sumo cuidado mediante trazos de lápiz para dotarlos de significado.

—Hola, Simon. No te he visto en…

Era Matthew, el tutor. No merecía la pena prestarle atención. No era importante. La belleza del blanco empezaba a escapársele y Simon cogió el lápiz.

—…con lo cerca que estamos de los exámenes finales… Simon asintió con la cabeza. Pero no era suficiente. *Di mejor:*

—Sí.

Era importante situarlo justo en el centro. El lápiz empezó a crear una imagen, primero líneas finas, pequeños detalles, imperceptibles en un primer vistazo para alguien que no viera las formas que siempre habían estado tan claras para Simon.

—… Se te echa el tiempo encima. Este laboratorio está vacío hoy por la noche, pero Barry estará en la puerta de al lado, por si necesitas algo. Cierran a las nueve.

Se cruzaron las miradas. Simon apartó la vista, asintió con la cabeza, *de acuerdo, muy bien.* Pasos. La puerta. Se marchó. Simon miró al reloj y volvió a concentrarse en su dibujo.

Dos horas. Ya tenía que añadir el contenido del tercer frasco, fresco, no muy frío. La solución se puso de un color blanco casi transparente, como la leche, como el papel.

A partir de ese momento, había que esperar horas. Mejor salir un rato, por los lustrosos pasillos y bajo las luces del techo, con el caos de la gente yendo de acá para allá, alterando todas las formas. El guardia de seguridad, ese viejo. *Buenas noches. Buenas noches.* Ni siquiera levanta la vista, ni se entera, está acostumbrado a las idas y venidas de Simon. Otra vez a salvo, de vuelta en la habitación con el lustroso suelo. Había que esperar.

Han apagado las luces. El guardia de seguridad, ha vuelto pronto. Había que esperar, estar atento, dormir. Dormir, soñar…

La luz de la linterna enfocaba el suelo delante del camino. Parpadeaba como si se le estuvieran acabando las pilas. La lluvia los salpicaba y un charco brillaba a la tenue luz. Y más adelante por el sendero… Tambaleándose bajo el peso cuando ella se desplomó sobre él. El asunto había resultado bueno, fuerte. *Con calma, con mucha calma*. Ahora el sendero que bordeaba la presa. La noche, negra más allá del círculo de tenue luz sobre el suelo. La linterna iluminaba la lluvia, brillante y resbaladiza. Brillante y resbaladiza como el barro de la presa, aquel barro negro, espeso, y los ruidos de sus pisadas blandas y pegajosas. Y el lugar donde el barro estaba removido, el sitio donde se podía cavar.

No, por favor, eso no. Y el fulgor más frío que el fulgor de la chimenea, haciendo que el metal se quemara como el hielo.

¡No, por favor! Y el sonido blando y amortiguado del barro en la oscuridad.

Simon abrió los ojos de pronto. Aquel sueño otra vez, y ahora había otro, corriendo por el sombrío sendero, buscando algo que no estaba allí, lo sentía ya detrás de sus talones, el caos, el caos, el caos.

Miró el reloj; las manecillas negras sobre la esfera blanca lo serenaron, recuperó el ritmo de la respiración. *No es más que un sueño, Simon. No te preocupes.* Habían pasado varias horas. Era medianoche. El vigilante nocturno jamás subía allí tan tarde. Simon empezó a calentar el baño de agua.

5

La casa de Dennis Allan, en otro tiempo el hogar de Emma, era un dúplex de la urbanización que daba al valle de Gleadless. Tina Barraclough se perdió en su primer intento de localizar la dirección, por el laberinto de bloques de pisos de dos y tres plantas que tachonaban aquel lateral del valle. A distancia, la urbanización daba una sensación de apertura, de zonas verdes y ajardinadas salpicadas aquí y allá de edificios cuyos frontales eran multicolores, con cortinas que se agitaban al viento, la ropa tendida en los balcones y puertas pintadas. Más de cerca, el deterioro se hacía más evidente. Había basura en el césped y trozos sin hierba, cubiertos de barro. La pintura de los edificios se había descascarillado en algunas partes. Cerca de allí había bloques con las ventanas y las puertas cerradas con tablones. Más abajo por la ladera, los edificios estaban rodeados por andamios, y por el barro y los escombros típicos de las zonas en obras, con lonetas y láminas de polietileno que ondeaban con la brisa del verano.

El bloque de los Allan era uno de los que estaban reformando. Los coches de policía estaban aparcados frente a la fila de garajes que formaban el sótano del edificio. Barraclough pasó junto a ellos. Las puertas de los garajes eran desiguales y de contrachapado, estaban decoradas con pintadas, eslóganes y nombres: CASSIE Y CLAIRE ESTUBIERON AQUÍ. ¡QUE SE JODA CLAIRE! AQUÍ VIVEN PUTAS. Se podía apreciar que originalmente los garajes estaban pintados con colores primarios, rojo, azul y amarillo. Se veían los restos de la antigua pintura.

Barraclough subió por la escalera de hormigón hasta el primer nivel de aquella urbanización dispuesta en terrazas, al número doce, el dúplex de los Allan. Aunque había basura amontonada por todas partes y la maleza crecía a su antojo, la escalera estaba barrida, las puertas delanteras recién pintadas y en la mayoría de las ventanas había macetas con plantas. Una o dos puertas se abrieron cuando la gente salió al ver llegar a la policía, pero se cerraron rápidamente a medida que se iban acercando los vecinos. Barraclough abrió la puerta del número doce y entró.

Tras haber conseguido un permiso para registrar la vivienda, Brooke le había dado instrucciones para que lo revolviera todo.

—Me interesa cualquier cosa, lo que sea que nos indique qué ha pasado ahí. Cualquier cosa que diga que Emma se marchó cuando nos contó su padre, todo lo que sea sobre ella. Regístralo todo.

Los dúplex tenían todos la misma disposición. Tina Barraclough tenía una amiga que vivía en un dúplex de protección oficial en otra urbanización, y Tina era capaz de recorrer la vivienda de los Allan con los ojos cerrados. La cocina, a la izquierda de la puerta de entrada, un pasillo que acababa en el salón con forma de L, donde una cristalera de puertas correderas daba a un pequeño balcón. En la planta de arriba había un cuarto de baño sin ventana, un servicio aparte, también sin ventana, que olía levemente a orín. Un dormitorio principal y otro mucho más pequeño, el de Emma. Según lo que les había dicho el padre, la habitación estaba tal cual ella la dejó cuando se fue.

—Quería que ella pensara que podía volver. Yo quería que ella volviera a casa —les había dicho Dennis Allan.

Emma tenía diecisiete años. Barraclough, veinticuatro. La oficial de policía se preguntó si aquella diferencia de siete años sería suficiente para establecer una barrera. Se acordaba de cuando tenía diecisiete años y no le parecía que a aquella edad se hubiera sentido de manera muy diferente a como se sentía con veinticuatro, excepto que la vida le parecía al mismo tiempo más fácil y más difícil a los veinticuatro. A los diecisiete tenía muchas broncas con su madre por los

exámenes finales. ¿Discutían también porque ella saliera con chicos y
llegara tarde por las noches, o eso había sido cuando era más pequeña? Barraclough tenía la impresión de que llevaba ya mucho tiempo
tomando sus propias decisiones, pero quizá sus recuerdos la engañaran. Diecisiete años. Emma había vivido allí con su madre, quien al
parecer no pensaba en nada al infligir sus propias miserias a su familia. Su padre, ¿sería el inútil pusilánime que parecía, o escondería
bajo aquella patética imagen exterior una psique más siniestra, más
manipuladora? Emma debía sentirse muy desgraciada. Se había ido
de casa en dos ocasiones. ¿Por qué había vuelto, y por qué había decidido marcharse definitivamente?

Barraclough miró alrededor en la habitación pequeña, intentando captar cualquier rasgo de Emma, alguna imagen de la niña viva, en
lugar de la mujer muerta sobre el mármol de la mesa de autopsias
en el depósito de cadáveres. Había una cama individual debajo de la
ventana y un ropero de melamina contra la pared, de los que tienen
un espacio para colgar perchas y otro con estanterías y cajones. Todo
estaba limpio y ordenado, y la cama estaba hecha. Aquella habitación
era la habitación de una chica joven, la habitación de una persona que
está creciendo, conociendo el mundo. Emma no se había molestado
en cambiarla ni modernizarla. La colcha y las cortinas eran de muchos colores con el dibujo de Bart Simpson. *Eat my shorts*. ¿Elección
de Emma o de su madre? En cualquier caso, tanto la colcha como las
cortinas habían perdido el color. No eran nuevas. Encima de la cama
había un póster arrugado de las Spice Girls, algo que probablemente
habría avergonzado a Emma si hubiera estado un poco más pendiente de su habitación. En la pared de enfrente había una fotografía de
Royal Trux, que parecía recortada de una revista.

Barraclough abrió la puerta del ropero. De una percha colgaba
una bata de invierno, demasiado pequeña para que Emma se la hubiera puesto recientemente, y un vestido de fiesta negro, de licra, muy
corto, de los que te dejan boquiabierto. En el interior del ropero había una pegatina con el lema: «REIVINDICA LA CALLE». Al fondo había
un par de zapatillas viejas de deporte.

Tiró de los cajones. No había nada dentro, aparte de un paquete
medio vacío de papelillos Rizla, arrugado, y los restos de un cigarrillo.

Barraclough cogió algunas hebras de tabaco y las olió. Ni en los laterales ni en el fondo de los cajones había nada. Volvió a mirar por la habitación. Colgando de la parte de atrás de la puerta había una mochila. La abrió y miró lo que había dentro. Estaba vacía, salvo un par de folletos de fiestas gratuitas, a juzgar por el aspecto de lo que ofrecían, «cortinas de humo» y un sistema de sonido casero. Parecía un sótano, una vivienda oscura. Miró en los bolsillos laterales de la mochila; por un momento creyó haber encontrado una agenda y le dio un vuelco el corazón, pero era una cartera, de esas que te regalan en los bancos y en las constructoras para guardar tarjetas. Las examinó. Una tarjeta de crédito, el abono del autobús, una tarjeta del cajero automático y una tarjeta de crédito de unos grandes almacenes. Extraño, en una adolescente sin trabajo. ¿Acaso tenía deudas? Miró los compartimientos pequeños de la cartera para ver si había algo más, y cayeron al suelo dos fotografías. Les dio la vuelta. En la primera se veía a una mujer joven en una fiesta o en una discoteca; el fondo quedaba oscuro y no era posible diferenciar a las personas. La luz, posiblemente de una cámara con flash, había cogido por sorpresa a la mujer, que se reía y levantaba un brazo a modo de protesta. Por un momento Barraclough pensó que debía ser Emma, pero tenía el pelo más oscuro. En la parte de delante de la fotografía alguien —¿la mujer de la imagen?— había escrito: PARA EM. Dio la vuelta a la foto y en la parte de atrás, con una letra distinta, ponía: SOPHE. HULL, 97. ¿Sophie Dutton?

La segunda era una foto de un grupo de gente, borrosa y desenfocada. Parecía como si estuvieran montando un equipo de música. Delante, más nítida que las demás figuras, se veía a una mujer, más o menos de la misma edad que la de la primera fotografía, Sophie, pero la imagen era más antigua. Había algo en el tipo de ropa, el maquillaje, que sugería que era de los setenta, y no de la moda «revival» más actual. Eran indumentarias más desarrapadas, sin el estilo de telas y diseños más recientes. Barraclough la miró más de cerca. Aquella mujer tal vez fuera una versión más joven de la persona que aparecía en una foto que había visto en la planta de abajo, una Sandra Allan muy joven. Miró a las otras personas que aparecían en la fotografía, pero era imposible ver algún detalle. Miró al dorso. Había una fecha garabateada con la tinta descolorida. Ponía algo así como noviembre

197… El último número no se veía bien, y había otra palabra que tampoco resultaba legible: …ELVET. Justo encima, en tinta más reciente, alguien había escrito: ¿Y ESTO QUÉ? Volvió a mirar la foto. Había algo en la mujer… En la niña, más bien. Estaba de pie con una postura extraña, desequilibrada. Tina Barraclough frunció el ceño. Le recordaba a … ¡Claro! La mujer de la fotografía, la que era probablemente Sandra Allan, estaba embarazada. Tina se fijó una vez más en la fecha medio borrada. Sandra Allan había tenido un hijo antes de Emma. ¿Qué había pasado con él?

Dennis Allan se puso colorado al ver la fotografía que le entregó McCarthy.

—¿Reconoce usted a alguna de estas personas? —preguntó el inspector.

El hombre movió la cabeza en silencio y al final dijo:

—Sandra, claro. Pero de los demás —miró con detenimiento la fotografía— no reconozco a nadie —dijo—. No se ve bien.

McCarthy asintió con la cabeza. La imagen estaba borrosa.

—No sé de cuando es esta foto —dijo Allan. Conoció a Sandra a finales de los setenta. Él estaba en una banda en la que Sandra fue la cantante durante un tiempo.

—Yo la dejé en 1977 —explicó.

McCarthy le preguntó por el embarazo de Sandra. Volvió a ponerse colorado.

—Perdimos el contacto cuando la banda se rompió —dijo. Se fijó en la mirada de McCarthy y añadió, con verdadera indignación—: No era mío. Yo no era su novio entonces. —La banda, Velvet, se había deshecho en 1978, cuando se fue otro de los miembros—. Me encontré de nuevo con Sandra en 1981 —dijo—. Nos casamos en 1982, poco antes de que naciera Emma. —En su rostro había una expresión de desamparo.

A Tina Barraclough le gustaban los vecinos entrometidos. Sobre todo, los entrometidos que estaban siempre en casa. Y los mejores de todos, los vecinos entrometidos que estaban siempre en casa y en nada disimulaban su afición a entrometerse. Resultaba siempre muy frustrante, y un enorme retraso en las pesquisas, encontrarse con las típicas excusas: «Lo siento, pero yo sólo me ocupo de mis cosas» o «yo cuido mi intimidad y respeto la de los demás». Rita Cooke tenía setenta y tres años, las manos retorcidas y la forma de andar arrastrando los pies clásica de los artríticos, pero una mente viva al igual que sus ojos. Y era vecina de la familia Allan desde hacía diez años.

—Yo no sé cuál de los dos era peor —decía la anciana alegremente, al tiempo que le servía una taza de té a la señorita Barraclough—. Sandra estaba todo el día con la cara larga, suspirando y quejándose. Siempre que venía por aquí, tenía el mismo sainete: «Pobre de mí. Dennis me ha hecho esto, Dennis me ha hecho lo otro…». Lo que necesitaba era unos cuantos problemas reales, dejar de estar pendiente de sí misma.

—¿Qué le hacía su esposo? ¿De qué se quejaba ella? —preguntó Barraclough, y cogió otra galleta.

—Ah, de bobadas. Él trabajaba de noche, ¿sabe usted?, y a ella no le gustaba quedarse sola ni que él no la apoyara con la niña. Se quejaba de que él dejaba que la niña la tratara como le diera la gana. Pero él no terminaba de enterarse de lo enferma que estaba ella. Tal vez fuera eso —Rita Cooke no quería ser injusta—, pero era todavía peor. A su manera. «Sí, cariño. Sí, cariño, claro, cariño.» Y luego con lo de: «¿Qué voy a hacer? Yo no puedo con esto». No es extraño que la niña se fuera por el mal camino.

La señora Cooke detuvo su discurso para ver si Tina Barraclough captaba lo que quería decir.

—¿A qué se refiere, señora Cooke? —preguntó la oficial, con deferencia.

—Bueno, yo sólo hablo de lo que veía. La chica no estaba nunca en casa. Siempre estaba por ahí. A veces pasaba toda la noche fuera. Y tenía unos amigos con unas pintas extrañas, aunque tampoco venían mucho por aquí. Sólo cuando no había nadie en la casa.

Barraclough asintió con la cabeza.

—¿Podría usted reconocer a alguno de ellos? —preguntó.

La señora Cooke le dirigió una intensa mirada.

—Puede que esté un poco vieja, pero todavía conservo la vista. —Rápidamente, la agente volvió a asentir con la cabeza—. Había un muchacho… A mí no me gustaba nada. Solía venir por aquí a buscarla y se pasaba mucho rato esperándola. Yo lo habría echado, pero en estos tiempos hay que andarse con mucho cuidado.

Barraclough le pidió que le hiciera una descripción de aquel joven. Alto, pálido, moreno y de ojos oscuros.

—Bastante guapete —subrayó la señora Cooke.

La agente preguntó a la anciana por la muerte de Sandra Allan. Sólo ante aquella pregunta se mostró la señora Cooke reacia a hablar.

—No sé —dijo—. Tuvo una discusión muy fuerte con la chica, se estuvieron gritando y dando voces. Yo no entendía lo que se decían, pero fue una discusión larga. Después, la chica se fue dando un portazo. Entonces el que empezó fue él. Nunca le había oído gritarle de ese modo. Sandra se fue y, al cabo de una media hora…

Barraclough miró la hora. Esa parte se la sabía. Sandra fue al médico a buscar la receta para las pastillas, de las que luego se tomó una sobredosis.

—… Pero ya no volvió a salir. A él le vi cuando se iba al trabajo hacia las cuatro. Creí que ella iba a venir a visitarme como solía hacer cuando se enfadaban, pero no vino. En todo el día, no se oyó nada. A las seis de la mañana del día siguiente oí a Allan cuando volvió del trabajo. Y después me desperté otra vez cuando llegó la ambulancia.

La anciana frunció el ceño, con expresión insegura, frágil.

—Jamás creí que llegara a hacerlo —dijo, mirando a Tina Barraclough con gravedad.

Suzanne no lograba concentrarse en su trabajo. Sentía como si algo familiar y cálido la hubiera abandonado. Miró por la ventana de la cocina y vio a Jane en el pequeño patio de su casa, trabajando a primeras horas de la mañana con las bateas que utilizaba para hacer almácigos. Lucy jugaba a algo con bloques de construcción y los animalitos de su granja de madera. Madre e hija.

Suzanne se acordó de su madre, aquella relación intensa y cerrada que fue el centro de su universo infantil. Recordó cuando volvía del colegio cada día y se encontraba a su madre tendida en el sofá, con todas las tareas de la casa por hacer y la comida sin preparar, antes de que su padre volviera del trabajo.

De niña llegó a aceptar la enfermedad de su madre. Como adulta, era consciente de que eso la había privado de todas las cosas que debía tener una infancia normal: una madre que se ocupa de ti, amigos, una escolarización sin interrupciones. Pero de niña aquello le gustaba. La hacía sentirse importante y necesaria. Recordaba a su madre el año antes de que Adam naciera, siempre tumbada en el sofá, siempre en cama. Pero recordaba también una fiesta, todas sus amiguitas alrededor de la hoguera, con salchichas clavadas en palillos, y a su madre riéndose mientras las veía jugar a coger con la boca, las manos atadas a la espalda, las manzanas que flotaban en un barreño de agua. ¿Cuándo fue aquello? *Te estás olvidando hasta de tu madre, Suzanne. ¡Cómo puedes ser tan desconsiderada!* Su padre. Negó con la cabeza. Los recuerdos de la infancia no eran lo que ella necesitaba precisamente en aquel momento.

Golpeó el cristal de la ventana y, cuando Jane levantó la vista, le dijo con los labios: «¿Un té?». Jane sonrió y asintió con la cabeza; cinco minutos más tarde, Suzanne salía con la tetera al jardín y un vaso de zumo de manzana para Lucy. Hacía muy buen día, el cielo era de un azul intenso, con tan sólo unas nubes que avanzaban movidas por una brisa que mantenía el aire cálido, evitando el calor excesivo. Se quitó la sudadera que llevaba encima de la camiseta y se sentó en el murete que dividía los dos jardines, a ver trabajar a Jane.

—Sólo es té —dijo, señalando la jarra.

—Perfecto —contestó Jane, al tiempo que arrancaba un diente de león de largas raíces y se quedaba mirándolo—. Antes era habitual que la gente cultivara estas cosas. Una vez hice café de diente de león; era asqueroso.

Suzanne miró a Lucy, que parecía muy concentrada en sus juegos infantiles, completamente ajena a la conversación de dos adultas.

—¿Has vuelto a tener noticias? —Jane se quedó mirándola—. Quiero decir, de la policía, sobre Emma. —Seguramente no hacía falta recordárselo.

—Sí, ya sé. —Jane siguió mirando a Suzanne directamente, después dijo—: Todavía estás muy tensa. No sé, no he oído nada directamente.

—¿Qué quieres decir con «directamente»?

Jane echó la cabeza hacia atrás y se terminó con placer el té sin leche que Suzanne le había llevado.

—Estoy segura de que esto es mucho más sano de lo que la gente dice —comentó, señalando la tetera—. Aunque uno no sepa qué es lo que lleva.

Suzanne no terminaba de captar si Jane estaba siendo evasiva a propósito o si se estaba tomando tiempo para responderle a la pregunta que le había hecho. Pero no le dio tiempo a repetir la pregunta, porque Lucy se acercó adonde estaban ellas y se quedó mirando el vaso de zumo.

—¿Es para mí? —Suzanne asintió con la cabeza y la niña cogió el vaso, sujetándolo cuidadosamente con ambas manos.

—Vaya, lo siento —se excusó Suzanne—. Está demasiado lleno. —La niña asintió con la cabeza, sin dejar de concentrarse mientras se llevaba el vaso a la boca—. ¿Qué estás haciendo? —le preguntó Suzanne, señalando el juego de Lucy en el otro extremo del patio.

—Jugando. —Lucy bebió más zumo y luego miró lo que le quedaba en el vaso—. Me voy a llevar un poco para la gente —dijo.

—¿La gente? —Suzanne miró hacia donde estaban los juguetes de madera unidos con hojas y ramas. La pluma de pavo real estaba clavada en la tierra, por encima de las figuritas como una bandera.

—Los de la barca —explicó Lucy—. Están huyendo de los monstruos. Tamby los protege —concluyó, y se llevó el vaso adonde estaba jugando.

Jane hizo una mueca.

—Sigue con lo de los monstruos —dijo—. Por lo visto estuvieron muchísimo tiempo con el padre de Emma —continuó—, pero no sé por qué. Me lo contó Joel.

Suzanne tuvo que hacer un rápido giro mental para entender que Jane le estaba contestando a su pregunta anterior sobre la policía.

—¿El padre de Emma? ¿Y cómo lo sabe Joel?

Jane se encogió de hombros.

—Él se propuso enterarse; fue idea suya, yo no se lo pedí. Joel quería saber si pasaba algo que no nos estaban contando, algo que debiéramos saber. Estaba preocupado.

—Qué menos. —Suzanne no estaba dispuesta a cederle terreno a Joel—. Lucy es su hija, su única hija. —El que Joel se hubiera preocupado, hecho inusual según la experiencia de Suzanne, la hizo sentir una ligera simpatía hacia él.

—No, no es su única hija. —Jane se puso en cuclillas e intentó despegar un caracol de una de las plantas. Se quedó mirándolo—. Yo no quiero esto —dijo, y lanzó el caracol por encima del muro al jardín de la casa de estudiantes—. Tiene un hijo de su matrimonio.

Suzanne se quedó realmente sorprendida. No sabía nada.

—Nunca ha hablado de eso. Estoy segura de que no se lo ha contado a Dave.

—No. No tienen ningún contacto. —Jane había terminado de trabajar con las bateas y en aquel momento las miraba con deleite.

—¿Qué? ¿Nunca se ven?

Jane clavó sus azules ojos en Suzanne.

—Nunca. —Por un momento, calibró la reacción de su amiga, después dijo—: Ya sé lo que parece. Y no tengo muchas ilusiones respecto a Joel. Sé como es. Pero está Lucy, ¿entiendes?

Jane, en cuclillas, se apoyó sobre los talones rodeándose las piernas con los brazos.

—Joel fue un pasatiempo. Sabía que no era una persona que uno pudiera tomarse en serio. De hecho, no planifiqué lo de Lucy.

Suzanne asintió con la cabeza. Jane casi nunca hablaba así. Era una persona muy reservada.

—Lucy necesita saber que su padre la quiere —dijo Jane, mirando hacia donde estaba la niña absorta en sus juegos—. Y si eso significa que yo tengo que hacerle concesiones a él, qué más da. Si yo le presionara para que fuera más responsable, desaparecería. ¿Y qué bien le haría eso a Lucy? Cuando sea mayor descubrirá cómo es su padre, pero ahora necesita saber que él la quiere.

—¿Y la quiere? —Hasta muy recientemente, Suzanne no había visto en Joel muchas muestras de amor hacia su hija.

Jane suspiró y movió varias veces la cabeza.

—No sé, supongo que sí, dentro de sus capacidades. Aunque esto que ha pasado le ha impresionado mucho. Vino en cuanto le llamé, incluso le dio rabia que no le llamara antes, y desde entonces se pasa por aquí a menudo. Hoy se ha ido porque tenía trabajo, pero volverá esta noche.

A Suzanne la deprimía la idea de que Joel rondara por allí. Se acordaba del encuentro que tuvo con él aquella mañana.

—Se le veía disgustado porque la policía hubiera entrevistado a Lucy —dijo en tono vacilante. Aquella reencarnación de Joel como padre responsable no terminaba de convencerla.

Jane asintió con la cabeza.

—Me dijo que no tendría que haberlo permitido. Él cree que esa situación habrá disgustado a la niña. Sin embargo, a mí me parece que tenía que contarlo, y que le viene bien saber que alguien se está ocupando de ese asunto. Fue bueno para ella ver a la policía, ahora ya sabe que alguien va a librarla de los monstruos. Además, todos necesitamos que se aclare lo que ocurrió, lo que le pasó a Lucy y, por supuesto, a Emma. Yo creo que Joel también es consciente de eso, pero no es capaz de admitir que está equivocado.

—¿Y sabes algo más de lo que le pasó a Lucy? —Suzanne dirigió la vista hacia el otro extremo del patio donde estaba la niña colocando sus juguetes, con expresión de seriedad en el rostro.

Jane negó con la cabeza.

—Lucy sigue diciendo que se fue sola a la zona de los columpios, y yo creo que después se escondió en el bosque porque no quería ir al hospital. Pero ella lo mezcla todo con Tamby. Cada vez que cuenta la historia se parece más a uno de sus juegos. Yo estoy de acuerdo con Joel en que no habrá más entrevistas. Le he dicho a la policía que no voy a volver a preguntarle nada. Quiero que se olvide.

Suzanne necesitaba hablar. Jane escuchó sin decir nada lo que Suzanne le contaba de su entrevista con el inspector McCarthy y de su preocupación por haber implicado a Ashley indirectamente.

—Intenté explicarle la situación —dijo—, pero no me creyó.

Jane la miró con irritación.

—Te preocupas demasiado. Deja que lo resuelvan ellos. No es problema tuyo. Tú actuaste correctamente, les contaste lo que habías visto. Ellos se ocuparán del resto. —Se quedó pensativa unos instantes—. McCarthy… ¿Era ese del pelo rubio, frío y distante? Los hombres así tienen algo muy sexy. Debería ir de uniforme.

—¿Quién? ¿Quién debería ir de uniforme? —Suzanne estaba perpleja.

—Tu querido inspector McCarthy. ¿Y lo tuviste para ti sola durante una hora entera? —Jane lanzó un suspiro—. Todo lo que Lucy y yo conseguimos fue una mujer con un conejo de peluche. —Volvió a mirar fijamente a Suzanne—. No es tu problema —subrayó.

Suzanne miró a Lucy, que estaba concentrada en enterrar uno de sus juguetes en la franja de tierra que había al fondo del patio, con las manos y la cara llenas de barro, el pelo despeinado y expresión de concentración en el rostro.

Dennis Allan estaba sentado delante de la pequeña mesita de café de la habitación principal. Estaba oscuro; las pesadas cortinas estaban echadas. No quería que la gente le viera, que miraran, que cotillearan. Se imaginaba lo que dirían. *Él… Su esposa… Y ahora su hija… La policía… asesinato… asesino… Asesino.* Se llevó la taza de café a la boca, sujetándola con ambas manos, y dio algunos sorbos distraído, sin advertir que estaba frío. ¿Cómo había ocurrido? Miró las fotografías que había en la vitrina, aquellas fotografías seguras en sus marcos, seguras como él no volvería a estar jamás, como su familia jamás lo estaría. Sandy con su vestido de boda blanco; él quiso que fuera así, aunque a su madre no le gustara. Bueno, en aquellas circunstancias, con Emma de camino… Emma, en uno de aquellos marcos ovales de las fotos del colegio, sonriente, a los diez años. Emma y Sandy de vacaciones, entornando los ojos por el sol, las dos sonrientes. Emma con unos pantalones vaqueros cortos, con su melena rubia teñida de un fuerte tono amarillo y aquel horrible arete en la nariz, sin sonreír esta vez. Emma, las últimas Navidades junto al árbol, desprevenida, jugando con el gato, sonriente una vez más.

¿Cómo había ocurrido? Él lo había intentado con todas sus fuerzas. *Lo intenté, Sandy.* Nada. *Yo te quiero, Emma.* Nada. La respuesta vino por sí sola, sin necesidad de plantearla. *Al igual que pasó con la madre pasó con la hija.* Recordaba la amarga desaprobación de su propia madre, que había envenenado los primeros años de su matrimonio. Sintió que los ojos se le llenaban de lágrimas. Era un hombre débil. La gente pensaba que era débil. Había notado el rechazo velado en los ojos del inspector. ¿Acaso se creían que él no se daba cuenta? Se creían muy listos. Bueno, pues que lo resolvieran ellos.

A las ocho de la tarde, Suzanne decidió ir al pub. Había actuación nocturna, charlaría con amigos, tomaría una copa y así se distraería un rato. Se puso los pantalones negros que se había comprado hacía unas semanas y aún no había estrenado, y un top de seda que le había dado Jane. Se echó el pelo hacia atrás, se lo sujetó con una horquilla y se pintó ligeramente los labios.

Estaba comprobando lo que llevaba en la cartera cuando alguien llamó a la puerta. La abrió. Se sorprendió al ver a Richard Kean, el psicólogo y mentor suyo del Centro Alfa, que era tan alto que la cabeza casi rozaba el marco superior de la puerta, y su corpulencia invadió el pequeño vestíbulo cuando entró. Richard no había estado nunca antes en su casa. Le invitó a pasar, preguntándose qué querría. Él la miró, fijándose en sus labios, en su ropa nueva. Para el trabajo, Suzanne siempre se vestía de forma convencional, incluso austera. Hasta hacía poco, se vestía de manera convencional, austera, para todo.

—Siento haberte interrumpido, veo que vas a salir.

—No, no te preocupes. Voy sólo al pub. ¿Te apetece un café? —Por un momento, Suzanne se preguntó si querría ir con ella al pub.

—Prefiero una bebida fría. —Parecía acalorado.

—¿Una cerveza o un refresco?

—¿Tienes Coca-Cola? Tengo que conducir.

Suzanne se fue a la cocina a buscar las bebidas. No parecía probable que quisiera acompañarla al pub si tenía que conducir. Cuando regresó a la habitación, él estaba de pie, mirando las fotografías de la pared.

—¿Es tu hijo? —preguntó, delante de una fotografía de Adam, la única que le habían sacado el día que cumplió once años—. Es más o menos de la misma edad que mi Jeff.

—No —contestó Suzanne, tragando saliva—. No, ese es mi hermano, Adam.

—Ah, bueno, se parece un poco a ti. ¿Es reciente esta foto?

—No.

—¿Y a qué se dedica? ¿Está también en el mundo académico?

A Suzanne le resultó duro contestar.

—No. Adam… Murió cuando tenía catorce años. Hace ahora seis años.

—Lo siento, de verdad que lo siento. —Se le veía azarado. No quiso hacer más preguntas, no quería saber nada—. Mira, Sue, la verdad es que esta es una visita de trabajo. No quería esperarme hasta el lunes. Tuve una llamada de Keith Liskeard. —De inmediato, Suzanne reconoció el nombre del director de Alfa—. Dice que la policía ha estado por allí, haciendo preguntas.

Suzanne sintió una punzada en el estómago. Tendría que haberles advertido.

—¿Sobre Ashley? —preguntó.

Richard adoptó una expresión de seriedad.

—Ya sabes de qué se trata.

—Bueno, sí…

Él siguió hablando antes de que ella pudiera explicarle lo que había ocurrido.

—Mira, Sue, me hago cargo de que te encontrabas en una situación difícil. Si viste a Ashley, tenías que decírselo a la policía, nadie está diciendo que no deberías haberlo hecho, pero nos lo tendrías que haber notificado. Hubiera preferido que nos lo contaras tú antes que la policía. Forma parte del compromiso que contrajiste…

—Espera un momento. —Suzanne se sintió repentinamente desbordada por la situación—. ¿Qué crees exactamente que ocurrió? ¿Qué te crees que dije?

—Entiendo que cuando ocurre un crimen así, si viste a Ashley cerca de la escena donde sucedió, es natural que tú…

—Eso no es cierto. —Suzanne sintió un repentino ataque de ira.

—¿Qué quieres decir? —preguntó Richard confuso.

—Yo no vi a Ashley ni tampoco les dije que lo había visto. No fui a hablar con ellos por mi propia voluntad, es que no me quedó más…

—Sí, lo comprendo, a eso me refería. —Richard intentó retomar la iniciativa, pero Suzanne hizo caso omiso.

—Todo es un mal entendido absurdo. Yo les dije muy concreta-mente…, se lo dije al idiota ese del inspector McCarthy, que no había visto a Ashley.

Richard se quedó mirándola fijamente sin decir nada. Era obvio que no le creía.

—Últimamente han surgido problemas con Ashley. Esto le viene en un momento que no podía ser peor.

—¿A qué te refieres?

Richard se sintió incómodo.

—Lo siento, pero no puedo decírtelo.

¡Ya estaban otra vez con la confidencialidad! Si le hubieran dado a ella esa información de la que Richard no quería hablar…

—¿Por qué no se lo preguntas a Ashley? Él podrá decirte dónde estuvo.

La incomodidad de Richard se hizo aún más palpable.

—Es casi seguro, por estos otros problemas que…. No ha esta-do en el Centro desde el jueves por la noche. Tenemos que localizar-le y conseguir que le cuente su versión a la policía antes de que todo este asunto se nos vaya de las manos.

Suzanne notó que la ira se le iba convirtiendo en una sensación de inseguridad. ¿Habría hecho ella alguna estupidez, habría cometi-do algún error?

—Será mejor que te vayas —dijo ella.

—Sí. Creo que… De acuerdo, muy bien —dijo Richard, y se en-caminó hacia la puerta—. Keith está muy descontento con todo esto —añadió en tono de advertencia.

Suzanne se fue sola al pub, pero regresó pronto. Estuvo charlando con unas cuantas personas, amigos de Dave que también se habían hecho amigos de ella mientras estuvieron casados, y un par de perso-nas que conocía de la universidad. Podría haber sido una velada agra-dable, pero Suzanne cayó en la cuenta de que en realidad no tenía ga-nas de hablar con nadie. La actuación de la noche también resultó decepcionante, aunque el resto de la audiencia daba la impresión de estar pasándoselo bien. En su opinión, las bromas procaces del actor eran innecesarias y muy poco divertidas. Se marchó pronto. Cuando se estaba yendo, el actor la increpó con sorna:

—Ya se marcha otra al borde de la jubilación.

Al parecer, el ser mayor de veinticinco resultaba chistoso en sí mismo.

Al pasar junto a las verjas del parque, se detuvo y miró hacia el sendero que se perdía en el bosque. Estaba oscuro. Vio a un grupo pequeño de personas que merodeaban por el cobertizo, cerca de la entrada. Adolescentes, supuso, aunque estaba demasiado oscuro para asegurarlo. Más hacia dentro, las sombras eran negras bajo los árboles. Vio una luz parpadeante en la oscuridad, pero el resto estaba tranquilo y sin movimientos. El grupo que estaba junto al cobertizo la miró mientras ella permanecía de pie a la luz de las farolas. Si quería, podía cruzar la verja, recorrer el sendero hasta el tercer puente, salir por la otra verja y llegar hasta la casa de Dave, donde estaba Michael. Pero no se le ocurría nada que la empujara a adentrarse en aquel negro silencio.

6

Steve McCarthy llevaba una hora en casa. Había llegado a casa después de las ocho y media y se había ido directo al ordenador para conectarse a la red. Sus tardes iban a ser así a partir de aquel momento, hasta que se cerrara el caso. Siempre quedaban cabos sueltos, aparecían constantemente detalles que ocultaban otros detalles importantes, y él tenía el propósito de estar pendiente de todo.

Era un hombre ambicioso. Se había metido en la policía nada más acabar el bachillerato, directamente, sin cursar ninguna carrera universitaria. Aún no estaba seguro de que aquello hubiera sido la mejor decisión. No le había ido mal, los ascensos le habían llegado a su debido tiempo, a veces incluso antes de lo que esperaba, y era consciente de que se le consideraba un elemento clave del equipo, con un buen futuro por delante. Tenía treinta y dos años, y el próximo peldaño en la escala de ascensos era el importante.

En aquel momento estaba trabajando en la base de datos, en busca de patrones de comportamiento que se relacionaran con otros delitos cometidos en la zona de Sheffield durante los últimos meses. Tecleó otra orden en el ordenador para clasificar la información relativa a delitos de drogas. Mientras esperaba, hundió el tenedor en el plato de comida china que había comprado de camino a casa. Estaba fría. McCarthy se quedó mirando la bandeja de poliestireno. Los tallarines con pollo se habían convertido en una masa gris y pegajosa. Se los quitó de delante con impaciencia. Luego sacaría algo del congelador y lo metería en el microondas. Cogió el tazón de café con poco optimismo. También frío. No podía trabajar sin café. Fue a la cocina y apretó el botón de la cafetera eléctrica.

Era un apartamento moderno, de dos dormitorios. McCarthy lo había comprado porque estaba bien equipado, era cómodo y podía mudarse rápidamente a él. En alguna ocasión, había oído decir a alguien o había leído en alguna parte que una casa debía ser una máquina en la que vivir. McCarthy comprendía lo que quería decir aquella frase. Él quería que el lugar donde viviera le hiciera un buen servicio. Quería llegar y encontrarlo caldeado cuando hiciera frío, y fresco cuando hiciera calor. Quería poder cocinar con sólo girar un mando, lavar con sólo apretar un botón. Quería que cualquier desorden que pudiera generarse al vivir estuviera ordenado de nuevo antes de que él volviera.

—Por Dios, McCarthy —le había dicho Lynne, su última novia, en cierta ocasión—, ¿por qué no vas y te metes en un armario al final del día?

En otro momento, le había dicho también:

—Lo que tú necesitas, McCarthy, es una esposa. Una esposa automática, recargable, superturbo y con motor de inyección.

Él se rió y empezó a darle un masaje en la espalda, pasándole las manos por el cuello y por los hombros, como sabía que a ella le gustaba, porque no le apetecía tener otra de sus hirientes discusiones. Entonces ella lo empujó contra el respaldo, se dieron un rápido choque de manos de los de «gracias, señora» —o «gracias, caballero»— y se fueron al dormitorio, donde pasaron la mayor parte de la tarde explorándose el uno al otro y bebiendo vino. Pero Lynne y él sólo compartían eso: el sexo y el trabajo. No se podían pasar todo el tiempo follando y trabajando —aunque a veces a McCarthy le parecía que era eso lo que hacían exactamente—, y la relación se terminó cuando Lynne consiguió el trabajo al que optaba McCarthy; de hecho consiguió el ascenso *de él*, y el endeble edificio se hizo añicos tras los explosivos sucesos. McCarthy sentía aún enfado y rabia por aquello, y había decidido firmemente quitárselo de la cabeza de inmediato.

Volvió al despacho, con la taza de café, y miró la pantalla. Había poco allí que él no supiera ya. Reparó en que Ashley tenía una sanción por drogas, que sorprendentemente se le había pasado por alto en la larga lista adjunta al nombre de aquel matón. Y descubrió en aquel momento algo que podía ser interesante: Paul Lyman, uno de los inquilinos del número 14 de Carleton Road, la casa de estudiantes, tenía una condena por posesión de drogas. McCarthy avanzó para ver los detalles. Estupendo, parecía el caso típico de «pase para la pandilla». Lo habían pillado con la cantidad casi suficiente de «speed» como para acusarle de tráfico de drogas. Él, actuando con inteligencia, había insistido en que era para su propio uso, pero parecía probable que hubiera comprado también para un amigo. En todo caso, merecía la pena indagar. No se había llegado a ninguna conclusión, no se apreciaron vínculos reales. McCarthy se frotó el entrecejo, en un esfuerzo por concentrarse. Había oído que había habido un problema en el Centro Alfa, algo relacionado con éxtasis y *speed*. ¿Y no había pasado algo también en la universidad? Tenía que hablar con alguien de la Brigada de Estupefacientes.

Miró la hora: las diez y media. Pensó en qué podría hacer el resto de la noche. ¿Escuchar música? ¿Ver la tele? Sintió que todo a su alrededor se cerraba, como si la vida se encogiera en las paredes de su apartamento, el trayecto de ida y vuelta a la oficina, la propia oficina. Tal vez Lynne tuviera razón. Tal vez él debería empezar a buscarse aquel armario.

El domingo por la mañana, Suzanne se levantó pronto, se duchó, se vistió y, a eso de las ocho, ya estaba trabajando en su escritorio. Se había propuesto tener un día completo de trabajo y olvidarse de todo lo que había ocurrido desde el viernes. Durante una hora estuvo leyendo y tomando notas sobre un informe que llevaba una semana encima de la mesa. La mente se le negaba a concentrarse. Cuando llegó al final de las diez densas y abarrotadas páginas, se dio cuenta de que se las podía haber ahorrado perfectamente. Lanzó el informe con irritación a la bandeja de los papeles, sin molestarse lo más mínimo en colocarlo en la cesta correcta. Se frotó la frente y miró las tareas pendientes que se extendían sobre la mesa. Pensó en el método que tenía Jane para concentrarse, era algún truco de yoga. Algo que consistía en vaciar la mente. Cerró los ojos e intentó concentrarse en la nada que quedaba tras sus párpados.

Concentración... ¿Qué había querido decir Richard con lo de que Keith Liskeard estaba muy descontento? El entusiasmo de Keith por el trabajo de Suzanne siempre había sido bastante escaso. Le recordaba asintiendo con fruición cuando uno de los trabajadores sociales —Neil, pensó— había dicho que los muchachos de Alfa no eran ratas en laberintos con las que pudieran jugar los investigadores. Suzanne se tragó la respuesta disidente que le vino a la boca, y luego pacientemente se reafirmó en que, en aquel momento, lo único que deseba hacer era observar, que no iba a hacer nada sin la aprobación del resto del personal, que iba a mantenerlos informados en todo momento. Había sido una labor agotadora y frustrante, y se había llegado a enfadar por el modo en que la habían etiquetado y estereotipado, acusándola de lo que hacía con los jóvenes que habían sido remitidos al programa Alfa. Estaba harta de oír la expresión *clase media*, harta del término *académico* utilizado como insulto... Cayó en la cuenta de que a Keith no le costaría nada aprovechar la menor oportunidad para librarse de ella.

Tenía que ponerse a trabajar. Abrió los ojos y vio la ristra de papeles encima de la mesa. Bien. Descartado leer. Tenía que hacer algo concreto. Decidió introducir datos en el ordenador para establecer la primera fase de su análisis. Era algo que había que hacer, pero se trataba de una labor mecánica que Suzanne había estado posponiendo. No requería concentración y la mantendría ocupada.

De nuevo el trabajo no le ofreció escapatoria alguna. Suzanne iba introduciendo datos en el ordenador, pero lo rutinario de la tarea la dejaba vulnerable a pensamientos que excedían de su control. Le vino a la mente la imagen de la pequeña figura de Michael subiendo los escalones hasta la entrada de la casa de Dave. Pensó en el ensimismamiento contenido de Lucy; en Joel sonriente, inclinándose sobre la encimera de la cocina. Pensó en el repentino interés en los ojos del inspector McCarthy. Pensó en la mirada de desaprobación de Richard. Era la única persona del Centro Alfa que le había prestado algún apoyo. *¡Cómo puedes ser tan poco fiable!* Sonó en su mente el eco de la exasperación y el reproche de su padre.

El ordenador emitió una señal de aviso. *¡Mierda!* Le había dado sin querer a la tecla «Control». Gracias a Dios el programa con el que estaba trabajando estaba hecho a prueba de idiotas. Se echó hacia atrás en la silla y se estiró. Tal vez le viniera bien dar un paseo. Todo se le embrollaba en la cabeza: Michael, Dave, sus problemas en el Centro Alfa, su investigación… Emma. Intentó recrear a Emma en su mente, pero sólo conseguía ver aquel rostro blanco bajo el agua, las facciones se borraban y se convertía en Lucy primero y después en Adam. Se apretó los ojos con las yemas de los dedos. No se encontraba bien.

Se fue a la cocina, enchufó la tetera y buscó entre los platos sucios del fregadero hasta que encontró una taza que no estaba demasiado manchada, la enjuagó y le echó una cucharadita de café. Se acordó de cómo Dave era reacio a utilizar café instantáneo. Añadió dos cucharadas de azúcar y la parte de crema de la botella de leche. Aquello la hizo acordarse de Michael. Le había comprado leche entera para el fin de semana.

Luego se sentó en un taburete con la taza en la mano y sintió cómo el pánico se apoderaba de ella. Le resultaba conocido, tremendamente conocido, pero igual de incómodo que siempre. Se vio de nuevo en el hospital, mareada por una euforia que no había sentido nunca. *¡Es un niño, Suze!* Recordaba la cara de Dave muy cerca de la suya. *Déjame cogerlo.* Suzanne se incorporó, estaba cansada, aliviada, sorprendida. Recordó el pequeño rostro perfecto, el cuerpecito envuelto en una manta de hospital. Aquel era su niño. Lo cogió en brazos. El bebé abrió los ojos y miró los de ella por primera vez, un azul claro y perfecto como la primera vez que tuvo en brazos a Adam mientras su madre permanecía tumbada en la cama del hospital y la enfermera le pasaba con cuidado el pequeño fardo azul. Y sintió una punzada de miedo que casi la partía en dos, haciéndola temblar con un nudo en el estómago y un sentimiento de pánico y de desastre inevitable. Sintió que un peligro terrible amenazaba a aquella criatura, como si le asediaran el caos y la catástrofe procedentes de ella. No debía tocarlo. De algún modo ella iba a hacerle daño, un daño que no tendría recuperación posible. El bebé se revolvió y emitió un grito de protesta.

Al recordar todo aquello, Suzanne se sintió presa de la ansiedad, en medio de un sudor frío.

Desde que se había ido de casa, Emma Allan había vivido en la casa de estudiantes de Carleton Road. Sophie Dutton había vivido allí y, al parecer, Emma había compartido habitación con ella, y luego había permanecido sola en la casa cuando su amiga se marchó.

—Contraviniendo completamente nuestras reglas —había dicho el funcionario responsable de los alojamientos universitarios.

Tenía la lista de los últimos inquilinos: Paul Lynman, estudiante de Filología Alemana que había dejado una dirección, probablemente la de sus padres, en Derby; Gemma Hanson y Daniel Grier, estudiantes también de Filología Alemana, que se habían ido a Alemania para concluir sus estudios de posgrado.

—Se fueron en mayo —había dicho el funcionario.

A Barraclough le habían encomendado la labor de ponerse en contacto con Sophie Dutton, quien estaba resultando escurridiza. Según figuraba en los expedientes universitarios, se había marchado oficialmente el 14 de mayo. Su tutor lo había atribuido al miedo a los exámenes y había intentado convencerla de que se quedara.

—Habría aprobado, es probable que lo hubiera hecho bien, pero lo único que necesitaba era un aprobado. Los exámenes del primer año no cuentan tanto para la obtención del título. —Pero Sophie había sido inflexible.

Fuera lo que fuese lo que les había contado a sus amigos, Sophie no había vuelto a casa ni había informado a sus padres de su decisión.

—Está en Sheffield —había dicho el padre de Sophie—. Ha estado allí todo el año. Eso de que haya dejado los estudios es una patraña.

Dio la impresión de que el padre dirigía su rabia contra Barraclough, quien apenas acertaba a esclarecer la situación, pero tal vez ocultara la ansiedad de un padre que ve a su hija dar los primeros pasos hacia su independencia.

—Somos los últimos en enterarnos de lo que hace. —La irritación de aquel hombre se convirtió en ansiedad cuando se dio cuenta de que su hija no estaba en Sheffield, o al menos no donde ellos creían que estaba. Era incapaz de darle a Barraclough alguna información sobre los contactos de Sophie que ella no supiera ya.

—Apenas se ha puesto en contacto con nosotros —dijo el padre—. A las pocas semanas dejó de llamarnos, su madre tuvo una charla con ella por eso, pero Sophie se limitó a decirle que no la fastidiara.

Barraclough logró enterarse de que la joven había estado en casa de sus padres en Navidades, aunque sólo unos días. Después los había llamado por teléfono un par de veces y les había mandado una postal humorística desde Meadowhall.

La casa de estudiantes se había quedado vacía recientemente.

—Antes de lo habitual, pero con dos de los inquilinos en Alemania y después de que se fuera el cuarto, nos pareció justo permitir que el último se marchara —le había explicado el funcionario, con tono de estar disculpándose.

Ya habían vaciado la vivienda. Utilizaban todas las casas para alquileres de verano, y era necesario dejarlas preparadas lo antes posible.

—Esa está alquilada desde primeros de julio. Nos deshacemos de los objetos personales que se puedan haber quedado en la vivienda y los mandamos al vertedero de la zona.

El equipo de limpieza de las casas de Carleton Road no recordaba nada en particular del número catorce.

—¿No vivía allí esa pobre chica que mataron? —preguntó a Barraclough la supervisora del equipo de limpieza—. ¡Qué tremendo! —La mujer negó con la cabeza. Sus palabras eran convencionales, pero parecía realmente afectada—. No, no recuerdo nada especial en el número catorce. No puede haber nada, hace sólo una semana que la limpiamos. Le diré una cosa, los que vivían en esa calle eran todos unos marranos. Puede que sean inteligentes esos chicos, pero tienen hábitos muy sucios.

La casa estaba pegada a la de Jane Fielding. Por dentro, resultaba demasiado pequeña para que hubieran vivido allí cuatro adultos, y en ocasiones cinco. De un pequeño vestíbulo subía una empinada escalera. Una puerta a la izquierda daba al dormitorio principal de la planta de abajo, en el que había una ventana salediza. Con tan solo una cama desnuda, una alfombra, un armario y un pequeño escritorio, el cuarto quedaba abarrotado de muebles.

A la derecha había una habitación común y la cocina, que estaba equipada con lo básico: varios armarios, la encimera, los fuegos y una nevera. El borde de los mostradores estaba levantado, y se podía ver el aglomerado por debajo del plástico imitación mármol.

Arriba había dos dormitorios y un cuarto de baño. Y en una segunda planta, el desván, había otra habitación pequeña. Barraclough miró la buhardilla y pensó en el fuego. No había salida de incendios. ¿Tendrían una de esas escaleras plegables? Le parecía una trampa mortal.

Sophie Dutton, cuya habitación había compartido Emma, había vivido en el dormitorio abuhardillado del desván, que, al igual que el resto de las habitaciones, en aquel momento sólo albergaba lo esencial: una cama, un armario, un escritorio. Con dos personas allí debía haber estado repleto de cosas, pensó Barraclough al encoger el estómago para pasar por el estrecho espacio que dejaba el armario. La habitación estaba limpia, pero había polvo en las esquinas y restos de basura en la alfombra, como si el equipo de limpieza se hubiera quedado sin fuerzas después de subir la escalera. Al observar que la limpieza no había sido demasiado profunda, Corvin dispuso que se comprobaran las huellas en las distintas habitaciones. Pero, a menos que la comprobación diera algo de luz, la búsqueda en Carleton Road había resultado infructuosa. No encontraron vestigios de Emma ni nada que les indicara adónde se había ido Sophie.

Suzanne cerró la puerta del estudio y se preparó para limpiar la casa. Trabajó meticulosamente de arriba abajo, limpiando el polvo, pasando la aspiradora y fregando los suelos, hasta que el llamativo desorden fue sustituido por algo más parecido al orden que reinaba en el estudio. Tardó casi tres horas, y al final ya se sentía cansada, acalorada y sucia, pero llena de la sensación del deber cumplido.

Empezaba a tomar forma en su mente un plan. Su investigación en el Centro Alfa estaba en riesgo. Richard no había llegado a decirlo exactamente, pero… Podía concentrar todas sus energías en hacer un buen análisis del escaso material que tenía, pero eso no iba a ser suficiente para convencer a quienes tomaban las decisiones. Era preciso que deshiciera el daño que había hecho, aunque sin intención de hacerlo. Iba a hacerlo en cualquier caso; se lo debía a Ashley.

Pensó en la primera vez que lo había visto. En un principio, no fue más que una cara en medio de una multitud. Suzanne tenía el vago recuerdo de un chico de cabello y ojos oscuros, con una repentina sonrisa cálida —una presencia fugaz e inquietantemente familiar—. Después notó que aquel muchacho estaba interesado en ella, que tenía curiosidad. Fue la atención que le prestaba lo que llamó la atención de Suzanne. Pero eso fue más o menos una semana antes de que llegaran a hablar.

Ella había estado un día en la cafetería —una sala grande de techos altos, con sillas, algunas mesas y una máquina de bebidas en una esquina—. Al igual que el resto del edificio, la cafetería estaba venida a menos, desgastada por el constante uso, pero sin ningún detalle personal de propiedad. Las reglas contra el vandalismo eran estrictas, y había muy pocas pintadas en el Centro Alfa. Sólo el daño del constante uso, el daño de la pobreza y el daño resultante de personas dañadas con vidas dañadas habían dejado su impronta.

Siempre olía a frituras, humo y cigarrillos. Había una ventanilla que comunicaba con la cocina, pero estaba cerrada a aquella hora del día. Una cubierta metálica protegía la madera marrón del mostrador. La mayor parte de la sala estaba ocupada en el centro por una mesa de billar, una de las pocas cosas por la que los muchachos mostraban cierto entusiasmo. Siempre había alguna partida, fuera o no tiempo de descanso.

Suzanne estaba mirando distraídamente a dos de los usuarios del Centro Alfa, Lee y Dean, que ensayaban jugadas originales. Richard le había sugerido que aquellos dos jóvenes podían ser buenos candidatos para la primera fase de su investigación, y ella intentaba conocerlos. Dean le resultaba difícil de interpretar y, aunque no le había mostrado hostilidad abiertamente, había algo en él que le preocupaba. Siempre se sentía tensa en su presencia. En cambio Lee le parecía amigable, más allá de su hiperactividad y su rapidez de discurso. Aquel día, le había propuesto enseñarle a jugar al billar y, aunque ella sabía lo fundamental, había aceptado, pensando que podía ser una buena manera de romper barreras. Mientras Lee le enseñaba a sujetar el taco, captó la mirada de Ashley; vio que éste, de forma casi imperceptible, meneaba varias veces la cabeza a modo de advertencia.

Y las risitas y los comentarios amortiguados cuando ella se inclinó sobre la mesa apuntando con el taco, la forma en que Lee se colocó detrás de ella, la abierta sonrisa de Dean le hicieron caer en la cuenta de que estaba siendo objeto de insinuaciones y burlas sexuales. Había cometido el error básico de dar por sentado que la amistad superficial era una prueba de que no sentían hostilidad hacia ella. No supo manejar la conducta de aquel grupo de jóvenes. La situación era más desasosegante y degradante que las insinuaciones espontáneas por la calle. Las burlas se dirigían concretamente hacia ella; eran personales, maliciosas. Se apartó, sabiendo que su retirada significaba aceptar la derrota, consciente de las risitas y los comentarios en voz baja, y sus ojos se cruzaron con los de Neil, que permanecía de pie junto a la puerta de la oficina de recepción, mirando sin ser visto. En su rostro se perfilaba el comentario no pronunciado: *Te lo dije*.

Suzanne se alejó al otro extremo de la cafetería, encendió un cigarrillo, intentando pasar inadvertida, sintiéndose enfadada consigo misma por no haber sabido manejar la situación, cuando Ashley captó de nuevo su atención y le dirigió una comprensiva sonrisa. Minutos después, el joven se sentó a su lado, mientras ella pasaba las páginas de su archivador sin propósito alguno.

—No los tenga en cuenta —dijo él, al tiempo que le daba una Coca-Cola que le había sacado de la máquina.

A Suzanne, aquel detalle y el hecho de que le brindara su apoyo le resultó extrañamente reconfortante. El joven dirigió la mirada hacia el archivador.

—¿Qué está usted haciendo? —preguntó, con tono sereno y un fuerte acento de Sheffield en la voz.

Ella le habló un poco de la universidad y le preguntó por sus intereses, sus planes. Ashley le dijo que en realidad no tenía ningún plan. No se había preocupado mucho por sus estudios, pero le gustaba dibujar.

—Me gustaría estudiar Bellas Artes —le había confesado.

Fue un intercambio breve, pero alentador.

En otra ocasión, el joven sacó del bolsillo un cuaderno de bocetos y le enseñó su trabajo. A los poco instruidos ojos de Suzanne, eran buenos dibujos: fuertes trazos que captaban el movimiento y el ambiente de la ciudad. Reconoció las tiendas próximas a Hunters Bar, y el parque. Estaban perfilados con fuertes trazos a lápiz, llenos de energía y vitalidad, que impregnaban el papel de movimiento. Suzanne estaba impresionada y se lo dijo. Él le dirigió una rápida sonrisa de complicidad.

Aquel muchacho le recordaba a Adam, y tal vez por eso había sentido aquella punzada de familiaridad la primera vez que lo vio. Tenía la misma sonrisa cálida. El rostro de Adam se iluminaba de la misma manera cuando la veía, y Adam tenía aquella manera cómplice de hablar. *Te voy a contar un secreto*, le había dicho en cierta ocasión, a los siete u ocho años, y le había contado alguna travesura que ella no debía confesarle a su padre. *No diré nada*, le había dicho ella. Aquella era su función. Tenía que proteger a su padre de las preocupaciones, y a Adam de la ira de su padre. *Pero no vuelvas a hacerlo.*

En aquel momento estaba ordenando la cocina, pero había perdido el ritmo y se dio cuenta de que estaba moviendo las cosas de una superficie a otra, sin sentido. Abrió el grifo del agua caliente y llenó el fregadero, recogió los platos que estaban dispersos por la encimera y los hundió en el agua. Los fregaría más tarde. Pensó en su estudio, en los papeles sobre el escritorio, en el ordenador con las páginas de datos a medio teclear. A la mierda el trabajo. Decidió irse a dar una vuelta.

Más avanzada la tarde, Barraclough estaba examinando los registros en busca del hijo de Sandra Allan, el que había nacido a finales de los setenta, o tal vez en los ochenta. La reciente muerte de Sandra le ahorró un montón de trabajo. En el expediente había copias de su partida de nacimiento. Barraclough lo comprobó. Había nacido en Castleford, en West Yorkshire, en 1963, hija de Thomas Ford, camionero, y Elizabeth Ford. ¿Vivirían aún los padres en la zona? ¿Dónde estaban cuando nació el hijo de Sandra?

Barraclough comprobó el certificado de defunción de Sandra Allan. El siguiente pariente directo era obviamente Dennis Allan. No había ninguna referencia a los padres de Sandra en las notas. Volvió a la base de datos y lo verificó. Sí. Un Thomas Ford, con una fecha de nacimiento que coincidía, había muerto hacía cinco años en el hospital St James, de Leeds. Podría sacar la dirección del certificado de defunción si es que aquel Thomas Ford era el correcto. Así conseguiría la dirección de Elizabeth Ford, la madre de Sandra.

Miró la hora. Había un par de personas de las investigaciones puerta a puerta a quienes tenía que entrevistar. Lo dejaría para el día siguiente.

El hombre del Departamento de Museos, John Draper, iba vestido con unos vaqueros anchos y sandalias de Jesucristo. Llevaba una carpeta de documentos, unos cuantos libros y un aire de enérgico entusiasmo. McCarthy, que había concertado la cita con el señor Draper en Shepherd Wheel, se sentía abatido. Tenía serias dudas de que aquel contacto fuera a ser de algún valor, y no le hacía ninguna gracia la idea de escuchar una vez más a otro académico demostrando sus infinitos conocimientos sobre una zona de minúscula amplitud, minúscula implicación con el presente y minúsculo interés para cualquiera que tuviera una vida propia que vivir. Y todo expuesto en un tono de ufano desprecio, en beneficio de ese estúpido personaje de una serie de televisión que no era capaz de caminar y masticar chicle al mismo tiempo.

Llegado el momento, McCarthy se sorprendió de verse interesado en las explicaciones que John Draper le daba, con rapidez y concisión, sobre cómo se había aprovechado la energía del río y cómo las cadenas de talleres y norias habían ido aumentando a lo largo de los cinco ríos que habían erosionado los valles en que se sustenta la ciudad.

—No hay problemas de reciclado de residuos —decía Draper—. Desde luego, no de los de la fuente de energía.

—Pero habrá sido a costa de algo. —McCarthy sabía que siempre hay alguien que paga el pato.

—Oh, sí, había un coste medioambiental —asintió Draper—. La flora y la fauna vieron alteradas sus pautas de vida. Y los molinos eran contaminantes. Se creía que los cursos de agua eran alcantarillas naturales a las que se les echaba cualquier residuo y acababan con él. Para luego convertirse en el problema de otro. En todo caso, usted no ha venido aquí para esto.

McCarthy se quedó mirando hacia la presa. Ya no había actividad alguna allí y los rastreos de los talleres habían pasado a manos de los laboratorios y los especialistas.

—No estoy seguro de para qué estamos aquí —admitió—. Hay indicios de que alguien ha utilizado este sistema recientemente, y lo que yo quiero saber es si lo han usado tal cual está o si lo han manipulado de alguna manera.

—¿Manipulado? —Draper pareció sorprendido—. ¡Ah! Ya comprendo. Es que Liz Delaney dijo que la noria estaba girando cuando encontraron el cuerpo, ¿no es eso?

McCarthy asintió, y agregó:

—Y no entiendo por qué. No tiene lógica.

A McCarthy no le gustaban nada los crímenes ilógicos. Cualquier crimen, y en especial los no planeados, pueden resultar ilógicos al observador externo, pero McCarthy sabía que todos los crímenes tenían su propia lógica interna, y encontrar esa lógica, esa pauta, era una clave importante para resolver el problema. A veces, la absoluta falta de lógica era la lógica: el propósito de confundir con actos aparentemente casuales, que en realidad no eran nunca casuales. *Tú has dejado tu marca, y yo voy a encontrarla.*

—Además, la noria se volvió a parar. La mujer que encontró el cadáver nos comentó que la noria se paró justo cuando ella estaba en el patio.

—Vamos a echar un vistazo —dijo Draper, con interés.

Habían quedado en el puente, a la altura en que el camino separaba Bingham Park del bosque, y estaban los dos de pie, mirando al muro superior de la presa de Shepherd Wheel. Pasaron al parque por un hueco de la barandilla de piedra que llevaba a unos escalones. Draper indicó a McCarthy el modo en que el muro canalizaba el agua a lo largo del conducto y hasta la presa.

—El muro se ha deteriorado mucho, desde luego —dijo—. Es un delito cómo han dejado que se eche a perder esta máquina hidráulica. —El especialista captó la mirada esquiva de McCarthy—. Es importante conservar intacta parte de nuestra historia, ¿no le parece, inspector? Aprender de nuestro pasado.

—Depende de lo que se aprenda. —McCarthy no estaba dispuesto a ceder ni un ápice más.

—¡Oh, claro! Eso, sin duda. Cierto en todos los casos.

McCarthy se quedó mirando al greñudo erudito, que examinaba la parte superior del muro con sumo interés, y no fue capaz de adivinar si le estaba tomando el pelo o no. Esperó a ver si el examen tenía algún propósito, o si Draper estaba gozando de la oportunidad de entrar en comunión con sus adorados ancestros.

—Esto es lo que… —Draper puso la mano encima de una pequeña barra que sobresalía por encima del borde del camino—. Ya me parecía a mí extraño el bajo nivel del agua. —Draper miró a McCarthy—. En la presa. El agua está muy baja. Yo creía que sería el problema del cieno que tenemos en todo el sistema, pero… —Señaló hacia la barra—. Este es el intercambiador que regula el flujo de agua a la presa.

—¿Alguien ha cortado el agua? —McCarthy quería entenderlo con claridad.

—Exacto. Tengo que notificarlo, para que restablezcan el flujo.

McCarthy alzó la vista sobre la presa y miró hacia las partes en que el sol brillaba sobre bancales de barro y convertía el agua en un espejo oscuro. Pese a los sucesos de la semana anterior, le pareció que aquel escenario era pacífico, pero era la paz de la deserción, del lugar abandonado, en el que las aves acuáticas nadaban plácidas junto a los huertos cubiertos de maleza, en el sordo silencio de Shepherd Wheel.

Los dos hombres caminaban por un costado de la presa. Draper miraba el barro, marcado con las huellas de las aves acuáticas, verde esmeralda con musgo fresco, salpicado de ramitas de los árboles, latas de refrescos, envoltorios de caramelos y bolsas. Bajaron por los escalones del extremo opuesto de la presa y rodearon la parte delantera de Shepherd Wheel, hasta la entrada al patio. McCarthy no rompió el silencio. Tenía la impresión de que el otro hombre estaba cavilando sobre algo y no quería perturbar su línea de pensamiento. Cuando llegaron a la verja de entrada al patio, Draper se detuvo, mientras sujetaba con una mano el candado.

—Por supuesto, si uno quiere que corra el agua sin necesidad de activar la noria, podría creerse que bajando el nivel del agua lo iba a conseguir. Pero estaría en un error, por supuesto. —Draper levantó la vista hacia McCarthy, sin dejar de intentar que la llave girara dentro del candado—. Eso resolvería el problema de que la noria se parara. Con tan poca agua como hay ahora, la noria podría girar sólo unos veinte minutos, como mucho.

Era obvio. McCarthy se sorprendía de no haberlo pensado él antes.

—¿Ese…? ¿Cómo lo ha llamado usted antes? ¿Ese intercambiador se puede accionar de forma accidental? —¿O es que alguien había planeado cuidadosamente la muerte de Emma, y no era fruto de un repentino impulso asesino, como parecía?

—Que yo sepa, eso no ha pasado nunca —dijo Draper en tono dubitativo—. No puede echarse a andar por un golpe.

¿Actos de vandalismo?, se preguntaba McCarthy. No. Los gamberros no se contentan con solo cambiar el nivel de la presa. Habrían hecho pedazos la barra, la habrían destrozado. Por algún motivo, las obras hidráulicas no llamaban su atención. Draper siguió luchando con la llave y consiguió abrir el candado.

—La mitad de estas malditas llaves no funcionan —dijo.

Ya estaban en el patio, y Draper lo atravesó para observar la destartalada noria.

—Mire —dijo—, aquí ha habido molino desde, por lo menos, 1556. —Se quedó en silencio un momento—. Es ahí donde encontraron a su jovencita, ¿no?

A McCarthy le resultó chocante la expresión. Jovencita. Una drogadicta. Una mujer con vida sexual. Una jovencita.

—Sí —contestó.

—Y la noria estaba girando. ¿La arrojaron al agua desde el interior? —McCarthy asintió con la cabeza—. La tiraron al agua y… La noria está rota, me sorprende que girara.

McCarthy decidió esperar, sin sentir la impaciencia que solía sentir cuando los expertos empezaban a divagar, alejándose del objetivo. Con aquel hombre tenía la sensación de que le estaba ordenando y sacando a la luz sus pensamientos.

—Por aquí hay un canal largo —dijo Draper—. El agua vuelve por una conducción que va a salir a unos cincuenta metros de aquí. Es un conducto estrecho. Si el molino no está funcionando, no hay corriente suficiente para llevar nada hasta allí. La chica se hubiera quedado atascada en ese conducto. Tal vez alguien abrió la espita para arrastrarla hasta allí.

Draper captó la mirada de perplejidad de McCarthy.

—Perdóneme. Mire, el agua de la presa viene por aquí —dijo, señalando el depósito de madera que había encima de la noria—, hace girar la noria y cae a un canal que está debajo, y de ahí se encauza por ese conducto que le comentaba —le mostró un pequeño arco en la piedra, por debajo del agua—, para volver a la corriente a unos cincuenta metros de aquí. Si arrojamos un cuerpo a ese canal y corre algo de agua, acabará en el conducto. Si luego volvemos a cortar el agua, se quedará allí atascado. Vaya usted a saber hasta cuándo. Hasta que a alguien se le ocurriera mirar ahí.

Lógico. Claro y lógico. ¿Habrían llegado ellos a mirar ahí? ¿Se les habría pasado por la imaginación registrar un lugar tan seguro y cerrado con candado como Shepherd Wheel? ¿Habrían llegado a tener que mirar ahí por una diecisieteañera desaparecida con historial de consumo de drogas? Pero la noria giró. El asesino no se lo esperaba. La noria giró.

—Muchas gracias, señor Draper —dijo.

Los bloques de pisos estaban abandonados ya. La maraña de accesos, pasadizos, escaleras, ascensores, que no habían funcionado cuando los pisos estaban habitados, y que evidentemente tampoco funcionaban ahora, estaba completamente oscura. Las ventanas y puertas de cada vivienda se fueron cubriendo con tablones de madera a medida que se iban quedando vacías; las escaleras, selladas; las puertas de los ascensores, cerradas herméticamente. Todas en oscura quietud, a la espera del equipo de demolición que, finalmente, las acabaría borrando.

Cuando se marcharon los honrados primeros habitantes, vinieron otros. Arrancaron los tablones de puertas y ventanas, las cañerías, los cables y los calentadores, en un brutal acto de rapiña. Dejaron los pisos abiertos al aire y a la lluvia, la madera se pudrió, la humedad hizo presa en el cemento, el agua inundó los paseos y se formaron charcos en los rellanos de las escaleras. Pero aquellos pisos servían de refugio de algún modo. En algunos había signos de ocupación: pintadas por las paredes, restos de hogueras sobre ladrillos en medio de las habitaciones, mantas, tazas, platos.

Lee se encaminó hacia la parte de delante del segundo bloque. Un coche quemado ocupaba la acera, y lo bordeó siguiendo su camino bajo los soportales. Los pisos estaban cubiertos con tablones de madera, pero en la mayoría se apreciaban marcas de que habían entrado después: tablones arrancados de puertas y ventanas, cristales rotos, cables sueltos. El camino bajo los soportales apestaba a orines, y el olor a mierda que salía de las puertas medio rotas le provocó una arcada. Lee sabía lo que había en aquellos pisos, el papel de plata, las agujas, los restos de un hábito que le horrorizaba. Las pastillas no estaban mal; el *crack* y el *caballo* eran de piltrafas.

Avanzaba con rapidez, haciendo caso omiso de una figura desplomada en el hueco de la escalera. Sabía arreglárselas él solo, pero prefería evitar problemas siempre que fuera posible, que solía ser la mayoría de las veces. Metió el estómago para pasar por la barrera de seguridad rota, subió los distintos niveles hasta la torre de más arriba, y siguió después por la vía principal entre los bloques. Fue contándolos hasta que llegó al que buscaba.

Lee apoyó la cabeza en la puerta y se quedó escuchando. Silencio. Miró a su alrededor. Nada. Llamó con los nudillos y dijo:

—Lee.

Al cabo de un momento, alguien corrió desde dentro el cerrojo. Lee entró en la casa, sacándose del bolsillo el fajo de billetes. Minutos después, bajaba despacio por la escalera, con un pequeño monedero de cremallera, bien guardado en el interior de la chaqueta.

7

Lunes por la mañana. Llegaron del laboratorio los resultados de los informes de la autopsia de Emma Allan, junto con los de las muestras tomadas en Shepherd Wheel. Había detalles sobre las horas, fibras, restos, análisis de sangre, análisis de fluidos corporales y contenido estomacal, que confirmaban lo que ya parecía bastante seguro. Emma Allan había fallecido en Shepherd Wheel, entre las diez y las doce de la mañana del día en que desapareció. Aquello resultaba útil, era importante que se hubiera confirmado porque todos conocían muy bien el riesgo de interpretar lo obvio y llegar a conclusiones basadas en premisas erróneas que hacían perder un tiempo muy valioso. Las fibras que se encontraron en la chimenea eran de algodón azul de mezclilla, del tipo que se utiliza para los vaqueros. Provenían de un tejido apretado, más de pantalones de trabajo que de tejanos de moda, sugería el informe.

Probablemente por la inmersión de Emma, los restos que se encontraron en sus uñas no daban ninguna pista sobre el agresor. O posiblemente porque ella había puesto poca resistencia, tal vez porque confiara en él, o por el interesante cóctel de drogas de diseño que se encontró en su sangre, además de heroína. Era evidente que la sanción administrativa por posesión que le habían puesto no era más que la punta de un iceberg. Aquello no era realmente ninguna sorpresa.

Pero salió a la luz un detalle que McCarthy no se esperaba. Se habían encontrado tres tipos de huellas recientes en la investigación

que llevaron a cabo en Shepherd Wheel. Unas estaban aún sin identificar, otras eran de Emma, tal como se preveía. Pero alguien más había estado en el taller y había tocado las cosas después de Emma. Sus
huellas se solapaban sobre las del joven, las difuminaban. Sus datos
estaban en el ordenador y era alguien bien conocido para las fuerzas
locales de orden público: Ashley Reid.

En la sesión de trabajo había un dinamismo que indicaba que la
investigación empezaba a progresar. Brooke cedió la palabra a McCarthy para que expusiera la conexión con Reid. McCarthy explicó rápidamente los detalles: la posibilidad de que fuera visto en la escena del
crimen, las huellas y su reciente arresto.

—Pero no es suficiente. No sabemos cuándo dejó Ashley esas
huellas —señaló el inspector—. Si la chica estuvo allí un día, es probable que estuviera más días. Es bastante probable. La niña de los
Fielding dijo que Emma solía marcharse cuando iban las dos al parque.

McCarthy recordaba la voz segura de Lucy: *Y Emma se iba a ca-
zar monstruos y yo me iba a los columpios.*

—Llevamos desde el sábado intentando localizar a Ashley para
que testifique, pero nadie sabe dónde está.

McCarthy continuó con la información sobre drogas que había re-
cabado durante el fin de semana, y pasó a la entrevista que había mantenido con Suzanne Milner.

—Lo que resulta un poco extraño es que Milner mencionara a
Reid concretamente para decir que no lo había visto. ¿Barraclough,
alguna idea?

—¿Por qué lo mencionó? ¿Por qué se le ocurrió precisamente
ese nombre?

McCarthy no lo sabía, a él también le chocaba.

—O lo vio y no quería decirlo, pero ya se había metido en el
tema y quiso salir airosa, o fue tal como lo contó: vio a alguien que se
le parecía. Se la veía en una actitud muy defensiva. No sé hasta qué
punto lo conoce.

Abordó entonces los detalles del último arresto de Reid, y observó las expresiones de indignación entre sus compañeros por el hecho de que le hubieran concedido la libertad bajo fianza.

—¿Cómo es posible que hicieran eso? —Barraclough seguía sorprendiéndose de muchas de las decisiones judiciales.

—No he indagado a fondo. Ya estaba en el programa Alfa, vigilado.

Barraclough tenía cara de disgusto. McCarthy captó aquella expresión y asintió con la cabeza.

—Tenemos que encontrarlo, necesitamos muestras, las huellas no son suficiente por sí solas. Tenemos que amarrarlo bien. No hay ningún indicio que haga sospechar del padre, pero todavía no han llegado los resultados de sus análisis. Y sería muy útil confirmar si realmente fue visto cerca de la escena del crimen.

McCarthy se sentía cansado, y el día apenas acababa de empezar. La cara muerta de la mujer en el agua seguía rondándole la cabeza. El dinamismo de las primeras noticias, la coincidencia de las huellas se vieron sustituidas por una sensación de urgencia. Conocían los signos. Ashley Reid era peligroso y seguía suelto.

Suzanne pasó la mañana en la biblioteca. Había pasado gran parte de la noche anterior pensando en cómo deshacer el daño que había hecho, sin llegar a ninguna conclusión. Estaba enfadada por cómo habían interpretado sus actos, pero sabía que, en una situación así, no tenía ningún sentido quejarse de «injusticia». En cualquier caso, tan pronto como ella había mencionado el nombre de Ahsley, tan pronto como vio el brillo de interés en los ojos del inspector McCarthy, tendría que haberse puesto en contacto con Richard y habérselo contado. Había actuado mal.

Lo único que podía hacer ahora era esforzarse en su trabajo, y por eso llevaba desde las ocho y media delante del ordenador, haciendo unas de sus comprobaciones regulares en el catálogo informático para localizar investigaciones recientes sobre desórdenes del lenguaje. Los terminales estaban colocados de tal manera que resultaban muy incómodos, los asientos eran demasiado altos y Suzanne tenía que inclinarse hacia delante para ver la pantalla. El pelo se le vino a la cara, y rebuscó en su bolso hasta que encontró una horquilla. Se echó el pelo hacia atrás y se lo sujetó. Mucho mejor.

Tras media hora de búsqueda, encontró la referencia que le interesaba. Un investigador de California estaba estudiando las pruebas de daños cerebrales en delincuentes habituales. No estaba segura de si sería significativo, pero era cierto que los desórdenes del lenguaje pueden originarse a causa de determinados daños cerebrales. Era posible que aquel investigador y ella estuvieran abordando el mismo problema desde distintos ángulos. A medida que fue recorriendo el documento, encontró aspectos que eran cruciales en su propia investigación: ...*marcada proyección del lóbulo frontal,* ...*afasia... pautas de conducta social patológicas...* Anotó la referencia en una ficha y se llevó el artículo a unas de las mesas de lectura.

Se abrió camino por entre las estanterías; aquellas interminables filas de baldas y los puntos intensos de luz en medio de la oscuridad le restablecían el equilibrio. A medida que iba leyendo, sentía la emoción de ver un sólido respaldo a sus intuiciones. Había una persona que trabajaba en identificar daños cerebrales orgánicos en delincuentes habituales. Daños en determinadas zonas del cerebro que afectan al lenguaje. Pruebas físicas que corroboraban sus observaciones, más indirectas. Los últimos sucesos le habían hecho perder confianza en sus capacidades. Por primera vez desde la entrevista con el inspector McCarthy, empezaba a creer que tal vez estuviera acertada, a pesar de todo.

Poco después de las once comenzó a flaquear. Cayó en la cuenta de que llevaba trabajando casi tres horas seguidas, de modo que dejó los libros y las notas en el escritorio y decidió dirigirse al centro de estudiantes del campus. Brillaba el sol y el cielo estaba despejado. Cerró los ojos y alzó la cabeza al cielo, disfrutando del calor y del juego de luces y sombras sobre sus párpados.

Cuando abrió los ojos, se quedó un poco perpleja de encontrarse frente al mismo inspector McCarthy, que había bajado por la escalera hasta llegar al camino, junto al edificio de ladrillo que dotaba a la universidad de su centro cubierto de hiedra. Casi se chocaron. Él pareció agradablemente sorprendido, tal vez por haberla visto allí parada como una adoradora del sol. Ella hizo una mueca y recobró rápidamente sus facciones normales. Se sintió en desventaja. Habría sido mucho más indicado tener su reencuentro con McCarthy vestida con un serio atuendo profesional, pero iba vestida para trabajar entre filas de libros, con vaqueros y camiseta, tenía manchas de tinta en las manos, y seguramente también en la cara. La horquilla se le estaba desprendiendo. Le pareció captar el brillo de una risita en su mirada, pero cuando miró mejor, él volvió a ser austero, impasible.

—Milner —dijo. Sonó cordial, pero no sonrió.

Suzanne asintió con la cabeza. Ella no sabía cómo llamarle, pensó que tal vez se decía «oficial» o «sargento», pero no estaba segura de que se pudiera decir «inspector». ¿O debía llamarle «inspector McCarthy»? Optó por un prudente:

—Hola. —Y añadió, mientras notaba que se le deslizaba la horquilla por el pelo y se estrellaba contra el suelo—: Me llamo Suzanne.

—Steve —dijo él, y se agachó para recoger la horquilla del suelo y se la dio.

—Gracias. —Suzanne se echó el pelo hacia atrás y volvió a prenderse la horquilla.

Ella esperaba que él hiciera algo, pero él permaneció donde estaba, mirándola primero a ella y luego al campus abierto que tenía delante.

—No suelo venir a la universidad —dijo McCarthy—. ¿Hay algún sitio donde tomar un café?

—Hay una cafetería en el centro de estudiantes —dijo ella—. Sirven café expreso, americano, y esas cosas.

McCarthy se encogió de hombros.

—Con que esté caliente y lleno de cafeína, valdrá. —Volvió a mirarla, como si acabara de ocurrírsele algo—. ¿Tiene tiempo ahora? Me gustaría preguntarle algunas cosas. La invito a un café.

Suzanne sintió cierta prevención. *Me gustaría preguntarle algunas cosas.*

—¿Tiene alguna relación con… —estuvo a punto de decir «Ashley», pero se contuvo a tiempo— con Emma?

—Tengo un par de dudas que usted podría aclararme —dijo él, y la miró para ver lo que decía. Suzanne se quedó pensando en Jane, en lo que le había dicho el otro día. Estaba claro que Jane intentaría ligarse al sombrío McCarthy. Se preguntó cómo reaccionaría él. Por lo que ella había visto, muy pocos hombres se resistían a Jane, pero consideró que ella apostaba en ese caso por McCarthy.

Reparó en que no había respondido nada y él la miraba con expresión interrogante.

—Muy bien —dijo cautelosa.

En ese momento, él sonrió ante la prudencia de ella, y añadió:

—No se preocupe, me han dado de comer cuando me han soltado esta mañana. —Suzanne no pudo contener una carcajada. Tal vez tuviera su lado humano. Caminaron juntos hacia el centro de estudiantes sin hablar.

La cafetería estaba tranquila. McCarthy le trajo un café doble, si bien antes se detuvo a charlar con la mujer que atendía las mesas, liándose en un intercambio de bromas que, por un momento, le hicieron parecer muy distinto al hombre que se había mostrado brusco y poco receptivo con Jane, y frío e impaciente con ella. Quizá tenía una forma de actuar diferente para cada ocasión.

McCarthy le ofreció un cigarrillo y después encendió otro para él. Antes de que él pudiera decir nada, Suzanne dijo:

—¿Qué ha venido a hacer al campus?

Él la miró unos instantes antes de contestar.

—He venido a buscar alguna pista de Sophie Dutton.

Suzanne se quedó sorprendida.

—Sophie se volvió a casa de sus padres. ¿No lo sabía?

McCarthy prefirió no contestar y se limitó a quedarse mirándola, al tiempo que sacudía la ceniza del cigarrillo.

—Quería hablar con usted del proyecto Alfa. —Se detuvo como si se le acabara de ocurrir algo y la miró con verdadera curiosidad—. ¿Por qué trabaja en ese sitio? —añadió.

Suzanne sopesó la pregunta. No parecía demasiado incisiva.

—¿Y por qué no?

Él pareció tomarse en serio el comentario.

—La mayor parte de esos chicos tendrían que estar entre rejas —dijo—. Yo no elegiría pasar el tiempo con ellos por voluntad propia.

Suzanne apretó las mandíbulas.

—Hay razones que explican el que sean como son.

—Ah, sí, claro, siempre hay razones —asintió él—, pero eso no los hace ni la mitad de peligrosos.

Ella se miró las manos. Pensó en si realmente él mismo creía lo que estaba diciendo, o si intentaba provocarla para que se lanzara a hablar sin prudencia alguna.

—No creo que sean muy peligrosos —dijo ella—. Lo más es robar coches, cosas así.

—Los robos de coches pueden ser bastante peligrosos si se te echa encima uno de esos que los roban para darse una vuelta.

Aquello ya era discutible. Cualquier conductor puede ser peligroso si lo ves desde ese punto de vista. Esperó a ver qué más decía.

—Lo que no debemos olvidar —continuó él— es que la mayoría de esos chicos tienen problemas graves; no los puedes juzgar con tus propias normas.

Suzanne tuvo la impresión de que intentaba advertirle de algo. Pensó en los chicos con los que ella había tratado. Dean era verdaderamente agresivo y difícil. Tenía un largo historial de conducta alterada y consumo de drogas. Los trabajadores del Centro siempre lo trataban con precaución. Richard admitió ante ella una vez que él consideraba que Dean era un caso perdido. Y Lee ocultaba algo siniestro bajo esa máscara de agudo ingenio. Ashley era distinto, más tranquilo, menos agresivo. Suzanne intentó hacerle cambiar de tema.

—¿Y para eso están los trabajadores sociales?

McCarthy iba a decir algo, pero se rió al ver la expresión de sorna en los ojos de ella. Suzanne le devolvió la sonrisa. Jane tenía razón: era muy atractivo. Se relajó. Se preguntó por qué estaba charlando sencillamente, por qué no le hacía preguntas sobre Emma. Tal vez estuviera intentando que ella bajara las defensas.

—Pero aún no me ha contestado: ¿por qué trabaja en el Centro Alfa?

—Era el mejor sitio para mi investigación.

Suzanne le explicó su teoría de las personas que tenían dañadas sus capacidades de comunicación. Estaba acostumbrada a encontrarse en el lado receptor del escepticismo, pero McCarthy parecía verdaderamente interesado y le hizo unas cuantas preguntas que demostraban, para sorpresa de Suzanne, que estaba muy bien informado. Después ella se preguntó por qué se sentía sorprendida. La conducta delictiva era su campo de especialización tanto como lo era para

Richard. Le habló de la investigación californiana que había localizado aquella misma mañana y el modo en que respaldaba el trabajo que ella estaba haciendo. McCarthy la escuchó y le habló de las personas con las que él trataba. Suzanne descubrió que con aquel hombre se encontraba a gusto y que hablar con él le resultaba mucho más fácil de lo que esperaba. Parecía dispuesto a aceptarla como una experta en su campo. Ella le contó las reacciones que habían tenido los trabajadores del Centro Alfa: la adusta desaprobación de Neil, la grave solemnidad de Richard.

McCarthy sonrió ante aquellas descripciones.

—Tal vez se pongan un poco protectores —dijo.

Suzanne sintió que había un mensaje subyacente en aquellas diplomáticas palabras y le miró con rapidez. Él le mantuvo la mirada, y ella lo interpretó como una opinión no pronunciada que se acercaba a la suya. Volvió a sentir que se encontraba a gusto, que incluso se lo estaba pasando bien. Él retomó el tema del programa de investigación.

—¿Y cuántas veces va usted por allí?

—De momento sólo voy una tarde y la noche correspondiente.

—Eso era todo lo que le permitían.

—¿A la semana? —McCarthy se acercó a coger el cenicero mientras hacía aquella pregunta.

—Sí… —Ella se lo pasó.

—¿Cuántas horas a la semana? —Él apagó el cigarrillo sin haberlo acabado, a diferencia de lo que solían hacer sus estudiantes, que lo apuraban siempre hasta el filtro.

—Depende, unas tres o cuatro horas. —Suzanne no entendía adónde quería ir él a parar.

—¿Y trabaja con todos los chicos a la vez?

—Casi siempre. A veces… —Se interrumpió. No quería contarle nada de las cintas hasta que hubiera aclarado el asunto con Richard—. ¿Por qué quiere saberlo?

—Quiero saber hasta qué punto conoce usted a Ashley Reid —dijo McCarthy—. ¿Ha tenido algún contacto con él fuera del Centro?

Era eso. Intentaba demostrarle que ella estaba protegiendo a Ashley Reid porque tenían alguna especie de…, ella no sabía qué. Intentaba demostrarle que ella no era imparcial, que les había mentido. Una vez más surgía la barrera. No era un hombre atractivo que charlaba con ella tranquilamente delante de una taza de café, era un interrogador profesional.

—Sólo he visto a Ashley en el Centro. Le conocí hará ahora unas diez u once semanas, y desde entonces le he visto entrar y salir del Centro. Hace unas semanas que ya no le veo.

Aquello no era estrictamente cierto. Suzanne había pasado con Ashley más tiempo que con ningún otro muchacho y, aunque hubo una semana que Ashley se fue antes, siempre estaba allí.

—De acuerdo. —Él pareció contentarse con su respuesta—. Nos está costando mucho trabajo localizarle. Pensé que tal vez usted tuviera alguna idea.

Ella negó con la cabeza, a la espera. Él se quedó pensando en lo que ella había dicho.

—Creo recordar que, cuando tuvimos la entrevista usted comentó que le *había parecido ver* a una persona que se le parecía.

—Sí. —Suzanne empezó a sentir aquel nudo en el estómago.

—Pero no puede afirmar si era o no era él. Lo único fue que usted vio a alguien que respondía a su descripción. —La voz de McCarthy implicaba que aquello era lógico, razonable—. Mire, Suzanne, creemos que estuvo en la escena del crimen. Usted podría ayudarnos con la hora. Por lo que usted misma dice, apenas le conoce como para estar segura de haberle visto de lejos. —La miró fijamente—. Usted vio a una persona que iba en dirección al bosque desde donde usted se encontraba—. McCarthy miró por encima del hombro de ella—. Pensó que tal vez fuese Reid, y luego que no, pero verdaderamente no puede estar segura.

Díganos simplemente dónde está Adam. Lo único que queremos es ayudar al muchacho.

—Mire —dijo McCarthy—, lo único que quiero que me cuente es lo que vio. Usted no es responsable de Reid.

Yo te hago responsable de esto, Suzanne.

Ella se quedó petrificada. La cara de Adam en la fotografía; Emma debajo del agua. Un hombre de pelo oscuro alejándose, mirando hacia atrás, acelerando el paso con aire furtivo. ¿Podía estar segura de lo que recordaba? Miró al hombre que estaba sentado frente a ella, esperando una respuesta, con cierta expresión de estar confuso. ¿Había llegado a decir algo ella? Negó con la cabeza.

—Fue como le conté —dijo ella—. Vi a alguien que me recordó a Ashley. No pensé que fuera él en el mismo momento, ni siquiera ahora creo que fuera él. —McCarthy no dijo nada—. Lo siento, de verdad. Eso fue lo que vi.

Suzanne no le miró a los ojos mientras apagaba el cigarrillo en el cenicero y recogía su bolso.

—Y ahora, perdone, pero tengo que irme.

McCarthy la vio marcharse por la puerta, con sensación de frustración. Todo en ella parecía indicar que le estaba mintiendo, pero él no acertaba a ver ninguna razón para ello. Posiblemente sería que había querido proteger a Reid con una benevolencia equivocada la vez anterior que habló con ella. Él le había dicho que tenían información que apuntaba a Reid como sospechoso. Lo único que él le pedía era una confirmación.

Se quedó donde estaba y se terminó el café. Aquella cafetería tenía las paredes pintadas de crema y azul, y la moqueta repetía los mismo colores; el efecto global era de espacio amplio, luminoso y aireado. Las filas de mesas que estaban junto a las ventanas le daban aspecto de cantina, pero la zona donde se había sentado con Suzanne tenía mesas bajas, barras con taburetes altos, plantas, todo dispuesto para crear un entorno privado y cómodo. Había poca gente sentada a las otras mesas, un pequeño murmullo de conversaciones, pero nada que perturbara el ambiente reinante de soleada tranquilidad. Se acordó de la cantina de las comisarías. Adecuada, pero sin moqueta ni plantas, tan solo una acústica que amplificaba el ruido de las conversaciones y el pegajoso chirrido de las sillas al arrastrarse sobre el linóleum. Todo parecía concebido para elevar la tensión y la presión en la que trabajaban. Se preguntó por qué los estudiantes se merecían aquel ambiente de paz y sosiego que siempre le impresionaba las pocas veces que visitaba el campus. *Quítate ya ese resentimiento, McCarthy.*

Repasó mentalmente su conversación con Suzanne. En ningún momento había pretendido molestarla; esta vez no iba parapetada en el engolamiento académico. Se había mostrado simpática; un poco cautelosa, al principio, pero luego se había mostrado realmente abierta y le había hablado de su trabajo, con una repentina seguridad y control. A él le había parecido interesante lo que le contaba. Le había dado una descripción muy viva del equipo de gente del Centro Alfa, cercana casi al horror, con una divertida imitación que le había hecho reír, pero después, cuando de mala gana él pasó al tema del que tenía que hablar, todo se bloqueó, como si ella se hubiera sentido asustada y perdida.

Le había gustado encontrársela allí, de pie, con la espalda apoyada en la pared y la cabeza mirando al sol, sonriente, completamente distinta a la otra vez. Al verle, la sonrisa se le había tornado en un ceño fruncido que rápidamente cambió cuando ella reparó en que él la estaba mirando. Para ser sinceros, no le quedaba más remedio que admitir que se había quedado mirándola porque le gustaba mirarla. Le recordaba un montón a Lynne, salvo que estaba dañada por algo que la hacía distinta de Lynne. Una Lynne vulnerable, una Lynne sin aquella intimidante competitividad. Le había resultado agradable el proceso de romper las barreras de su resistencia hasta que ella empezó a confiar en él, y luego, sin querer, había metido la pata.

Y seguía sin tener confirmado que alguien que respondía a la descripción de Reid había sido visto en el parque más o menos a la hora en que se produjeron los hechos. No iba a tener más remedio que hablar con Suzanne otra vez. Miró la hora y se acabó el café. En la agenda tenía previsto una excursión a Derby.

Era la hora del recreo. Lucy negó con la cabeza cuando Lauren le preguntó si quería jugar con ellos.

—Venga, Lucy, tienes que jugar. Es mi juego. —Lucy negó otra vez con la cabeza, y cambió el rumbo hacia un grupo de chicos que estaban gritando cerca de los asientos. Oyó la voz de Kirsten tras ella.

—Mataron a la chica que la cuidaba. La policía habló con su madre.

Siguió un fuerte murmullo de comentarios. Lucy apretó los puños. Kirsten se iba a enterar, pero tenía algo mucho más importante que hacer. Fue hasta la pared que daba a la carretera y se colgó ligeramente de los barrotes. Así logró ver las tiendas al otro lado, la gente yendo de un lado a otro. Veía la tienda donde mamá compraba todas sus *flores y hierbas*. Papá siempre estaba hablando de las flores y hierbas de mamá. Estaba también la tienda aquella llena de quesos. A ella no le gustaba ir a esa tienda. Olía raro. Se aferró un poco más arriba de los barrotes y escaló con la punta de los pies por las irregularidades de la piedra. Había coches aparcados a lo largo de toda la acera. Contaminación. Lo que decía mamá siempre. Toda la gente parecía normal y corriente. Estaba la señora Varney, que a veces cuidaba de Lucy. Estaba también la señora de los zapatos raros. Y Kath, la de la frutería, paseando a su bebé en el cochecito. Lucy la saludó, y Kath le devolvió el saludo. La sensación extraña que había tenido en su interior durante toda la mañana empezó a pasarse. Tuvo la impresión de que no pasaba nada, no tenía de qué preocuparse. Estiró el cuello para ver un poco más abajo de la calle.

Y allí estaba él, justo frente a la librería. Parecía como si estuviese mirando libros, pero ella sabía que estaba disimulando. *El escondite inglés*. Como estaba mirando en aquel momento, todo estaba tranquilo, nadie se movía. Los monstruos seguían allí, estaban más cerca. No sabía qué hacer.

Los monstruos seguían a la espera.

—Vais a conseguir que me echen, tíos. —El joven miró a los dos agentes que lo esperaban en la oficina del gerente—. Mirad, ¿no podéis esperar hasta que haya acabado? Necesito el dinero… —Su voz se desvaneció. Se le veía incómodo, como si tuviera algo en la conciencia.

Había estado trabajando delante del teclado todo el día para complementar la beca que no le llegaba ni para pagar el alquiler durante el año académico. A McCarthy le gustaba la incomodidad, le gustaba el hecho de que Paul Lynman, licenciado y antiguo residente del número 14 de Carleton Road, compañero de piso de Emma Allan y Sophie Dutton, estuviera asustado de perder el trabajo. Cuanto antes respondiera a sus preguntas de manera satisfactoria, antes lo dejarían en paz.

—Lo harcmos con la mayor rapidez posible —dijo. Lynman asintió—. Quisiera hacerle unas cuantas preguntas acerca de Emma Allan y Sophie Dutton. Compartió usted piso con Sophie desde el septiembre pasado. Y según tenemos entendido, Emma Allan fue una inquilina extraoficial durante algunas semanas.

Lynman pareció desconcertado. No se esperaba aquello. McCarthy se preguntó qué era lo que se esperaba para estar tan preocupado, tan incómodo con su visita.

—¿Emma? —Su mirada de incomodidad empezó a intensificarse—. Es amiga de Sophie, yo la verdad es que... Y a Sophie no la he visto hace semanas. Se fuc a... —Miró a McCarthy—. Yo no estaba allí en septiembre. Me mudé en octubre. Estaba viviendo con mi novia, pero no había sitio. Yo no las conocía enton...

McCarthy se quedó pensativo.

—¿Por qué se mudó tan tarde? La casa era para cuatro personas. La universidad tenía pocos alojamientos, ¿cómo es posible que hubiera una habitación libre en octubre? Una habitación en una de las zonas con mayor demandaas...

Lynman le miró, sopesando su respuesta.

—La casa estaba llena, pero uno de los inquilinos se fue, así que necesitaban a otra persona. Yo conocía a dos estudiantes que vivían allí, estaban en mi curso, Gemma y Dan. —Los dos estudiantes que se habían ido a Alemania—. Y así fue —añadió, encogiéndose de hombros.

De acuerdo. McCarthy archivó la respuesta.

—Señor Lynman, ¿se enteró usted ayer de las noticias? —La perplejidad de Lynman parecía convincente. Daba la impresión de que no sabía nada de Emma, pero entonces, ¿por qué le había entrado tanto nerviosismo?

—No, no me interesan demasiado... ¿Qué noticias?

—Emma Allan ha muerto, señor Lynman. —Se fijó en cómo se reflejaba en el rostro del joven aquella información.

—Oh, yo no sabía... Se lo dije a ella... ¿Qué le ha pasado?

McCarthy no tenía ninguna intención de resultar suave.

—Emma fue asesinada. —El rostro de Lynman se cubrió primero de incredulidad y después de perturbación, al reparar en que el inspector no estaba bromeando, no estaba realizando ningún truco. Se puso blanco y se apoyó en la pared para mantenerse de pie. Corvin le sujetó del brazo y le acercó una silla para que tomara asiento, al tiempo que miraba a McCarthy con expresión de duda, levantando las cejas.

Lynman se llevó la mano a la boca.

—¡Joder! ¡Qué mal rollo! —Hundió la cabeza entre las manos—. Creo que me estoy mareando —dijo.

McCarthy asintió con la cabeza a Corvin, que fue a la oficina a por un poco de agua fresca.

—Respire hondo —aconsejó McCarthy al joven, al tiempo que Corvin le pasaba un vaso de plástico con agua. Lynman los miró a los dos, cogió el vaso y bebió un sorbo. Se había quedado encogido en la silla, como si estuviese acorralado. McCarthy miró hacia las mamparas de cristal de la oficina y vio al gerente al otro lado, de pie junto a un escritorio, mirando hacia donde estaban ellos. La luz era brillante, plana, de fluorescente. No había forma de adivinar que fuera hacía un día soleado.

McCarthy puso una silla con el respaldo frente a él y se sentó frente al joven.

—Paul —dijo McCarthy. Había llegado el momento de tratarle con más confianza—. *Se lo dije.* ¿Qué es lo que le dijiste? —Lynman apartó los ojos de McCarthy. No respondió—. No sabías que Emma ha muerto… —Lynman negó rápidamente con la cabeza—. Pero tampoco te ha sorprendido demasiado. Ahora podemos hacer esto con rapidez, o con lentitud, pero me vas a contar todo lo que sepas de Emma. También necesito información sobre Sophie. No logramos localizarla. No está donde se suponía que debía estar. Puedes hablar conmigo aquí, o podemos ir a la comisaría de Sheffield para que nos ayudes con las averiguaciones.

La conocida frase hizo que Lynman levantara de golpe la cabeza y mirara a McCarthy. El inspector esperó. Era consciente de que Corvin empezaba a adoptar una actitud autoritaria detrás de él. Al estilo matón. Lo aprobó.

Lynman se mojó los labios con la lengua.

—¡Dios mío! No puedo cre… *Em.* Está… —Miró a McCarthy con expresión de indignada protesta—. ¡Me va a estallar la cabeza! —McCarthy no se inmutó— ¡Yo no sé nada! —dijo, con un repentino tono de alarma en la voz.

—Pero sí sabes algo de las drogas, ¿no es así, Paul? —McCarthy le sonrió con expresión insulsa.

—¡Madre mía! —Parecía asustado—. Yo lo que… Mire, fue Emma. Es una tía maja, de verdad, buena tía, pero estaba sin dinero, bueno, como todos nosotros.

—¿Qué fue lo que hizo, Paul? —La voz de McCarthy era neutra, casi amistosa.

—No era nada import… —Miró a los dos hombres horrorizado. Fuera lo que fuese lo que le había puesto nervioso al verlos, se le sumaba ahora al pánico de la noticia que acababa de recibir. Alternó rápidamente la mirada entre McCarthy y Corvin.

Corvin cambió levemente de actitud.

—Esto es una pérdida de tiempo. Llevémosle mejor a Sheffield —sugirió.

—¡No! —Lynman no quería ir—. Miren, yo no quiero causarle problemas a nadie.

McCarthy interpretó aquella frase como que Lynman no quería tener ningún problema. Empezó a hablar. Emma había conseguido una lucrativa vía de suministro. Había tenido acceso a unas pastillas muy buenas.

—Éxtasis de calidad —subrayó Lynman, olvidándose por un momento de sí mismo—. Lo que se pilla ahora normalmente es casi siempre mierda. —Y el *speed* bueno costaba pasta.

»Además, era barato. —Se quedó unos instantes pensativo—. No es que se dedicara al tráfico de drogas —dijo—. Se lo vendía sólo a estudiantes, ¿entiende?

Personalmente, McCarthy no veía ninguna diferencia, pero asintió con la cabeza, esperando. Lynman siguió describiendo lo que parecía una rentable operación. Emma vendía pastillas a otros estudiantes y a sus amigos. Se las vendía a sus amigos a precios más bajos que en la calle, y a otros, por un poco más.

—Pero todo el mundo sabía que lo que ella tenía era bueno. La gente acudía a Em cuando querían algo bueno. No era una traficante, ¿me entiende?

McCarthy se quedó pensando.

—¿Y Sophie…?

—Bueno, Sophie consumía pastillas a veces. Todos consumíamos —. Se frotó la cara con las manos en una gesto de nerviosismo—. A Soph le parecía que Em había ido demasiado lejos últimamente.

McCarthy captó la expresión de duda en los ojos de Corvin. Si Emma hacía tan buen negocio con las pastillas, ¿por qué estaba interesada en sacarse una mísera calderilla trabajando de niñera para Jane Fielding? Tenía que reflexionar sobre ese aspecto.

—Y después ocurrió algo —decía Lynman—. Emma tuvo una discusión fuerte con su madre y se fue de casa, y lo siguiente que yo supe fue que se vino a la residencia y que Sophie decidió dejar el curso y volverse con sus padres. Dijo que no quería que sus padres se enteraran de que había dejado la universidad hasta que ella no encontrara un trabajo. Dijo también que Emma podría irse con ella después, cuando se hubiera establecido. Por eso dejamos que Em se quedara en Carleton Road, ¿comprenden? Necesitábamos a alguien que nos ayudara con esa parte del alquiler, y Soph quería mantener contacto con nosotros.

—¿Y dónde está Sophie ahora? —McCarthy sabía que tenían que hablar con Sophie Dutton con urgencia.

Lynman negó con la cabeza.

—Se volvió a casa de sus padres. —El joven se encogió de hombros, mirando a los dos hombres.

McCarthy miró a Corvin.

—Tendrá que venir con nosotros a Sheffield —dijo a Lynman—. Necesitamos una declaración completa suya, los contactos de Emma, a quién vendía y a quién compraba. —Lynman hizo ademán de protestar, captó la mirada de McCarthy y guardó silencio, con aire de derrota.

Suzanne dejó el bolso nada más atravesar la puerta y cruzó el patio hacia la casa de Jane. Aparte del rato que había pasado con McCarthy, y aquello no contaba, no había hablado con ninguna otra persona en todo el día. Estaba harta de libros. Tenía ganas de charlar.

La voz de Lucy respondió a la llamada a la puerta, Suzanne entró en la casa justo en el momento en que Joel salía de la habitación del centro para abrirle. Suzanne creía que ya se habría vuelto a Leeds. Lucy estaba sentada frente a la mesa de dibujo, y levantó la vista hacia Suzanne.

—Hola —dijo la niña, tras unos instantes—. Estoy dibujando —añadió, con cortesía.

—Hola, Lucy. —Suzanne no estaba segura de si quería quedarse allí. No tenía ganas de hablar con Joel. Él la estaba mirando, y cuando ella le devolvió la mirada, él le dirigió una de sus taimadas sonrisas.

—Hola, Suzie, siéntate. —Joel tomó asiento en el sofá y se la quedó mirando. Su sonrisa se ensanchó como si estuviera recordando algún chiste privado.

—¿Jane no está? —Suzanne decidió que no iba a quedarse esperando si Jane había salido. Aún recordaba su último encuentro con Joel.

—Jane está trabajando. —Joel bostezó y se desperezó, como si aquel pensamiento le produjera cansancio. Era como un gato, pensó Suzanne, con aquella actitud sigilosa de relajación, aquella habilidad suya para apalancarse en cualquier sitio—. Necesitaba enviar un encargo por correo esta noche. No acabará muy tarde. Estoy de cuidador de bebés.

Lucy miró a los dos adultos.

—Yo no soy ningún bebé —dijo.

Joel la miró.

—No, no eres un bebé, eres una mocosa.

Lucy puso expresión de desaprobación al pensar en lo que había dicho su padre, después se relajó y sonrió levemente, con contención.

Joel guiñó un ojo a Suzanne, quien dirigió rápidamente la atención hacia Lucy.

—¿Qué estás dibujando, Lucy? —Parecía que estaba otra vez con los monstruos, pero la niña tapó el dibujo con el brazo.

—Es un secreto —dijo, mirándola fríamente.

Joel se rió. Lucy apretó los labios y siguió coloreando, escudada detrás de su brazo. Suzanne consideró que no le quedaba más opción que esperar y se sentó en el borde del sillón, en lugar de hacerlo junto a Joel en el sofá. Notó cómo Joel se daba cuenta de la maniobra al verle esbozar otra de sus pícaras sonrisas. Lucy hizo ruido al buscar en su caja de lápices y se acurrucó sobre su dibujo.

—Bueno, ¿qué tal tu vida últimamente? —preguntó Joel, fijándose con descaro en los vaqueros de Suzanne, que estaban sucios del polvo de las estanterías, y en las manchas de tinta que tenía en la camiseta. Se echó hacia delante en el asiento sin decir nada, sin dejar de mirarla. A Suzanne le resultaba difícil permanecer allí sentada con naturalidad, al tomar conciencia tan bruscamente de su cara, sus manos, su cuerpo.

Se devanó el cerebro intentando encontrar algo que decir, buscando algún modo de responder a la actitud de él. Deseó haberse ido de allí tan pronto como lo había visto en la casa, pero si se marchaba en aquel momento iba a parecer una idiota.

—¿Cómo es que estás todavía por aquí? —acertó a decir al final. La frase le salió con un tono cortante, y fue consciente de que podía sonar a crítica. Sin duda Joel la interpretaría así y él aborrecía que se le hicieran críticas. Por unos instantes, Joel entornó los ojos y después le dirigió una de sus irónicas sonrisas. Era igual de hábil que McCarthy en ocultar sus emociones, salvo que McCarthy no se esforzaba en parecer simpático. *Lo que mostraba era lo que había.*

—Echándole un cable a mi hija. Así mantengo a la policía alejada ya que su madre no parece muy capaz de hacerlo —dijo, al tiempo que colocaba el tobillo de una pierna encima de la rodilla de la otra.

Suzanne sintió una punzada de irritación.

—Pero ya se ha acabado todo, ¿no? —dijo ella—. La última vez comentaron que no tendrían que volver a hablar con Lucy. —Suzanne habló en voz baja, consciente de la presencia de la niña junto a la mesa.

—Eso dice Jane, pero yo prefiero andar cerca. —Joel miró a Suzanne—. Estar por aquí cerca —añadió—, por Lucy.

Justo lo que no haces tú por Michael.

—Ya sabes tú muy bien lo que implica estar cerca de los niños —replicó Suzanne.

Pareció que los ojos de él se estremecían un momento.

—Sí, lo mejor es mostrarse firme con ellos, ¿no es eso, Suzanne? Si no, pueden acabar mal. —La miraba fijamente en aquel momento—. Se vuelven personas descontroladas, se meten en problemas... Y quién sabe lo que puede ocurrir después.

¡Escúchame, Suzanne! Se hundió las uñas en la palma de la mano. No quería reaccionar, no iba a discutir con él. Y menos delante de Lucy. Había sido un error iniciar aquella conversación.

—¿No te parece, Suzanne? —dijo él. Lucy levantó la vista.

—Pues no sé —dijo Suzanne—. Mira, Jane debe estar ocupada. Volveré más tarde.

Se levantó y él también con suma educación, para acompañarla hasta la puerta. Cuando Joel pasó junto a la mesa y Lucy se echó sobre su dibujo ocultándolo, él se lo arrancó y lo puso en alto. La esquina de la hoja se había roto por donde Lucy la estaba sujetando.

—Mira, Suzie —dijo—. Lucy ha dibujado personitas.

Había dos figuras, con faldas, una rubia y la otra sin colorear aún. Lucy puso cara de enfado y saltó de la silla.

—¡Lo has roto! —gritó—. ¡Lo has estropeado todo!

Suzanne apretó los puños y sintió ganas de golpear a Joel. Él la miraba por encima del dibujo de Lucy, tenía los ojos brillantes. *¡Tú no querías jugar a mi juego, pero te he obligado!* Suzanne oyó pasos por la escalera y Jane entró en la habitación con aire triunfante.

—Ya lo he hecho —dijo Jane, al tiempo que agitaba un sobre grande que sujetaba en la mano—. Lo he acabado, sólo me queda enviarlo. Tengo que acercarme a Correos. —En aquel momento tomó conciencia de la situación; Joel y Suzanne se miraban fijamente, mientras Lucy hacía esfuerzos por no llorar. Ella nunca lloraba—. ¿Qué ha pasado? —dijo, y se arrodilló junto a la niña—. ¿Qué ha pasado, mi vida?

De pronto Joel se fue junto a ellas, con actitud de arrepentimiento y abrazándolas a las dos.

—Suzie quería ver el dibujo de Lucy. Era un secreto y yo no me he dado cuenta. Ahora está muy disgustada. —Cogió a la niña de la barbilla y le sonrió—. Perdóname, Lucy-lu. Lo he hecho sin querer.

Lucy le miró, luego a su madre y a Suzanne. Volvió a coger su dibujo, que su padre sujetaba frente a ella. Se la veía desconcertada, triste. Jane le acarició el pelo, al tiempo que dirigía una mirada de re-probación a los dos adultos.

—Seguro que puedes hacer otro —sugirió a la niña.

—Se ha estropeado todo —dijo Lucy con determinación. Luego miró a su madre, con cierta expresión calculadora—. ¿Puedo tomar un helado a la hora del té? —preguntó.

Joel soltó una carcajada.

—Es la digna hija de su padre. ¡Claro que podrás tomar un helado! —dijo, revolviéndole el pelo.

Jane frunció levemente el ceño, evaluando la conducta de Lucy.

—Tengo que ir a Correos —dijo—. Esto tiene que llegar mañana. Tardaré sólo un cuarto de hora. —Se dirigía a Joel, quien se estaba poniendo la chaqueta mientras Jane hablaba.

—Yo me quedaré —dijo Suzanne, con rapidez—. Te estaba esperando, así que me da igual. —Miró a Joel, intentando mantener una mirada neutra—. Tú vete ya si tienes que irte. —No estaba dispuesta a dejar a Lucy sola con Joel.

Él se detuvo, con los ojos medio entornados.

—De acuerdo —dijo, manteniendo una fría sonrisa de satisfacción, a medida que salía con Jane por la puerta. Suzanne respiró aliviada. Se dio la vuelta hacia donde estaba Lucy, que se había ido a la cocina.

—¿Has terminado de dibujar? —le preguntó.

Lucy asintió con la cabeza.

—Ahora quiero beber agua. La puedo coger yo sola —añadió, con seriedad, cuando Suzanne se levantó hacia ella. Suzanne se quedó de pie junto a la puerta de la cocina, viendo cómo Lucy acercaba un taburete rojo a la encimera y se subía para llegar al grifo y llenar el vaso. Bajó del taburete sujetando cuidadosamente con las dos manos el vaso de agua.

—Has enfadado a mi papá —dijo la niña, en un tono indefinido entre acusación y pregunta.

—Ha sido sin querer —dijo Suzanne.

Lucy la miró con actitud de estar evaluándola.

—Es de mis hermanas —dijo, al cabo de un momento en tono orgulloso—. Pero es un secreto.

—¿Tus hermanas? —Suzanne cayó en la cuenta de que Lucy se refería a su dibujo. Al igual que le ocurría a menudo con Michael, se preguntó si los hijos únicos se sentían siempre solos.

—Yo tengo hermanas —siguió diciendo Lucy con tono soñador—. Y hermanos y hermanas, y voy a tener montones y montones de hermanas, y Michael podrá tener montones de hermanas —añadió con generosidad—, pero yo voy a tener más. —La voz de la niña empezó a adoptar el aire de una canción—. Y Tamby también va a tener… —La voz de la niña se fue convirtiendo en un murmullo a medida que se alejaba hacia las estanterías, de donde sacó unos patines.

—Voy a patinar un poco —dijo.

Polly Andrews era la novia de Paul Lynman. Aunque no había sido nunca inquilina oficial del número 14 de Carleton Road, había pasado allí mucho tiempo y conocía a Emma Allan y a Sophie Dutton.

—Era más cómodo que mi piso —les confió a Barraclough y a Corvin—. Me hubiera gustado pillar la habitación del tipo aquel siniestro que se marchó. —Se inclinó sobre el escritorio y miró hacia atrás—. Estaba hecha un asco —les comentó en tono confidencial.

Iba vestida con unos vaqueros desgastados, un diminuto top negro que le dejaba los hombros al aire y le llegaba hasta un poco más arriba del ombligo, en el que llevaba un *piercing*. Tenía un tatuaje en el hombro derecho que representaba un cuchillo y algo parecido a los cuernos del demonio.

—¿Les importa si fumo? —La joven estiró las piernas hacia un lado; las pesadas botas que le cubrían los pies resultaban incongruentes con la fragilidad de su constitución más bien pequeña. Tenía la cara pálida, pero con una cremosa palidez saludable. Las pecas le cubrían la nariz. Tenía veintiún años, y era estudiante universitaria. Parecía que tuviera doce. Barraclough pensó que hacía muy bien el papel de colegiala sexy. Verdaderamente, Corvin tenía una actitud benévola, extraña en él.

Polly encendió un cigarrillo y después se inclinó sobre la mesa, mirándolos directamente, esperando. Corvin estaba dejando que Barraclough llevara la entrevista, y ella empezó con las preguntas fáciles:

los amigos de Emma, sus contactos, sus rutinas. Polly tenía una actitud de colaboración, abierta, pero no tenía nada que añadir que ellos no supieran ya. Emma era conocida en el número 14 de Carleton Road como amiga de Sophie, y cuando se encontró sin hogar, los otros inquilinos no plantearon ninguna objeción a que se quedara allí, compartiendo la habitación de Sophie.

—Bueno, en realidad es que no podían poner objeciones —dijo—. Desde luego, Paul no, porque yo estaba allí siempre.

—Debía de estar muy llena la casa —señaló Barraclough, que había visto las habitaciones de la casa—. Sophie tenía la habitación del desván, ¿no?

—Sí. Emma dormía en una colchoneta de esas de hacer gimnasia, con un saco de dormir. Lo enrollaba todo por las mañanas y lo metía en el espacio que quedaba entre el cielo raso y el tejado durante el día —explicó Polly, en tono alegre, sonriendo a Corvin, que no dejaba de sonreírle—. Estábamos allí todos metidos, como sardinas.

No arrojó ninguna luz sobre el posible paradero de Sophie Dutton. Abrió los ojos con sorpresa cuando Barraclough le preguntó.

—Está con sus padres, ¿no lo sabían? Decidió marcharse a casa hasta que encontrara un trabajo. Quizá encontró algo y no quiso decírselo a sus padres. Ya saben, a lo mejor algo de danza del vientre, *striptease*… —Miró a Corvin y volvió a sonreír—. Se puede ganar una fortuna con eso —les confesó, y se encogió de hombros indicando que no entendía por qué Sophie no le había contado nada.

—¿Qué tipo de trabajo estaba buscando Sophie? —preguntó Barraclough. Si estaba preparada para la danza del vientre…

Polly no podía ayudarles en eso.

—Ah, pues lo que fuera. Ella quiere ser escritora, así que todo le sirve de material.

Barraclough quiso volver al tema de Emma.

—¿Y qué sabes de sus novios? ¿Emma salía con alguien? —Si Emma había ido a encontrarse con alguien, no tenían modo alguno de localizar nombres de posibles candidatos, aunque las pruebas de Paul Lynman les habían abierto nuevas posibilidades.

Por primera vez, Polly pareció… —Barraclough buscó en su cabeza algún adjetivo que definiera la expresión del rostro de la joven—¿ambigua? ¿Sorprendida?

—No hablaba conmigo de esas cosas —contestó, al cabo de un rato—. Ella era amiga de Sophie.

Barraclough arrancó una hoja del cuaderno de McCarthy y esperó a que la joven rompiera el silencio.

—Estaba viéndose con alguien. Habló de alguien que se llamaba Ash...

Barraclough se percató del repentino interés de Corvin. *Ash. El Hombre Ash. Ashley Reid.*

—Pero nunca vino a Carleton Road.

La joven negó con la cabeza cuando le preguntaron por Ashley Reid.

—Pudiera ser, pero no lo sé, Em no me lo dijo.

—¿Y qué sabes del «Hombre Ash»? —le preguntó Barraclough.

Por un momento, le pareció vislumbrar una expresión de reconocimiento en los ojos de Polly, pero la joven negó con la cabeza.

—No —dijo. Se detuvo un momento, parecía insegura—. La vi después de que se fuera de Carleton Road —añadió—. Creo que hará unos diez días, un miércoles o un jueves.

Eso era unos ocho o nueve días antes de la muerte de Emma.

—Había estado de compras e iba cargada de bolsas de las tiendas de la calle Devonshire, ¿sabe?

Barraclough conocía aquellas tiendas de ropa de diseño, de última moda, muy por encima de sus posibilidades.

—Me contó que había conocido a alguien. —Polly se mordió el labio inferior, con actitud dubitativa—. Me pidió que no se lo dijera a nadie.

—Ya, pero ahora es muy distinto, Polly. —Barraclough no estaba demasiado convencida de la actitud de reticencia, pero seguía teniendo la impresión de que Polly estaba perpleja por algo—. Dices que estaba viendo a alguien. ¿Te refieres a que salía con un chico?

—Un tío mayor —dijo Polly—. Emma decía que tenía un trabajo para ella. No sé si salía con él o no.

Barraclough dio por sentado que «salir con un chico» equivalía a tener relaciones sexuales con él.

—Emma estaba cargada de pasta y…

Barraclough le preguntó por las drogas. Distanciándose del asunto, les contó más o menos la misma versión que Paul Lynman les había contado a McCarthy y a Corvin, aunque en sus palabras la operación no parecía tan organizada.

—Emma conocía a alguien que podía conseguir éxtasis del bueno —dijo—. De modo que tenía para todo el mundo.

No había sido un pase grande, insistió. Barraclough le preguntó por la heroína, y la joven pareció verdaderamente sorprendida.

—No, no, de eso nada. ¿Emma se metía…? —Apartó la mirada de los dos agentes, cerrando los párpados, pero no añadió nada más.

Suzanne no quiso volver directamente a su casa. Necesitaba pensar, y el parque era el lugar donde mejor se concentraba. En aquel momento estaba abierto, espacioso, bajo el cielo despejado y azul, con volutas de nubes a lo lejos, la hierba verde y los árboles cargados de hojas. Suzanne entró por la puerta principal de Hunters Bar y siguió por el sendero que pasaba junto al parque pequeño de los columpios y el campo de fútbol donde se jugaban los partidos los domingos, adonde iban los niños del colegio el día que había gimnasia y donde ponían la feria todos los veranos. Pasó junto a la cafetería, cruzó el puente de piedra hasta la primera presa y se quedó unos minutos mirando los patos. No pensaba en nada en concreto. Siguió por el sendero hasta la siguiente presa, y captó su atención el azul irisado de un martín pescador. Lo vio planear entre las dos islas en las que anidaban las aves acuáticas y alejarse después río abajo.

Tenía que ordenar las cosas en su mente. Todo empezaba a estar fuera de control. Era preciso aislar los problemas, para poder manejarlos uno a uno. Los fue revisando en su cabeza. *Joel.* ¿Debía contarle a Jane lo de su encuentro con él? Para alguien que no lo hubiera visto, no resultaría nada importante. Mejor esperar a ver qué pasaba. A Joel se le pasaría pronto la preocupación por Lucy que le había entrado recientemente, y retomaría las visitas esporádicas. *El proyecto Alfa.* ¿Convenía dejarlo descansar a ver qué pasaba? Quizá fuera mejor no esperar. Podía llamar a Keith Liskeard al día siguiente y quedar con él.

Le explicaría lo que había pasado exactamente. También debería hablar con Maggie, su supervisora. Tendría que haberlo hecho ya.

Ashley. Sin querer, había provocado que la policía fijara su atención en él. Y Ashley había respondido como Adam: huyendo. Cuando Richard le contó que Ashley había desaparecido, pensó en Adam. El Centro Alfa tenía sus propios mecanismos de información. Tan pronto como la policía se había puesto tras sus pasos, él se habría enterado, Suzanne estaba segura de eso. Y habría sabido de dónde les habría llegado la información. Ashley había confiado en ella.

Intentó acallar su voz interior. No dejaba de oír las palabras de Steve McCarthy: *Te hago responsable de esto*. Pero no, él le había dicho: *Usted no es responsable...* En su mente, el rostro de él se convertía en el de su padre, mirándola fríamente. *Existe el bien y existe el mal, Suzanne. Confío en que sepas ver la diferencia.*

No es tan sencillo, se defendió, pero el rostro había desaparecido. Se vio mirando, por encima de los barrotes de una cuna, aquella cabeza diminuta sobre el blanco de la sábana, con los puñitos cerrados, el ceño fruncido, buscando con la boca...

—Va a llorar. ¿Puedo cogerle en brazos?

—Claro que sí, Suzanne, cógele en brazos. Así...

Y sintió el peso de aquel cuerpecito en sus brazos, el olor a bebé y los oscuros ojos azules que la miraban.

—Es tu hermanito, Suzanne. Tú le vas a cuidar y vas a ayudar mucho a mamá. Yo sé que me vas a ayudar mucho.

Su madre. Una cara pálida sobre la almohada. Un débil susurro cargado de cansancio. *Cuida de tu hermano, Suzanne.*

Ella estaba embelesada con su carita, sus manos, su pequeñez.

Se dio cuenta de hacia dónde iba. Cruzó las verjas de una entrada y atravesó por el sendero hasta el siguiente parque. A su izquierda había una verde ladera cuajada de narcisos. El sendero se ensanchaba recto frente a ella, invitándola a adentrarse en la umbría sombra del bosque. Miró el tablón de anuncios. Ya no estaba aquel pedazo de papel: TENGAN CUIDADO... Se notó los pies cansados y estuvo tentada de darse la vuelta e irse, pero sabía que no debía hacerlo. En aquel momento, los árboles le protegían los ojos del sol, pero entraban rayos repentinos entre las ramas y la cegaban a su paso.

Llegó hasta el puente, el que llevaba a Shepherd Wheel. Miró desde lejos el edificio. Estaba cerrado a cal y canto, en silencio. Tenía el mismo aspecto que siempre y daba la impresión de que encerraba en su interior oscuros secretos. No debía dejarse llevar por la imaginación. No era más que un taller de trabajo. Menos mal que estaba cerrado el patio de la noria. Si hubiera estado abierto, ella no habría podido contener sus ansias de entrar y volver a mirar aquellas aguas oscuras y quietas.

Había tiras de precinto en las puertas, tiras negras y amarillas de la policía, que parecían lazos alrededor de una estatua. Algo inapropiado y absurdo. Cruzó el puente. Eso no era ninguna barrera, y la policía no debía de estar muy preocupada ya por la escena del crimen porque no había nadie allí vigilando la entrada. Caminó por el sendero junto a la ladera de la presa de Shepherd Wheel, la que alimentaba de energía a la noria. El agua seguía baja, pero la corriente que fluía entre bancales de barro parecía más fuerte, como si estuvieran llenando la presa. Los patos la saludaron con agudos lamentos.

Suzanne se detuvo al final de la presa, justo donde iba a juntarse con el arroyo. Volvió la cabeza una vez más hacia la presa. Las sombras ondulaban la superficie del agua. Shepherd Wheel estaba tranquilo y en silencio bajo los árboles. Suzanne tomó una decisión.

Sabía lo que tenía que hacer: localizar a Ashley.

Barraclough sentía que la habían relegado a las labores administrativas cuando lo interesante, las cosas importantes estaban ocurriendo en otro sitio. Miró las notas que tenía delante. ¿Dónde había pasado Emma las últimas semanas de su vida? Se había marchado de casa de su padre y se había ido a Carleton Road. A finales de mayo había dejado de vivir en Carleton Road, pero no tenían ninguna pista sobre adónde se había ido. A Jane Fielding le había dado la dirección de su padre, cuando ya no vivía allí. Y, pese a todo, había estado por allí, activa y, al parecer, ganando dinero. Polly la había visto. La historia de Polly les había proporcionado un vínculo que antes no tenían: Emma tenía un novio llamado Ash. Polly no lo había podido confirmar, pero considerando los datos que tenían, el principal candidato era Ashley

Reid... Barraclough frunció el ceño. No había duda de que Emma había sido una joven difícil y problemática, pero por todo lo que Barraclough iba sabiendo de ella, Emma había sido también brillante e inteligente. De acuerdo con la información que les había transmitido el Centro Alfa, la inteligencia de Ashley Reid se situaba por debajo de la media. ¿Cuál habría sido la atracción? Y después, según la versión de Polly, Emma había encontrado a otra persona. Celos. Uno de los motivos más típicos de los manuales. Barraclough conocía bien las obras clásicas.

Habían solicitado el expediente de Reid a los Servicios Sociales. Le habían endilgado la tarea de revisarlo. La vida del muchacho —sus diecinueve años— habían sido difíciles. Barraclough conocía lo suficiente sobre los efectos de la delincuencia como para ponerse sentimental con los delincuentes, pero a medida que fue leyendo el expediente de Reid, sintió la rabia que solía sentir al ver las vidas para las que habían nacido algunas personas.

Los Servicios Sociales no se habían hecho cargo de Ashley hasta 1989, cuaando tenía nueve años. Sus padres eran Carolyn Reid, Walker de soltera, y Philip Reid. Sus dos progenitores eran británicos, pero él había nacido en Estados Unidos, adonde habían emigrado sus padres en 1978. Su madre se había vuelto con él a Inglaterra y le había dejado, junto con su hermano mayor, Simon, al cuidado del tío de ambos, Bryan, hermano de la madre, en 1984. Al parecer fue un acuerdo no oficial. Barraclough frunció el ceño. Era innegable que debería haber habido alguna disposición oficial. Se lo comentó a Corvin, que estaba releyendo la declaración de Polly Andrews.

—No si lo que ellos dijeron fue que el niño estaba con su madre y eran todos familias felices. Los de Servicios Sociales no tenían por qué intervenir —dijo—. No, a menos que hubiera alguna razón para preocuparse. Ya están bastante ocupados como para dedicarse a buscar más trabajo.

—Me pregunto si podremos localizar a los tíos —Barraclough miró los nombres, Bryan y Kath Walker—. Me pregunto qué nos contarían.

Volvió a leer el expediente. Los Servicios Sociales no habían podido localizar al padre ni a la madre. Al parecer, la madre de Ashley había vuelto a Estados Unidos. No había ninguna referencia al padre en aquellas notas. Bryan y Kath Walker se habían quedado con los dos chicos, pero a Simon le dejaron antes con los Servicios Sociales. Era autista, y para sus tíos resultaba demasiado difícil encargarse de él. Criaron a Ashley junto con su propia hija, que era cinco años mayor, Michelle. ¿Se habrían mantenido en contacto los dos primos? Barraclough tomó nota de ello.

Al cabo de cinco años, los Walker dejaron también a Ashley al cuidado de los Servicios Sociales. Lo describían como un muchacho «fuera de control». Había habido algún tipo de fricción entre los niños. Hubo intentos de localizar a Carol Reid. La última dirección de ella que les habían dado los Walker era de Utah, pero hasta donde Barraclough había logrado saber, allí no quedaba rastro alguno de ella. Abandonó a sus hijos y desapareció. En las notas se decía que Ashley había tenido problemas de desarrollo. Lo describían como una persona en buenas condiciones físicas, pero retraído. Tenía dificultades de conducta y retraso en la capacidad lectora. Por lo que Barraclough podía valorar, nadie había hecho un diagnóstico específico de sus problemas. Lo quitaron de los Servicios Sociales, pero nunca fue adoptado, ni siquiera lo remitieron a algún sistema de acogida de larga duración. A medida que fue creciendo, comenzaron los problemas que plagaron sus años adolescentes: peleas en el colegio, vandalismo, robos, violencia. *Un hijo es para toda la vida, no sólo para Navidades...*

Tenía que averiguar dónde estaba ahora la familia de Ashley.

Simon venía por el parque, en la oscuridad entre los árboles. Los senderos iban creando formas geométricas ante sus ojos. Las líneas y grietas de la corteza de los troncos contaban historias de cómo el árbol había ido creciendo y fortaleciéndose, de cómo había logrado salir adelante. Se detuvo y contempló el modo en que las luces de las calles jugaban con las formas mientras la brisa soplaba entre las hojas, creando sombras y luz, sombras y luz. En aquel momento el sendero era cuesta arriba, hasta una pequeña pista que llevaba al muro. Allí había un pasadizo y luego estaba la verja.

A continuación, la carretera; estaba tranquila. Las farolas estaban encendidas, pero quedaban ensombrecidas por altos setos y arbustos. Paredes de ladrillo, rectángulos, puertas. Espacios de luz y planos de sombra, planos con mareas de sombras como aguas que avanzaban y retrocedían.

Un rostro en una ventana, una borrosa palidez con manchas oscuras por ojos, con pelo fino que se le enredaba delante de la cara. Como un dibujo, y de inmediato, *reconocimiento*; un cuadrado en blanco y su rostro en el medio, sereno y tranquilo mirando hacia las sombras. Entonces desapareció. *Lucy*.

Lucy se subió a la cama y se echó boca abajo sobre la almohada. Él seguía allí. Estaba en su sitio, vigilando. Lo había visto al mirar por la ventana. Estaba escondido en la oscuridad, pero le había visto los pies justo donde la luz brillaba debajo del árbol. Pasó un coche calle abajo y Lucy vio su luz, que atravesó el techo de la habitación. Ya estaban llegando. Cada vez estaban más cerca. Ella no podía estar atenta todo el tiempo. La agente de policía había querido enterarse, pero Lucy no se lo había contado. Emma no lo había comprendido. Lucy lo sabía. Y Lucy no se lo iba a contar a nadie. A nadie.

8

Aquella noche había llovido. A primera hora del martes, un paseante del parque tomó un sendero poco habitual que atravesaba el río en dirección a la presa de Shepherd Wheel. A esa hora tan temprana, los patos no habían comido aún y nadaban esperanzados hacia el sendero, haciendo círculos en el agua por debajo de donde él estaba. Escuchó los reclamos de los pájaros y esperó unos minutos. Un amigo le había dicho que había garzas en el parque, y se preguntó si conseguiría ver alguna a esa hora tan tranquila del día. Alzó la vista al cielo, que estaba limpio y despejado. Iba a hacer muy bueno. Siguió camino abajo despacio, observando cómo el barro que se había acumulado iba desapareciendo lentamente bajo el agua otra vez. Se fijó en la suave superficie brillante del agua y en cómo corría desde la pared de la presa, arrastrando montones de barro como si estuviera limpiando los bancales. Los pájaros habían dejado las huellas de sus pisadas, y las miró, preguntándose qué tipo de aves serían.

Había cosas pegadas al barro: ramitas, en su mayoría procedentes de las ramas pequeñas que habían caído al agua. Había también una o dos latas vacías y trozos de papel. Le atrajo la mirada una rama que parecía casi una mano sumergida en el barro, una mano que salía hacia arriba en busca de ayuda. Se acordó de la leyenda de Excalibur, del brazo cubierto de tela de samita —fuera lo que fuese la samita—, que salía del agua sujetando la espada mística. Se sonrió, a medida que se acercaba a aquella rama, esperando que la ilusión óptica se desvaneciera al acercarse y que la «mano» acabara convirtiéndose en lo que era, en un conjunto de ramas. Se le fue la mente a los problemas del trabajo, nada serio, pero había algunas cosas que no se le iban de la cabeza, cuando se detuvo para mirar bien otra vez hacia el barro.

Era una mano. Parpadeó varias veces y se frotó los ojos, intentando que lo que había en la superficie de la presa se convirtiera en la rama que él *sabía* que era realmente. Era una mano.

Debía de ser una muñeca, un maniquí de escaparate que alguien había tirado, una… Se le agotaron las ideas. Estaba gris, con la piel arrugada y las uñas con aspecto de… Sintió repentinamente el estómago, la garganta. Le embargó una sensación de frío. Levantó la vista. Los árboles quedaban bien definidos sobre el fondo azul del cielo, con todas las hojas claramente perfiladas. Había una mano que salía del barro. Se dio la vuelta para bajar los escalones y notó que las piernas no le sostenían. Se sentó en el peldaño de más arriba. El sol brillaba, le temblaban las manos, y pensó que no se le iba a pasar nunca aquel frío.

Al principio creyeron que se trataba de un auténtico chiflado, un hombre bien vestido y con la voz educada, que balbuceaba algo de brazos místicos y una samita, o algo así. Cuando el hombre consiguió exponerles su historia con algo más de coherencia, alguien ordenó que mandaran un coche patrulla al parque, y McCarthy se encontró una vez más en la presa, mirando mientras los hombres excavaban en el barro mojado hasta ir desvelando la somera tumba. McCarthy se apartó del borde. No se inmutó, pero el hedor era insoportable. Alzó la vista hacia los estivales árboles que crecían por encima de la presa y respiró el aire que olía a agua y a hierba recién cortada. Después se dio la vuelta y miró el cuerpo, cuyas facciones y complexión se veían borrosas a causa del estado de putrefacción, y que aun así eran perturbadoramente humanas, perturbadoramente reales. A juicio de la médico forense, el cuerpo llevaba allí dos o tres semanas.

—No podré darles un período más preciso hasta que lo haya examinado con detenimiento.

La dama del lago. McCarthy, que de adolescente había sido un apasionado de las leyendas del Rey Arturo, había entendido la referencia que había hecho el alterado paseante. Pero aquella mujer —la forense estaba dispuesta a comprometerse hasta ese punto respecto a algo que cualquiera podía afirmar—, aquella mujer no sujetaba ninguna espada mística para un rey. Su mano daba a entender que había estado arañando el barro con desesperación, intentando llegar a la superficie. McCarthy abrigó la esperanza de que no fuera más que un efecto óptico. Dos mujeres, una en la presa y otra bajo la noria, habían aparecido muertas en el mismo curso de agua. ¿Qué era lo que había dicho John Draper? *Si uno quiere que corra el agua sin mover la noria, podría creerse que bajando el nivel del agua lo iba a conseguir.* Pero si lo que uno quería era secar un poco el barro de la presa, entonces bajando el nivel del agua sí que lo lograría. McCarthy se quedó mirando cómo levantaban el cuerpo cuidadosamente del barro y lo tendían en una bolsa de plástico. Para aquella joven, ya sólo quedaba el trámite oficial.

Suzanne colgó el teléfono. Keith Liskeard, el director del Centro Alfa, había escrito a Maggie Lewis, su supervisora. El proyecto de investigación había sido suspendido. Por tiempo indefinido. Le había mandado una copia de la carta. Suzanne miró el correo de la mañana que no había abierto aún. La carta estaba ahí. La leyó mientras hablaba con Maggie, sujetando el teléfono con la cabeza contra el hombro. En la carta se mencionaban *problemas con el grupo*, pero también *falta de experiencia laboral en este contexto*. Aquello era una ironía que despertó la rabia de Suzanne.

—Tengo que verte —le había dicho Maggie en tono perentorio.

Suzanne recurrió a evasivas y consiguió quedar para la siguiente semana. Sabía lo que Maggie quería: una charla, una de esas «charlas informales» que acababan engrosando la documentación que iría con ella el resto de su vida laboral. Quería tener algo que ofrecerle a Maggie en su descargo. Sabía muy bien por qué Maggie estaba reaccionando tan mal. Los fondos de la investigación eran limitados. Suzanne la había convencido de que apoyara el programa en el Centro Alfa sobre la base de que atraería mucho más dinero una vez que dispusieran de conclusiones concretas. Y ahora, ¿qué iban a hacer con el dinero que habían comprometido para Suzanne? Era demasiado tarde para iniciar otro programa de investigación, para intentarlo de nuevo en otro sitio.

Suzanne había tenido que admitirle a Maggie que había tomado conciencia del problema el sábado por la noche.

—Iba a ir a verte mañana para contártelo —le había dicho, sabiendo que sonaba poco convincente. Con poca esperanza, añadió—: Richard, Richard Kean, considera que el problema tiene solución.

—Pues no es eso lo que me dijo a mí Keith Liskeard cuando le llamé. —Maggie estaba realmente enfadada. Y Suzanne lo entendía—. Me dijo que se habían dado cuenta de que el Centro Alfa no era el sitio apropiado para una investigación tan básica.

Fueron de un tema a otro y, al final de la conversación, Maggie suavizó un poco el tono y se mostró dispuesta a aceptar que Suzanne era tanto la ofendida como la ofensora, pero la expresión que no llegó a pronunciar, la «falta de profesionalidad», flotaba en el ambiente entre las dos. Maggie acordó una cita entre ellas para la semana siguiente, con la amenaza de tener otra reunión después con el jefe del Departamento. Suzanne sabía que, a menos que lograra justificarse a sí misma por completo, sus perspectivas como investigadora iban a quedar muy mermadas.

Se sentía cansada. Miró la fotografía que estaba sobre su escritorio: Michael sonriente, mostrando los dientes a la cámara, con la sonrisa que había aprendido a poner cuando fue lo suficientemente mayor como para ser consciente de la presencia de la cámara. Era la fotografía de su primer año de colegio. Suzanne miró más allá, hacia la pared. Adam le devolvía otra sonrisa.

Su madre no debería haber tenido aquel segundo hijo. Adam fue una llegada tardía en la vida de sus padres. Su padre debía de tener más de cincuenta cuando Adam nació. Y su madre... *No hay duda de que Adam ha acabado con la salud de tu madre*, solía decir su padre, mientras el muchacho estaba tranquilamente sentado a la mesa, quitándole la corteza a los sándwiches. Esclerosis múltiple, Suzanne sabía el nombre de la enfermedad que había convertido a su madre en una inválida durante la mayor parte de la vida de Suzanne, y le había terminado arrebatando la vida cuando ella tenía trece años. Y era cierto, la carga del embarazo tardío había provocado que el estado ya avanzado de la enfermedad acabara cebándose en el cuerpo de su madre. *Cuida de tu hermano, Suzanne...*

Los médicos recomendaron el aborto cuando se supo que estaba embarazada, pero Eleanor Milner no quiso escucharlos. *Ese fue nuestro mayor error* dijo el padre de Suzanne cuando trajeron a Adam de vuelta a casa de la comisaría después de otro episodio de vandalismo, otro caso de robo. *Creí que te habíamos educado para que supieras la diferencia entre el bien y el mal.* Aquel reproche iba dirigido a Suzanne, quien, por lo visto, ya no sabía, o al menos no era capaz de instilarle a su hermano la diferencia. Lo había intentado, pero todos sus esfuerzos habían resultado inútiles, o peor que inútiles.

Aquella última vez. Suzanne recordó el rostro conocido de la agente de policía que trabajaba con los jóvenes delincuentes. Otro robo, en un almacén aquella vez. Adam y sus amigos, en busca de caramelos, cajas de caramelos. Suzanne se estremeció de impotencia. Sólo con pensar en aquello, sentía que le escocían los ojos. Aquella vez fue peor. El vigilante los había visto y salió tras ellos. Uno de los chicos lo golpeó y el hombre cayó herido. Adam había huido, se había escondido en alguna parte, aterrorizado por las consecuencias.

Recordó la voz de la mujer policía, calmada e implacable: *Dinos simplemente dónde está Adam. Queremos ayudarle, Suzanne.* Pero la policía sólo podía dar un tipo de ayuda. Todavía oía en su mente el grito de desesperación de Adam cuando oyó la sentencia del juez. Eran sólo unas semanas la condena, poco tiempo, pero Adam, solo y asustado, debió de vivirlo como una eternidad que no pudo soportar. *Escúchame, Suzanne...* Ella se lo dijo a la policía, les dijo que Adam no iba a soportar lo que le estaba pasando. Los policías la tranquilizaron de forma enérgica, impersonal.

Y ella le dejó solo. Acudió a abogados, a los trabajadores sociales, a la gente que sabía que todo lo que Adam necesitaba era comprensión y apoyo. Y dejó a Adam, dejó que se lo llevaran, solo y aterrorizado. Recordaba aún el titular, que ni siquiera aparecía en la portada sino que estaba medio escondido en la página tres del periódico: TERCER SUICIDIO EN EL CENTRO DE DELINCUENTES JUVENILES. Recordó la cara de su padre cuando llegaron los agentes de policía aquella mañana y ella tuvo que decírselo. *¡Te hago responsable de esto!*

Miró la fotografía de Michael. *Te hago responsable... responsable... responsable...* Ella había intentado mantener a salvo a Michael de la única manera que sabía. *Escúchame, Suzanne...*

Se sentó y de repente se acordó de una cosa. ¡Las cintas del proyecto Alfa! ¡Las cintas de Ashley! Subió corriendo la escalera hasta su estudio de la buhardilla y miró la hilera de cintas de casete que estaban en la estantería de detrás de su mesa. Frunció el ceño al ver lo desordenadas que estaban. Entonces se acordó. Había dejado algunas cintas en el despacho del Departamento. Rebuscó entre el montón de notas que tenía en la bandeja, buscando la transcripción. ¡Allí estaba! Bajó la escalera y empezó a leer.

> P. *Sólo quiero saber qué es lo que te gusta hacer en tu tiempo libre*
> R. *¿Só...?*
> P. *¿Qué haces?*
> R. *Creí que estábamos juntos.*
> P. *¿Cómo? Perdona, Ashley, pero no te entiendo.*
> R. *So... Perdón.*
> P. *Ashley, ¿quieres hacer esto? Únicamente...*
> R. *¡Se lo estoy diciendo!*

Él se lo había dicho. *¡Se lo estoy diciendo!* Como una súplica, del mismo modo en que Adam le decía: *Escúchame, Suzanne.* Y ella no le había escuchado, se había limitado a transcribir la cinta y a dar por sentado que Ashley no lograba comunicar lo que quería decir. Y ahora él tenía problemas. Esta vez estaba dispuesta a escuchar. Esta vez haría algo.

Alguien llamó a la puerta y Suzanne se sobresaltó. El cerrojo estaba echado; tardó un momento en encontrar la llave. Era Jane, que llevaba puesta una rebeca vieja por encima de los pantalones manchados de pintura, y tenía expresión de estar agitada.

—En el parque —dijo—. Otra vez en el parque.

Suzanne la miró con perplejidad. Jane tomó aire y volvió a intentarlo.

—La policía, el parque está otra vez plagado de policías. Suzanne, han encontrado a otra persona.

Jane había salido a comprar y había visto todos los furgones aparcados junto al parque. La curiosidad le hizo acercarse.

—Creí que iba a ser algo relacionado con Emma— dijo, pero había agentes apostados en las dos entradas y no la habían dejado pasar—, pero no han querido decirme nada.

Al final se había acercado al quiosco de periódicos, adonde iba en un principio, y la mujer que lo llevaba había hablado con ella.

—Me ha dicho que han encontrado un cadáver en la presa de Shepherd Wheel.

Suzanne reprodujo en su mente la imagen de una figura alta, de cabello oscuro y la tez pálida, que daba la vuelta por el camino, hacia las huertas. Ya no lograba recordar con claridad el rostro que había visto.

—Ashley… —dijo.

—¿Cómo?

—¿Un hombre, un hombre joven?

—No lo sé, la señora del quiosco no lo sabía. —Jane se enroscó un mechón de pelo en el dedo.

La mente de Suzanne empezó a funcionar a un ritmo frenético. ¿Qué había dicho McCarthy? *Creemos que estuvo en la escena del crimen.* Pero no había estado. ¿O sí había estado? McCarthy le había dicho que Ashley había desaparecido. Y ahora, de pronto un cadáver en el parque. *¡Ashley, lo siento!*

La temperatura del barro es fría y constante. Los cuerpos que se quedan enterrados en barro se conservan mejor, pues el proceso de descomposición se ralentiza. Las facciones de aquella mujer aún podían discernirse, estaban borrosas y apergaminadas, pero alguien que la hubiera conocido en vida podría reconocerla ahora muerta. Barraclough la conocía. Sólo la había visto en una foto, pero la transformación de la chica alegre y lozana cegada por las luces de la discoteca, en aquel cadáver putrefacto sobre la mesa de mármol del depósito, hizo que se le llenaran los ojos de lágrimas, embargada de la tristeza de la situación. PARA EM. Sintió la nariz congestionada y respiró con fuerza. Llorar en la sala de autopsias no era muy profesional. Se limpió la nariz con el dorso de la mano y miró a McCarthy, que evaluaba el cadáver con desapasionado interés.

Barraglough se preguntó si a aquel hombre le afectaba algo de lo que hacían. Ella le había visto así otra veces, mirando a las víctimas de los accidentes de carretera, leyendo informes sobre abusos a niños, examinando, como en ese momento, a las víctimas de la brutalidad, hablando con los familiares, con las personas que habían perdido a sus seres queridos a consecuencia de aquella misma brutalidad, con una mirada neutra, sin emoción. Hubo una época en que ella pensaba que lo que pasaba era que McCarthy era más hábil que otros escondiendo sus emociones. Ella conocía la importancia del machismo entre los oficiales varones —también entre las mujeres—, pero la emoción acababa saliendo, en los chistes asquerosos que contaban tomando copas, en forma de odio hacia los culpables. Jamás había visto que algo de ese tipo perturbara el equilibrio de McCarthy.

La forense fue firme y concisa.

—No puedo decirles si es el mismo asesino o no. No obstante —añadió—, es probable que los resultados del laboratorio nos den alguna pista. Tampoco puedo decir que no lo sea.

Aquella cansina deliberación irritaba a McCarthy, que intentó presionar a la doctora para que se definiera con alguna especulación.

—¿Y qué es lo que puede decirnos? —preguntó.

—Que era una mujer joven, de menos de veinticinco años. Y hasta donde yo puedo saber, gozaba de buena salud.

¡Por todos los santos!, pensó McCarthy con irritación.

—¿Y cómo murió?

La forense recogió su carpeta.

—Lo encontrarán todo explicado en mi informe.

McCarthy se preguntó por qué siempre pensaba en ella como en la médico forense, no como —¿cómo se llamaba?— Anne, o como el título más formal: la doctora Hays. Jamás la veía fuera de su entorno profesional. Daba la impresión de que aquella mujer no tuviera más vida que la de los muertos. Tal vez fuera eso.

—Pero necesitamos un resumen antes de nuestra próxima reunión —dijo él.

Ella le miró por encima de las gafas. McCarthy pensó en si tenía ensayado aquel gesto para imponer autoridad. Esperó.

—Lo tendrá en breve, inspector —dijo la médico forense—. Será un informe corto. La causa de la muerte no se puede determinar en estos momentos. Parece ser que se ahogó en el barro. Intentar saber cómo ocurrió es especular. Hay indicios de forcejeo, pero leve. Al igual que en el anterior caso, la víctima no opuso demasiada resistencia, teniendo en cuenta que se trataba de una mujer joven y sana. Es posible que los informes del laboratorio nos aclaren algo a este respecto.

Por un minuto, McCarthy creyó que eso era todo lo que iba a decirles, pero entonces la doctora frunció el ceño, concentró la mirada en la distancia y prosiguió:

—Tenemos ante nosotros a la víctima de un asesino, y yo creo que es otra víctima del mismo asesino. Esto es extraoficial.

La forense miró a los dos hombres, y McCarthy tuvo por primera vez la impresión de que le estaba dirigiendo una mirada personal, en lugar de profesional.

—Uno no se ahoga en ese barro con solo caerse. Bueno, habría que tener muy mala suerte. Pero si está inconsciente o si cae fuerte, de cara, el barro está especialmente blando y te puedes quedar sin respiración… Tiene moratones en los brazos, como si alguien la hubiera sujetado con fuerza.

La médico forense captó en aquel mismo instante la mirada de hallazgo en los ojos del inspector.

—Como la primera víctima —dijo ella, con complicidad.

McCarthy intentó hacerse una idea de la situación: un forcejeo en la presa, alguien en medio del barro, otra figura, en la sombra, pero acercándose cada vez más, alguien con intenciones asesinas. El terror de la víctima. La sensación del agresor. ¿Qué emociones tenía un asesino en un momento así? Volvió a los detalles prácticos de la situación. Habría sido una escena llamativa, con gritos; habría atraído la atención de la gente.

—¿Cuánto duraría?

—Yo diría que más de lo necesario —fue la rápida respuesta de la médico forense.

Los Dutton vivían en un pueblo pequeño a las afueras de Hull. La M18 iba tranquila, y McCarthy se sintió a gusto de dejar que condujera Barraclough mientras él revisaba mentalmente algunos puntos del caso. ¿Qué probabilidades había de que las dos chicas hubieran sido víctimas del mismo asesino? Eran dos buenas amigas y tenían un físico parecido. Habían muerto —o al menos sus cuerpos habían aparecido— prácticamente en el mismo lugar. Aquello parecía decisivo. ¿Y qué relación guardaba con que Ashley fuera el principal sospechoso? A McCarthy no le planteaba grandes problemas que se tratara de un solo escenario con un mismo asesino. En su propia interpretación, había pensado que se trataba de un encuentro sexual que no tuvo éxito y entonces fue seguido de un repentino ataque de violencia. Pero las pruebas de que había habido planificación y la relación con las drogas le habían obligado a revisar sus planteamientos. Según sabían, Reid no era muy inteligente. Un segundo asesinato, uno que además había logrado ocultarse, no encajaba, y McCarthy intentaba encontrar piezas que lograran encajar con el cuadro que él se había hecho.

—¿Tú qué crees? —preguntó a Barraclough, de pronto.

La repentina interrupción de un prolongado silencio sobresaltó a la agente en un primer momento.

—¿De este último, quiere decir?

—No, si te parece del último ejercicio presupuestario.

—No, hombre, quiero…

McCarthy captó la leve protesta en el rostro de su compañera ante el tono que había empleado, reflexionó y consideró que no estaba siendo justo. Esperó.

—Pues, bueno… —dijo ella, con prudencia—. Todo apunta a que haya sido la misma persona, o personas.

Miró por el retrovisor y aceleró para adelantar a un camión de grandes dimensiones.

—El asesino planeó las cosas, lo cual apunta a que con la primera, quiero decir la primera que encontramos, Emma, también debió de haber planificación.

—No necesariamente —dijo McCarthy, que pese a todo asintió con la cabeza para darle a entender que seguía la lógica que estaba aplicando.

—Creemos que Emma conocía a su asesino. ¿Lo conocería también Sophie? ¿O sería Sophie la única víctima a la que él quería matar y luego Emma acabó envuelta en el caso de alguna manera? —La agente se quedó pensativa unos segundos—. El cuerpo de Sophie ha estado tres o cuatro semanas hundido en el barro, según han dicho. En mayo todavía estaba yendo a la universidad. ¿Sabemos cuándo fue vista por última vez?

McCarthy negó con la cabeza.

—Eso es lo que están investigando ahora.

—Ah, ya.

Barraclough repasó una vez más los detalles mentalmente.

—Lo que es obvio es la relación con las drogas. Si Emma se estaba dedicando a traficar en el campus, puede que molestara a otro traficante y...

—Es posible. Pero no te olvides de que en la universidad hay muchos camellos de andar por casa. Si se hubiera entrometido en el negocio de alguien es probable que le hubieran dado una paliza, pero ¿por qué correr el riesgo de matarla?

—¿Usted cree que Sophie se marchó porque alguien la estaba amenazando?

Barraclough miró a McCarthy un instante y después a la carretera.

McCarthy se encogió de hombros.

—Algo pasó, pero no te olvides del problema que hubo en la familia Allan.

Barraclough dijo entonces:

—Emma se fue de casa en marzo después de una fuerte discusión con su madre. Unas semanas después, asesinan a Sophie. ¿Usted cree que hay alguna relación?

McCarthy asintió con la cabeza.

—Pudiera ser que todo se relacionara de alguna forma con el tema de las drogas. ¿Tuvieron la discusión porque los padres de Emma se enteraron de que se había metido en problemas? ¿Porque ellos no pillaban tajada? ¿O por algo que no tiene nada que ver con eso?

Debían presionar más a Dennis Allan, adivinar qué era lo que estaba ocultando. McCarthy siguió sumido en sus pensamientos, mientras Barraclough lograba encaminarse hacia el centro de Hull. Demasiadas cosas relacionadas.

Los Dutton vivían en una vieja granja, a una media hora del centro de la ciudad. El pueblo, Penby, era típico de la zona: pequeño, disperso, situado en medio de terrenos planos y extensos, separados por diques. Las casas eran de ladrillo rojo, con cubiertas de tejas. Había edificios de laboreo. Los caminos eran estrechos y se encontraban en mal estado.

—La tercera —dijo Barraclough, cuando llegaron a un cruce en forma de T. Giró el coche y aceleró al borde de la hierba. El terreno estaba fangoso. Había un corto sendero hasta la casa, que pasaba junto a la cocina y llevaba hasta el garaje. La puerta estaba abierta, pero no se veía a nadie.

—¿Nos están esperando? —preguntó Barraclough, al tiempo que pensaba que aquella era una pregunta estúpida, y la falta de interés de McCarthy se lo confirmó. El inspector llamó a la puerta, esperó y volvió a llamar.

—Perdónenme, estaba dando de comer a los patos —dijo una mujer que salió de detrás de la casa. Les dirigió una sonrisa que ocultaba su ansiedad. Iba vestida con pantalones de trabajo y botas de goma. Tenía el pelo corto, de color negro azabache.

Al verla, Barraclough se preguntó de dónde le habría salido a Sophie el cabello rubio si aquella mujer era su madre. Le dio la impresión de que no se parecían en nada.

—¿La señora Dutton?

La mujer asintió con la cabeza y le tendió la mano.

—Maureen —dijo.

—Soy el Inspector McCarthy de la Comisaría de Policía de South Yorkshire...

Barraclough le escuchó todos los formalismos de las presentaciones, observando el rostro de la mujer.

—Señora Dutton, ¿está su marido?

McCarthy se iba aproximando al objetivo de su visita, y Barraclough sintió que no quería estar allí, que no quería ver el rostro amistoso de aquella mujer cubriéndose de aflicción y dolor. Para ella, pensó Barraclough, su hija seguía viva. Para McCarthy y para la propia Barraclough, Sophie Dutton estaba, casi con toda seguridad, muerta.

Los ojos de la mujer empezaron a vagar por la habitación ansiosamente, como si estuviera buscando algo normal y cotidiano en lo que fijarse.

—Seguro que les ha visto llegar. Les estaba esperando —dijo la señora Dutton—. ¿Quieren una taza de té? ¿O de café u otra cosa?

La mujer se dirigió hacia la cocina y llenó la tetera de agua mientras hablaba, mirándolos inquisitivamente.

—¿Esperamos mejor hasta que vuelva su marido? —preguntó McCarthy, y la inusual amabilidad de su voz llamó la atención de Barraclough.

Maureen Dutton miró a su alrededor, tragó saliva y dijo:

—Estaremos mejor en la otra habitación, es un poco más cómoda.

Los llevó a un saloncito en la parte delantera de la casa. Tenía el mismo aspecto destartalado que la cocina. En la mesa baja del centro había un par de botas. En las esquinas había libros y revistas apilados. En el sofá que había en un rincón, frente a la televisión, había una escena hogareña formada por las agujas de hacer punto sobre un cojín, un libro abierto en el brazo, y un par de zapatillas en el suelo.

Los ojos de Maureen Dutton miraron por la ventana que quedaba detrás de ellos, y se le relajó la cara.

—Aquí está Tony —dijo.

Barraclough vio al hombre grande y corpulento que cruzaba por el césped hacia la verja de la entrada. Tenía una melena negra y espesa, la barba gris, e iba vestido con ropa de faena, como su esposa. Esperaron en silencio mientras él se quitaba las botas y venía de la cocina. Le estrechó la mano a McCarthy y, después de una leve pausa, a Barraclough.

—No tienen por qué sentirse incómodos —dijo, mirándolos a ambos—. Vienen a decirnos que nuestra hija Sophie se ha metido en algún lío. Sabemos que ha estado yendo con mala gente. Últimamente la hemos notado muy… cabezota.

Se habían preparado a sí mismos intentando hacerse a la idea de lo peor: Sophie se había metido en algún lío, y ellos estaban dispuestos a afrontarlo. Iban a estar a su lado y la iban a ayudar a superarlo. Barraclough lo sabía por la expresión en el rostro del hombre y el modo en que la mujer estiraba la espalda. *No queremos oírlo, pero estamos preparados.*

—¿En qué sentido, señor Dutton? —preguntó McCarthy.

—Puede llamarme Tony. Bueno, es que Sophie está… —miró a su esposa.

—Quería conocer a su madre —dijo Mauren Dutton, con pesar—. Siempre supimos que iba a llegar un momento en que iba a querer conocerla y nunca nos opusimos.

—¿Sophie era adoptada? —La voz de McCarthy era la de una persona que intentaba esclarecer un aspecto, pero Barraclough detectó algo más.

—Sí, nos hicimos cargo de ella cuando tenía cuatro años. Nunca nos hizo preguntas. —Maureen Dutton miró a su esposo, y los dos se acercaron más el uno al otro—. Luego, cuando empezó a hacerse preguntas, le dimos la carta. Su madre había escrito una carta para que se la entregáramos a la niña si mostraba algún interés por conocer a su familia de origen. Por eso se matriculó en Sheffield, creo yo. Su familia era de allí.

—¿Y llegó a encontrar a su madre?

—No, bueno, no lo sé, apenas nos llama ni nos escribe. —Maureen Dutton se mordió el labio inferior.

—¿Tuvieron alguna discu… —McCarthy buscó alguna palabra diplomática— algún desacuerdo al respecto?

—No —la expresión de la mujer era de tristeza—. Nosotros nunca le recriminamos nada, pero yo creo que Sophie se sentía culpable, sentía que nos estaba traicionando de alguna manera… La verdad es que intentamos convencerla de que no la buscara.

—Fui yo. —Tony Dutton pareció abatido—. Quienquiera que fuese su madre, no tenía el menor interés en su hija cuando era pequeña. La entregó a la beneficencia. Eso no se hace con un hijo. —McCarthy captó el gesto de asentimiento de Barraclough—. Me preocupa que le puedan hacer daño, eso es todo.

—Tony tiene razón. —Maureen Dutton movió varias veces la cabeza—. Pero no hay quien la haga cambiar de opinión cuando decide algo. Yo quería saber lo que pasó, pero no la presioné, es muy sensible para esas cosas. Ya hablará cuando sienta necesidad de hacerlo.

Tony Dutton cambió varias veces de postura, con nerviosismo.

—Miren, tampoco vamos a marear ahora la perdiz —dijo al cabo de un momento—. Dígannos de una vez en qué lío se ha metido Sophie.

Antes de que McCarthy pudiera contestar, Maureen cogió una fotografía de encima de la chimenea.

—Esta es Sophie.

McCarthy miró la foto y se la pasó a Barraclough. La chica de la fotografía que habían encontrado en la bolsa de Emma les devolvió la mirada. Aquí se la veía más pequeña, menos sofisticada. Se la habían sacado en el jardín de la casa en la que se encontraban y estaba sonriente junto a la puerta de la cocina, con unas botas llenas de barro y un pequeño perrito blanco en brazos. A Barraclough le pasó por la mente la imagen borrosa y apergaminada de su rostro sobre la mesa de autopsias. Se apretó contra el pecho los brazos que tenía cruzados.

McCarthy miró a los Dutton que estaban esperando, cada vez con mayor tensión, a que les dijera la razón por la que estaban allí.

—Señor Dutton, señora Dutton. No he venido a verlos porque Sophie se haya metido en un lío con la justicia. Me temo que es algo más grave. Estamos investigando un segundo asesinato.

Barraclough vio cómo la mujer apretaba las mandíbulas y le empezaban a temblar los labios en silencio.

—Esta mañana hemos encontrado el cuerpo de una joven, en Sheffield, y creemos —Barraclough vio que el hombre apretaba el brazo de su mujer— que es su hija, Sophie.

9

La vida en una pequeña granja no se detiene ante la tragedia. Ninguno de los Dutton quiso dejar al otro ir solo a identificar el cuerpo de su hija, y se presentaron en la madrugada del miércoles, antes de que el equipo de Brooke tuviera la confirmación que estaban esperando. La dama del lago era Sophie Dutton. El padre, intentando acallar su dolor con la ira, insistió en hablar con Brooke, amenazó con presentar una queja formal contra todo el equipo, se lanzó ciego a un ataque que salía de su interior. McCarthy reconoció la culpa. Era la culpa inútil y agonizante del progenitor que no ha sido capaz de proteger a su cría.

El entorno en el que había crecido Sophie, después de su adopción, había sido irreprochable. De acuerdo con Tony Dutton, su madre la abandonó, la entregó a la Administración local y desapareció. En consecuencia, ellos apenas sabían nada de su familia de origen.

—Creemos que su madre tuvo otro hijo —dijo—. Solía hablar del «otro bebé», solía preguntar por «el otro bebé». Maureen y yo hubiéramos hecho cualquier cosa… —Dejó de hablar por un momento y miró a su esposa—. Pero los que no se ocupan de ellos pueden tenerlos como quien tiene perros o gatos. —Otra vez le salía la rabia.

Maureen Dutton permaneció sentada en silencio, y Barraclough pensó que parecía una figurita de porcelana, como una muñeca, como alguien a quien le hubieran vaciado la realidad de dentro, sin dejar ningún daño aparente, ninguna herida, nada.

◆ ◆ ◆

Kath Walker, la tía de Ashley Reid, recibió a Barraclough y a Corvin a regañadientes.

—Será mejor que entren —les dijo, y se sentó sin sonreír, mientras le explicaban lo que querían. Les dijo que no tenía el menor sentido que le preguntaran por su marido.

—Bryan y yo nos separamos hace diez años —dijo, en repuesta a las preguntas de Corvin—. Ahora ya estamos divorciados. No lo veo desde hace dos Navidades. Bebe mucho —añadió—. Michelle mantiene el contacto. Él la ve de vez en cuando, cuando está sin blanca.

Barraclough observó el rostro severo de aquella mujer, su cabello cuidadosamente peinado, la forma rígida y estirada que tenía de sentarse, y se preguntó qué se sentiría si te entregaban a esa mujer a los cuatro años, siendo pequeño, asustadizo, vulnerable.

—Desde el principio todo fueron problemas —dijo ella, cuando Corvin le preguntó por Ashley y por su hermano Simon—. Aunque no era de extrañar. La hermana de Bryan, Carolyn, estaba metida en todo el mundillo ese hippy, drogas, música; «amor libre» lo llamaban.

—Pero usted y su marido los acogieron —dijo Corvin, subrayando la bondad del gesto.

Kath Walker le miró fríamente.

—Éramos familia. Esos chicos necesitaban algún sitio donde estar, pero iba a ser solo por unos meses según nos dijo Carolyn: «Hasta que encuentre un trabajo y un sitio donde vivir, serán sólo unos meses». Lo siguiente que supimos de ella fue que había vuelto a Estados Unidos. Bryan y yo no podíamos tener otro, así que pensamos que… Pero esos dos muchachos…

—¿Cuál era el problema, señora Walker? —Barraclough creyó ver un lado más amable en las últimas palabras de aquella mujer.

—Mala sangre —soltó de pronto la señora Walker.

—¿Mala sangre?

Era evidente que no le gustaba su cuñada, pero ¿y el padre? ¿Qué sabía de Phillip Reid?

—Venía de su familia —dijo—, de la familia de Bryan. Todos estaban tocados. Simon, el chico mayor, estaba mal de la cabeza. Nosotros no podíamos con eso, y menos teniendo a Michelle. Se te quedaba mirando fijamente, como si no estuvieras allí, con aquella mirada extraña que tenía. Siempre estaba haciendo lo mismo, una y otra vez. Y si se enfadaba… —La señora Walker los miró a los dos—. Se lo llevaron.

—¿Cuándo fue eso, señora Walker?

McCarthy había dicho que quería la dirección de Simon Reid.

La señora Walker entrecerró los ojos, mientras calculaba.

—Carolyn nos los trajo en 1984. Eso es, 1984. Cuando ya supimos que no iba a volver, no podíamos hacernos cargo de Simon.

—¿Y qué fue de Simon? ¿Sigue a cargo de los Servicios Sociales? —Barraclough no había logrado encontrar el expediente de Simon.

—Estuvo allí sólo unas semanas. Se lo llevó la madre de Bryan. Se fue a vivir con ella. —Se detuvo un momento y luego añadió—: No sé nada más. Yo estaba atareadísima con el otro chico. Y con Bryan.

La abuela de Simon era Catherine Walker, les dijo, pero llevaba ya varios años en una residencia. Kath Walker no tenía ni idea de adónde se había ido Simon. Barraclough lanzó un suspiro, pensando en el papeleo que se le avecinaba.

—¿Y qué pasó con Ashley al final? —Barraclough intentó que su pregunta no sonara agresiva.

Por la información que tenían, sabían que Simon era autista. ¿Habría sido ella capaz de salir adelante con un sobrino autista, junto con otro niño más pequeño, un marido alcohólico, y llevando además el negocio de un pub? No creía que hubiera sido capaz. ¿Quién era ella para juzgar a nadie?

—Era también muy difícil. Estuvimos muy pendientes de él, por si le pasaba como a Simon. Bryan no podía con eso. Siempre quiso tener un hijo varón, pero Ashley no era un chico normal, no como nosotros queríamos. Echaba de menos a su hermano y a su madre. «Pues tendrás que conformarte», le dije al final. Su madre lo había abandonado, no lo quería, y cuanto antes lo aceptara, mejor. —Captó la mirada de perplejidad de Barraclough—. Con los niños no siempre es bueno ser suave. A veces necesitan saber la verdad, por cruda que sea. Ashley tenía que saber que su madre no iba a volver.

Barraclough asintió con la cabeza. Tal vez aquella mujer tuviera razón, pero había formas y formas.

—Entonces, ¿qué pasó con Ashley al final?

—Pues supongo que ustedes ya lo saben. —Kath Walker no bajó la mirada—. Dejamos que se marchara. Estaba mal de la cabeza, como su hermano. Mala sangre.

—¿Pero en qué sentido, señora Walker? —La voz de Corvin sonó entre alegre y animosa a los oídos de Barraclough.

—Es esa familia —dijo la mujer—. A Bryan le salió con la bebida. Y su madre lleva años sin poder cuidar de sí misma. Demencia senil. —Lo pronunció como si fuera una obscenidad.

—¿Y Carolyn? ¿Qué le ocurrió a la madre de los niños?

Los Servicios Sociales no habían podido seguir su trayectoria, pero contaban con recursos limitados. Barraclough lo sabía. ¿Había mantenido algún contacto con su hermano o con su cuñada? ¿Había intentado al menos saber qué había sido de sus hijos?

Kath Walker se mantuvo inexpresiva y fría.

—Nos mandó un par de cartas cuando volvió —dijo.

Corvin volvió a intentarlo.

—¿Y nada más después de eso? —Kath Walker negó con la cabeza—. ¿No tiene usted su dirección actual?

Una vez más, negó con la cabeza.

—Yo le di la última dirección que tenía al trabajador social.

—¿Sabe algo del marido de ella? —preguntó Corvin—. ¿De Phillip Reid?

Kath Walker respiró con fuerza, al tiempo que elevaba las cejas.

—¿Marido? —dijo.

—Pero estaban casados —dijo Corvin.

—Oh, sí, pero sólo porque era preciso para que él pudiera entrar en el país. Ella tenía trabajo, pero él no. Los líos esos de los pasaportes y los permisos. Desapareció en cuanto se enteró de que ella esperaba otro niño. Bryan tuvo que mandarle dinero. ¡Increíble!

—¿Sabe usted dónde se encuentra ahora?

La mujer negó con la cabeza.

—Ni lo sé ni me importa. Ni tampoco quiero saber nada de Carolyn. Yo le dije: «¿Y el padre?» cuando nos pidió que cuidáramos de los chicos. «Pasa de todo —fue la respuesta de ella—, tengo que salir adelante sola.» —Miró a Corvin y a Barraclough—. Y antes de que me lo pregunten, la respuesta es «no». No sé nada de él desde entonces.

Polly Andrews había dicho que Emma escondía sus pertenencias, o parte de ellas, debajo del tejado cuando estaba compartiendo la habitación con Sophie Dutton. En el primer registro de la habitación de Sophie no se incluyó el tejado, pues el equipo que lo hizo no había encontrado ningún acceso a él. Habían decidido volver para ver si las cosas de Emma que faltaban estaban allí y les habían pasado inadvertidas a los de la limpieza.

La habitación de la buhardilla estaba más polvorienta, menos despejada y vacía de lo que Corvin la recordaba. Todavía quedaban manchas del polvo para tomar las huellas, y la moqueta y el colchón estaban sucios. El responsable de los alquileres miró a su alrededor y emitió un chasquido con la lengua.

—El nivel de limpieza cada día es peor —dijo—. Por ahí detrás está el acceso al tejado —añadió, señalando hacia el armario que estaba contra la pared abuhardillada, y dos de los del equipo de registro se dispusieron a moverlo, tarea que resultó mucho más fácil de lo que esperaban.

—Es un armario de esos baratos —dijo el responsable en tono de excusa—. Ahí —dijo, señalando una trampilla vertical que quedaba camuflada en la pared—. En la otra habitación sellamos el acceso al tejado, pero esta trampilla sirve de salida en caso de ser necesario. Los propietarios la utilizan como salida de incendios. Antes se podía pasar de una casa a otra por los tejados, pero ahora eso se considera ilegal.

Corvin asintió con la cabeza, y uno de los miembros del equipo desbloqueó la trampilla, que cayó al suelo. El aire se llenó de pronto de una nube de polvo. Apuntó con la linterna a la oscuridad, iluminó la bajada del tejado que estaba formado por vigas de fibra aislante y, en la esquina más accesible, vio una maleta y un saco de dormir enrollado. Los sacó y los abrió. Un trozo de papel cayó al suelo. Corvin miró la maleta. Por fuera no tenía ninguna marca de identificación, ninguna etiqueta de direcciones. Era una maleta azul de plástico, de fin de semana, medio raspada pero poco pesada, lo que sugería que debía de estar llena de ropa o algo ligero.

La abrió y, como sospechaba, lo que había en el interior era ropa: unos vaqueros, un par de camisetas que necesitaban claramente un lavado, y algunas toallas, también sucias. Al fondo de la maleta había unas zapatillas de deportes gastadas. No eran de Sophie ni de Emma. Eran de algún hombre y, a juzgar por su tamaño, de un hombre grande o cuando menos alto. Junto a las zapatillas había también una bolsa de cremallera. Estaba llena, y Corvin vio a través de su superficie transparente que contenía montoncitos de pastillas envueltas en plástico y un cuaderno de tapa roja. Vaya, vaya, así que aquello era el almacén de Emma. Tal vez el análisis de la mercancía los llevara al proveedor de la joven.

Con cuidado, sacó el cuaderno y hojeó las páginas. Esperaba encontrar una lista de clientes o alguna otra cosa que les diera más información sobre la relación de Emma con las drogas, pero la mayoría de las hojas estaban arrancadas. En el dorso de la cubierta, debajo del precio del cuaderno —escrito a lápiz—, ponía el nombre de S. DUTTON, la dirección: 14, CARLETON ROAD, y el año en cifras grandes, 1999. Se acordó de que Polly Andrews les había dicho que Sophie quería ser escritora. Tal vez aquel cuaderno fuera su diario, pero ella misma u otra persona se había asegurado de que nadie pudiera leerlo. Cogió el trozo de papel que había caído al suelo. Era un pedazo pequeño, con líneas de escritura en sentido horizontal. Era una caligrafía apretada, en tinta azul: *... y el parque estaba precioso. Hablamos y hablamos, por primera vez. Hablamos del río, de los árboles y de los pájaros...* La escritura se interrumpía en el extremo roto del papel... *justo como yo. Yo no sabía, verdaderamente yo no sabía...* Corvin se encogió de hombros. Aquello no le decía nada.

—Que lleven todo esto a la oficina del forense —dijo—. Y que hagan copias de eso —indicó el trozo de papel— ahora mismo.

Un miembro del equipo le llamó para que se acercara adonde él estaba. Había encontrado unas marcas en la moqueta en las que no se habían fijado la primera vez. Eran marcas de un mueble que habría estado en aquella posición durante algún tiempo y había dejado sus huellas indelebles marcadas en la moqueta, que no era de buena calidad. Parecía obvio que aquel era el sitio donde había estado el armario en alguna época. Corvin se preguntó por qué: si Emma y Sophie utilizaban el espacio que quedaba hueco entre el techo y el tejado para guardar cosas, el armario había estado justo delante de la trampilla. Miró la moqueta en la parte donde estaba el armario en aquel momento. No había ninguna marca de hundimiento, sino una zona más grande aplanada, como si hubieran movido el armario con frecuencia y luego no lo hubieran dejado exactamente en el mismo sitio.

Eran ya más de las tres y media cuando el coche de McCarthy se detuvo delante de la casa de los Fielding. Jane Fielding se había relacionado con Sophie durante casi un año, y con Emma durante varios meses. McCarthy necesitaba aclarar algunas cosas que tal vez ella pudiera contarle. Iba a esa hora a propósito. También quería tener la oportunidad de hablar con Lucy. No estaba seguro de lo que iba a decirle, no tenía mucha práctica en el trato con niños. Pensó en sus visitas esporádicas —muy esporádicas— a su hermana. En cómo se convertía en el extraño tío Steve y despertaba la curiosidad de su sobrino y su sobrina, quienes tenían un inquietante parecido con la hermana y con la madre de él. Jugaba al fútbol con ellos, les llevaba regalos y daba la impresión de que a los niños les gustaba verle. Recordó lo extraño que se había sentido cuando la pequeña Jenny de cuatro años le había rodeado el cuello con sus brazos y le había dicho que le quería.

—Algo querrá —había sido el comentario de Sheila. No tenía demasiadas esperanzas en su hermano.

Brooke, en su posición de inspector jefe, había decidido que Lucy no sería un testigo fiable en un juicio. McCarthy estaba plenamente de acuerdo. Treinta segundos de cháchara sobre los monstruos, y la defensa se frotaría las manos. Pero quizá un rato de conversación informal les diera alguna pista. Daba la impresión de que era una niña inteligente. Su historia de los monstruos, del Hombre Ash y de Tamby le interesaba y le frustraba. Quería que alguien tradujera aquellas historias a un lenguaje que él pudiera comprender. Quería averiguar si todo aquello existía únicamente en la imaginación de la niña, o si ella intentaba decirles algo que debían saber y no la estaban escuchando.

—¿Has observado —comentó a Barraclough— que hay niños en todos los cabos sueltos de este caso? —McCarthy quería saber el punto de vista de su compañera.

Ella se quedó pensando.

—Por un lado está Lucy, claro, y luego ese otro bebé que tuvo Sandra Allan. Y Sophie Dutton era adoptada.

—¿Has terminado con esas pesquisas? ¿Las del primer bebé?

Barraclough negó con la cabeza.

—Pensaba ponerme en ello mañana —dijo.

Los dos habían echado las cuentas. Sophie Dutton nació en 1980. En algún período a finales de los setenta, Sandra Allan había estado embarazada. Sophie Dutton podía haber sido ese niño que quedaba por identificar y, si fue así, ello explicaría el lazo que se había establecido entre ella y Emma. ¿Y fue la muerte de Sandra lo que la empujó a marcharse finalmente?

Cuando se detuvieron en Carleton Road, McCarthy vio a Lucy sentada en los escalones del número 12. Estaba atándose los cordones de sus patines. Archivó el asunto de Sophie Dutton. Quería hablar con Lucy.

La niña levantó la cabeza cuando él abrió la puerta del coche y, de inmediato, McCarthy vio en su rostro una expresión de cautela.

Suzanne estaba pendiente del ruido de los patines de Lucy en el patio, en el asfalto del pasaje y en las losetas de la entrada. Jane se había encerrado a trabajar en la habitación que utilizaba como estudio, y Suzanne le echaba un ojo a Lucy mientras jugaba en el patio y en la calle. Pendiente del ruido para seguir los movimientos de la niña, se encaminó hacia la habitación de delante, al tiempo que se mordisqueaba una uña rota y pensaba en lo que Jane le había contado de que habían encontrado otro cuerpo en el parque. Ella había visto las noticias la noche anterior, pero no habían dicho nada de eso. En el periódico de la mañana había una breve columna, poco esclarecedora. Veía la cara de Ashley en su mente, el modo en que le brillaban los ojos cuando la veía; era parecido a cómo se iluminaban los ojos de Adam cuando ella entraba por la puerta de vuelta del colegio, o después, del trabajo. *¡Suzanne, Suzanne, mira lo que he hecho! ¡Mírame, Suzanne! ¡Escúchame, Suzanne!*

Reparó en que había descuidado su atención y ya no oía el ruido de los patines de Lucy sobre la acera. Miró por la ventana y vio que ya no estaba allí el furgón de la policía que había estado junto a la casa de los estudiantes toda la mañana, pero había dos coches patrulla aparcados un poco más arriba. Suzanne había sido consciente de las idas y venidas durante todo el día. Las casas estaban todas comunicadas, y los ruidos pasaban fácilmente de una a otra.

Vio con alivio que Lucy estaba sentada al borde de la acera. Pero estaba hablando con alguien. Miró entre las ramas del frondoso durillo dulce que crecía sin podar en el jardín delantero de su casa. ¡Era McCarthy! ¿Qué estaba haciendo allí? Estaba apoyado en su coche, y parecía que él y Lucy estaban enfrascados en una conversación sobre algo. ¿Era correcto que estuviera hablando con la niña sin permiso de Jane? Suzanne intentó ver mejor lo que pasaba. Tina Barraclough estaba dentro del coche, con la barbilla apoyada en el brazo sobre la ventanilla, escuchando lo que Lucy contaba. Al fijarse, Suzanne vio que McCarthy levantaba el pie del suelo y se señalaba la punta del zapato. Lucy le respondió levantando el pie con el patín; parecía demostrarle algo sobre la calidad de sus patines en respuesta a lo que le había preguntado McCarthy.

Estaban hablando de esquiar. En cierto modo resultaba incongruente. Desde su encuentro en la cafetería, McCarthy había ido creciendo en su mente como una figura similar a la de su padre, alguien que la embargaba de una sensación de incomodidad. Pero viéndole hablar amigablemente con Lucy sobre los patines, parecía un hombre agradable y cercano. McCarthy se puso de rodillas y empezó a atar los cordones de una de las botas de Lucy, sin dejar de hablar con ella mientras tanto. La niña asentía, con actitud solemne.

Suzanne pensó en llamar a Jane, pero entonces decidió que sería más rápido si salía ella misma y veía lo que estaba pasando. Respiró hondo y salió por la puerta lateral, primero al pasaje y luego ya a la calle, bajo el radiante sol. McCarthy y Lucy la miraron, y Suzanne se quedó desconcertada al ver la misma repentina inexpresividad en ambos rostros. Estaba acostumbrada a Lucy, que siempre respondía a lo nuevo tras una máscara de hermetismo y frialdad mientras ella decidía cómo reaccionar. En McCarthy, le resultaba incómodo.

Él se puso de pie al verla venir por la acera.

—Suzanne —dijo, a modo de saludo. El tono de su voz era neutro.

—¿Querías algo? —Suzanne mantuvo el tono frío, consciente del contraste entre su pronunciación refinada de clase media y el acento norteño, más rudo, de quienes la rodeaban.

—Le estaba enseñando mis patines —dijo Lucy, quien pareció decidir en ese momento que la intervención de Suzanne era benévola—. Sus patines tenían las ruedas mal puestas, por eso se caía.

—Me pasaba la mayor parte del tiempo de culo en el suelo —dijo McCarthy, al tiempo que le hacía una mueca de complicidad a Lucy. La niña se rió.

—Te puedes dar una vuelta con los míos —dijo la pequeña, para gran sorpresa de Suzanne, pues Lucy era normalmente bastante retraída y no eran frecuentes en ella los acercamientos amistosos a personas a quienes no conocía.

—Imposible con los pies tan grandes que tengo —dijo McCarthy—. Además, ahora las caídas serían más gordas. —Lucy asintió, captando el sentido de sus palabras.

Repentinamente, McCarthy dirigió su atención a Suzanne. De nuevo su rostro mostraba impasibilidad.

—He venido a ver a la señora Fielding —dijo—, pero no está, ¿no? ¿Estás tú cuidando de…?

McCarthy movió la cabeza con admiración hacia Lucy, que les demostraba su dominio de los patines dando giros difíciles.

—Bueno… yo… Sí. Jane está en casa, pero está trabajando. Si llamas a la puerta, no te oirá. Tendrá que…

Él la interrumpió.

—No parece adecuado dejarla jugar aquí en la calle sin nadie que la cuide después de lo que pasó el viernes.

Suzanne se sonrojó. Mientras le había estado viendo bromear

con la niña, se había acordado de lo a gusto que estuvo con él charlando aquella mañana en la cafetería, pero ahora le volvían las dudas.

—Yo estaba cuidándola desde la ventana —dijo, dándose cuenta de que su tono era defensivo, pero sintiendo también que la crítica sutil que él había hecho era injusta.

Él fue a decir algo pero, antes de que le diera tiempo a responder, Lucy se acercó patinando con más velocidad que la usual, y se paró en seco delante de ellos para impresionar a McCarthy.

—Es fácil, ¿ves? —dijo.

—Eres una patinadora estupenda, Lucy —dijo Barraclough desde el coche, uniéndose por primera vez a la conversación. Lucy la miró con recelo y no dijo nada.

McCarthy se agachó otra vez frente a la niña y le dijo:

—Acuérdate de lo que te he dicho, ¿vale, Lucy?

La niña asintió, con la cara seria. McCarthy le tocó la punta de la nariz con el dedo, y ella le sonrió.

Suzanne estaba impresionada por la buena relación que había surgido entre ellos. Los miró, pensando en Joel y pensando en cuánto mejor habría sido para Lucy tener un padre que la defendiera. La crítica de McCarthy la había molestado, pero estaba motivada por una preocupación importante, válida. Y cuánto mejor habría sido tener un padre que la hubiera tratado a ella con aquella amabilidad, un padre que se hubiera interesado por lo que hacía. Por un momento, Suzanne sintió deseos de confiarse a él, de contarle sus preocupaciones respecto a Ashley, sus problemas con el Centro Alfa. De inmediato, le volvieron las elegantes facciones de su padre y su voz, *¿Es que no sabes hacer nada bien?*, con aquel tono de exasperación. Y vio la cara pálida de Ashley (*¡Escúchame!*) debajo del agua, en la presa, frío, silencioso, muerto.

McCarthy fue consciente de la presencia de Suzanne Milner mientras reforzaba su advertencia a Lucy.

—Ten cuidado, no juegues sola.

No tendría que haberle transmitido a Suzanne aquella censura. Él había dado por sentado que la niña estaba jugando sola sin nadie que cuidara de ella, a poca distancia del parque en el que había desaparecido hacía apenas unos días, pero la rápida aparición de Suzanne ante su llegada demostraba que ella había estado haciendo lo que decía, estar pendiente. Lucy patinaba en el pasaje. McCarthy hizo un gesto de asentimiento dirigido a Barraclough, dándole a entender que fuera tras ella, y se puso de pie despacio, mirando a Suzanne. Parecía como si ella quisiera decir algo. La joven se pasó la mano por el pelo para retirárselo de la cara y miró a McCarthy con inseguridad.

—¿Qué pasa, Suzanne?

La camiseta le quedaba muy ajustada y era evidente que no llevaba nada debajo. Él notó un leve olor a perfume que emanaba de ella. Mantuvo la cara impasible, sin dejar de mirarla.

—Nada —dijo ella, tras una breve pausa. Pero era obvio que pasaba algo. Él notó cómo ella intentaba encontrar las palabras. Esperó. Por un momento, creyó que Suzanne se iba a dar media vuelta e iba a meterse en la casa, cuando le tocó levemente el brazo.

—Steve…

—Dime.

Suzanne se mordía el labio, con expresión de indecisión.

—Jane me dijo que encontrasteis a otra persona en el parque.

McCarthy no dijo nada. Esperó.

—Otro… A otra persona.

Ella no se atrevía a pronunciar las palabras.

—Sí.

De pronto, McCarthy se puso en guardia. ¿Qué interés tenía ella en eso, aparte de la curiosidad normal? No parecía curiosidad. Recordó que había pensado en buscar información sobre ella, para ver si había algo que explicara su actitud contradictoria. Iba a hacerlo cuando volviera al despacho. Se apoyó en el coche y la miró.

—Jane no supo decirme quién era. Si se trataba de… Si era un hombre o una mujer. Yo me preguntaba si se…

McCarthy sabía que toda esa información iba a salir en la última edición del periódico local aquel mismo día. Al día siguiente saldría en los de tirada nacional y en las noticias. No había razón para no contestar a sus preguntas, pero le interesaba saber por qué era tan importante para ella. No dejaba de retorcerse las manos. Un tic que él ya le había notado antes. Ella bajó la vista y siguió los ojos de él, y luego cruzó los brazos a la altura de la cintura.

—Yo me preguntaba si sería… —le costaba controlar la voz. Se bloqueó y apartó la mirada, mordiéndose el labio.

Suzanne tomó aire con fuerza.

—¿Era Ashley Reid?

En ese momento le estaba mirando directamente, con la expresión de quien hace una pregunta sabiendo que la respuesta es algo que no quiere oír. Estaba segura, pensó McCarthy, de que la respuesta iba a ser que sí.

Casi estuvo a punto de contestar lo que ella esperaba, sólo para ver qué hacía, qué le decía en un momento de semejante conmoción, pero optó por darle la respuesta real, negando con un lento movimiento de cabeza.

—No, no era Ashley Reid.

Suzanne se relajó en aquel mismo instante y le desapareció toda la tensión.

—Creí que… Lo siento —dijo ella, al tiempo que se frotaba los ojos con las manos—. Creí que sería él.

¿Y por qué demonios, pensó McCarthy, había creído eso?

McCarthy dejó que fuera Tina Barraclough la que se encargara de la entrevista con Jane Fielding, una vez que desvelaron la noticia sobre Sophie. Escuchó en la cocina el ruido de cuando se hace un té, mientras la voz suave y calmada de Tina iba desplegando una conversación informal, ligera. El inspector se había formado la opinión de que la apariencia soñadora de Jane Fielding era en realidad la hábil manera de protegerse de una mente perspicaz. Abrigó la esperanza de que Barraclough lograra derribar aquel escudo mientras la conmoción y el dolor mantenían enajenada a aquella mujer.

Fue a buscar a Lucy, que se había ido a la habitación de la parte de atrás mientras ellos hablaban con su madre. Jane Fielding se dio cuenta.

—No le diga nada —le advirtió. McCarthy negó con la cabeza.

La niña estaba sentada frente a una mesa y le miró inexpresiva según entraba en la habitación. Protegió con el brazo algo que había encima de la mesa delante de ella.

—Estoy dibujando —le dijo, con una sincera actitud de acercamiento, y McCarthy lo interpretó como una invitación a que se sentara a su lado.

—¿Puedo verlo? —preguntó.

La niña se lo pensó unos instantes.

—Este no está terminado todavía —dijo—, pero puedes ver los otros.

Se bajó de la silla y le cogió de la mano.

—Ven —dijo, y le llevó al otro lado de la habitación donde tenía dibujos colgados de la pared sin orden ni concierto.

A ojos de McCarthy, eran una mezcla de garabatos infantiles, coloreados con tonos fuertes, que mostraban un mundo en el que las flores y los animales eran del mismo tamaño que las personas, las casas eran cajas de las que salían las chimeneas en extraños ángulos por encima de los tejados, el cielo era una línea azul, y el sol brillaba sin tregua. Miró algunas de las leyendas que servían de guía. Tenía la sensación de que Lucy iba a juzgarle por cómo reaccionara él ante sus dibujos. *Mi perro en el parque. Mi gato Flossy en el parque. Yo y mis hermanas en el parque.*

—Tú no tienes perro —dijo él.

La niña le miró como si estuviera evaluándole.

—*La verdad es* que sí tengo —replicó ella.

—Ah, ya. —McCarthy necesitaba un intérprete. Alicia Hamilton había dicho que aquella niña fantaseaba, pero él no tenía ningún modo de diferenciar entre la fantasía y la realidad.

—¿Y dónde está tu perro?

Lucy le miró fijamente.

—Es perrita —contestó.

—Ah, yo también tenía una perrita —dijo él, dejándose llevar.

—¿Cómo se llamaba? —le preguntó ella, con interés.

—Sally —contestó McCarthy.

Lucy asintió con la cabeza.

—Es un buen nombre. Mi perrita se llama Sally también, vive en el parque.

McCarthy sintió que se estaba adentrando en una tela de araña.

—¿Y el gato y tus hermanas? ¿Dónde viven?

—Pues en el parque —contestó, con cierta impaciencia en la voz por la lentitud de él—. Todos vivimos en el parque. Todos éstos están en el parque —añadió, al tiempo que abarcaba con un gesto del brazo todos los dibujos que estaban en la pared.

McCarthy volvió a mirarlos. *Mi perro en el parque. Mi gato Flossy en el parque. Yo y mis hermanas en el parque.* Había otro con leyenda. Miró más de cerca. *Tato Ash en el parque.* En todos los dibujos había gente sonriente, un cielo azul y el omnipresente sol intenso. Eran dibujos alegres. Había otro aislado en una esquina, que no tenía leyenda, ni sol ni cielo azul. En el centro de la hoja se veía a una amenazante figura que no estaba sonriente. McCarthy miró a Lucy. Ella le estaba mirando con atención. El inspector de policía creyó saber de quién se trataba, pero no estaba seguro de cómo iba a reaccionar ella si no acertaba. Esperó y, al cabo de unos segundos, Lucy dijo.

—Este también está en el parque. Es el Hombre Ash.

P. *Sólo quiero saber adónde vas por las noches cuando sales.*

R. ¿So…?

P. *Por las noches, Ashley. ¿Adónde sueles ir?*

R. Al Centro Alfa.

P. *Sí, ya lo sé, pero ¿adónde vas cuando no vienes al Centro Alfa?*

R. Al Centro Alfa.

P. *¿Pero cuando no vienes aquí?*

R. (Pausa)

P. *¿Ashley? Ya sé que vienes al Centro algunas tardes. ¿Qué haces los otros días?*

R. Los otros días… pues… (pausa)… el piso.

P. *¿Dónde es eso?*

R. El garaje. El que tiene el nombre de Lee… y… em… so… sólo a veces, ahora no.

P. *¿Qué hiciste anoche?*

R. Fui al sitio que so… (Pausa)

P. *¿Qué sitio, Ashley?*

R. Se lo estoy diciendo. Era en el parque y so… ella me dijo que iba a ir.

P. Sí.

R. Pero yo no pude… (Pausa)

P. ¿Pero qué sitio es ese, Ashley? ¿Es el piso?

R. No… (Pausa). Junto al bloque de pisos… em… Simon trae el asunto y so… ella no lo quería. (Pausa) Había luz… so no quería…

Suzanne se frotó los ojos. Había leído sin parar la transcripción de la cinta de Ashley, pero no encontró nada que le fuera de gran ayuda. Costaba trabajo seguir el discurso porque daba la impresión de que él no entendía las preguntas, sus respuestas eran desordenadas, y parecía que ni él mismo sabía de lo que estaba hablando la mitad del tiempo. Ojalá pudiera entrevistarlo otra vez. En su momento, no le había importado la falta de claridad y se había quedado satisfecha; en realidad, era lo que estaba buscando. Pero ahora no entendía nada. ¿De quién estaba hablando? ¿De su hermano? Richard le había contado que el hermano de Ashley estaba en tratamiento, era autista. Ashley nunca había tenido una familia. Tal vez fantaseara también, como Lucy.

¿Qué «sitio» era ese? ¿Dónde estaba Ashley?

Suzanne sabía que el joven iba al Centro Alfa. Pero, según le había dicho Richard, se había largado, así que ya no estaba allí. Gracias al sistema de confidencialidad de Alfa, ni siquiera sabía dónde vivía, por qué parte de Sheffield debía empezar a buscar. Salvo que… *Utiliza ese cerebro que Dios te ha dado, Suzanne.* Era evidente que no estaba en su casa, o donde fuera queviviera, porque nadie le localizaba. No podía estar en los lugares donde paraba habitualmente, no podía estar en los sitios que todo el mundo conocía.

¿Dónde estaría que ni McCarthy ni Richard conseguían dar con él? ¿Y qué le hacía pensar que ella iba a tener más suerte? Podría recurrir a sus amigos, eso desde luego. Amigos a los que nadie conocía. Ella no sabía quiénes eran sus amigos. ¿En quién confiaba Ashley? ¿En Simon? Volvió una vez más a la entrevista.

R. Los otros días… pues… (Pausa)… el piso.

P. ¿Dónde es eso?

R. El garaje. El que tiene el nombre de Lee… y… em… so… sólo a veces, ahora no.

P. *¿Qué hiciste anoche?*
R. Fui al sitio que so… (Pausa)

O en Lee. ¿El Lee del Centro Alfa? ¿El garaje que tiene el nombre de Lee? Suzanne se quedó pensando. Se acordó de que Lee y Ashley a veces estaban juntos. Los había visto jugando al billar, fumando fuera… A ella le había llamado la atención el contraste entre el silencio de Ashley, su cara pálida y su abundante pelo negro, y la estruendosa energía de Lee, que era pelirrojo. Pero nunca pensó que fueran amigos. Lee era cruel y de mente rápida. Solía meterse con Dean, que era más lento de reflejos, y sabía aprovecharse de los demás, como ella misma pudo comprobar. Recordó cómo Ashley le había advertido contra Lee. Se dio cuenta de la trampa que le estaba tendiendo antes que ella. Richard decía que Ashley era un solitario. Lo que ella había observado confirmaba aquel dato. También le había dicho que Ashley tenía dificultades de aprendizaje. Ella había dado por sentado que lo que Richard decía tenía fundamento. Pero Lee no parecía dispuesto a perder el tiempo con nadie que no fuera espabilado, de eso estaba bien segura.

Repasó mentalmente sus distintos encuentros con Ashley. Aparte de la entrevista, la cinta, había observado en él signos de que era retraído, pero no le había parecido que no fuera inteligente. Se preguntó qué habría pensado si Richard no le hubiera dicho nada. Le vino a la mente una escena. Se acordó de una tarde, a última hora, en la que ella estaba en la cafetería, cuando ya había terminado la jornada de trabajo, viendo cómo Lee competía con Ashley al billar. Alrededor de la mesa, un grupo de personas miraban con interés. Ella permanecía a cierta distancia, observando. Alzó la vista y se encontró con los ojos de Ashley. La estaba mirando y, por un momento, le pareció ver una intención reflexiva, casi calculadora, en sus ojos. Acto seguido, le dirigió una de sus encantadoras sonrisas, y volvió a concentrarse en la partida. En el momento, Suzanne no le dio más importancia, pero al recordarlo, llegó a una conclusión: Ashley no era retardado, ni tenía necesidades especiales ni se merecía ninguna otra etiqueta que le hubieran puesto. Era un muchacho inteligente. ¿Pero por qué él lo ocultaba? Suzanne se sintió embargada por la frustración. No tenía información suficiente ni ningún acceso a más datos.

¡Pero sí que tenía! Richard Kean. Estaba prácticamente segura de que él se sentiría mal por lo que había ocurrido. Richard había intentado advertirla de algo y se había sentido muy incómodo al contarle lo que estaba pasando. Podría utilizar eso. Necesitaba un motivo para ponerse en contacto con él. Richard estaba interesado en la historia de la zona. Habían mantenido conversaciones sobre el pueblo en el que vivía, Beighton, una de las antiguas comunidades que habían quedado arrasadas por la expansión urbana de Sheffield. Tenía mucho interés en saber algo sobre la historia de su casa.

—Cuando tenga tiempo —había dicho Richard en cierta ocasión—, me gustaría investigar en los archivos.

—Yo me paso la vida en la biblioteca de la uni —fue la respuesta de ella—. Voy a buscarte algún mapa antiguo de la zona.

Una de esas promesas que se hacen y luego uno nunca encuentra el momento de ponerlas en práctica. Pero con Richard no pasaría así. Si se pasaba por la universidad y le daba el mapa como si se lo hubiera buscado antes de que surgieran los problemas, seguro que él se sentiría más culpable aún, tendría necesidad de explicarse, y entonces ella le preguntaría por Ashley; preguntas legítimas sobre el diagnóstico de dificultades de aprendizaje, y luego algunas cuestiones de pasada acerca de Lee. Lee iba a servirle de anzuelo para encontrar a Ashley. Se convenció repentinamente de que iba a hacer todo aquello. Miró su reloj. Eran casi las cinco. Iría en ese mismo momento a la biblioteca, buscaría el mapa y haría una fotocopia. También debía recoger las cintas del Departamento, sobre todo la de Ashley. La transcripción no era suficiente, no estaba acabada y, en todo caso, necesitaba escucharla otra vez. Si la sacaba de la caja, nadie se iba a dar cuenta.

Estaba guardando las llaves y la cartera en el bolso, cuando alguien llamó a la puerta, y de inmediato entró Jane con la cara pálida y expresión de disgusto. Suzanne cayó en la cuenta de que, después de haberse tranquilizado respecto a Ashley, se había olvidado de todo lo demás.

—¿Qué pasa, Jane? —dijo—.

Jane la cogió de la mano.

—Suzanne, el cuerpo que encontraron en el parque —Suzanne

sintió que se le encogía el corazón; ¿no le habría mentido McCarthy?—
… No sé cómo se lo voy a decir a Lucy. Es Sophie. Encontraron a
Sophie muerta en el parque.

Suzanne se quedó petrificada. Algo que parecía relacionarse con
su vida sólo de manera accidental, se convirtió de repente en un asunto crucial, ineludible.

—¿Sophie? ¿Tu Sophie? ¿Están seguros?

Jane asintió con la cabeza.

—Sus padres identificaron el cadáver esta mañana.

Pero Jane no había ido a verla en busca de alivio ni para darle la
noticia.

—Quieren que vea unas fotografías de personas a las que Sophie
pudo haber conocido. Yo vi a la gente con la que salía. Quiero ayudar, y quiero hacerlo lo antes posible. Quiero que cojan a quien lo
hizo.

La actitud de despego habitual en Jane había desaparecido. Se la
veía centrada de la misma manera que cuando se centraba en el trabajo o en su hija.

—Quiero irme con ellos ahora. Suzanne, ¿podrías cuidar de
Lucy mientras estoy fuera?

Suzanne seguía paralizada por la impresión. Escuchaba las palabras como si vinieran de la lejanía.

—Sí, claro. Iba a ir a la biblioteca. A Lucy no le importará venir-
se conmigo y pasarse media hora en la sala de archivo, ¿verdad?

—Eso me parece perfecto. No quiero que esté cerca de donde
ha ocurrido, ni que oiga hablar del tema, prefiero decírselo yo misma.
—Jane apretó los labios de la forma en que lo hacía Lucy cuando estaba concentrada, cuando expresaba desaprobación.

—No te preocupes. —Suzanne acompañó a Jane hasta la puerta
y la vio meterse en el coche con McCarthy. Observó que Tina Barraclough no iba en el coche, y se preguntó si Jane disfrutaría con la atención de McCarthy para ella sola tanto como había dicho. Volvió la vista hacia la casa de estudiantes. Seguían allí los coches patrulla de la
policía, y había también una furgoneta del Departamento de Alojamiento de la universidad.

Sophie. Sophie no era una mujer muerta aparecida en el parque, una víctima de asesinato. Era una estudiante alegre que cuidaba de Lucy, y había sido para Lucy más una hermana mayor que una simple niñera.

Suzanne reparó en que no la había sorprendido tanto cuando se enteró de la desgracia de la compleja y problemática Emma. Sophie era una chica feliz y llena de vida. Era ridículo que estuviera muerta. Esa era la palabra que no se le iba de la cabeza: ridículo. Nadie tenía derecho a arrebatarle la vida. *Es todo lo que tenemos*, suplicó Suzanne a la figura, oscura y sin rostro, que permanecía agazapada en su mente. *Es todo lo que tenemos.*

La gente iba y venía, como partículas que se movieran al azar, delante del patio central, acercándose y alejándose de la hilera de coches que estaban aparcados en filas. Movimientos impredecibles, sin orden, sin estructura. La gente se tropezaba con él y lo miraban con expectación. Decían:

—Perdón.

No puedo decir nada. No puedo.

Simon comprendía el laboratorio, donde los tarros y las botellas estaban ordenados y etiquetados, y lo que contenían era predecible en su manera de actuar, en sus efectos. Comprendía la biblioteca, una vez que se encontraba entre las estanterías y los libros en filas, todos con su correspondiente lugar al que pertenecían.

Pero, a veces, los murmullos, las risas y las conversaciones de la gente interferían con las formas de su cabeza. Una cara.

—Hola, Simon. —Un compañero estudiante.

Había que decir:

—Hola.

—¿Te apetece un café?

Café, gente, conversación, sin patrones, sin orden, nada comprensible. Había que decir:

—No, ahora no, gracias.

¡Que se vayan ya! Buscando, buscando. Hace sólo un momento, por las estanterías, junto a la puerta. *¿Dónde? ¿Dónde?*

Ahí.

◆ ◆ ◆

Lucy estaba sentada delante del terminal de ordenador y se retorcía en la silla buscando una postura más cómoda. Suzanne estaba tras la esquina más cercana, mirando libros, libros que eran tan grandes que había que levantarlos con las dos manos. Estaban llenos de polvo y hacían estornudar a Lucy.

—Será mejor que te apartes del polvo —le había dicho Suzanne, y le había enseñado a realizar búsquedas en el ordenador.

—Tú quédate aquí —le había dicho.

Pero los ordenadores eran aburridos. Miró a su alrededor. Estaba rodeada de estanterías por todas partes, llegaban hasta el techo. Mirara donde mirara había estanterías, *estanterías secretas*, pensó Lucy. Uno podía perderse en las estanterías secretas. Suzanne le había dicho:

—No te vayas muy lejos. Si te pierdes, busca la línea amarilla y síguela —le enseñó la línea amarilla que recorría el suelo—, hasta que llegues a la puerta y allí me esperas. Yo vendré y te recogeré.

Era como la historia del monstruo en el laberinto. El *minotauro*. Lucy tenía una imagen en la que se veía a un hombre luchando contra un minotauro. Se bajó del taburete y se agachó para mirar por debajo de las estanterías. Se veía hasta el otro lado, y había más y más estanterías. Metió el estómago para adentro tumbada en el suelo, para ver más. Allí estaban los pies de Suzanne, andaba de puntillas, debía de estar cogiendo un libro de alguna estantería alta. No sabía que Lucy la estaba mirando. Lucy se retorció para cambiar de postura. Se estaba muy tranquilo en la sala de archivos.

—No suele haber nadie por aquí abajo, y menos ahora que se han terminado los exámenes —había dicho Suzanne—. Por eso a nadie le importará que estés en el ordenador.

Suzanne la había llevado por la biblioteca, habían bajado unos cuantos escalones que iban a dar a una sala de lectura donde había bastante gente. Después habían atravesado una puerta pequeña y habían bajado escalones, y allí estaban todas aquellas estanterías, miles de estanterías *secretas*. Pero Suzanne había dicho:

—Venga, vamos.

Y habían pasado por otra puerta y habían bajado más escalones, tras un ruido sordo de la puerta al cerrarse. Había una puerta más en el último rellano.

—Venga, vamos —había dicho Suzanne.

La segunda puerta se cerró con el ruido de un susurro. Y el silencio siguiente fue tan grande que Lucy se sintió ensordecida, y el aire era viejo y seco.

Más y más estanterías secretas. Lucy estuvo corriendo por entre las filas de libros en estantes, riéndose, disfrutando con la sensación de hacer ruido, y de pronto se dio cuenta de que no sabía dónde estaba. Mirara donde mirara, todo eran estanterías. Por delante, filas y filas, y a lo lejos oscuridad. Por detrás, lo mismo. Miró hacia donde estaba la puerta, pero sólo había estanterías allí también. Pero vio que Suzanne estaba allí y le explicó lo de la línea amarilla. Lucy pensó que tal vez quería volver a casa.

—¿Le gustan a Michael las estanterías secretas? —preguntó la niña.

Suzanne se había sonreído.

—Es un buen nombre, sí. A él lo que le gusta es jugar con el ordenador. Ven que te enseñe.

Suzanne mostró a Lucy que todas las estanterías tenían luces.

—Puedes encenderlas cuando lo necesites, pero después hay que dejarlas apagadas.

Entonces, decidió, no quería irse a casa, si a Michael le gustaban las estanterías, entonces ella no quería irse a casa aún. Y ahora también le gustaban a ella, sobre todo desde que se había enterado de lo de la línea amarilla. Era como la historia del minotauro. Podía matar al monstruo y luego seguir la línea amarilla para escaparse. Miró a las filas de estanterías y libros que se perdían en la oscuridad. No estaban los monstruos. Los monstruos estaban en el parque.

Se le quitó un poco el miedo y se atrevió a recorrer una fila entera de libros. Hubo un momento en que volvió a perderse, pero allí estaba la línea amarilla, y consiguió encontrar el camino de vuelta. De todas formas, no quería irse muy lejos, no iba a llegar al trozo ese oscuro. Podía jugar al escondite inglés. Ella tenía que ver a los perseguidores, y se inventaba que iban andando de puntillas por entre las estanterías, y ella tenía que mirarlos para que se detuvieran. Si no lograba verlos, llegarían de puntillas hasta donde estaba y la cogerían por detrás.

Oyó un débil y lejano portazo, y de nuevo otra vez el inmenso silencio. Dio la vuelta a una estantería de esquina, andando de puntillas. Miró. *¡Te pillé!* Y después se escondió rápidamente detrás. La seguían por entre los estantes, y ella se escondía rápidamente y los pillaba moviéndose. *¡Te pillé!* Pero empezaba a costarle trabajo verlos, porque estaba cada vez más lejos de la luz de Suzanne. No quería encender la luz de las estanterías porque entonces la pillarían los otros. De pronto hubo otra luz, perdida entre las estanterías, en la parte oscura. Se escondería yéndose hacia allí, así podría verlos y pillarlos cuando se acercaran.

La segunda luz se apagó. Y apareció otra un poco más cerca. Un, dos, tres, el escondite inglés. A veces, en el parque, los oías moverse, te dabas la vuelta rápidamente y decías: ¡Os he pillado! Y tenían que volver a empezar al principio, pero a veces no se oía nada y tenías que prestar mucha atención. Te dabas la vuelta, y todos estaban igual de quietos que antes, pero más cerca, cada vez un poco más cerca, aunque era imposible ver cómo se movían. Y no se podían mover si los estabas mirando.

En aquel preciso momento, Lucy oyó los pasos de uno de ellos, pasos suaves: *pa, pa, pa, pa*, cada vez más cerca. Miró alrededor de las estanterías. No había nadie. No era por allí. La niña atravesó una fila y pasó a la siguiente fila de estantes, andando muy despacito, y escuchando: *pa, pa, pa*, cada vez más cerca, despacio, un poquito más cerca. Cuando todavía no estaban muy cerca, se movían despacio, despacio, de manera que les diera tiempo a pararse o a esconderse si te dabas la vuelta. Y cuando ya estaban muy cerca, avanzaban con rapidez, para cogerte antes de que te dieras la vuelta.

Lucy se agachó y miró bajo las estanterías. Nada. *Pa, pa, pa*. Flojito, despacio. Se fue corriendo a la parte de atrás de una estantería y dijo en voz baja:

—¡Te pillé!

Pero ya se había acabado el juego. Sintió que sus palabras se quedaban atrapadas en el aire seco, que se arrastraban por las estanterías. Los pasos se detuvieron, y volvieron a empezar. *Pa, pa.* Se detuvieron. Se acercaron un poco. *Pa, pa, pa.* Lucy se deslizó por debajo de la estantería con el cuerpo pegado al suelo, y se quedó quieta. Se oía una respiración en la oscuridad. Miró a lo lejos por debajo de las estanterías y vio unos pies, con zapatillas de deportes de esas blandas que no hacen ruido. Estaban húmedas y manchadas de barro. Las zapatillas se movieron y dieron unos pasos, como vacilantes. Lucy contuvo la respiración. Sintió ganas de toser, notaba la presión que le crecía por dentro del pecho. No pasaba nada, no era más que un juego. Se quedó completamente inmóvil en la tenue luz. *¿Tamby?*, preguntó dentro de su cabeza. *Como un ratoncillo*, dijo él.

Volvió la cabeza y empezó a mirar por el suelo. No había rastro de la línea amarilla. Miró para atrás. Tampoco por detrás. Sintió ganas de correr con todas sus fuerzas por entre las filas de estanterías, para huir de las zapatillas manchadas de barro que iban tras ella, *pa, pa, pa, pa, pa*, cada vez más cerca, un poquito más cerca. Entonces los pies se dieron la vuelta y empezaron a avanzar junto a las filas de libros, hacia el final de una hilera, por el pasillo lateral y hasta la fila de estanterías en la que estaba escondida Lucy, tumbada en el suelo. Notó otra vez la presión del pecho, y se le escapó una tos ahogada. No pudo evitarlo.

Suzanne le ató el lazo al último libro de mapas. La ley de Murphy, claro. Lo que uno buscaba siempre estaba en el último libro. Aunque era culpa suya, por no haberlo buscado en los catálogos. Quería hacer las cosas con rapidez, por Lucy. ¡Lucy! Estaba demasiado callada.

—¡Lucy! —dijo, y se dirigió hacia el pasillo lateral donde estaban los ordenadores. Nada. Allí no había nadie. Empezó a irritarse. Si Lucy estaba jugando a uno de sus escondites en aquella inmensidad de estanterías y pasillos y si estaba lo suficientemente enfadada como para querer someterla a una de sus interminables búsquedas, supo que tenía por lo menos para una hora de angustia.

Pero tal vez Lucy no estaba escondida. ¿Y si se había ido arriba y se había perdido? Decidió que mejor comprobaba la puerta para ver si Lucy estaba esperándola allí como habían quedado. Quizá se había metido por entre las filas de libros y luego había tenido que seguir la línea amarilla para encontrar la salida. Suzanne miró la hora. No hacía ni media hora que la había visto.

Lucy no estaba junto a la puerta. Suzanne empezó a preocuparse. Repasó las posibles opciones. Si Lucy estaba enfadada, se habría escondido y, en tal caso, llamarla era poco acertado, porque así se enteraría de que la estaba buscando, y al saber que estaba siendo motivo de preocupación le divertiría más seguir jugando al escondite. Por otra parte, si Lucy se había ido de allí por entre las filas de estanterías, tenía que encontrarla cuanto antes.

—Lucy —dijo, alzando la voz—. ¿Te apetece que vayamos a por chucherías?

Jane no le dejaba comer chucherías. Si se enteraba, la iba a matar, pero Suzanne consideró que merecía la pena el castigo si así conseguía que Lucy saliera de su escondrijo.

Todo permaneció en silencio.

—¿Lucy? —repitió.

Nada.

Lo mejor iba a ser recurrir al bibliotecario, al guardia de seguridad del campus. Empezó a ponerse muy nerviosa, sin dejar de estar convencida de que Lucy no podía haberse ido muy lejos. Por mucho que le diera por jugar al escondite y hablar de monstruos, Lucy era una niña sensata.

—¡Lucy!

El aire seco y quieto la respondió con el silencio. Había una atmósfera de polvo en continuo descenso. Tenía que ir a buscar ayuda, pero algo la obligaba a no querer marcharse del sótano y dejar el lugar donde seguramente Lucy estaría escondida en alguna parte. Entonces oyó un ruido en el otro extremo, de las estanterías del fondo. Una tos, sólo una, pero seca, de asmático. *¡Dios mío, menos mal! ¡Lucy!*

—¡Lucy! —gritó—, ya voy.

Cogió el bolso en el que llevaba el inhalador de Lucy y, mientras caminaba a paso rápido, intentando discernir de dónde había salido la tos, oyó a otra persona que se movía por las estanterías con pasos blandos y rápidos. Llegó al pasillo lateral del fondo, mirando entre cada hilera de estanterías. Había sonado por ahí, estaba segura. Oyó a lo lejos una puerta que se cerraba y luego otro portazo amortiguado por la distancia, y entonces se encontró mirando hacia abajo, adonde estaba Lucy agazapada en el suelo, sacando la cabeza por un lateral para coger aire. Suzanne sacó el inhalador del bolso y se lo puso en la boca. Suzanne oyó el siseo del aire al salir y después Lucy empezó a respirar con más facilidad, hasta que recuperó el ritmo normal. Se sentó sobre un estante y miró a Suzanne con expresión de cautela. Suzanne esperó a que siguiera.

—Era un monstruo —dijo.

—¿Qué era qué? Lucy, ha sido el asma. ¿Por qué te has ido tan lejos?

Suzanne sintió que el susto le hacía enfadarse. Lucy la miraba e iba adoptando una expresión de testaruda displicencia. Suzanne intentó controlarse mentalmente.

—Me he preocupado, Lucy. Cuando he visto que no te encontraba, he empezado a preocuparme.

La niña pensó en sus palabras y cambió de actitud.

—Estaba jugando al un, dos, tres, el escondite inglés —dijo—, y el monstruo me ha dado asma, pero no pasa nada, porque estaba Tamby. Ahora el monstruo se ha ido.

Cuando cruzaban el campus universitario hacia la cafetería de estudiantes, llamó la atención de Suzanne una figura que se movía con rapidez, alejándose de la entrada a la biblioteca. Una figura alta y de cabello oscuro. Se fijó en aquella figura. Era imposible que fuera… La figura giró la cabeza unos instantes, y los ojos de Ashley se cruzaron con los de ella al otro lado del parque. Luego desapareció. Pensó en seguirlo, pero cuando bajó la vista para mirar a Lucy, vio que la niña seguía pálida y con dificultades para respirar. Por un momento, la frustración casi llegó a superarla, pero se las arregló para sonreír.

—Venga, vamos, Lucy —dijo—. Ahora vamos a tomar un refresco. —Y se dieron la vuelta.

10

Jueves por la mañana. El teléfono de McCarthy sonó mientras estaba leyendo una vez más la declaración de Paul Lynman. Polly Andrews confirmaba la versión de Lynman en lo esencial, y al parecer sin que se hubieran puesto de acuerdo. Se había encontrado un alijo de pastillas —»éxtasis» muy puro, si eran correctos los primeros análisis de laboratorio—, escondido en el tejado del número 14 de Carleton Road. No obstante, Paul Lynman se había ido de Carleton Road para ponerse a vivir con su novia, Polly Andrews, hecho en el que no había reparado ninguno de los investigadores. Y las pruebas forenses del maletín y de la bolsa de cremallera en la que estaban las pastillas eran interesantes. Habían encontrado allí las huellas de Emma Allan, lo que era de esperar teniendo en consideración la historia que les había contado Paul Lynman. Pero se habían encontrado también huellas de otras dos personas en las bolsas. No se correspondían con ninguna de las huellas de las fichas policiales, pero sí con los de la persona no identificada que había dejado sus huellas también en Shepherd Wheel. Tenían que citar otra vez a Lynman y a Andrews e interrogarles minuciosamente.

El teléfono fue una distracción incómoda. Levantó el auricular.

—Al habla McCarthy.

Era Anne Hays, la médico forense.

—Quería hablar con su jefe, pero está en una reunión —dijo—. Creo que esto no debe esperar. He hecho más análisis de sangre del caso Allan. De las muestras de su padre.

McCarthy hizo un ruido afirmativo. Aquellas muestras no habían servido para nada al final. No se habían encontrado restos de Dennis Allan en Shepherd Wheel.

—En parte, me he dejado llevar por una corazonada…

McCarthy se preguntó si sería característico de todos los forenses el no ir al grano.

—¿Y?

—Esto se basa solamente en el grupo sanguíneo, ¿entiende? El ADN lleva más tiempo. Están en ello los del laboratorio.

—Sí —McCarthy entendía lo que quería decir.

—Pues bien, la sangre de Emma pertenece al grupo O. La de Dennis Allan es del grupo AB. He revisado los archivos para ver el grupo sanguíneo de la madre. Hicimos los análisis aquí. Era del grupo A.

—¿Y eso qué significa?

McCarthy creía saber lo que eso significaba, pero quería tener la certeza que aquella mujer parecía incapaz de transmitir.

—Lo que significa, inspector —dijo ella con prontitud— es que Dennis Allan no era el padre de Emma.

Media hora más tarde, Brooke, que salió de la reunión en la que estaba por petición de McCarthy, se encontraba en el despacho con Anne Hays y McCarthy, limpiándose los cristales de las gafas, mientras la médico forense le explicaba los nuevos hallazgos.

—A mí me parece que se me había quedado en algún rincón de mi mente —decía ella—. Sólo hace dos meses que realizamos los análisis de Sandra Allan. Me he guiado por un presentimiento.

—¿Steve?

McCarthy había estudiado la nueva información a la luz de los datos que ya tenían. Comenzó a hablar.

—Emma y su madre tuvieron una discusión fuerte, y luego Dennis y su mujer discutieron. Algo debió de ocurrir el día en que ella se tomó una sobredosis de pastillas, una sobredosis bastante importante. Supongamos que él se enteró. Supongamos que Emma descubrió que su padre no era en realidad su padre… —Miró a Brooke y movió varias veces la cabeza—. No sé cómo pudo ocurrir. Pero si fue así, eso llevó a que tuviera una fuerte discusión y decidiera irse de casa. Fue algo muy definitivo, porque se fue de casa y ni siquiera se presentó en el funeral de su madre.

—Tampoco perdonó a su padre —dijo Brooke.

—Tenía diecisiete años —dijo Anne Hays, que tenía una hija de la misma edad—. Con esa edad se emiten muchos juicios y todo tiene que ser blanco o negro. Errar es humano, pero parece ser que perdonar no es nunca nuestra política.

Brooke hizo una mueca autocompasiva. Su propia hija tenía quince años.

—Además está la complicación de lo de Sophie Dutton. ¿Era hija de Sandra Allan?

—La oficial Barraclough está investigando sobre eso —dijo McCarthy.

Brooke asintió con la cabeza.

—Manténme informado de todo lo que vaya averiguando. De lo que no cabe duda es de que Emma y sus padres tuvieron una fuerte discusión. La chica no volvió. Después debieron de discutir Allan y su mujer. O bien él lo sabía de antes y se enfadó por el hecho de que la niña lo hubiera descubierto, o no lo supo hasta ese momento.

McCarthy recordó el comportamiento de Dennis Allan cuando le entrevistaron. Se le veía cierta hostilidad, contestaba con evasivas. McCarthy estaba seguro de que les había mentido en algo.

—¿Se avergonzaría de lo que descubrió? —sugirió Brooke—. ¿Se sentiría como un idiota por haber acarreado con la hija de otro hombre?

Era una posibilidad, pero no cuadraba con la percepción tanto de McCarthy como de Brooke. Ambos habían percibido culpabilidad, no vergüenza.

—¿Hay algo que lo relacione con el asesinato, con el escenario de Shepherd Wheel?

McCarthy negó con la cabeza.

—Allí se encontró mucho material: huellas, mechones de pelo, fibras…, pero nada de eso se relaciona con Dennis Allan.

—Entonces, ¿qué es lo que estamos diciendo? —preguntó Brooke—. ¿Estamos diciendo que el señor Allan podría haber matado a su hija al enterarse de que no era suya? ¿No sería contra la madre contra quien dirigió su rabia? En apariencia, la muerte de Sandra Allan fue accidental. Se produjo como resultado de una sobredosis de pastillas, pastillas que ella misma adquirió en la farmacia de al lado cuando su marido se fue a trabajar. Pero no hay ninguna nota que confirme el suicidio.

Si Dennis Allan había matado a la joven que él creía su hija, ¿tendría aquello alguna relación con la muerte de Sophie Dutton? Sandra Allan había tenido otro hijo antes de que naciera Emma. ¿Sería Sophie Dutton medio hermana de Emma? Y si era así, ¿cómo se relacionaba eso con su muerte? ¿Y qué pasaba entonces con Ashley Reid?

La nueva información fue suficiente para que Brooke ordenara que había que citar otra vez a Dennis Allan y echar otro vistazo a la vivienda familiar para recabar información sobre el matrimonio. Barraclough estaba sentada delante del escritorio, trabajando con el equipo que revisaba las bolsas de papel que se habían encontrado en el piso. En aquel momento tenía frente a ella un álbum de fotos y estaba tomando notas sobre nombres y fechas, amigos y contactos de los primeros tiempos de la carrera de Allan.

—Mira esto —dijo a Kerry McCauley, el otro agente oficial del grupo de Corvin. Se refería a una fotografía de Dennis Allan, tomada en 1972—. Aquí sí se entiende qué fue lo que ella vio en él.

En la foto se veía a un hombre joven y atractivo, con un rostro ligeramente andrógino, apoyado en el alerón delantero de un coche deportivo. Había otra foto del mismo hombre con lo que parecía claramente un grupo de rock, de primeros de los setenta, con muchas plumas y psicodelia.

Corvin se acercó a echar un vistazo.

—Estaba metido en el negocio de la música —explicó Barraclough—, y parece que no le iba mal: deportivos, ropa de moda…

—No es más que un Cortina trucado —dijo Corvin—. Tampoco es que le fuera tan bien, y prácticamente todo el mundo tenía un grupo de rock en aquella época.

En la mayoría de las fotografías se veía a Allan con músicos. Según fue pasando páginas, Barraclough empezó a reconocer las caras que se repetían: Dennis Allan con un hombre y una mujer. El hombre llevaba el pelo largo, bigote y barba; también la mujer tenía un aspecto muy típico de aquellos días, con una melena larga de color rojizo, peinada con raya en medio, de modo que el pelo le caía a ambos lados de la cara como cortinas. Algunas fotos tenían nombres y fechas escritos por detrás: VELVET, 1975; LINNET, DON J., 1976. Había una fotografía del trío actuando sobre un escenario; los hombres tocaban la guitarra y ella cantaba. Velvet. La oficial recordó la foto que habían encontrado en la habitación de Emma: —ELVET, 197—, la misma fotografía que Dennis Allan no había reconocido durante la entrevista. Velvet. Debía de ser el nombre de un grupo. ¿Don J.? ¿Linnet? ¿Apodos? ¿Nombres de grupos?

Había otras fotografías: Allan con una mujer de cara seria, vestida con pulcritud y elegancia. Se apreciaba cierto parecido en las facciones. ¿Sería la madre de Allan? En varias fotos, Allan aparecía con mujeres jóvenes, que iban con minifalda o pantalones campana, todas con melenas largas y lisas, los ojos muy maquillados y los labios sin pintar. Por lo que Barraclough podía decir, no aparecía dos veces la misma mujer. No había rastro de Sandra.

Siguió pasando las páginas del álbum. La palabra «Velvet» aparecía de manera intermitente. No había ningún indicio de que hubieran cosechado grandes éxitos. Daba la impresión de que habían actuado en diversas partes del país: Leeds, verano de 1975; King´s Head, Barnsley, 1975; Castleford, marzo de 1976. La formación del grupo variaba en algunos casos. En las actuaciones de 1976, aparecía una figura diferente, alguien que, aunque iba vestido más o menos con el mismo estilo hippy que los demás, tenía más aspecto de hombre de negocios, de empresario. ¿Sería el manager de Velvet? Aquel hombre era Pete, Peter. A finales de 1977, la mujer de la melena rojiza dejaba de aparecer. Barraclough miró más de cerca una de las fotografías, en la que, por primera vez, se veía a una chica guapa y delgadita, con una voluminosa melena rizada, de pie y rodeando con los brazos a los dos hombres. Sandra. Miró el dorso de la foto para ver si ponía algo. Huddersfield, 1977. Nada más.

◆ ◆ ◆

Esta vez, Dennis Allan solicitó la presencia de un abogado. Se mostró más entero ante las preguntas de lo que McCarthy se esperaba. Estuvo tranquilo, educado y firme. Insistía en que no sabía nada de la muerte de su hija.

—Yo quería a Emma, inspector —dijo, retorciendo entre los dedos un trozo de goma rota.

Se estremeció cuando McCarthy le preguntó por la edad de los padres de Emma. El rubor le cubrió la cara y se le enrojecieron los párpados.

—Yo no lo sabía —dijo—. Yo… Eso fue por lo que discutimos. Emma lo sabía, no sé cómo se enteró, pero lo sabía, y aquel día se lo soltó de pronto a Sandy. Cuando yo llegué, estaban enzarzadas en una discusión, y ella me lo dijo así, de repente. —Miró a McCarthy, con expresión de súplica—. Yo no quería que nada de esto saliera a la luz —dijo—, y menos ahora que Emma ha muerto y Sandy ha muerto.

McCarthy le presionó, intentando averiguar cuándo y cómo había llegado a enterarse la joven, pero Allan negaba con la cabeza.

—Sandy decía que no lo sabía nadie.

Pero alguien debía de saberlo y esa persona se lo dijo a Emma. Siguiendo el consejo de su abogado, Allan optó por no decir nada más.

—Mi cliente ha explicado la razón por la que omitió ciertos aspectos en su anterior declaración —dijo el abogado—. Entiendo que cualquiera consideraría válidas la explicación que él ha dado, inspector McCarthy.

Se negó también a contestar a determinadas preguntas sobre Sandra, aparte de insistir en su desconocimiento de que hubiera tenido otro hijo antes de casarse con él. McCarthy no se quedó satisfecho del todo, pero decidió dejarlo ahí, de momento.

Allan no les dio mucha información sobre las personas que salían en las fotografías. Insistía en que ya no se acordaba de los nombres.

—Usted estuvo con ellos en el mismo grupo durante… ¿cuánto?, unos tres años. Y quiere hacerme creer, señor Allan, que no recuerda sus nombres. —McCarthy esperó a recibir una respuesta.

—No me acuerdo —insistió Allan—. Todo eso fue hace veinticinco años. Yo tenía un grupo y estuve varios años tocando la guitarra.

Después monté Velvet con los músicos que iban saliendo. No teníamos mucho trabajo y no eran siempre los mismos.

Miró a una foto que tenía nombres escritos por la parte de abajo.

—Esta era Linnet —dijo, señalando a la mujer. Captó por un momento la mirada de McCarthy fija en él—. Creo que se llamaba Lyn. Cantaba, y se hacía llamar Linnet. ¿Qué importancia tiene? Eran los setenta. Todo el mundo se cambiaba de nombre.

En el primer rasgo de humor que McCarthy le hubiera oído, añadió:

—Tuvimos una cantante que se hacía llamar Gandolfa.

Negó con la cabeza cuando McCarthy le preguntó por el hombre.

—No me acuerdo —dijo—. Todo el mundo le llamaba Don J.

Se rió con cierta amargura cuando McCarthy le preguntó por el hombre elegante que aparecía en el álbum a partir de 1976, Pete.

—Ese era nuestro *manager*. Bueno, Así se hacía llamar —dijo—. Peter Greenhead —con aquel nombre no tuvo dudas—. Fue un timo de principio a fin.

Greenhand estuvo con el grupo menos de un año. Al final, se quedó con los derechos de las pocas canciones que habían escrito y se llevó con él a la cantante después de dar por concluido el contrato. Poco después, Allan dejó el grupo. No sabía qué había sido de los otros.

McCarthy se quedó pensativo, con expresión inmutable. Daba la impresión de que Velvet era un callejón sin salida, salvo por la foto que habían encontrado en la habitación de Emma. ¿Qué podía concluirse de todo aquello? Seguramente tendría que ver con Sandra. Decidió dejarlo ahí. El hombre estaba demasiado calmado, demasiado contenido. Necesitaba un poco de tiempo para reaccionar, un poco de presión, un poco de tensión.

A última hora de aquella mañana, McCarthy reparó en que se le había olvidado mirar en los archivos a ver si había algún dato importante sobre Suzanne Milner, después de que Dennis Allan se marchara de la comisaría, tras manifestar su abierta disponibilidad a colaborar en todo lo que fuera necesario.

—No me voy a ir a ninguna parte.

Cuando McCarthy volvió a acordarse, pensó en si merecía la pena perder el tiempo en eso. Todo apuntaba a que iba a ser un día de mucho ajetreo. Se preguntó si iba a poder salir pronto. Hacía una preciosa tarde soleada. Volver a casa no resultaba demasiado alentador. En aquellos momentos, su casa era como una prolongación del despacho. Le atraía la idea de irse con el coche a la campiña de Derbyshire y dar un paseo por la cima de las montañas, en algún lugar tranquilo.

Milner no era un apellido muy habitual, no le llevaría mucho tiempo. Entró en el sistema. Estaba buscando algún dato significativo, ¿a qué fechas debía remontarse? Cayó en la cuenta de que no sabía la edad de Suzanne. Repasó las notas e hizo un cálculo rápido. Treinta. Y sin duda, en la actualidad, una ciudadana respetable. Decía que había vivido toda su vida en Sheffield. De acuerdo. McCarthy decidió retroceder diez años. Introdujo la búsqueda. Recordó las complicaciones entre los nombres de soltera y de casada, y comprobó las notas. Muy bien. Utilizaba su nombre de soltera, Milner. Su apellido de casada era Harrison. Aceptó la búsqueda con un apellido u otro, pero tenía la intuición de que lo que buscaba se remontaría a la juventud. Ayudaría a explicar lo que, a ojos de McCarthy, parecía un interés obsesivo por los jóvenes delincuentes.

No había ningún dato de Suzanne Elizabeth Milner. Pero Milner no es un apellido frecuente en absoluto. Había muy pocos Milner, y menos con la misma grafía. Merecía la pena emplear unos minutos más. Pidió más detalles sobre un tal Adam Michael Milner. ¡Michael!: el nombre del hijo de Suzanne; ¿sería una coincidencia? McCarthy fue a la ficha completa. El tal Adam Milner era un dechado de actos delictivos, que comenzaba con hurtos, vandalismo —la primera detención a los diez años—, y acababa perfeccionándose en robos a vehículos y allanamiento de morada.

McCarthy leyó por encima la página. *¡Allí estaba!* Pariente más cercana: Suzanne Elizabeth Milner, hermana. Se le avivó la curiosidad. Mandó que le trajeran la ficha completa, y se puso al día con el papeleo que tenía encima de la mesa mientras esperaba. Cuando se la trajeron, un archivo voluminoso para ser de una persona que tendría en aquel momento —McCarthy hizo un cálculo rápido—, unos veinte años, la cogió y empezó a completar las lagunas. Adam Milner había causado más de un dolor de cabeza, pero leyendo entre líneas, McCarthy sacaba la impresión de que era más que nada un chivo expiatorio. Se juntaba con algunos personajes notables. McCarthy reconoció algunos nombres. Milner era el más joven, y siempre lo pillaban a él. El que pagaba el pato siempre era él. En el informe contaba algo que, simplificando, consistía en que un grupo de chicos se ponían a robar un coche, llegaba la policía, y el único que quedaba era Adam Milner. Que alguien denunciaba que unos niños estaban robando en una tienda, y el que se quedaba atrás en la estampida era Adam Milner. McCarthy fue pasando las páginas, al tiempo que hacía cálculos.

Pues estaba en lo cierto. Suzanne había tenido experiencias dolorosas con la policía, y siendo muy joven. Miró las fechas y frunció el ceño. Al parecer, ella había tenido la absoluta responsabilidad de su hermano, y teniendo apenas —¿cuánto?— diecinueve, veinte años cuando la policía empezó a estar presente en la vida de su hermano. Entendía por qué habría aborrecido a la policía en aquella época —matar al mensajero—. Pero, ¿por qué seguía mostrándoles hostilidad ahora? ¿O era simplemente que él no le agradaba?

¿Qué habría sido de Adam Milner? Conociendo su historial, estaría en alguna cárcel. No le apetecía revisar el archivo entero. Buscó los nombres de los oficiales que habían tratado con él. Tal vez fuera… ¡Sí! La conocía: Alicia Hamilton. Miró su reloj. ¿Sería fácil pillar a Hamilton a aquella hora? Levantó el auricular.

Tuvo suerte. Iba de camino al restaurante a la hora del almuerzo y, con los apretados horarios que todos estaban aguantando últimamente, no estaría muy contenta, pero sí dispuesta a charlar con él un rato y ayudarle a resolver algunas dudas.

—¿Tiene alguna relación con la dama del lago? —preguntó ella, después de que él le explicara lo que quería.

—No creo —dijo McCarthy, y le contó la relación de Suzanne Milner que acababa de descubrir.

—Ya sabía yo que ese nombre me sonaba de algo. Claro: Suzanne Milner, la hermana de Adam. —Se quedó callada, como si estuviera recomponiendo los hechos mentalmente, y siguió hablando—: Vamos a ver. La familia Milner. Eran un padre y dos hijos; chico y chica. La madre padecía esclerosis múltiple, murió dos años después de tener a Adam. Por lo que recuerdo, daba la impresión de que el padre había renunciado a ejercer responsabilidad alguna sobre el niño y cargaba a la hija con su educación. La trabajadora social, no me acuerdo ahora cómo se llamaba, pero te lo puedo buscar si quieres…

—Ya te lo pediré si llego a necesitarlo, pero de momento quiero sólo un resumen, lo básico.

—Bien. Pues, mira, la trabajadora social decía que el padre dejaba que la niña —o sea, Suzanne, ¿no?— se encargara de la educación del chico. No era una buena situación, pero no veían cómo se podía intervenir. Es decir, que no supieron calibrar bien la influencia del padre. Pero ya sabes tú como van estas cosas.

McCarthy no lo sabía. No con exactitud. Pero dio por sentado que se trataba de un comentario retórico.

—En fin. Cada vez que el muchacho se metía en un lío… Bueno, ya lo has visto en el informe, allí estaba la hermana para recoger los pedazos.

McCarthy le escuchó la trayectoria entera del chico. No había duda de que era un muchacho inmaduro, alterado, muy dependiente de su hermana.

—Cada vez se metió en historias más duras —decía Hamilton—, y eso que él no lo era. Yo creo que todos teníamos la impresión de que con él se podía conseguir algo. Y luego ocurrió una de esas estupideces que pasan. Sus amigos y él intentaron atracar un almacén. A robar caramelos. No te lo pierdas. Golpearon al guardia jurado. Se cayó y se hizo una fractura de cráneo. No —contestó, en respuesta a la pregunta sin formular que iluminó el rostro de McCarthy—. Adam Milner no fue el que le golpeó. Y el hombre se recuperó muy bien. Pero eso hizo que la condena fuera algo más seria. Adam se escapó de casa y se escondió. Pero, claro, su hermana sabía dónde estaba. Yo la convencí de que nos lo dijera. No podía hacer otra cosa. Le impusieron una pena de prisión. En el juicio el chico se vino abajo, se puso a llorar y a suplicar a su hermana, dando patadas… En fin, el cuadro completo. En aquella época ella estaba casada. Esperaba un hijo. El primero, creo. En fin. Que al chico lo metieron en…

McCarthy conocía la institución, una leonera destartalada que había empezado con ínfulas de ser un centro eficaz y de calidad, pertrechado con un brillante programa con el que encauzar a los jóvenes delincuentes de los que se nutría, pero que, como tantos otros, se había convertido en un lugar de reclusión, donde el hacinamiento era cada vez más acuciante.

—Y ya sabes lo que ocurre —siguió diciendo Hamilton—. Había salido de su casa por la mañana, y por la tarde lo ingresan, los guardias no se molestaron ni en darle comida. Llega al sitio a eso de las ocho de la tarde, pasa por las puertas de seguridad de la entrada y le encierran en la sala común con los demás, unos absolutos extraños a quienes no ha visto en su vida ni le conocen de nada. Ya puedes imaginarte la situación. Aterrorizado, muerto de hambre, lejísimos de su casa. Y en esos sitios las peleas son constantes; no puedes dejar que se te suban a las barbas.

A los seis días del ingreso, justo antes de cumplir quince años, Adam Milner, utilizando como cuerda la sábana de su cama, se colgó de la ducha y murió por estrangulamiento lento. Llegó a haber una investigación interna, cuyos resultados fueron confidenciales. A alguien debió de caerle un buen rapapolvo por negligencia, y se recomendó cambiar el procedimiento. Y esto es todo lo que sé sobre la vida y obra de Adam Milner. —El tono de la oficial era enérgico—. ¿Qué tal está Suzanne? Intenté llevar un seguimiento por ese lado, pero ella no quiso saber nada de mí. Lo comprendí. El padre murió de un ataque al corazón poco después. A todo el mundo le dio mucha pena. No a mí, debo añadir. Quiero decir que para qué vas a empezar a preocuparte de estar junto a tus hijos cuando te has encargado tan bien de no estar con ellos en el pasado. Me enteré de que Suzanne tuvo un hijo. Espero que le haya ido bien ser madre.

McCarthy emitió un sonido poco comprometido. Por lo que él sabía, no le había ido nada de bien. Optó por programarse la mente en el modo impasible que solía adoptar para ir a las escenas del crimen, a los interrogatorios, a las autopsias. *Yo no toco nada, nada me toca a mí.* Dio las gracias a Alicia Hamilton y colgó el teléfono, tras prometerle que le devolvería el favor a la primera oportunidad. Miró la fotografía de Adam Milner. Una de aquellas caras lozanas y jóvenes que no había llegado ni a tenerse que afeitar. Pelo rizado. Un parecido a Suzanne en los ojos y en la boca. Una sonrisa cautivadora. Se apretó los párpados con los dedos. *Quis custodiet ipsos custodes?* Sí, ¿quién se encarga de vigilar a los vigilantes?

Muy bien. Lo que había averiguado explicaba muchas cosas.

Lucy estaba sentada sola en el recreo y abrió la cartera. Sacó el recipiente con el almuerzo y el refresco. Miró los sándwiches que su mamá le había hecho. El pan estaba fresco y crujiente, y había trocitos brillantes de perejil mezclados con el huevo. Eran sus favoritos y se los había pedido de forma especial, pero en aquel momento no tenía hambre.

No pensaba hablar con Kirsten. No pensaba hablar con nadie. Kirsten había hablado de ella por detrás, había dicho a voz en grito algo terrible de Sophie.

—Mi mamá dice que la chica que cuidaba a Lucy Fielding…

Kirsten ya no volvería a hablar de Sophie, y menos donde ella pudiera oírla. Al principio Lucy se esperó muy tranquila hasta que Kirsten se las dio de valiente y fue y se puso muy cerca de la cara de Lucy, hasta que Kirsten pensó que había ganado. Pero entonces Lucy le dio un puñetazo en el estómago con todas sus fuerzas, y Kirsten se fue lloriqueando y se cayó al suelo. La señorita Boyden se puso furiosa, pero se enfadó lo mismo con Kirsten que con Lucy, así que no había estado mal.

Pero seguía teniendo aquel extraño dolor en el pecho. Mamá había dicho que Sophie había muerto, lo mismo que Emma había muerto. Lucy se había creído que su mamá se había confundido, como le pasaba tantas veces. Siguió haciendo su dibujo y no prestó atención. Pero ahora ya sí que sabía que su mamá tenía razón.

El monstruo había estado en la biblioteca, en las estanterías secretas. Ella pensaba que sabía los sitios adonde solían ir. Sophie se lo había dicho, pero ya no podía decirle nada. Y tampoco Emma. Y ahora el monstruo había salido fuera del parque. Tenía que estar muy atenta. Tamby también tenía que estar atento. *Ten cuidado*, le susurró.

Mucho, mucho cuidado, le contestó él, con tono tranquilizador.

◆ ◆ ◆

Suzanne comprobó su agenda. Se sentía nerviosa, sentía aprehensión en el estómago sólo de pensar en lo que planeaba hacer. Tenía el mapa para Richard, así le haría sentirse en deuda, pero no estaba muy convencida de que aquello fuera suficiente para hacerle hablar y contarle lo que ella quería saber. Había una forma mejor. Ella sabía los días que él estaba en la universidad, que eran precisamente cuando no iba al Centro Alfa. Y hoy era uno de esos días. Cogió de las estanterías el volumen de *Offending Behaviour*, la biblia de los trabajadores sociales que realizan su labor con jóvenes en libertad condicional, que Richard le había prestado hacía unos quince días. No lo encontraba, y entonces cayó en la cuenta de que estaba con los libros que no se había acordado de colocar otra vez en las baldas y que invadían la mesa apilados en columnas. Metió el libro en el bolso, acordándose, según lo hacía, de que tenía allí también la cinta de Ashley. Se entretuvo diez minutos en recoger los papeles y las cintas que se habían vuelto a quedar desordenados por encima de la mesa. Muy bien, su visita al Centro Alfa tenía como objetivo ver a Richard y devolverle su libro; al mismo tiempo, si se había confundido y resultaba que él estaba allí, le daría el mapa de Beighton. Y luego pasaría al plan B. El plan A incluía que pudiera pasar unos diez minutos sola en el despacho de Richard.

Había tantos coches aparcados en la acera que le costó trabajo sacar el suyo, de modo que ya iba tensa y nerviosa antes de ponerse en camino. Cuando llegó al Centro sentía presión en la garganta y tenía la espalda empapada en sudor. El edificio en el que se ubicaba el Centro estaba en un barrio de las afueras en medio de frondosos árboles. Era grande, de piedra, situado en la parte de atrás de la carretera, que en esa zona era una avenida amplia y arbolada, de una elegancia casi eduardiana, pero la primera impresión de opulencia de clase media se borraba ante los signos de deterioro y abandono. Había basuras en las aceras. Los jardines estaban descuidados, cubiertos de maleza. Las ventanas de las casas estaban oscuras y vacías, o tapadas con cortinas medio rotas y sucias. En las puertas principales había varias ventanas. No había fuera ningún letrero que identificara al Centro Alfa. Preferían el anonimato. Había suficientes viviendas particulares como para que los

residentes pusieran objeciones a que se ubicara allí una institución
para jóvenes delincuentes, sobre todo de jóvenes delincuentes con historiales de violencia y consumo de drogas.

Aparcó, salió del coche y se encaminó hacia el edificio, que había empezado a resultarle familiar, como su segunda casa. Se fijó en la
pintada medio borrada que seguía estando aún en la puerta delantera, la rúbrica de Lee, LB, en estridentes tonos rojos y azules, tridi-
mensional, muy trabajada. Estaba cubierta de otras firmas en tonos
más claros, y de brochazos y manchas de pintura blanca que apenas
se distinguían unos de otros. De pie allí, frente a la puerta, sintió un
desasosiego plagado de emociones: rabia, culpa, ansiedad. No debía
distraerse y olvidarse de lo que había ido a hacer allí. Había ido allí a
averiguar algo sobre Ashley, a descubrir algún camino que la llevara
hasta él. Eso era lo importante. Llamó a la puerta y, al cabo de un minuto, Hannah, una trabajadora del Centro, abrió la puerta. Pareció
sorprenderse al ver a Suzanne, y un poco desconfiada. Suzanne le
sonrió, sintiendo al hacerlo como si se le hubiese olvidado sonreír al
notar que los músculos faciales no le respondían con naturalidad.

—¿Cómo tú por aquí, Suzanne?

No pensaba dejarle pasar sin alguna razón.

—He venido a ver a Richard.

Resultaba humillante. Se sintió como una empleada que ha caído
en desgracia y acude suplicante a su antiguo puesto de trabajo.

—¿Has quedado con él?

Suzanne notó que el corazón se le paraba. Sonaba a que, después
de todo, Richard estaba allí.

—No —dijo Suzanne—. Es que tengo unas cosas que darle.

—Se las puedo dar yo. Me encargaré de que las vea.

En aquel momento, Hannah tenía un tono amistoso, y Suzanne
reprimió la rabia.

—Tengo que verlo. ¿Está aquí? —Necesitaba saberlo, y si no estaba, necesitaba atravesar esa puerta e ir a su despacho.

—No. Hoy le toca universidad. —Pese a su tono amigable, Hannah permanecía tapando la puerta. *Como si yo fuera a robar.*

—Qué lata. También tiene un libro mío que querría recuperar.
Es posible que… ¿Podría pasar y…?

—Se lo puedo comentar —dijo Hannah—. Dime qué libro es.

Vete a la mierda. No pensaba quedarse en la puerta discutiendo con Hannah.

—¿Quién más está? Necesito ver a alguien de aquí —dijo, y empujó a un lado a Hannah, que se echó para atrás con reticencia para dejarla pasar. Neil apareció junto a la escalera que llevaba a las oficinas del piso de abajo.

—Hola, Neil —dijo Suzanne, con un tono intencionadamente amistoso, cotidiano—. Vengo a recoger un libro que le dejé a Richard. Y también le he traído unas cosas.

—Richard no está. —Neil no intentaba ser amable.

—Ya lo sé, ya me lo ha dicho Hannah, pero es que necesito el libro hoy mismo. También le he traído esto —contestó ella, al tiempo que agitó en el aire la carpeta que llevaba y se la volvió a colocar con firmeza bajo el brazo—. Creo que Richard tiene mi libro en las estanterías. —Aquel era un buen movimiento, porque las estanterías del despacho de Richard estaban abarrotadas de libros. Iba a llevar un buen rato descubrir que no estaba allí.

Dio la impresión de que Neil sopesaba las posibilidades. Suzanne tuvo ganas de decirle: «¿Pero por qué estás tan preocupado? Has ganado». Salvo que no había ganado. Aún no.

—De acuerdo —dijo Neil—. Te acompaño arriba.

Suzanne habría preferido ir sola, pero optó por dirigirle una amplia sonrisa.

—Gracias. Y siento hacerte perder el tiempo, pero tengo una tutoría… —Aquello era un error. Las clases se habían terminado. No había tutorías.

Neil no reparó en lo que le contaba, sino que siguió guiándola al piso de arriba por la escalera y luego por los enrevesados pasillos del edificio. Suzanne se dio cuenta de que estaba dando un rodeo para evitar pasar junto a la cafetería y la sala de billar. Era obvio que no quería que Suzanne charlara con los chicos. Aquel detalle intensificó el enfado de ella, y aprovechó la sensación para concentrarse en lo que planeaba hacer. No tenía por qué sentirse culpable de que la trataran de aquella manera.

Neil abrió la puerta del despacho de Richard y esperó mientras ella ponía la carpeta sobre la mesa. Suzanne cogió una hoja de papel y escribió una nota. Fue consciente de cómo Neil supervisaba la habitación. No había papeles en el escritorio, los armarios estaban cerrados con llave, no había nada a la vista que ella no debiera ver. Suzanne se puso a mirar por las estanterías, con el ceño fruncido.

—Tiene tantísimos libros… —dijo.

Neil empezaba a mostrar signos de impaciencia. Ella siguió mirando los libros uno a uno y echando la cabeza para atrás lentamente para que él se diera cuenta de que iba por la balda más alta.

—Voy a buscar a Hannah —dijo él—. Yo tengo sesión de grupo ahora.

—Ah, muy bien. —Suzanne dejó que su voz sonara abstraída, pero el corazón se le iba a salir del pecho.

Neil se dio la vuelta, empezó a marcharse, retrocedió y dijo:

—Hannah vendrá ahora mismo.

—Muy bien —volvió a decir Suzanne, y él se fue.

Oyó sus pasos apresurados por el pasillo. Tenía que ser rápida. Richard guardaba las llaves del armario archivador en la bandeja extraíble de debajo de la mesa de su escritorio. Miró allí. Había cinco pequeñas llaves plateadas de las que abrían los armarios. Debía de guardar las viejas. Sólo tenía un armario archivador. Cogió las llaves, con los nervios, tiró una al suelo, la recogió, probó con ella en el cerrojo. Esa no era. Probó con otra. Le temblaban tanto las manos que le costaba trabajo mantener la llave dentro de la cerradura. *Tranquila*. Esa tampoco. Probó con otra, con una más y con la última. Ninguna servía. Miró otra vez en la bandeja pegada a la mesa. Al fondo, en un pequeño aro de alambre, había otro juego de llaves; dos esta vez. Metió en la bandeja las llaves que no servían y probó con las nuevas. Se quedó quieta un instante, escuchando. No se oía a nadie caminando por el pasillo.

Las llaves funcionaron y el cajón se deslizó hacia fuera. ¿Qué quería exactamente? En el cajón superior había carpetas con etiquetas como *Correspondencia*, *Reuniones*, *Gastos*. Cerró ese cajón y pasó al siguiente. Expedientes de casos. *Andrews, Arnold, Begum, Booth…* Fue pasando las fichas con el dedo. *Reid*. Habría querido sacarla del cajón y llevársela a casa, con la esperanza de que no la echaran de menos. Pero sabía que no podía hacer eso. Revisó después las etiquetas interiores: *Delitos, Condenas, Informes, Datos personales*. No tenía tiempo de leerlo. Miró en la página de los datos personales. Fecha de nacimiento, dirección... Empezó a tomar notas en un papel. La dirección de Ashley era un hotel; ahora no estaría allí. ¿Antes? En *Green Park*, en una de las torres próximas al centro de la ciudad. Pero iban a demoler aquella urbanización, *Green Park* estaba abandonado. Prestó atención a los ruidos. El pasillo seguía en silencio. ¿No iba a venir Hannah? *Rápido*, la dirección. Sintió un repentino agradecimiento a quien pudiera estar oyéndola, por haber aprendido taquigrafía de estudiante. El colegio de Ashley. Fue hojeando las páginas con rapidez, en el intento de hacerse una idea de la vida del joven, de las cosas que ella no sabía. Pero no le iba a servir de mucho. El paradero de Ashley no vendría en el informe. Lo habría encontrado ya McCarthy.

Se quedó quieta unos minutos, esperando, con la mano encima del cajón. El pasillo seguía estando tranquilo. Dejó el expediente de Ashley en su sitio. Lee. Si ella estaba en lo cierto, Ashley y Lee eran amigos. Era probable que se mantuviera en contacto con él. Él había dicho algo relacionado con reunirse en un piso, en *el garaje. El que tiene el nombre de Lee.* ¿Eso sería cerca de donde vivía Lee? Buscó el expediente de Lee. ¿Cuál era el apellido de Lee? *Piensa, piensa.* ¡Bradley! Era Bradley. Oyó una puerta que se abría al principio del pasillo. ¡Hannah! Pasó los dedos con rapidez por las etiquetas de los expedientes... *Bradley*. Y luego a un ritmo frenético por las del informe de dentro. Allí estaba: *Datos personales*. Comprobó la dirección, empujó el cajón hacia dentro, lo cerró con llave y sacó rápidamente la llave de la cerradura, al mismo tiempo en que Hannah entraba por la puerta.

La bandeja de debajo de la mesa seguía abierta. Suzanne se movió para situarse delante del escritorio de Richard.

—Sigo buscándolo —dijo, hablando con la cabeza medio ladeada. Le sonó rara su propia voz. Disimuladamente, dejó caer la llave en la bandeja y la cerró empujándola levemente con el cuerpo según pasó cerca para situarse más cerca del escritorio—. A lo mejor resulta que no lo tiene aquí —dijo, y miró a Hannah—. Ahora que pienso, tú me has dicho antes que Richard está en la universidad, ¿no?

Hannah asintió.

—Sí.

—Él sabe que lo necesito. Quiero decir, que es ese el libro que necesito hoy, así que a lo mejor se lo ha llevado al Departamento. Mejor voy allí, a ver si está. En todo caso, le dejo esto —dijo, y dio varias palmaditas sobre la carpeta que había encima de la mesa.

A Suzanne se le pasó en ese momento por la mente qué diría Richard cuando Hannah o Neil le contaran que había entrado a su despacho a recoger un libro. Ella no le había prestado a Richard ningún libro. Confió en que no llegarían a darse cuenta de lo que estaba haciendo.

Hannah carraspeó para aclararse la garganta y dijo, con sequedad:

—Neil me ha dicho que te asegures de haber recogido todas sus cosas. —Y se quedó viendo cómo Suzanne salía del edificio.

Mientras Suzanne se encaminaba al parking cabizbaja, medio triunfante por haber realizado con éxito su plan y medio avergonzada de su subterfugio, vio el Range Rover de Richard, entrando en el aparcamiento. ¡*Mierda!* O quizá fuera oportuno. Suzanne se quedó esperando, contemplando cómo su corpulento colega salía dificultosamente del coche. La vio, y le pareció que se ponía azorado, sin saber qué hacer.

—Hola, Sue, ¿qué tal?

—Hola. He venido a dejarte unas cosas. Las verás encima de tu escritorio. —Tomó aliento. Buen comienzo—. Ah, y también tengo que decirte que les he contado un rollo a Hannah y a Neil de que te había prestado un libro. No me dejaban pasar y me ha sentado mal. No me da la gana de que me traten como a una delincuente.

Richard se puso tenso.

—Bueno…, la verdad es que en términos estrictos, tu permiso de entrada… —Apartó la tierra con el pie—. Neil se pasa mucho con lo de seguir las normas —dijo.

—¿Habéis tenido más noticias de Ashley? —dijo Suzanne, y le miró fijamente.

Él negó con la cabeza.

—Bueno. —Suzanne se despidió moviendo la mano—. Ya me voy. Seguro que nos vemos dentro de poco. Hasta luego.

Se dio la vuelta y recorrió el camino hasta su coche. Le había gustado verle nervioso. Y se iba a sentir mucho peor cuando viera el mapa de Beighton que le había dejado sobre el escritorio.

11

Polly seguía pareciendo una niña de doce años. Parecía una niña de doce años a la que hubieran pillado descaradamente, y aun así estuviera firmemente decidida a negar la evidencia. Miró a McCarthy con expresión desafiante. Miró de soslayo a Crovin y se desplomó en la silla. McCarthy no estaba siendo amable con ella. En las bolsas de cremallera habían encontrado huellas de Polly. En un registro que hicieron del piso que compartía con Paul Lynnman, habían encontrado otra bolsa parecida, con un cargamento de pastillas ya muy agotado. El inspector se echó para atrás en la silla y la miró fijamente. Polly le mantuvo la mirada con el ceño fruncido.

—De momento, vosotros sois los dos únicos nombres que tenemos. Quiero decir, de posibles inculpados.

Vio cómo el rostro de la joven se cubría de rubor. Aquello sí que la afectaba.

—A usted le da igual todo, ¿verdad? Le importa todo una mierda. —Su alteración parecía genuina. Probablemente estuviera afectada. Emma y Sophie habían sido amigas suyas.

—No me gustan los camellos —replicó él, con voz neutra.

Una mueca nerviosa asomó al rostro de Polly. Se la veía presionada. En muy poco tiempo se le habían muerto dos amigas, y de forma violenta; un negocio que tendría que haber sido inofensivo —todo el mundo sabía que el éxtasis era tan poco peligroso como la hierba— constituía ahora una doble amenaza. Debía de estar aterrorizada.

—Yo no soy… —dijo, y volvió a mirar a los dos hombres.

—¿Un camello? —dijo McCarthy, en tono amable—. Pues a mí me lo parece.

—¿Cómo? ¿Yo? Ya se lo conté. Era Emma. Y Sophie —dijo ella, sin atreverse a mirarle a los ojos.

—Ah, ahora resulta que también Sophie traficaba, ¿no? —McCarthy mantenía un tono tolerante, pero empezaba a sentirse molesto. Aquella joven les estaba haciendo perder el tiempo y se estaba metiendo en un buen lío—. No te creo, Polly. Por la información que tengo, Sophie no tenía nada que ver en el asunto de las drogas. Y sólo por tu declaración tenemos constancia de que era Emma Allan la que se dedicaba a vender pastillas. ¿Tienes idea de la condena que se aplica a quienes comercian con sustancias de clase A?

La joven se puso pálida y empezó a mirar a su alrededor, pestañeando con nerviosismo. McCarthy pensó que estaba a punto de darle un ataque de nervios.

—Si les digo…

Polly miró fijamente a los dos hombres y se inclinó hacia delante sobre la mesa, con actitud de confidente. Seguía pareciendo una niña. Una de las finas tiras de su blusa —una camiseta bordada que contrastaba mucho con sus desgastados vaqueros— se le deslizó por el brazo. McCarthy leía entre líneas las intenciones de aquella joven. Estaba acostumbrada a que la gente fuera amable con ella, a que los hombres mayores la trataran con deferencia, de forma paternal. Por mucha pinta de avispada que tuviera, no sabía lo suficiente como para protegerse las espaldas. Contempló cómo ella sacaba fuerzas de flaqueza e intentaba encandilarlos y controlar la situación. Buen momento para apretarle un poco más las tuercas.

Para animarla a seguir, Corvin se inclinó también sobre la mesa hacia ella. Los ojos de la chica se llenaron de lágrimas, y se sonrió trémula al ver que el oficial se acercaba a ella. Durante unos segundos, Corvin la miró fijamente a los ojos.

—Me parece que no te enteras, ¿verdad? —dijo él, y con el rostro muy cerca del de ella, añadió gritando—: O empiezas a hablar de una vez o te vas a ver de mierda hasta el cuello. —Le tocaba el papel del poli malo.

Polly dio un respingo. Miró con ojos suplicantes a McCarthy, que le respondió levantando una ceja, con aire interrogante. A la joven empezaron a temblarle los labios. No estaba acostumbrada a aquellos modales. McCarthy había comprobado en su expediente que Polly era hija única del director de una sucursal bancaria y una maestra de escuela. Cualquier joven de su entorno no se lo pensaría dos veces delante de una pastilla de éxtasis o un porro de marihuana, pero de ahí a traficar o a verse envuelto en un asunto de tráfico había un abismo. McCarthy estaba bastante seguro de saber la respuesta, y pretendía que fuera ella quien se la diera.

En aquel momento, la joven lloraba desconsoladamente. Una ración de ternura, y hablaría. A McCarthy le pareció que se había pasado la última hora arrancándole las alas a una mariposa. Le acercó una caja de pañuelos sobre la mesa. Ella no le miró al sacar de la caja unos cuantos pañuelos y limpiarse la cara. McCarthy permaneció un tiempo callado y después dijo:

—Venga, Polly, sé sensata y colabora. Lo que quiero es atrapar a los que le hicieron eso a Emma y a Sophie. Quiero el nombre del proveedor de Emma. El tema de las drogas está en este asunto —*no vayas a pensar que quiero hacer un trato*—, y aunque yo sé que tú no eres la pieza clave, no me estás ayudando en mi trabajo. Cuéntame lo que sabes, y empezamos desde ahí.

Ella le miró con los ojos llenos de lágrimas, se sorbió y se sonó la nariz con el pañuelo, y por fin dijo:

—Fue idea de Paul.

Extracto de la declaración de Polly Andrews:

Se le ocurrió a Paul. Sabíamos que Emma iba a pillar las pastillas esas, el éxtasis, y Paul pensó que si... ¡No! Él jamás tocaría la heroína. No sé dónde Emma... No tengo ni idea de dónde las pillaba. Sí, yo creo que Sophie lo sabía, y no le gustaba nada ese tema. Bueno pues, el caso es que cuando se marchó Sophie, y Dan y Gemma estaban en Alemania, a Paul se le ocurrió que antes de irse de la casa... Prácticamente Emma no vivía allí, casi nunca estaba. No lo sé. Se pasaba por Carleton Road muy de vez en cuando. A Paul se le ocurrió quitarle un poco de lo que tenía en el tejado, pero tenía que ir a trabajar, y por si acaso volvía Emma, fui yo. No. Nuestra intención no era venderlo, era para nosotros. Había un montón, y Paul me dijo que había sido una idiota por coger sólo la mitad, pero…

Cuando ustedes llegaron, Paul se creyó que era por las drogas, y que a Emma le había pasado algo relacionado con las drogas. Sabíamos que Emma estaba metiéndose caballo, y Paul, que es muy rápido, pensó que lo mejor era contarles lo de las drogas de Emma. Al estar muerta…

¿El Hombre Ash? Usted se refiere a la Mujer Ash… Sí… Pero eso era una broma que nos traíamos por un programa de la tele que pusieron el año pasado. Trataba de las personas que vendían opio en Londres en los años veinte. En aquella época estaba permitido. Lo que salía era que a las mujeres que vendían opio las llamaban «Insi—Por», que significa «Mujer Ash». Emma estaba vendiendo éxtasis y salía con un tío que se llamaba Ash, por eso empezamos a llamarla «la Mujer Ash». ¿Pero «el Hombre Ash»? No, no había ningún «Hombre Ash».

Todo fue ocurrencia de Paul.

Suzanne no había visto a Jane a solas desde su visita del miércoles a la comisaría. No podía hacerle preguntas delante de Lucy. Quería saber lo que había ocurrido. Y necesitaba algo más, algo que empezaba a embargarla con urgencia. Quería organizar el fin de semana con Michael, quedar para pasar algún rato con Jane y Lucy, ir a alguna parte, tal vez comer juntos, organizar algo para que los niños pudieran pasar algún tiempo juntos. Sabía, con una culpabilidad que le agarrotaba el estómago, que estaba planeando las cosas para pasar el menor tiempo posible a solas con Michael, el menor tiempo posible para preocuparse de que las palabras que pudiera utilizar, las decisiones que pudiera adoptar o las cosas que pudiera hacer obraran su magia negra y la dejaran, en algún momento del futuro, de un futuro no muy lejano, contemplando cómo se lo arrebataban de su lado, mientras él suplicaba: *Escúchame... escúchame...escúchame...*

Te lo estoy diciendo...

Estaba organizándose para pasar por casa de Jane cuando oyó que se abría la puerta trasera y escuchó la conocida voz de ésta llamándola.

—¡Suzanne!

Fue hasta la cocina dónde estaba su amiga preparando un té.

—Te he traído infusiones de manzana y de jengibre —dijo Jane, a modo de saludo, al tiempo que movía los saquitos en el aire.

—¿Qué tal te fue ayer? ¿Sabes algo más?

Jane tenía cara de cansada, con unas ojeras poco habituales en ella. Verdaderamente, Suzanne apenas había tratado con Sophie; simplemente le era conocida, pero Sophie había sido amiga de Jane, y también de Lucy.

—¿Qué tal está Lucy?

Jane hizo una mueca.

—No sé... Quisiera mantenerla al margen. De momento, Lucy no ha dicho nada. Me preocupa. Está demasiado callada. Salvo con lo de los monstruos. Joel no es de gran ayuda, se pasa el día diciéndome que mantenga a la niña alejada de la policía.

Suzanne pensó en aquellos momentos que Joel nunca era de gran ayuda con Lucy; sin embargo, pese al recelo que le suscitaba, tuvo que admitir que estaba de acuerdo con él respecto a la policía.

—Quizá le preocupa que le puedan afectar negativamente todas esas preguntas. Puede llegar a obsesionarse con el tema, ¿entiendes?

—Es posible —reconoció Jane—. Pero no han vuelto a hablar con Lucy. Yo creo que se quedaron un poco apabullados con todos los monstruos de la última vez. Me preguntaron que qué pensaba yo, que si la niña me había dicho algo desde la última vez. Pero a mí no me ha dicho nada. Me pidieron que mirara unas fotografías para ver si podía reconocer a personas que hubiera visto con Sophie.

—¿Y lo hiciste? —Suzanne sintió curiosidad por saber qué fotos había visto Jane.

—Reconocí a uno o dos, solían llamar a casa.

Jane sirvió el agua en las tazas, y un olor a especias invadió la habitación.

Suzanne pensó que no hubiera sido capaz de reconocer a ninguno de los chicos que vivían en la casa de estudiantes ni a nadie a quien hubiera visto con Sophie. Pero Jane, pese a toda su vaguedad, tenía una avezada mirada de artista, y era muy observadora.

—¿Estaba en las fotos...? —Suzanne captó la mirada rápida que le dirigió Jane—. Me refiero a uno de lo chicos que conocí en el Proyecto Alfa —explicó.

—Ya, ese que te preocupaba —asintió Jane, recordando.

—Sí. ¿Estaba en las fotos? Era alto, de piel clara y cabello oscuro.

Jane asintió con la cabeza.

—Pálido y romántico. Parecido a Chatterton, ese poeta romántico que se suicidó muy joven. Sí, salía en una de las fotos que me enseñaron, y sí, le había visto antes, en el parque, con Emma. No en la casa.

Suzanne sintió que se le paraba el corazón.

—¿Y se lo dijiste?

—Sí, claro. Tu amigo Steve se puso muy contento. Me llevó aparte, para hablar de eso, pero ya sabes lo que pasa, estás en el parque y ves a una persona. No le das más importancia. Lo ves, y ya está —dijo Jane, y se encogió de hombros.

Pese a la ansiedad que le estaba entrando, a Suzanne la divertía imaginarse a McCarthy intentando forzar a Jane con sus diversas tácticas para que le diera respuestas concretas. Por propia experiencia sabía que eso era como pelear con humo.

—¿Y tú crees que tendrá algo que ver? Ashley. El de la fotografía.

Jane volvió a encogerse de hombros.

—Alguien con una cara como la de ese chico podrá zafarse de lo que sea. Me recordó un poco a Joel. —Sorbió un poco de líquido de la taza—. Esta infusión me reanima siempre. Bébete la tuya, verás cómo te sienta bien. Oye, lo que yo venía a decirte... —Bajó la mirada un instante, sin cruzarse con los ojos de Suzanne—. Ayer hablé con el editor. Quieren que celebremos una reunión ahora que tienen los dibujos. Los veré mañana, pero hoy me voy a ir a Londres y me quedaré allí hasta el domingo. Yo creo que a Lucy le vendrá bien un cambio de decorado. Joel está a punto de cerrar no se qué trato allí y da la impresión de que quiere pasar más tiempo con Lucy, así que me ha parecido una buena idea pasar el fin de semana juntos.

Jane sujetó la taza en alto y se quedó mirando a Suzanne por encima de la taza. Suzanne era consciente de que Jane sabía perfectamente lo que esa noticia significaba para ella, y que eso preocupaba a Jane.

—Oh, vaya. —Su propia voz le resultaba demasiado plana. Intentó darle un tono más animado—. Michael se va a quedar un poco defraudado.

Sintió un enorme peso en su interior. El fin de semana que se le venía encima, con la enorme carga de responsabilidad, las diversas ansiedades que no se atrevía ni a nombrar, resultaban en aquel momento para ella como un escarpado precipicio que no iba a ser capaz de escalar.

Cuando Jane se marchó después de prometerle que se pasarían para decirle adiós, Suzanne comenzó a hacer los preparativos del fin de semana metódicamente. No tenía por qué dejarse llevar por el pánico. Recogería a Michael en el colegio y lo llevaría al parque... No, al parque, no. Primero le llevaría a la piscina y luego podían ir a comer algo al restaurante del edificio de estudiantes. Eso le gustaba. Se podía pedir pizza y ensalada, sus dos platos favoritos. Más tarde volverían a casa y ella le dejaría jugar en el ordenador. Y antes de que se diera cuenta, ya sería lo suficientemente tarde como para irse a la cama. Una noche resuelta. *¿Es que ni siquiera tienes ganas de verlo?*, le decía una voz interior con reproche. Miró la fotografía de Michael que tenía en la mesa. No era más que la foto de un niño. Dejó que los ojos se le desviaran hacia la foto de Adam que estaba en la pared. *Responsable de esto...* Sintió pánico y luchó contra él.

Fue haciendo los preparativos como si construyera una pared. Hizo la cama de Michael, con el edredón del coche de carreras que él mismo pidió en Navidades, le sacó el pijama y su toalla favorita. Miró lo que había dentro del frigorífico y apuntó lo que hacía falta comprar: jamón, yogur de fresas, los triángulos de queso, que se habían echado a perder después del fin de semana fallido de hacía tan sólo... seis días. ¿Era tan reciente? Miró la hora. Las dos. Tenía que hacer algo que fuera relajante, distraerse de alguna manera para quitarse el nudo del estómago. Hacía pocos días, habría subido a su estudio y habría pasado un rato trabajando, pero eso también era parte de su ansiedad en aquellos momentos.

Se acordó de que llevaba la cinta de Ashley en el bolso, la que había sacado de su caja en las estanterías del archivo de datos del Departamento. Pensó en oírla otra vez y ver si captaba alguna pista sobre lugares en los que pudiera empezar a buscar a Ashley. Puso su mente en esa dirección, eso le proporcionaba algo definido, una finalidad. ¿Con qué información contaba hasta ese momento? Ashley hablaba de un *garaje*. Tampoco es que fuera demasiado específico, pero ella sabía, por las conversaciones que había oído en la cafetería y por comentarios en la sala de personal, que Dean se dejaba caer de vez en cuando por los bloques de pisos que estaban al final de Ecclesall Road. Ella tenía la impresión de que debía de haber algún tipo de contacto —drogas, probablemente—, que lo llevaba hasta allí. En su estratégica incursión a los documentos de Richard había descubierto una dirección reciente de Lee: los mismos bloques de pisos.

En aquella zona había un garaje, abierto toda la noche, que estaba muy cerca del punto en que el escenario social de la ciudad se mezclaba con los pubs y restaurantes de Ecclesall Road, sobre todo los viernes y sábados por la noche, cuando los pubs se desbordaban de gente en las aceras, y toda la carretera principal se convertía en una fiesta ambulante en torno a los pubs, las casas de comida y, menos abiertamente, los bloques de pisos: cemento y praderas de césped que llevaban hasta los restos del parque urbano —en mejor o peor estado— y al viejo barrio de los faroles rojos, y de allí a la universidad. Las filas de bloques modernos desembocaban en calles arboladas, oscuras y con las calzadas llenas de baches. Las elegantes hileras de casas adosadas y antiguas mansiones de piedra iban a dar a edificios de viviendas o de oficinas. Por allí había chicas haciendo la calle, esperando en las esquinas, en aquel laberinto de callejuelas por el que los coches sólo podían ir despacio, con los interiores oscuros a los ojos de intrusos. A dos minutos en coche de allí fue donde habían atrapado por fin al Destripador de Yorkshire. Aquella era la frontera donde coincidían la pobreza y la opulencia, donde los selectos bares de diseño abarrotados se situaban frente a pubs con múltiples pantallas de vídeo, donde los taxis, los coches de la policía, las prostitutas y los camellos competían por el volumen de negocio, donde los estudiantes ejercían su derecho a la irresponsabilidad, los empleados se soltaban los grilletes semanales y gozaban del beneficio de su trabajo, y el mercado ofrecía una amplia gama de productos en una gran diversidad de establecimientos, algunos animados y con mucha gente; otros oscuros, vacíos y solitarios.

Sonó el teléfono, y el ruido sacó a Suzanne de sus pensamientos. Se dio cuenta de que se había distraído con el problema de Ashley hasta el punto de que se le habían olvidado por completo todos sus miedos respecto al fin de semana. Levantó el auricular.

—¿Sí?

Era Dave.

—Suze, menos mal que te encuentro. Mira... —Su voz tenía un tono conciliador.

—Ya, ya lo sé —dijo ella—. No se me ha olvidado. Mañana recojo a Michael en el colegio.

—No, mira, es que... —Suzanne sintió curiosidad por saber qué quería. No era propio de Dave andarse con rodeos. Optó por esperar—. Este fin de semana... Perdóname por cambiarte los planes, pero ¿podríamos cambiarlo?

Él esperó mientras ella guardaba silencio, y luego añadió:

—Ya me imagino que... Mira, si tú no puedes... Bueno, yo no te lo pediría si no fuera importante.

Dave quería cambiar el fin de semana. Casi en el último minuto, quería cambiarlo. Dave, que la culpabilizaba y la atacaba cuando el pánico la bloqueaba hasta tal punto que no podía hacerse cargo de Michael. Dave, que la acusaba siempre de incoherente. Dave, que le había dicho cosas como: *¡Nuestro hijo no es un perrito, Suze!*

—¿Cambiarlo ahora? —Suzanne mantuvo la voz neutra, intentando disimular su perplejidad.

—Me iba a marchar, pero se complicó la cosa. El caso es que tengo una visita este fin de semana y viene con su hija. Creo que sería una ocasión muy buena para que Michael y Becca se conocieran.

La novia. La novia tenía una hija y era, sin duda, una madre excelente.

—¿Becca? —El nombre no le resultó familiar.

Seguro que era Carol. *Carol les pone caras a los huevos.* Suzanne estaba haciendo tiempo, pero la sensación de alivio, la sensación de que le acababan de quitar de encima un peso terrible, y de un modo por el que no tenía que sentirse culpable, empezó a embargarla.

—Es la hija de Carol, tiene la edad de Michael. —La voz de Dave transmitía cautela, reserva.

Así que era Carol, y su hija era Becca. Un agudo ribete de dolor le limitó la sensación de alivio y le produjo una repentina tristeza que se le reflejó en la voz cuando dijo:

—Parece que va en serio, ¿no? Vamos, que tenéis futuro.

Dave no le hablaba de su vida prácticamente nunca, pero debía admitir que Suzanne tenía derecho a estar informada, le estaba hablando de una persona que entraba en la vida de Michael y que acabaría teniendo más derechos que ella sobre la vida de su hijo.

—Bueno…, llevamos poco tiempo —dijo él, en tono evasivo.

—No tan poco tiempo. —Ella quería saber, tenía derecho a saber lo que ocurría en la vida de Michael. ¿O no tenía ningún derecho sobre Michael? ¿Se merecía algún derecho?

—No. —El tono de Dave era comedido—. Michael y Carol se han visto unas cuantas veces. A él le cae muy bien. ¿No te ha contado nada?

Había intención en aquella última frase. *Nuestro hijo no te cuenta lo que le pasa.*

Pero sí que me lo cuenta, sintió ganas de decir. *Carol les pone caras a los huevos.* Podían pelearse por esto. Podía negarse a la petición de Dave. Sabía que él no iba a insistir. Jamás se pondría en evidencia hasta tal punto. Pero… Suzanne respiró profundamente.

—Muy bien —dijo—. Pero explícale a Michael que no ha sido cosa mía, que yo quería verle. Dile que le… *Dile que le quiero aunque no le sirva de nada.*

—Gracias, Suze. De verdad, gracias. —Sonaba verdaderamente agradecido. Había una calidez en su voz que no solía tener cuando hablaban—. Y no te preocupes, que me encargaré de que Michael sepa exactamente lo que ha pasado. Se irá contigo el próximo fin de semana. Quedamos así, ¿de acuerdo?

Dave sabía ocuparse de las cuestiones prácticas hasta en los momentos difíciles. Ella tenía derecho a estar con el niño un fin de semana de cada dos, y a Dave le gustaba que guardaran el orden de forma previsible.

—Pásate a tomar café un día de estos, así podrás ver antes a Michael. Cualquier día de la semana —añadió él, en tono amistoso.

Suzanne volvió a dejar el auricular en su sitio al cabo de unos minutos. Acababa de vender el fin de semana con su hijo por unos granos de aprobación de su ex marido y el alivio de la ansiedad que la acuciaba ante la perspectiva de la visita de Michael. Le vería durante la semana en el entorno seguro de la casa de Dave, donde podía sentarse con él, leerle cuentos, escucharle, y le tendría después con ella el fin de semana en que Lucy y Jane estarían allí, y todo saldría bien. Además, no había sido por su culpa.

Steve McCarthy sacó el paquete de la repisa alta de la nevera y miró la etiqueta. Pollo con algo. Lo metió en el microondas, programó el tiempo y apretó el botón. Quedaba un poco de pan en el armario. No hacía falta tostarlo, se podía comer.

Había llegado a casa a eso de las nueve. Había dejado en su despacho las carpetas que se trajo de la oficina, había abierto una lata de cerveza y se había ido directo a la ducha. No había por qué negar que aquella noche se iba a dedicar a trabajar. Empezaba a sentir una opresiva sensación de urgencia, como si alguien o algo trataran de captar su atención, como si alguien le hubiera llamado por su nombre, pero él no supiera de dónde había salido la voz. Estaba cansado y le costaba trabajo concentrarse.

Niños. Aquel pensamiento le venía de alguna parte. Todo había empezado con Lucy, Lucy Fielding. McCarthy pensó en la niñita de pelo rubio, en sus cuentos de monstruos y amigos imaginarios, en el orgullo con el que le enseñaba las proezas que sabía hacer patinando, en sus extraños dibujos, en la seriedad con que miraba.

Después, un niño que no habían conseguido localizar, el hijo que tuvo Sandra Allan antes de casarse con Dennis, medio hermano de Emma. Y Michael Harrison, el hijo de Suzanne. ¿Sólo un observador accidental?

Saltó el programador del microondas, y McCarthy sacó el paquete, ya medio deforme, se quemó los dedos al abrirlo, y echó el contenido en un plato. Un trozo de pollo humeante, en medio de una salsa desconocida. Lo miró sin demasiado entusiasmo mientras derretía encima un pedazo de mantequilla. Se acordó de cómo se metía Lynne con él por su forma de comer. *Te sentirías mejor si pudieras conectarte a un enchufe de pared, McCarthy*. Eran bromas, sí, pero con aquel tinte descarnado que había marcado su relación. Los dos supieron encontrarse los puntos débiles y atacarse el uno al otro.

Y era cierto. Para McCarthy, sobre todo cuando tenía mucho trabajo, la comida no era más que gasolina para seguir: platos rápidos, pizzas a domicilio. Pero para Lynne, había que disfrutar de todo, tenía que ser todo lo mejor posible. Le gustaba cocinar. A veces le había ido a ver con cosas que traía de su casa, y la cocina se convertía en un oloroso planeta de hierbas y especias, con cosas inimaginables y extrañas dentro de cacerolas, y sopas, que servía con un pan delicioso que McCarthy no sabía que se pudiera comprar, y ensaladas crujientes, jugosas o ácidas. Para McCarthy era siempre como una dispersión, casi como una traición, dejarse llevar por el placer sensual cuando se encontraba en medio de algún caso difícil. Lynne no veía ninguna contradicción en eso. Y ella era tan ambiciosa como él; él lo sabía y le costó caro. Volvió a pensar en el estupendo ascenso al que había optado: era el candidato ideal, aquel puesto le hubiera llevado a Londres y le hubiera servido para adquirir la experiencia y el conocimiento que necesitaba para el siguiente escalón importante de su carrera. Después, el límite ya era sólo el cielo. Pero Lynne también había optado a ese puesto, y lo había conseguido. *Has quedado el segundo por muy poco, Steve*. Recordó el tono de consuelo de la voz del que era entonces su superintendente. El segundo no era un buen lugar para McCarthy.

No fue sólo por lo del ascenso —aunque desde luego Lynne y él no hubieran podido superar eso juntos—, sino por ver que ella no le necesitaba, que claramente no le necesitaba para nada, que su relación, fuera lo que fuese, nunca había sido un factor que tener en cuenta por parte de ella. No podía negar que le había herido en su orgullo, eso estaba dispuesto a aceptarlo. Pero detestaba la idea de que durante el tiempo que habían estado juntos —casi nueve meses— ella hubiera sido la que había controlado la situación en todo momento. Ella decidió cuándo su relación debía empezar y cuándo debía terminar, y en los meses que estuvieron juntos, le parecía ahora a él, habían seguido siempre el ritmo de ella, no el suyo.

Cayó en la cuenta de que se había comido el pollo sin saborear nada. Decidió apartar la mente de Lynne. No quería que la rabia le desconcentrara. En aquel momento quería pensar en Suzanne Milner. Otro problema. Había algo que ella no le había contado. En un primer momento, él no supo tratarla bien, la interpretó mal, y ella no confiaba en él. Era posible que, por sus experiencias del pasado, ella no confiara en nadie que trabajara para la policía. Su insistencia en Ashley Reid le preocupaba, y no sabía bien por qué. ¿Sería ella consciente de que su hermano, con su larga carrera de actos delictivos, era un tipo muy distinto de Reid?

La preocupación se le intensificó al imaginarse el escenario del Proyecto Alfa. Secretismo y confidencialidad. Probablemente ella sabía muy poco de los chicos con los que trabajaba, de lo que eran capaces de hacer. Hablaba como si fueran niños, o casi niños.

Le preocupaba aquella ingenuidad. Recordó cómo iba vestida el día que hablaron en Carleton Road, y prefirió creer que tendría al menos la sensatez de ir un poco más tapada cuando se mezclara con los jóvenes del proyecto Alfa. Se preguntó si ella habría llegado tan siquiera a pensar en eso. El último día la encontró desaliñada, con el pelo recogido de cualquier manera y sin preocuparse de su indumentaria: eso es mucho más perturbador que cualquier tipo de provocación premeditada. Le preocupaba que, al menos aparentemente, ella no se hubiera dado ni cuenta.

12

Tina Barraclough y Peter Corvin tomaron la pintoresca ruta de Sheffield a Manchester, que cruza los montes Peninos por encima de la A57, por el llamado Paso de la Serpiente. La carretera pasa recta junto a campos de cultivo y terrenos anegados, junto a los pantanos de Ladybower y Derwent, y comienza después un sinuoso ascenso. Las laderas del oscuro pico se elevan a ambos lados, las inhóspitas extensiones de Kinder Scout y Bleaklow. En otra época, Barraclough tuvo un novio al que le gustaba hacer marchas por las montañas, y durante un tiempo compartió con él el entusiasmo de ponerse botas y pantalones de montaña, coger el tren de vía estrecha o el autocar hasta las colinas de Derbyshire y escalar hasta la cima, donde se encuentran los inhóspitos páramos y la turbera, adonde muy poca gente se atrevía a llegar. Iban con frecuencia a Kinder Scout, y ella recordaba la sombría tierra de aquella zona, tan distinta de la suave belleza de las extensiones de brezo. Atravesaban las tierras altas de la turbera y seguían después hasta Kinder Downfall. Un día bajó la niebla de forma repentina, y Barraclough comprendió por qué seguía muriendo gente en aquellas colinas.

En aquel momento, la oscura altura del macizo resultaba más prohibitiva que atrayente según iban subiendo por la estrecha carretera que llevaba hasta la cima. Mientras avanzaban por la empinada ruta, Corvin emitió un exabrupto y frenó en seco cuando apareció un coche de frente cuyo conductor, con un sombrero firmemente encajado en la cabeza, iba tranquilamente charlando con su acompañante, gesticulando sobre el paisaje según conducía. El camino era estrecho y sinuoso.

—Deberíamos haber ido por Woodhead —masculló Corvin, con la cara seria—. Malditos domingueros.

A unos cien metros había una curva cerrada. Corvin cambió a segunda e hizo ráfagas con las luces al pisar el acelerador. Barraclough cerró los ojos cuando se adentraron en la curva, el acelerón la echó hacia un lado del asiento. Pero muy pronto ya la habían dejado atrás.

—Un poco fuerte, ¿no? —dijo ella, intentando suavizar el tono.

—No, conozco esta carretera —dijo él, animado. Por su voz, pareció que le gustaba haber puesto nerviosa a su compañera.

Al poco tiempo ya estaban en la cima, bajaron después hasta Glossop e hicieron el trayecto hasta la expansión urbana próxima a Manchester.

El centro de Manchester era muy distinto del de Sheffield. Lo había afectado menos la guerra, y sus edificios victorianos de piedra permanecían más o menos intactos. A Barraclough siempre le daba una impresión de imponente solidez, oscuridad y gravedad. La oficina de Peter Greenhead estaba cerca de Picadilly, en una de las calles laterales opuestas al mercado. Estaba en un primer piso, encima de tiendas; un local un poco extraño, pensó Barraclough, para quien era, al parecer, un próspero agente del mundo del espectáculo.

Subieron al primer piso por la estrecha escalera y pasaron unas puertas oscuras de madera en las que ponía: GREENHEAD HARPER. Una recepcionista, que a Barraclough le pareció más ornamental que eficiente, trabajaba delante de un monitor. Saludó a los dos agentes, y su rubio atractivo motivó una inusual amabilidad en Corvin. Comprobó la identidad de los dos, la hora de la cita y el hecho de que figurara en la agenda de Peter Greenhead, con una velocidad que contradecía la primera impresión de Barraclough, y a partir de aquel momento siguió llevando la iniciativa con determinación. Como agentes oficiales de una investigación policial podían haber insistido en ver a Greenhead con cita o sin ella, pero no hubo necesidad de subrayarlo, ni tampoco ella les dio oportunidad de hacerlo. Apretó un botón del teléfono y dijo:

—Señor Greenhead, están aquí el sargento Corvin y la oficial Barraclough.

La rubia recordó sus nombres con sólo echar un vistazo a la documentación. El negocio de Greenhead en Manchester era claramente más resbaladizo de lo que parecía.

—Pueden pasar —les dijo, con una atractiva e impersonal sonrisa.

Peter Greenhead era exactamente cómo se imaginaba Barraclough que sería un sórdido hombre de negocios de mediana edad. Tenía el pelo —lo poco que le quedaba— largo, por encima de los hombros, y se lo peinaba de forma que le tapara la calva. Llevaba un reloj de oro, probablemente un Rolex, aunque la agente no podía mirarlo de cerca. La chaqueta de su traje colgaba de la silla, y un prominente vientre sobresalía por encima de su cinturón. Después de su experiencia con la recepcionista, Barraclough se recordó a sí misma que no debía juzgar por las apariencias.

Se le veía animado, contento de hablar con ellos. Era más que probable que no tuviera ninguna mala conciencia de sus tratos con el grupo de Dennis Allan, Velvet, o que confiara en que, fuera lo que fuese lo que había ocurrido, el tiempo o la nueva legislación lo habrían borrado.

—Hola, buenos días. ¿Han tenido un buen viaje? —dijo, al tiempo que acercaba unas sillas al austero pero confortable despacho—. ¿Les apetece un café? —Se acercó al interfono—. Paula, tráenos unos cafés, por favor.

Tomó asiento en la silla que estaba detrás de su escritorio y se quedó mirándolos. Corvin tomó la iniciativa que parecía haber perdido.

—Señor Greenhead, no queremos quitarle demasiado tiempo. Como le comenté por teléfono, nos interesa la información que pueda darnos de Dennis Allan, que fue cliente suyo en los setenta, según tengo entendido.

Greenhead colocó las yemas de los dedos de una mano pegadas a las de la otra y se quedó pensando. Corvin esperó. Al cabo de un momento, Greenhead empezó a hablar:

—¿Es que Dennis se ha metido en algún problema, oficial? —En ningún momento mostró signos de haber olvidado el nombre.

—Son averiguaciones de rutina —contestó Corvin, sin comprometerse, y Greenhead asintió con la cabeza.

—Bueno, vamos a ver. Mi relación profesional con Dennis tuvo poca importancia. Él era el fundador de un grupo, Velvet, como ya saben, del que yo fui *manager* durante un breve período de tiempo. No eran muy buenos, la verdad.

—¿Y entonces por qué quiso usted ser su *manager*? —A Corvin le costaba trabajo aceptar, al igual que a Barraclough, que Greenhead se molestara lo más mínimo con un grupo poco prometedor.

Greenhead volvió a quedarse pensativo antes de contestar. Parecía que le preocupaba lo que pudiera decir. ¿Sería un hombre acostumbrado a medir sus palabras?, se preguntó Barraclough.

—Cuando digo que no eran muy buenos, no quiero decir que no tuvieran talento. El guitarrista era bastante bueno, y la cantante era excelente. Compusieron también algunos temas. Pero no funcionaban como grupo. El problema era Dennis. No tenía… tablas en directo, o puede que le faltara sentido del espectáculo, no sé.

Barraclough no pudo reprimirse de hacer la pregunta:

—Pero a usted le fue bastante bien con sus canciones, ¿no?

Él la miró y sonrió.

—Sí. En eso quedamos. En vez del diez por ciento que me correspondía, me dieron los derechos de tres temas. —Ladeó la cabeza, y añadió—: Y fue Dennis el que firmó en nombre del grupo.

Corvin sacó la carpeta.

—¿Conocía usted a su esposa, Sandra Ford? —preguntó. Esperó un momento y después le enseñó una fotografía de Sandra, una de las que encontraron en el piso de Dennis Allan—. Y también queremos identificar a las personas que salen en esta foto —Linnet, Don J.—. ¿Reconoce a alguna de estas personas?

El interrogado miró con verdadero interés las fotografías, como si quisiera saber realmente lo que decir. Corvin le ayudó.

—Sandra Ford, Sandra Allan cuando se casó con Dennis, murió a principios de este año.

Se detuvo. Y Barraclough comprendió que Corvin estaba sopesando si contarle que la muerte de Sandra no levantaba sospechas, o si su colaboración sería mayor si creía que el delito que estaban investigando era la muerte de Sandra. Corvin seguía esperando.

—Ah, ya —dijo Greenhead, despacio—. Bueno, miren, estamos hablando de hace veinte años, me entienden. —Los miró para asegurarse de que le entendían—. A mí no me gusta hablar mal de… Velvet hizo algunas giras; actuaban de teloneros, después venían los grupos más importantes. Sandy venía con nosotros de manera extraoficial. Yo no lo sabía, me enteré después. Era… era un poco alocada. Una «grupi». Los del transporte la llamaban «la bici del bus».

—Y se quedó embarazada —dijo Barraclough.

Greenhead se encogió tímidamente de hombros.

—Eso me contó Dennis. Me quiso sacar dinero para ella. Dennis decía que yo estaba en deuda con el grupo. Todo eso pasó cuando yo ya no estaba con ellos. —Miró a los dos agentes—. Y yo no creo que el hijo fuera de Dennis. Mantenía con ella una relación un poco quijotesca.

Miró las demás fotografías.

—Este era el guitarrista, no me acuerdo de su nombre. Le llamábamos siempre Don J. Ella era la cantante —dijo, señalando a la mujer que Dennis Allan llamó Linnet—, yo intenté convencerla de que se pusiera sola, por su cuenta, pero no le interesó. Para ella era más una diversión que otra cosa. —Parecía lamentarlo realmente—. Tenía una calidad de verdadera estrella. En mi opinión. Dejó el grupo poco antes de tener un niño, yo ya no tenía contrato con ellos. —Se sonrió—. Pasaban muchas cosas en aquella época. Aquella chica era enfermera.

—¿Cómo se llamaba, aparte de Linnet?

Greenhead frunció el ceño.

—¡Qué nombre más ridículo! —Corvin asintió—. Déjeme acordarme, venía de, era… Linnet, Linn… Linn. ¡Carolyn!

Barraclough dio un respingo al reconocer el nombre. Greenhead la miró y levantó las cejas. Se enfadó consigo misma por ser tan evidente. Tal vez debiera aprender un poco de McCarthy.

—¿Y cuándo ha dicho usted, señor Greenhead, que finalizó el contrato?

Greenhead le dirigió una insulsa sonrisa.

—No lo he dicho, agente. Pero se lo puedo decir. En 1977, en el otoño de 1977.

Tan pronto como salieron de la oficina de Greenhead, Barraclough le preguntó a Corvin:

—Has visto, ¿no?

—Sí —dijo Corvin—. Carolyn, la madre de Ashley Reid se llamaba Carolyn.

—Y su hermano nació en 1978, eso cuadra con que ella dejara el
grupo para tener un hijo. —Se quedó pensando un momento—. Tendría que haber caído antes. El inspector me pidió que averiguara el
paradero de Simon Reid. No encontré nada. Pero es que no es Reid,
no es Simon Reid. Ella no se había casado aún. Acuérdate, su cuñada,
la señora Walker, nos dijo que se casaron para ir a Estados Unidos.
Así que el niño puede que esté registrado como Simon Walker, y luego no llegaron nunca a cambiarle el apellido.

Corvin asintió con la cabeza, al tiempo que aspiraba aire entre
los dientes.

—¿Y te has dado cuenta de otra cosa?

—¿De qué? —Barraclough seguía aún pensando en cómo podían comprobar que Linnet era Carolyn Reid, el nombre que ella había visto antes en el expediente de Ashley Reid.

—Conocía a Sandra Ford.

—Ya, sí, es lo que ha dicho. —Barraclough no le captaba.

—No, sabía quién era por el nombre, en cuanto lo ha oído. ¿No
te has dado cuenta? Y no se ha sorprendido cuando le he dicho que
Sandra ha muerto.

Corvin empezó a silbar de camino de vuelta al coche.

—Conduce tú —dijo—. Yo tengo que llamar a la Central.

Suzanne decidió ponerse a pensar en cosas prácticas. Era viernes. Era
su fin de semana con Michael, pero al final no le iba a ver. Los yogu-
res de fresa, los triángulos de queso y el jamón. Ya no tenía que com-
prarlos. La cama con el edredón del coche de carreras. Lo quitó de la
cama y lo guardó. Ya no hacía falta.

Miró su reloj. Eran más de las nueve. Empezaba a mal acostum-
brarse a no madrugar. Se duchó, se puso unos vaqueros viejos y una
camiseta. Subió al estudio, pero el desaliño general en la zona que so-

lía estar limpia y ordenada la deprimió. Hasta la mesa estaba desordenada, con papeles y cintas por todas partes. Pensó que lo mejor era ordenar la habitación. En realidad, no tenía mucho sentido ponerse a trabajar justo en ese momento. Bajó a la cocina y se acordó de que había dejado los platos sin fregar. La cocina estaba aún relativamente limpia, pero había una pila enorme de tazas, platos y cubiertos, flotando en agua fría y sucia. Había mal olor. Hundió la mano en el fregadero y quitó el tapón. El agua grasienta se fue por las cañerías. Dejó correr el chorro encima de los platos hasta que la habitación volvió a oler a limpio. Luego llenó otra vez la pila de agua caliente con un poco de detergente y dejó los cacharros en remojo un rato.

Sacó un paquete de cereales, se dio cuenta de que no le quedaba ni un cuenco limpio y acabó comiéndose un puñado de cereales secos. Ese era el tipo de cosas que sacaban a Jane de sus casillas.

—Deberías tener más respeto por lo que comes —le había dicho en cierta ocasión—. Eres lo que comes.

Bueno, pues muy bien. Los cereales secos eran un buen ejemplo. Se comió otro puñado y enchufó la tetera.

Necesitaba hacer algo, y nada de que lo que tenía que hacer parecía posible. Tenía que ponerse a trabajar, no debía dar por sentado que todo se había ido al garete, pero la sola idea de trabajar le resultaba increíblemente difícil. Podía fregar los platos, eso era posible, pero incluso eso le parecía imposible. Irritada contra su propia indecisión, fue cavilando hasta la habitación de delante. La oscuridad del pequeño vestíbulo y de la escalera le agudizaban la sensación de depresión. Si las puertas estaban cerradas, la luz natural no llegaba a la escalera ni al rellano. Había pensado en decorar aquella zona, al menos quitar la insípida capa de pintura crema que ella había dado de mala manera, encima del papel pintado, cuando empezó a vivir allí.

Encendió la luz y miró las paredes. El antiguo papel se estaba desprendiendo. Toda la zona tenía un aspecto lúgubre y deteriorado. Muy bien, pues ya tenía algo que hacer; quería enfrascarse en alguna tarea dura, que la cansara. Arrancaría el papel pintado y se pasaría el fin de semana pintando.

◆ ◆ ◆

En teoría, era el día libre de McCarthy. En la práctica, él sabía que mucha suerte tenía que tener para poder tomarse un descanso antes de que el caso estuviera cerrado, o hasta que la investigación tocara fondo. Había concertado una cita con Richard Kean en la universidad. Kean no pareció especialmente interesado en que McCarthy se pasara por el Centro Alfa, y habían estado una media hora larga repasando inútilmente toda la información que tenían en relación con Ashley Reid.

—Ashley no es el prototipo de muchachos que vemos en el Centro. Son chicos que se meten en líos, eso sí, pero no problemas graves y persistentes. Ashley, sin embargo, tiene algunos cargos graves. Fue su estado mental lo que le salvó de ir a la cárcel la última vez. Y ahora este otro lío…

Para McCarthy, todo aquello era paja. Quería saber sobre los contactos de Reid, los lugares adonde solía ir, lo que hacía.

—Todo eso que me cuenta es para los tribunales —dijo—. Yo lo que quiero es a Reid. ¿Con quién sale, quién puede decirnos dónde encontrarlo?

Kean negó con la cabeza. McCarthy sabía que no le caía bien a aquel hombre, pero también sabía que iba a colaborar. El despacho en el que se encontraban estaba un poco alejado del campus principal, en un bloque moderno, construido al fondo de la carretera y tapado por una hilera de árboles. El despacho en sí no era nada fuera de lo normal: un espacio reducido, con una mesa de escritorio, un ordenador y un armario fichero. Pero la ventana daba a la ladera que bajaba hasta el valle, por encima de las copas de los árboles. McCarthy miró al cielo, de un profundo color azul con pequeñas nubes dispersas, y luego al verdor que se extendía colina abajo. Le recordó la tranquilidad del lugar en el que se tomó un café con Suzanne. En aquella ocasión, ella le describió a Richard Kean y a otros empleados del Centro Alfa en términos poco halagadores. Aquel pensamiento le provocó ganas de sonreír, y se reprimió.

—Nuestros primeros datos sobre él son de cuando estaba a cargo de los Servicios Sociales; tenía nueve años. Sus padres se divorciaron cuando tenía tres. —Kean fue pasando los documentos—. Es curioso que naciera en Estados Unidos. Su madre era enfermera, trabajó en San Francisco durante dos años. Al parecer, volvió a Inglaterra con él y con su hermano después de divorciarse, cuando Ashley tenía cuatro años, y los dejó con su hermano. No sabemos nada del padre. Todo se hizo de forma extraoficial. —Pero al cabo de cinco años, los dos niños estaban a cargo de los Servicios Sociales—. Fue una entrega voluntaria, la familia dijo que no podía hacerse cargo —explicó Kean.

McCarthy ya sabía todo aquello por las notas que le había pasado Tina Barraclough. Abrigaba la esperanza de que Ashley hubiera hablado con algún empleado del Centro Alfa y le hubiera contado algo más de su vida.

—¿Mantenía contacto con su hermano? ¿Los mantuvieron juntos?

Kean negó con la cabeza.

—No tengo mucha información, pero el hermano ingresó en los Servicios Sociales antes que Ashley. Es autista y necesitaba una atención especial, por tanto, no le llevarían a un centro de niños normales.

—¿Y Reid nunca ha hablado de eso?

—No conmigo, y yo era el trabajador social asignado a su caso. —Kean frunció el ceño, mientras pensaba—. Nunca mencionó a su hermano. Si quiere usted saber algo más de eso, debería hablar con la familia.

McCarthy tomó nota. Sabía que Corvin y Barraclough habían hablado con la tía. Alguien tendría que hablar con el resto de la familia. Quedaban un tío y la hija, aparte del hermano. Estaba seguro de que Reid no tenía recursos para permanecer escondido si no le ayudaba alguien. Los tíos eran una posibilidad remota. Dejaron al chico en los Servicios Sociales y, al parecer, no habían vuelto a tener contacto con él desde entonces. Pero tenían que hacer más averiguaciones sobre la prima y el hermano.

Kean estaba hablando:

—Ashley ha estado siempre bastante aislado en el Centro Alfa. Se lleva bien con los demás, pero tiene una habilidad especial para pasar desapercibido. —Kean frunció el ceño, como si acabara de caer en la cuenta de lo que decía justo en aquel momento—. Yo no creo que tenga aquí ningún amigo. A veces jugaba al billar con Lee Bradley, pero dudo mucho que su relación haya pasado de ahí. Lee es muy inteligente. No perdería el tiempo con Ashley.

—¿Ashley es lo que podríamos llamar subnormal en su desarrollo?

McCarthy pasó por alto el ceño fruncido de su interlocutor. No se acordaba de la etiqueta que utilizaban cuando querían decir «lerdo».

—En su último colegio dijeron que tenía necesidades especiales —contestó Kean, pasados unos instantes—. Yo he trabajado muy poco tiempo con él, no llega a dos meses, y no estoy totalmente seguro de su diagnóstico. Funcionalmente, es analfabeto, pero eso podría ser porque no ha sido muy dado a ir al colegio. Aparte, es un chico… Si él no quiere, no notas su presencia; tiene esa habilidad. Al principio, cuando llegó al Centro, creí que era uno de esos chicos fáciles de dirigir. Le pedías algo y lo hacía. Sin discutir, sin hacer preguntas. Pero por esa misma razón, resultaba difícil conocerlo. Te creías que estabas con un muchacho colaborador, amable y luego… Bueno, yo he trabajado con él casi durante tres meses, y no puedo decir que sepa ahora más de él de lo que sabía al principio. Uno no puede ocultarse de ese modo si es… —se interrumpió, buscando el término apropiado.

Lerdo, concluyó McCarthy mentalmente.

—¿Y qué opinan los demás trabajadores del Centro?

—Están empezando a pensar lo mismo que yo —dijo Kean—. Se las ha arreglado de tal manera que no ha establecido lazos con nadie; de hecho, no ha colaborado en absoluto. Pero nadie ha reparado en él hasta que ha desaparecido. Ese es el aspecto que yo subrayaría. Su persona pasa inadvertida si él no quiere hacerse notar. Me temo que hemos cometido errores graves con él.

McCarthy analizó lo que le decía su interlocutor. Si Reid era más listo de lo que creían, si había sido capaz de darles sopas con honda a los empleados del Centro Alfa, era lo suficientemente inteligente como para ser el asesino que buscaban. El plan de la noria era demasiado elaborado; pero si hubiera funcionado, era más que probable que no hubieran encontrado a Emma, puede que ni la estuvieran buscando, como tampoco estarían buscando a Sophie. Eso era ser inteligente.

Richard Kean volvió a hablar:

—La única persona que llegó a tener algo más de trato con él fue Sue Milner. Ashley hablaba a menudo con ella.

Suzanne. Aquella extraña actitud defensiva cuando él le mencionaba a Ashley.

—¿Qué quiere usted decir?

—Bueno, durante el tiempo que ha estado trabajando con nosotros, él mostraba interés por charlar con ella, se sentaba a su lado en la cafetería. Los demás chicos le tomaban el pelo, decían que a él le gustaba, cosas así.

McCarthy hizo la siguiente pregunta con una frialdad que le sorprendió a él mismo.

—¿Y le gustaba?

Kean se quedó pensando.

—Probablemente —admitió.

A McCarthy no le gustaba nada la idea de un Reid suelto, interesado en Suzanne Milner. Recordó sus otros recelos.

—¿Y los demás chicos, mostraban interés por hablar con ella?

Kean adoptó de repente una actitud evasiva. McCarthy se puso alerta.

—No sé… —Empezó a ponerse más incómodo—. No creo que eso sea muy importante —dijo—. Además, Sue ya no trabaja para el Centro Alfa.

McCarthy elevó las cejas. Notó que Kean vacilaba. Esperó, y lentamente fue saliendo la historia del repentino despido de Suzanne. McCarthy se mantuvo inexpresivo, pero mentalmente fue dándole la vuelta a la narración. No entendía qué tenía que ver el despido con la investigación, pero se sintió responsable en alguna medida. No era de extrañar que Suzanne se hubiera mostrado hostil con él al principio. Pero debía centrarse en el trabajo. No era asunto suyo. No obstante, había una cuestión que le interesaba. Obviamente, Suzanne sabía más de Ashley Reid de lo que le había dado a entender. Lo suficiente como para saber si le había visto en el parque o no. Tenía que volver a hablar con ella. Pero esta vez, quería que ella colaborara de verdad.

Con las manos en los bolsillos, McCarthy se quedó apoyado en la valla, contemplando cómo Suzanne arrancaba el papel de la pared, tirando con saña, desnudando los muros hasta dejarlos con el yeso a la vista. Debía de llevar un rato trabajando a aquel ritmo frenético, porque ya había desempapelado el hueco de la escalera y la mayor parte de la entrada. Ella respondió gritando algo cuando él llamó a su puerta, y lo miró sin hacer ningún comentario cuando él se quedó de pie al final de la escalera. Suzanne continuó arrancando el papel, esperando a que fuera él el que le dijera por qué había ido a verla.

—¿Quieres que te ayude con eso? —preguntó McCarthy, al cabo de unos segundos.

Ella lo miró con asombro, como si estuviera valorando la sinceridad de su ofrecimiento, y dijo:

—Podrías preparar un té si quieres. —Y volvió a su tarea con una tira de papel más pegada de lo normal.

McCarthy fue a la cocina y enchufó la tetera. Buscó tazas en los armarios y acabó lavando dos del fregadero que flotaban por encima de los platos. Estaba ya a punto de hacer el té, cuando decidió volver al fregadero, rellenarlo de agua caliente y empezar a fregar todo el montón de cacharros.

Después, se fue con las dos tazas al rellano de la escalera. Suzanne dio un sorbo y dejó la taza en el suelo, al tiempo que evaluaba la pared con los ojos.

—Gracias —dijo, como un pensamiento tardío.

McCarthy se sentó en los peldaños, tras sacudir el polvo con la mano.

—No te he hecho un té para que se te quede frío ni para que se llene de yeso. —Recogió la taza que estaba en el suelo—. Anda, siéntate, descansa un poco.

Ella siguió arrancando tiras de papel, después dejó la rasqueta y fue a sentarse junto a él en las gradas de la escalera.

—¿Y por qué has venido a verme? —dijo, al cabo de un minuto.

—Por nada. Quería ver si te encontrabas bien.

Suzanne le dirigió una mirada de abierto escepticismo.

—Quieres decir que tienes más preguntas que hacerme. —Siguió bebiéndose el té.

—De acuerdo —dijo él—. Tengo una pregunta que hacerte. —Ella utilizó la técnica de él y esperó a que prosiguiera—. ¿Sigues estando segura de que no era Ashley Reid la persona que viste en el parque aquel día?

Suzanne abrió la boca para contestar y se detuvo. Se pasó la mano por el pelo, para apartárselo de la cara. Parecía realmente indecisa.

—Yo ya no me acuerdo de lo que vi. Recuerdo que en el momento estuve segura de que no era —le miró—, y te lo dije.

Él asintió con aceptación. No había esperado otra cosa, pero ya estaba prácticamente seguro de que ella intentaba decirle, lo mejor que podía, lo que creyó haber visto aquel día en el parque.

—Me he enterado de lo que pasó en tu trabajo.

El rellano estaba oscuro; con las puertas de las habitaciones cerradas, no le llegaba la luz natural. Pero incluso en aquella luz tan lúgubre, McCarthy veía que Suzanne estaba agotada. Tenía el pelo enmarañado y se le venía a la cara. Bajo los ojos se le veían unos círculos más pálidos, y no paraba de morderse el labio con nerviosismo. Él bajó la vista para mirarle las manos. Recordaba las uñas perfectamente cortadas y pintadas de la primera vez que le tomó declaración; ahora las tenía mordidas y sin pintar. Ella fue a por su paquete de cigarrillos. Él cogió el suyo y le ofreció uno. Ella aceptó y se inclinó hacia él para encenderlo. Tampoco esta vez llevaba sujetador.

Suzanne apoyó la mano sobre la de él para mantener recto el encendedor, y McCarthy dejó que se le reflejara en la cara la sensación del roce de ella. Ella le mantuvo un instante la mirada.

—Debería dejarlo de una vez por todas —dijo ella, después de dar una profunda calada.

—¿Por qué a todo el mundo le da por decir eso cuando tienen un cigarrillo en la mano? Si quieres dejarlo, déjalo. Si no, disfruta del cigarrillo.

La retórica antitabaco de Lynne le había convertido en un fumador militante.

—Supongo que tienes razón… —No parecía muy convencida.

Permanecieron allí sentados en silencio durante un rato, luego ella apagó el cigarrillo y guardó la parte sin fumar en el paquete. La economía del fumador sin blanca.

—Creo que debo continuar —dijo, mirando sin entusiasmo el desorden que los rodeaba.

—¿Por qué tanta prisa? Hace un día precioso. Eso de quitar el papel es más apropiado para un día de lluvia. —Al propio McCarthy le resultaba irónico verse defendiendo la filosofía del *carpe diem*.

Ella se mordió el labio.

—Tengo el fin de semana libre y pensé que era una buena idea emplearlo en … —Le miró a los ojos—. Michael, mi hijo, iba a estar conmigo este fin de semana, pero ha habido un cambio de planes, así que… —Se apoyó la barbilla en la mano; de repente mostraba una expresión de derrota.

McCarthy se sorprendió a sí mismo.

—Venga, te llevo a algún sitio a pasar la tarde. Es mi día libre. —En absoluto había pensado tomarse libre en medio de la investigación—. Nos podemos ir a Derbyshire un par de horas, con el coche, a dar un paseo.

Ella pareció sorprendida.

—No puedo ir a ninguna parte con la pinta tan desastrada que tengo.

Él la miró y le sonrió con complicidad.

—La verdad es que sí que estás un poco desastrada, pero yo puedo soportarlo, ¿eh? O vete a cambiar, sin prisas.

Suzanne se quedó pensándolo, y al cabo de unos instantes dijo:

—De acuerdo.

McCarthy puso las manos en alto.

—Sin cintas, sin agendas ocultas. —Eso hizo sonreír a Suzanne, que intentó ocultar su sonrisa, se dio cuenta después de que él la estaba mirando y se rió. Él salió de la casa y se quedó apoyado en el coche, esperándola al sol.

A los veinte minutos, apareció Suzanne, con el pelo todavía mojado de la ducha. Se había puesto una falda y un top suelto de algodón. Estaba guapa a la luz del sol. McCarthy abrió la puerta del coche para que entrara.

Bajó conduciendo por Ecclesall Road South. Pensó que podían atravesar por Ringinglow y dar después un paseo no muy largo en algún sitio donde el terreno fuera más suave. Ella estuvo un buen rato callada, insegura respecto a él, no del todo relajada en su compañía. Luego, dijo:

—¿Por qué haces esto?

Él mantuvo la mirada hacia el frente, aunque había poco tráfico, mientras giraba hacia Ringinglow Road.

—¿Hay alguna razón para no hacerlo?

—¿Por qué los policías contestan siempre a las preguntas con otra pregunta? —replicó ella.

Aquella salida hizo reír a McCarthy, que notó cómo ella se relajaba en el asiento del acompañante. Menos mal que no insistió, porque verdaderamente él no sabía por qué hacía eso, cuando el papeleo se le acumulaba sobre la mesa y su equipo estaba trabajando a destajo.

Pasaron por Burbage Rocks, donde había coches aparcados hasta los días laborables, y siguieron hacia Higger Tor y Carl Wark. Se salió de la carretera principal donde empezaba a bajar por uno de los laterales del valle, con árboles y campos cultivados a un lado, y rocas grises al otro. Encontraron una verja de la que salía un camino entre árboles y subía hasta el páramo. Había un cartel que decía: PROPIEDAD PRIVADA, pero McCarthy sabía por otras veces que se podía dar un paseo por allí sin que te molestara nadie.

El sendero tenía un tramo corto cuesta arriba, y después empezaron a caminar entre brezos y arándanos. El terreno era desigual, y ella se tropezó una o dos veces. Durante un breve rato él le dio la mano para ayudarla a mantener el equilibrio, pero el resto del tiempo iban en fila, uno detrás del otro, siguiendo el estrecho camino de cabras que llegaba hasta la cima de la colina. Una vez que llegaron arriba se sentaron en el brezo, con la vista del valle delante. Empezó a soplar una brisa que agitaba con suavidad el pelo de ella y los refrescaba después del calor de la subida.

McCarthy tenía la mente en blanco. Se echó hacia atrás junto a ella y alzó la mirada al cielo. Ella siguió sentada, mirando hacia las rocas que estaban al otro lado del valle, con la barbilla apoyada en las rodillas.

—No puedes dedicar toda tu vida a eso —dijo él.

—¿A qué? —dijo ella—. ¿A arrancar el papel pintado?

Aquella broma ligeramente ácida le animó a continuar.

—A sentirte culpable —dijo él.

—¿Y de qué me siento yo culpable? —Una verdadera curiosidad se desprendía del tono de su voz.

—Dímelo tú —dijo él.

Suzanne le miró detenidamente mientras él permanecía echado sobre el brezo.

—¿Por qué crees que yo me siento culpable? —insistió.

McCarthy miró hacia las nubes y pensó en la respuesta.

—Yo no creo que te sientas culpable. Sé que te sientes culpable. Lo que no sé es por qué.

Ella volvió a quedarse con la barbilla apoyada en las rodillas, sin dejar de mirar hacia el valle. Él la observó. Tenía los hombros tensos y su postura ya no era de relajación. Se la veía indiferente, pero con actitud defensiva, como si se estuviera protegiendo de un posible golpe.

—¿Por dónde empezar? —dijo ella, sorprendiendo a McCarthy, que creía que no iba a contestarle—. ¿Empiezo por contarte que soy una madre desnaturalizada?

—No. Empieza por lo de tu hermano. Empieza por Adam.

Suzanne se volvió de repente airada, como si él la hubiera golpeado.

—¿Qué pretendes decir…?

Él sabía que le estaba mirando y se concentró en dar un aspecto de estar relajado, mirando hacia el cielo, fijándose en las nubes. Tal vez no fuera el momento más apropiado para utilizar tácticas de interrogatorio.

—¿Cómo te has enterado de…? —continuó ella—. ¿Quién te lo ha dicho?

En aquel momento ella estaba de rodillas frente a él. Había agitación en su voz, pero él no sabía decir si estaba enfadada o no.

—No me lo ha dicho nadie. Lo averigüé yo solo.

Suzanne se quedó callada durante un rato tan largo, que McCarthy creyó que ya no iba a decir nada más, pero al final habló casi como un murmullo.

—¿Desde cuándo sabes lo de Adam? —Se tumbó en el brezo, apoyándose sobre los codos. Tenía una florecilla en la mano y la iba haciendo pedazos poco a poco.

—Un día nada más. Lo miré en el registro.

Suzanne fruncía el ceño con concentración, mirando la flor, en un esfuerzo, pensó él, por quitarse de la mente cosas en las que no quería pensar.

—¿Por qué?

McCarthy se puso de costado, frente a ella, apoyando la cabeza en una mano.

—Me preguntaba por qué era como estar en un campo de batalla cada vez que he hablado contigo. —La cogió suavemente de la muñeca y comenzó a pasarle los dedos por el brazo, hacia arriba y hacia abajo—. Lo que le pasó a tu hermano fue por negligencia. Pero no tuya, Suzanne. Tú hiciste lo que pudiste. ¿Quién más hizo algo?

—Adam, él… —El tono inicial de calmada racionalidad se resquebrajó. Tosió.— Es que Adam… Yo no… Yo podría haber…

—¿Podrías haber hecho qué? —Él quería llevarla a qué era exactamente lo que ella creía que podía haber hecho de otro modo.

—Podría haber hecho algo —dijo ella—. *Algo*. Me rendí. Al final, me rendí y él… hizo lo que hizo. Yo debería… No sé. Lo único que sé es que no hice nada.

Suzanne se pasó la mano por la frente en un gesto de agotada desesperación.

—Muchas personas cometieron errores respecto a tu hermano. Y algunas hicieron algo mucho peor que cometer errores.

—No es tan sencillo —dijo ella.

McCarthy entornó los ojos mirando al sol. Apenas había nubes. No se le ocurría nada más que decir. Probablemente ella tuviera razón. No era tonta. Hacía mucho tiempo que debía de haber llegado a la conclusión de que las personas que tuvieron a su hermano a su cargo no hicieron bien su labor. Pero él era su hermano, estaba bajo su responsabilidad, y se había muerto. No parecía reparar en el hecho de que ella no debía haber tenido nunca semejante responsabilidad.

Suzanne tenía la cabeza tan hundida que no se le veía la cara, sólo el pelo echado hacia delante. Se le había terminado de secar al sol y se le veían mechones de color castaño y oro. Y…

—Una cana —dijo él—. Una auténtica cana. ¿Ves? Te preocupas demasiado. —McCarthy no quería hablar más. Sentía que él mismo se adentraba en aguas procelosas.

Ella le miró y movió la cabeza.

—No puedo evitarlo —dijo.

Mejor no hablar más. La rodeó con un brazo y la atrajo hacia sí, al tiempo que volvía a tumbarse sobre la espalda. Notó el tenue olor de su perfume al besarla y sintió contra él la presión de sus pechos. Metió una mano por debajo del top y empezó a acariciarle la espalda despacio, con suavidad. Hubo un momento en que ella se puso rígida, y McCarthy se preguntó si habría vuelto a mal interpretarla, pero entonces volvió a notar que se relajaba entre sus brazos. No quería ir deprisa, tenían toda la tarde. Estuvieron un tiempo allí tumbados al sol, mientras él la acariciaba, notando su suavidad y calidez bajo la ligera aspereza de sus manos.

Volvió a besarla y le subió el top, enrollándoselo hacia arriba, mientras la mantenía abrazada muy pegada a él, de modo que ella estaba echada a su lado y debajo de su cuerpo. Seguía aún besándola, cuando le puso las manos sobre el pecho, y los labios de ella se entreabrían bajo los suyos. La ayudó a sacarse el top por la cabeza.

—Va a ser un poco incómodo, con tanto brezo —murmuró él.

Ella empezó a desabrocharle el cinturón, le desabotonó los pantalones y se los empujó hacia abajo para ayudarle a quitárselos. La falda se le había subido a la cintura. Él le besó el vientre y le pasó la lengua suavemente por el ombligo. Le bajó las medias hasta las rodillas y sintió el movimiento de las piernas mientras ella acababa de quitárselas. Deslizó una mano entre sus piernas, y ella hizo un sonido indefinido, entre jadeo y lamento. Sintió deseos de hundir la cara en aquella almizclada humedad, pero ya no podía esperar, y el tacto áspero del brezo en aquel estado de semidesnudez le pareció tan solo otra sensación, cuando entró en ella, y no hubo ya más que sus respiraciones, el calor del sol y el modo en que ella se movía y jadeaba.

—Steve…

Las caderas de ella se quedaron inmóviles, él la abrazaba contra su pecho, y dijo:

—Suzanne, por Dios, qué maravilla…

Los dos se quedaron tumbados sobre aquel lecho de ramas y hojas, con la ropa de ambos amontonada alrededor de él. McCarthy olía aún el perfume de ella mezclado con el olor a brezo y el olor a sexo, y se sintió más feliz de lo que había estado nunca desde… No podía recordar desde cuándo.

Barraclough empezaba a verle un final a su búsqueda del otro hijo de Sandra. Sabía lo que iba a averiguar. Sandra se quedó embarazada a finales de los setenta, después de que la Velvet se disolviera. Sophie Dutton nació en 1980. La adoptaron y ella vino a Sheffield en busca de su madre. Nunca les dijo a sus padres adoptivos el resultado de su búsqueda, pero Emma Allan se convirtió en su mejor amiga.

Probablemente, Sophie no tardó en encontrar a Sandra Ford, es posible que ya tuviera el nombre o algún contacto, por la carta que su madre dejó para ella. ¿Y resultaría aquella mujer neurótica y decaída, cuya vida transcurría en una continua queja junto a su insulso marido en aquella casa pequeña y vieja, tan decepcionante como Barraclough se imaginaba? Sophie tendría idealizada a su madre real, habría soñado con ella en los momentos bajos de la adolescencia, habría esperado que tuviera un entorno más vital que la pequeña granja de la costa este, por muy adorables que fueran sus padres adoptivos. Y había ido a encontrarse con Sandra Ford. Pero también encontró a Emma, su hermanastra. Emma, problemática y reservada, hija de un matrimonio difícil, hija de un engaño. Sophie y Emma llegaron a hacerse inseparables, todo el mundo lo decía. ¿Y cómo había reaccionado Dennis Allan ante esa situación?

¿Le habría parecido más conveniente que Sophie se fuera, que desapareciera de sus vidas para siempre? ¿Y luego la repentina noticia del nacimiento de Emma le trastornó y quiso que ella también desapareciera de su vida? Además estaba su esposa, oportunamente muerta. Todo cuadraba a la perfección. Era como ir poniendo las últimas piezas de un rompecabezas y ver que no oponían ninguna resistencia.

Y estaba todo allí, en los expedientes. Sandra Ford, viviendo ya en Sheffield, tuvo un hijo en… —esto debía de ser un error— en marzo de 1978. Dos años antes de que naciera Sophie Dutton. Barraclough había creído estar tan segura… Pero era claro e inequívoco.

Sandra Ford dio a luz a una niña y le puso el nombre de Phillipa. ¿Qué había sido de ella?

Entonces cayó en la cuenta de otro dato, un dato que debería haber comprobado antes. En 1978, el año del nacimiento y la muerte de aquella niña, Sandra Ford tenía quince años.

13

Suzanne se despertó como quien acabara de estar volando por espacios abiertos. Sus sueños de las últimas noches estaban plagados de escenas de tensión, lugares por los que ella buscaba inútilmente en medio de una oscuridad cada vez mayor, por edificios de interminables pasillos, acosada por un alarmante sentimiento de pánico hasta que se despertaba con un movimiento brusco y caía en la cuenta de que estaba soñando, otra vez. *Escúchame, Suzanne, escúchame, escúchame, escúchame...* Pero ahora se despertaba de un sueño plácido, en una cama deshecha, con las sábanas arrugadas bajo su cuerpo, un olor a aire fresco, jabón, sexo. Alguien se movía por la habitación. Eso era lo que la había despertado. Abrió los ojos en la blanca penumbra y allí estaba McCarthy, sacando algo despacio de un cajón, junto a la ventana, que estaba cubierta por un estor translúcido. Tenía el aspecto de acabar de salir de la ducha, con el pelo mojado y sin peinar, y con una toalla en la mano. Debió de oír el movimiento de ella, porque miró su alrededor, vio que estaba despierta y sonrió.

—No quería despertarte aún —dijo—. Daba la impresión de que necesitabas dormir. —Se le veía cansado.

Ella se incorporó, se frotó los ojos y miró el reloj. Las seis.

—¿Pero se puede saber qué es...?

—Tengo que preparar unas cosas antes de irme. Lo tendría que haber hecho ayer por la noche. Pero anduve distraído.

Se sentó al borde de la cama, estiró las sábanas y la tapó.

—Será mejor que te tapes, o no voy a poder hacer nada.

Ella se rió. Steve McCarthy. Cinco años de celibato autoimpuesto, rotos de forma espectacular en una tarde y una noche. Le rodeó el cuello con los brazos y le besó. Por un momento, él respondió, pero luego se apartó de la cama.

—Venga, déjame, que te voy a tener que encerrar por obstrucción a la justicia —dijo, mientras le sujetaba suavemente las muñecas con una sola mano—. ¡Vaya, hombre! En este estado, no me voy a poder poner los pantalones.

Ella volvió a reírse y le dejó marchar.

—Ahora me levanto —dijo.

Pero volvió a tumbarse en la cama y dejó vagar sus pensamientos. Notaba el picor de los arañazos en los brazos y en la espalda, que en el momento no había sentido. Todo había cambiado de forma repentina. Después de su rápido, casi desesperado, encuentro amoroso sobre el brezo, habían vuelto por el camino, parándose una vez para besarse y mirarse el uno al otro perplejos. Él había dicho:

—¿Vamos a mi casa?

Y ella había asentido. No quería dejar de estar con él ni regresar al desolado paisaje que había dejado atrás dos horas antes.

McCarthy vivía en un bloque moderno de pisos. Suzanne tuvo la vaga impresión de confort impersonal, pero no se dio cuenta de mucho más. Él la llevó directamente al dormitorio, se quitaron la ropa y se tumbaron en la cama. En una parte de su cabeza, Suzanne sentía asombro. ¿Era posible que un hombre frío y distante como McCarthy pudiera ser un amante cálido y apasionado? Pasaron allí el resto de la tarde y de la noche. Cuando el sol se encontraba ya bajo en el cielo, sus rayos entraron por la ventana, formando alargadas sombras oblicuas por la habitación. Él estaba de lado en la cama frente a ella, inspeccionándole la piel suavemente con los dedos.

—Eres deliciosa —le dijo. Se levantó y fue a la cocina a por una botella de vino, y después pidió una pizza por teléfono.

—Yo nunca cocino —dijo él.

—¿Y qué hay de malo en pedir una pizza? —dijo ella—. Siempre que no lleve piña… —McCarthy se rió y se sintió aliviado.

Él pareció dar por sentado que ella se iba a quedar, y a ella no se le ocurría ninguna razón para no hacerlo. Su último recuerdo era que el reloj marcaba las tres de la madrugada cuando se hundió en el sueño, rodeada por los brazos de Steve.

Se despertó y se dio cuenta de que se había vuelto a dormir. Él ya se había vestido, estaba sentado al borde de la cama, con el cuerpo inclinado hacia delante, mirándola. Cuando vio que estaba despierta, le dijo:

—Brooke va a estar cabreado conmigo por haber estado ilocalizable ayer, así que tengo que llegar pronto. Tengo muchísimo trabajo.

Suzanne se frotó los ojos.

—Pero ayer era tu día libre, ¿no?

—Sí, pero eso da igual.

No estaba demasiado serio. La miraba con una media sonrisa, muy distinto del McCarthy frío e impasible al que la tenía acostumbrada.

—Te llevo a casa. Te da tiempo a darte una ducha y esas cosas. —Le apartó el pelo de la cara y le recorrió con un dedo el contorno de la boca—. Se me ocurren otras muchas cosas que preferiría hacer hoy —dijo.

El verle concentrado en su cuerpo, mirándola, la estremecía del mismo modo que cuando le pasaba la yema del dedo suavemente por la piel. Las facciones se le relajaron, y ella empezó a respirar entrecortadamente. Sentía la cara ardiendo. Se miraron el uno al otro en silencio un momento, y luego él se inclinó para besarla, al tiempo que apartaba las sábanas.

Sonó el teléfono, y los dos dieron un respingo.

—¡Mierda! —dijo él, hundiendo la cabeza en el cuello de ella, que le retuvo a su lado, deseando que no contestara.

Sin embargo, McCarthy levantó el auricular y le sonrió con resignación.

—Al habla McCarthy. —Tapó el auricular con la mano—. Es de trabajo. Vamos, Suzanne, coge tú misma lo que necesites. En cuanto acabe, hago un café.

Suzanne le oyó hablar mientras ella se levantaba.

—Sí, de acuerdo. ¿Cómo? ¿Dónde? ¿Estás segura? Está bien. Dame… una media hora.

Suzanne abrió el grifo de la ducha y la voz de él dejó de oírse con el ruido del agua.

McCarthy estaba en la cocina preparando el café, cuando ella se le acercó, secándose el pelo con una toalla.

—Te tienes que ir —dijo Suzanne.

La llamada debía de haber sido importante, porque ya había cambiado, volvía a ser el McCarthy que recordaba en la sala de interrogatorios. Se le veía abstraído, lejano.

—Sí, pero no te preocupes, tómate el café, nos da tiempo.

Le ofreció un cigarrillo y le acercó la taza, al tiempo que iba pasando las páginas de una carpeta que tenía delante abierta.

—¿Ha pasado algo malo?

Suzanne no sabía cómo reaccionar. Se descubrió a sí misma pensando en él como en otra persona, en McCarthy. El hombre con el que había pasado la noche era Steve. Steve era con el que se sentía cómoda, relajada.

—No, nada. Más detalles sobre el caso, un imprevisto.

Le señaló dónde estaban los cereales, la leche y el pan.

—Sírvete tú misma.

Volvió a sentarse delante de la carpeta. Suzanne reconocía aquella abstracción. Así se ponía ella cuando hacía algún avance en su investigación, cuando algo que parecía confuso cobraba significado poco a poco. Pensó en su trabajo y en el caos que había dejado en casa, con las paredes a medio desempapelar. Pensó en el fin de semana vacío que tenía por delante. Se sintió de repente insoportablemente sola. Sorbió un poco de café y volvió a notar en su interior la tensión que se había desvanecido el día anterior.

Miró a Steve, que estaba absorto en su trabajo, y se preguntó si debía contárselo. ¿Pero qué iba a contarle? Todo era una suposición. No tenía nada que contarle, salvo su convencimiento de que Ashley no era el culpable de la muerte de Emma. Él sólo podía actuar como policía. Tenía que darle datos concretos. Ashley hablaba con ella. No hablaba con nadie más, al menos con nadie del Centro Alfa. Era probable que llegara a hablar con ella, y ella le *escucharía*, como él le había pedido… Entonces sí que tendría algo que contarle a Steve.

McCarthy miró la hora y luego la miró a ella.

—¿Estás lista? —Ella asintió con la cabeza—. No has comido nada.

—Tomaré algo cuando llegue a casa. —La tensión le había quitado el apetito.

Él le cogió una mano y se la acarició, haciendo círculos con los dedos.

—Estás demasiado delgada.

A ella le gustaba que él se preocupara. Intentó recordar la última vez que le habían dicho algo parecido. Tenía que confiar en él.

—Steve... —Él la miró elevando las cejas, mientras cerraba la puerta—. Es que... —Suzanne se fijó en las marcas del cansancio en el rostro de McCarhty. Pensó en el ritmo de trabajo tan intenso que llevaba y se preguntó cuánto tiempo haría que no descansaba bien por las noches. No tenía nada útil que contarle, y él no necesitaba precisamente una preocupación más—. Nada, no es nada.

Él no quiso saber, y ella no supo si alegrarse o ponerse más triste. La dejó en Carleton Road con la promesa de llamarla por teléfono al día siguiente, domingo.

Suzanne entró en la casa, y la depresión y la negrura la estaban esperando justo al otro lado del umbral.

Lo que había alterado a McCarthy era la visita de Corvin y Barraclough a Manchester. Según lo que había dicho Peter Greenhead, Dennis Allan sabía perfectamente lo de la primera hija de su mujer. Y se habían enterado de otra cosa, más inesperada: Carolyn, la cantante de Velvet. ¿Era la madre de Ashley?

Brooke lo miró con el ceño fruncido cuando llegó a la sala de reuniones.

—¿Tú que te crees que es esto? ¿Benidorm?

Así que sabía que McCarthy había estado fuera de la circulación durante una gran parte del día anterior. Decidió que la mejor política sería no hacer ningún comentario.

Brooke fue claro en sus pretensiones:

—Lo que tenemos que averiguar es si hay ahí alguna conexión. Si los padres de Emma Allan, fuera quien fuera su padre, y los de

Reid se conocían, es un dato importante. ¿Y qué clase de revuelo desencadenó Sophie Dutton cuando se puso a localizar a su madre? De acuerdo, no era hija de Sandra.

—A menos que Sandra hubiese quedado embarazada otra vez —dijo Corvin—. Greenhead dijo que ella lo había dado a entender así.

—De acuerdo. Compruébalo. —McCarthy vio que Barraclough se encogía. Le habían encargado compulsar los archivos referentes a este caso. Brooke se dirigió a ella—: ¿Algún progreso con el hermano de Reid? ¿Ese tal Simon? Reid podría estar ocultándose con él, sea quien sea.

—Conseguí la dirección de su abuela —dijo rápidamente Barraclough—. En The Beeches. Es una residencia para ancianos en Grenoside, en las afueras de Sheffield.

—Excelente —dijo Brooke moviendo afirmativamente la cabeza—. Steve, infórmanos sobre Dennis Allan.

McCarthy pensó rápidamente y dijo:

—Hay algo respecto a la muerte de Sandra Allan. Es lo que hizo dar un brinco a Allan cuando lo interrogué. Creo que debemos volver allí, interrogar a los vecinos nuevamente. Necesito algo para presionarlo.

Brooke acabó la reunión. El tema de las drogas no parecía más que un negocio de estudiantes.

—No podemos ignorar este tema —dijo—. Emma Allan era proveedora, consumía heroína, y había consumido alguna droga el día que murió. Tuvieron problemas con drogas en el Centro Alpha, y Ashley Reid constituye un nexo evidente allí. Pero, por lo que sabemos, Sophie Dutton no está mezclada para nada en esto.

—¿Y qué vamos a hacer con Lynman y Andrews? —quiso saber Corvin.

—Los vamos a acusar —dijo Brooke, con la cara seria— de tráfico de drogas y de hacerle perder el tiempo a la policía. A ver si así se asustan, y Andrews suelta el nombre del que proveía a Emma.

Brooke miró hacia las fotografías que estaban en la pared. Sophie y Emma le devolvieron la mirada, y el parecido que había entre ellas era evidente para cualquiera que quisiera verlo.

—¿Nos estaremos volviendo locos con los detalles? —dijo—. ¿No será el asesino que buscamos simplemente un individuo al que le atraen chicas como éstas? —Él mismo negó con la cabeza—.

Muy bien, Steve, pon a tu gente a indagar sobre Allan. Quiero saber por qué nos ha mentido. Y quiero saber si esa tal Linnet es Carolyn Reid. Si es ella, quiero saber dónde está. Quiero saber si hay alguna conexión entre Dennis Allan y Ashley Reid.

Media hora más tarde, McCarthy, mientras despachaba los asuntos urgentes que tenía sobre la mesa, logró ponerse al día sobre los detalles de la visita de Corvin a Manchester.

—¿Tú crees que Greenhead sabe algo? —le preguntó, deduciendo del informe, después de la reunión.

—Sabe algo de Sandra Ford, pero no veo muy claro que tenga que ver con todo esto… Nos estamos remontando a hace veinte años. —Corvin se detuvo un momento, en actitud pensativa—. No le creo capaz de encubrir un asesinato, a menos que estuviera decidido a resistir hasta el final.

—¿Y si le mandamos a otra pareja de agentes?

Corvin negó con la cabeza.

—Si vamos a por él otra vez, se rodeará de un muro de abogados. Ya he tenido tratos con él antes.

McCarthy consideró el asunto.

—Entonces, o necesitamos algo concreto con lo que presionarle, o alguna razón para convencerle de que colabore.

—Eso me parece mejor —dijo Corvin.

Después de cerrar la puerta y mirar la pared medio pelada y los montones de trozos de papel pintado por la escalera, los sentimientos de Suzanne se oscurecieron. Un pesado cansancio le absorbía la energía como si, al quedarse sola, no tuviera motivos para mantenerse erguida, para seguir.

Conocía muy bien aquel sentimiento y sabía lo que tenía que hacer para luchar contra él. Hizo acopio de pequeñas reservas y se puso a barrer las tiras de papel pintado que había por la escalera. Funcionó esta vez, y comenzó a sentir el regreso de la energía. Una vez que hubo limpiado la escalera y el rellano, y levantado el plástico protector que había colocado sobre la moqueta, se sintió mejor. Pero estaba oscuro en el rellano y por la escalera, y la oscuridad amenazaba con traer de vuelta la depresión que hasta el momento había logrado derrotar. Metió el papel en una bolsa de basura y la puso junto a la puerta. Luego la sacaría. ¿Y ahora qué podía hacer? Dejó que la idea de su investigación le vagara por la mente. La saboreó y decidió que no le iba a hacer daño comprobarlo. Una cosa que podía hacer era acabar de transcribir las entrevistas, tenerlas todas en el ordenador.

Volvió a sopesar la idea, y vio que iba a ser capaz. Subió a su despacho, que estaba en la buhardilla, y cerró la puerta. Frunció el ceño al ver los papeles amontonados en la mesa. La siguiente semana tal vez debería sacar un par de horas para ordenar el estudio. La idea le atrajo bastante. Encendió el ordenador y sacó las transcripciones del cajón del escritorio.

El acto mecánico de teclear un texto le dejaba libre los pensamientos. Logró desviarlos de las zonas en sombra y encauzarlos hacia cosas más amables. Días de sol. Paisajes extendidos a sus pies, en una leve bruma sobre la hierba reciente. Sombras en las rocas. Los campos de brezo y los arándanos.

Steve… Se adentró en aquel pensamiento con la cautela de quien pisa terrenos desconocidos, tanteando por donde la tierra firme se perdía en salientes cubiertos de hierba. Iba a llamarla mañana, ¿y después…? El tiempo diría. ¿Qué estaría haciendo en aquel momento? Aquella era una pregunta absurda. Estaba buscando a Ashley.

Fue a buscar su cuaderno de notas para ver las direcciones que había apuntado. Ashley había vivido en la urbanización Green Park, donde iban a demoler ahora los bloques de pisos. Y también Lee, antes de que su familia se cambiara. Lee tenía familia. Ashley no. Por lo que había leído de su historia en la breve lectura que había hecho, se deducía eso. Afecto. Falta de afecto. En una institución tras otra, en entornos fríos e inhóspitos. Se acordó de una cosa que le había dicho Richard, una de las pocas cosas que le había contado de Ashley.

Muchos de estos chicos han tenido vidas muy duras, han pasado por situaciones que no te podrías ni imaginar. Pero no es eso lo que les ha causado el problema. Mira a Ashley. Nadie se ha preocupado realmente de él nunca en su vida. Esa es la raíz de su problema, creo yo. No le ha querido nadie. No ha habido nunca nadie cerca de él que se preocupara por su persona. Eso es muy difícil de superar.

Tal vez fuera más fácil esconderse tras una fachada de percepción neblinosa, y dejar tu ser a salvo bien adentro. Pero, ante ella, Ashley sí habría mostrado un poco de su ser, lo suficiente para hacer que se preocupara por él. Lee tenía que saber algo, empezaba a estar totalmente segura de eso. No iba a decirle nada, pero quizá si pudiera darle un recado. Podría decirle a Ashley que ella quería hablar con él.

Miró la foto de Adam, y la cara pálida de Ashley pareció recrearse entre ella y la fotografía que tan bien conocía. Sus ojos, oscuros y graves, la miraron en lugar de los de Adam, con su melena oscura sobre los rizos cortos de Adam. Su sonrisa, cautelosa y defensiva, sustituyó por unos instantes el dulce gesto de Adam. Ella había dejado solo a su hermano, su padre estaba en lo cierto. Al final, había sido culpa suya. No dejaría solo a Ashley.

La enfermera del distrito era una mujer enérgica, con una voz firme y segura, y el aspecto de alguien que tiene que encajar en un día de veinticuatro horas más cosas de lo que sería razonable. Se presentó como Janet Middleton, y hablaba con Barraclough mientras iba metiendo cosas en el coche.

—Tengo que acabar esto. No se moleste. —No era una pregunta.

—Usted visita a Rita Cooke en la urbanización de Gleadless, ¿no es así, señora Middleton?

Janet Middleton comprobó el contenido de su bolso.

—Sí, bueno, estuvo en mi lista unos meses.

—¿Es cierto que estaba usted allí el pasado veintinueve de marzo?

Barraclough se dio cuenta de que estaba empezando a repetirse. Había algo en aquella mujer que le recordaba a una profesora muy estricta que había tenido en el bachillerato.

—Sí, la veía los lunes.

La eficiencia que podía aportar un día de la semana a una fecha reforzó su sensación de utilidad, y su sonrisa, educada y profesional, comenzó a mostrarse aduladora.

—Ese fue el día que murió la vecina de la señora Cooke, ¿recuerda?

Janet Middleton asintió con la cabeza, con expresión de gravedad.

—Sí, la vi unas cuantas veces. Le hacía compañía a la señora Cooke. Una mujer agradable, pero no muy alegre. —Hizo una mueca de impotencia—. Aunque es muy fácil decirlo a posteriori. La señora Cooke estaba alterada.

—¿Habló usted con nosotros en su momento? —preguntó Barraclough.

—No. No hubo necesidad. Quiero decir que todo había pasado ya cuando yo llegué, sólo quedaban unos cuantos vecinos merodeando por allí, y la pobre Rita con un ataque de nervios. Se hizo un lío con lo de tener que adelantar el reloj. Aquel día ella iba con una hora de retraso. A mí me armó un escándalo por llegar tan pronto.

Barraclough se quedó pensando. Se le había olvidado que el día veintiocho era cuando se adelantaban los relojes, pero los oficiales del caso no habrían pasado por alto ese detalle. La hora de Rita Cooke era una de las cosas que apoyaba la versión de Dennis Allan.

—¿Se lo dijo?

—A una señora de la edad de Rita Cooke no se le puede decir que se le ha olvidado algo. Y a Rita, menos aún. Me limité a cambiar la hora de los relojes de su casa y no le dije nada. Así no hubo problemas.

Excepto, pensó Barraclough, que Dennis Allan volvió del trabajo en realidad una hora antes de lo que habían pensado. ¿Tendría aquello alguna importancia? Se tuvo que ir del trabajo antes de lo habitual. ¿Por qué?

Janet Middleton la estaba mirando fijamente.

—Estoy en lo cierto, ¿no le parece? Así no hubo problemas.

Barraclough no pensaba engañar en nada a aquella mujer, pero tampoco quería que empezara a haber rumores de algo hasta que estuviera completamente segura.

—Eso nos resuelve una pequeña discrepancia con la hora —dijo—. Nada grave.

Dennis Allan encendió un cigarrillo, sentado detrás de la mesa frente a él. Se le veía menos evasivo que preocupado por salir airoso de lo que se había convertido en un problema que empezaba a superarlo. McCarthy se había esforzado por establecer una corriente de simpatía entre ellos, haciéndole ver que comprendían a la perfección la situación tan difícil por la que estaba pasando, y que los sucesos del caso tal vez habían precipitado. Y parecía que se iban acercando a algo, algo que ponía nervioso a McCarthy por impaciencia, cuando se volvían a alejar y había que acercarse otra vez. En aquel momento estaba concentrándose mucho en conseguirlo.

Brooke pensaba que Allan era el inteligente asesino que andaban buscando. McCarthy no estaba muy seguro. No había duda de que ocultaba algo, pero la tensión y la angustia se le disparaban cada vez que abordaban la muerte de su esposa, más que la muerte de su hija o de Sophie Dutton. Dennis Allan seguía afirmando que sus sentimientos hacia Emma no cambiaron en absoluto por lo que le reveló su mujer.

—Seguía siendo mi hija. Eso no se cambia. Y no era culpa de Em. Fue Sandy quien…

McCarthy dejó que el silencio surtiera su efecto.

—Hablemos de su esposa, de Sandra. —Vio el agotamiento en los ojos de su interlocutor. Se estaba quedando sin defensas. *Intenta acorralarle despacio.*

Empezó a mirar unas notas del expediente sobre Sandra Allan. No necesitaba mirarlas, se las sabía casi de memoria, pero quería que la tensión aumentara un poco. Empezó por llevar a Allan a la época en que conoció a Sandra, los primeros tiempos de su relación. Se daba cuenta de los cambios de postura del abogado de Allan en el asiento, y mantuvo sus ojos clavados en los de Allan, estableciendo una relación entre ellos basada en su superioridad y en la debilidad del otro.

—Su antiguo *manager*, Peter Greenhead —dijo, sin dejar de mirar a Dennis Allan, que estaba muy colorado—, se lo ha montado bien.

—Ya lo sé —dijo Allan. Su voz tenía un tono irritado, resentido.

—Greenhead se acuerda de su esposa. —Allan le miró, con cautela esta vez—. Nos dijo que era una «grupi». Utilizó exactamente el término de «la bici del bus».

Allan miró a McCarthy con una sincera sorpresa en los ojos, antes de que el impacto de aquellas palabras le hiciera ruborizarse de forma exagerada.

—Eso es… ¿Pero cómo es pos…? ¿Por qué dice Pete una cosa así?

—¿Porque era verdad? —sugirió McCarthy—. ¿Está usted diciendo que eso no es cierto?

—No. Quiero decir, sí. No es cierto. Le estoy diciendo que eso no es verdad.

En aquel momento Allan empezó a hablar atropelladamente, trabándose con las palabras, más animado de lo que McCarthy le había visto hasta entonces, defendiendo la reputación de su esposa muerta con más energía que la empleada en su propia defensa.

Ella había estado enamorada del guitarrista de la Velvet, Don J. Al principio había sido un poco un juego.

—Era muy joven entonces —dijo Allan.

Él no pensaba que aquel hombre llegara a tomársela muy en serio. Sandra faltaba al colegio si sabía que estaban ensayando, hacía café, compraba cigarrillos, o lavaba y planchaba la ropa del escenario.

—A veces se venía con nosotros en la furgoneta si teníamos algún bolo por los alrededores. —Hubo una vez en que se fue con ellos un poco más lejos—. No tenía nada de malo —dijo.

McCarthy no veía en sus palabras nada que contradijera lo que había dicho Greenhead. Se lo hizo ver a Allan, que se desplomó en la silla.

—Eso no tiene que ver con nada de esto —protestó—. Sandy ha muerto, ¿a qué viene remover el pasado?

Su abogado carraspeó y pidió un pequeño descanso.

—Tengo que hablar de esto con mi cliente.

McCarthy asintió con la cabeza. Le parecía bien que Allan sufriera un rato.

Cuando reanudaron la declaración, descubrió, para su sorpresa, que Allan estaba deseoso de hablar.

—Mi cliente está dispuesto a contarle esto para dejar claro que no tiene nada que ver con el crimen que están investigando —dijo el abogado.

McCarthy aceptó de buen grado. Miró a Allan.

—Pues, vamos a ver —dijo a Dennis—. Me estaba hablando usted de Sandra.

—Sé que Don J. estaba metido en algo fuerte —continuó—. No me parecía que se preocupara por Sandra. Era una niña de catorce años.

McCarthy se preguntó por qué dejaban a una niña de catorce años que estuviera por allí rondando en los ensayos, de gira. No dijo nada, se limitó a asentir otra vez con la cabeza.

—Poco después fue cuando me vino a pedir ayuda —dijo Dennis—. Se había metido en un rollo muy malo. Él la había metido en un rollo muy malo. —Movió varias veces la cabeza ante la expresión de pregunta en McCarthy—. Malos rollos, ya se puede imaginar. Esas cosas ocurren como si nada, el mundo de los escenarios hace que la gente se ponga un poco… —Se retorció las manos, haciendo sonar los nudillos. Miró a McCarthy, a su abogado, después bajó la vista a la mesa—. Se lo montaban en grupos de tres, de cuatro, ese tipo de historietas, con pastillas, así era como la engañaban.

McCarthy se mantenía inexpresivo, pero Allan debió de interpretar algo en su cara, porque dijo, con alarma:

—¡Yo no lo sabía! ¡No tenía ni idea!

Después Sandra acudió a él cuando se enteró de que estaba embarazada.

—Buscaba ayuda. No sabía quién era el padre. Pero ya era demasiado tarde para hacer nada, y, bueno, pues… —Movió la cabeza con pesar—. Era una niña.

—¿Y qué fue de Don J.? —preguntó McCarthy.

Allan hizo una mueca de rechazo.

—Desapareció —dijo—. Supongo que porque ella era menor, catorce años, y él la dejó que se las arreglara sola.

—¿Y sus padres?

—Lo que más les preocupaba era que no se supiera. Se vino a Sheffield a tener el niño. Tenía familia aquí.

Perdieron el contacto. Allan dejó la banda, se buscó un trabajo.

—Volví a encontrármela a los cuatro años —dijo—. A mí siempre me gustó, siempre me pareció que era, pues... —Se le entristeció la cara.

Sandra Ford tenía una fuerte drogadicción: la adicción a los tranquilizantes que la martirizó toda su vida.

—Puede que empezaran a gustarle otras cosas —dijo—. Yo no logré hacerla feliz. Yo la quería —añadió—. Pensé que iba a poder ayudarla.

Se casaron a los pocos meses del reencuentro, cuando Sandra estaba embarazada de Emma.

—Yo creí que se le había pasado lo de Don J. —dijo Allan—, pero creo que me equivoqué.

McCarthy preguntó:

—¿Y el tal Don J. era el padre de Emma?

Allan asintió con la cabeza.

—Nunca llegó a olvidarlo —dijo, y se encogió de hombros—. Don J. Fue Linnet la que se lo puso. Por Don Juan, de lo mujeriego que era. Se metía mucho con él de broma. Era la única chica que no lo tomaba en serio. En aquella época. Pero su nombre era Phil. Phil Reid.

McCarthy bajó la mirada al cuaderno, al no estar muy seguro de no reflejar nada en la cara. *Reid. Phillip Reid.* Veía las notas de Tina Barraclough como si las tuviera delante. *Padre: Philip Carl Reid.* Linnet y Don J. Carolyn y Phil. Los padres de Ashley Reid.

Los pecados del padre.

El resto de la historia de Dennis Allan fue saliendo despacio, pero de forma inexorable. McCarthy empezó a trabajar la situación para sacarle la historia que verdaderamente querían conocer: la historia de la muerte de Sandra Allan. Releyó con rapidez la declaración que Allan hizo en su momento.

—Dennis, usted dijo... —comprobó la fecha—, el veintinueve de marzo, que llegó a casa del trabajo a las seis de la madrugada.

Allan se miró las manos y asintió:

—Sí.

—Y encontró a Sandra muerta. Eso fue lo que nos dijo. —Silencio—. ¿No es así, Dennis?

—Sí —contestó, casi susurrando.

McCarthy le miró. Tenía la culpa grabada en la cara.

—¿Está seguro, Dennis?

Notó que el abogado se revolvía en la silla y mostraba deseos de intervenir, pero McCarthy tenía el mando en aquel momento, y le silenció con una mirada.

Dennis volvió a hablar en voz muy baja.

—Fue porque la señora Cooke había dicho que no llegué hasta las seis de la madrugada. Si no hubiera sido por eso, habría dicho algo antes, algo… —Se le desvaneció la voz, y se quedó mirando al frente, con la mirada perdida. Cuando volvió a hablar, su voz era monótona:

—Salí de casa para ir a trabajar, iba muy enfadado, muy enfadado con ella. Había hecho todo cuanto había podido. Hice demasiado. Siempre me estaba diciendo que no servía para la música, que no era como Pete, que no era como Phil. Sí, sí, hablaba de él a menudo. Y después siempre: «Por favor, no me dejes, no podría soportarlo, si me dejas, me suicido». —Miró a McCarthy—. Por mi parte, podríamos haber empezado de cero otra vez. Pero Sandy no podía salir de Sheffield. Decían que era agorafobia, pero ahora que lo pienso… Debió de encontrarse otra vez con Don J. en Sheffield. ¿Tenía la esperanza de que él volviera? —Se frotó las manos con nerviosismo, como si las tuviera frías.

—Intenté montar otro grupo, pero entonces pasó lo del accidente. Había vuelto conmigo otra vez, no teníamos dinero, Emma era pequeña, no paraba de llorar. No sé. Salí por ahí y me emborraché. Después cogí el coche… No lo habría hecho si ella…

McCarthy recordaba la condena que le habían puesto por conducción temeraria, la niña que se murió y el auto de prisión.

Allan se quedó callado. McCarthy sopesó el momento, y le ofreció un cigarrillo. Allan lo aceptó y, después de dar unas cuantas caladas, dijo:

—Me fui del trabajo más pronto de lo normal. No me lo quitaba de la cabeza. Tenía que arreglar las cosas con ella. Estaba en la cama. Tenía problemas para respirar y había estado enferma y… No respiraba bien y había vomitado y… Había un olor… yo no sabía… No era como las otras veces que lo había hecho. Dejó una nota. Yo no sabía qué hacer. La leí. Iba a llamar… —Captó la mirada de McCarthy—. Se lo juro. Leí la nota y luego me quedé allí sentado. No sabía qué hacer. —Miró a McCarthy con las lágrimas rodándole por las mejillas. Pese a su propio criterio, McCarthy sintió pena por aquel hombre—. Y luego me senté en el borde de la cama, la cogí de la mano y se lo dije… De verdad que lo hice, sí que lo hice… Por eso estuve a su lado tanto tiempo, porque la quería. Pero ya no respiraba, yo no veía que respirara. Y me quedé allí más tiempo porque ya no había prisa, y luego llamé a la ambulancia. —Le temblaba la mano al llevarse el cigarrillo a la boca.

—¿Qué hizo con la nota? —McCarthy mantuvo la voz neutra, empujando a Dennis hacia el camino que él mismo había elegido.

—La tiré. La quemé antes de llamar. Tiré las cenizas por el fregadero. No podía permitir que la viera nadie. ¡Eso no! —Se tapó la cara con las manos.

McCarthy se preguntó qué revelaciones habría en la nota que le alteraban tanto. Se preguntó que revelación podía ser peor que la que ella acababa de darle.

—Pero ahora tiene usted que contarlo. Lo sabe, ¿verdad?

Dennis Allan apoyó la cabeza en el borde de la mesa. Asintió una vez, con brevedad, casi de forma inaudible.

—Sí. —Su voz era vacilante, insegura.

—¿Qué decía en aquella nota? ¿Qué decía Sandra? —McCarthy se inclinó hacia delante para acercarse a aquel hombre y transmitirle la sensación de que era un intercambio de confidencias, de privacidad, de secretos.

Allan mantuvo los ojos clavados en la mesa, la voz baja y monótona:

—Hablaba de Emma, de que como ya me había enterado todo se había terminado.

McCarthy esperó. Podía entender que Allan rompiera la nota en su momento, pero ya no era ningún secreto. ¿Qué más había que Allan no quería contarle?

—¿Dennis? —dijo, para que siguiera hablando.

La voz de Allan era un susurro.

—Hablaba de Em. Decía que tenía un novio. Decía que… Por

eso lo hizo… Sandy… Se echaba la culpa a sí misma por no haber dicho la verdad. Decía que Em tenía derecho a saberlo. —Allan se tapó la cara con las manos. McCarthy esperó—. Decía que… Que el novio de Em… El hombre con el que estaba saliendo era… era Don J. Era Phil Reid. Y Em no lo sabía.

McCarthy cerró los ojos y oyó llorar a aquel hombre en silencio.

Los pisos estaban vacíos. El sol brillaba contra los muros del bloque, calentando el color gris del hormigón, y sus rayos se reflejaban en las barandillas metálicas de los balcones. Las ventanas estaban cerradas con tablones de madera atravesados, las habían ido cerrando todas a medida que se habían ido quedando vacías las viviendas. Pero no tuvo que pasar mucho tiempo para que los tablones de las puertas aparecieran arrancados y cada piso fuera desvalijado. A veces habían quedado al descubierto los ladrillos tras haber arrancado los cables, las cañerías, las instalaciones eléctricas. Cada cosa tenía su valor y su mercado. El conglomerado de las ventanas se alabeaba en las zonas por las que había entrado el agua de la lluvia, se retorcía y se soltaba de los marcos. Los artistas de graffiti habían dejado muestras de su trabajo en las paredes del edificio, y los tablones de madera estaban decorados con firmas, nombres, fechas, con pinturas que habían goteado por las paredes antes de secarse, en colores blancos y negros. Las pintadas eran más toscas cuanto más altas estaban. El verdadero reto consistía en dejar tu firma en el sitio más peligroso, en el más inaccesible. En las partes bajas, los artistas tenían más tiempo y algunos se esmeraban más que otros. Las palabras en tres dimensiones sobresalían de los muros, y los colores se descascarillaban sobre las partes de ladrillo y sobre las puertas metálicas de los garajes.

Un gato con la mirada aviesa de vagabundo atravesó el patio por delante de los garajes. Algunas puertas del garaje estaban arrancadas, otras cerradas, y había también algunas medio abiertas que servían de refugio a la gente que necesitara algún sitio donde guarecerse de la noche, algún sitio donde esconderse de la mirada de otros. A la izquierda del bloque, en una puerta, aún cerrada con candado, se leían las iniciales decoradas de LB en rojo y azul, rodeadas por un círculo rojo.

Hacía poco que el Ayuntamiento había vuelto a pasar por allí para asegurar las viviendas contra los intrusos. El acceso a la escalera había sido bloqueado con cadenas, y habían vuelto a poner tablones en los pisos bajos. Los trabajadores se habían negado a entrar en los pisos que la gente había ocupado, con aquel olor a residuos humanos, las agujas desechables y el papel de aluminio ennegrecido. Pusieron tablones en las puertas y ventanas, y se marcharon. Ahora empezaban a regresar los otros residentes. Se oían voces en la parte de atrás de los bloques, voces de chicos jóvenes, varones; el chirrido de unas ruedas, el sonido del motor de un coche al acelerar.

El gato se escabulló en la oscuridad de uno de los garajes.

14

Brooke escuchó a McCarthy, que le explicaba cómo había ido la entrevista con Dennis Allan.

—Dice que el tal Don J., es decir, Phillip Reid, se estaba acostando con su propia hija, ¿y eso no le parece motivo de asesinato? —Brooke se mostró incrédulo.

McCarthy le contó la información que tenían.

—Según ha dicho Allan, Emma no lo sabía. Sabía que Allan no era su padre, pero no sabía quién era su padre. Y según nos contó Polly Andrews, cuando habló de «un tío mayor» con el que Emma quedaba a veces, era un contacto para las drogas, no un novio.

—Aun así, incluso si acabó vendiéndole pastillas a su padre, es una maldita coincidencia. —Brooke se quedó en blanco unos instantes—. A ver si me entero, Steve, quién lo sabía y quién no.

McCarthy repitió la historia que le había contado Dennis Allan con tanta lentitud, fragmento a fragmento, exponiéndole, delante de los oficiales y de su abogado, la historia de lo que Sandra le había contado a su marido poco antes de su muerte. Phillip Reid, Don J., había vuelto. Había estado viviendo en Estados Unidos, se había casado, pero luego su matrimonio se había roto y había vuelto a Inglaterra. A Reid no le había importado comenzar lo que Sandra creyó que iba a ser una relación, pero que para él no fue más que el ligue de una noche. Cuando se enteró de que estaba embarazada otra vez, fue a buscar a Reid, pero él ya se había marchado.

—Al parecer, ella conocía a la familia de la ex mujer de él —dijo McCarthy—. Los Walker. O sabía de su existencia. Acudió a ellos para ver si lograban encontrarlo, pero no dieron con él.

Sandra se estaba viendo entonces con Dennis Allan, que por lo visto mantuvo contacto con ella durante muchos años.

—Quizá ella pensó que el hijo era de Allan —dijo McCarthy—. Que podía ser de él. Desde luego Dennis Allan no tenía ninguna duda, hasta el bombazo de Emma.

The Beeches era un edificio grande de piedra. A Barraclough le dio la impresión de que en otro tiempo había tenido un extenso terreno, pero ahora estaba rodeado por una urbanización moderna, cuyas casas parecían de muñecas, con los exteriores decorados y pequeños cuadrados de hierba junto a las entradas de los garajes. Corvin echó una mirada crítica a la fachada de piedra mientras Barraclough paraba el coche.

—Cuesta un montón mantenerlo —dijo—. Quieren tirarlo.

Barraclough vio una fila de sillas en una de las ventanas de la planta baja y una cabeza que se giraba con torpeza a mirarlos. Unos cuantos peldaños subían hasta la puerta de delante. Alguien había construido una rampa de hormigón junto a los peldaños. Feo, pensó Barraclough, pero probablemente útil.

Atravesaron la puerta de la entrada. El suelo era de un rojo desvaído y las paredes necesitaban una mano de pintura. Olía a desinfectante por encima del olor a orines que Barraclough asociaba siempre con las residencias de ancianos. Barraclough buscó algún lugar donde anunciar su llegada. Al final, vio un timbre en la pared encima de un letrero en el que ponía RECEPCIÓN, escrito en letras pequeñas. Lo apretó, y esperaron.

—¡Pufff! Esto es una mierda —dijo Corvin—. Voy a buscar a alguien.

Pero justo en ese momento apareció por la escalera una mujer vestida con una bata blanca y les sonrió con cierta reserva.

—Sí, habló usted conmigo —le dijo a Corvin cuando se presentó—. Soy la directora, señora Court. Ustedes quieren ver a Catherine. Los está esperando.

—¿Cómo se encuen...? —Barraclough no estaba muy segura de cómo plantear la pregunta.

—¿De su enfermedad? —dijo la mujer—. Tiene días mejores y días peores. —Empujó las puertas dobles que tenían delante—. Por aquí, pasen.

La siguieron por un pasillo hasta otras puertas dobles. Se oía de fondo un ruido de loza que estaban cambiando de sitio, y luego alguien gritó y se golpeó con algo. Pasaron entonces a una sala grande, en la que había sillas pegadas a las paredes y una fila en medio de la habitación. La mayoría de las sillas estaban ocupadas por personas que miraban a las paredes, al suelo, a nada. Eran sillas bajas, con asientos hundidos. Realmente no había nada a lo que mirar, aparte de la televisión. Allí era más fuerte el olor a orín.

La señora Court se acercó a una de las personas que estaban sentadas y le gritó al oído:

—¿Catherine? ¿Catherine? Han venido estas personas a verte.

Una mujer menuda, con el pelo blanco y la piel pálida y frágil, los miró. Se levantó de su asiento despacio, apoyándose en el brazo de la señora Court.

—¿Vienen ustedes de parte de Carolyn? —preguntó, mirando con ansiedad a Barraclough.

La agente no sabía qué decir.

—No —contestó, tras un momento de silencio—. No venimos de parte de Carolyn.

—Quieren hablar contigo —dijo la señora Court, con el mismo tono de voz exagerado—. Han venido a sacarte a dar un paseo.

La mujer la miró, y después a Barraclough y a Corvin, frunciendo el ceño con desconcierto.

—Yo no quiero ir a dar un paseo —dijo.

Barraclough sentía el nerviosismo de Corvin que estaba a su lado. Intentó captar la mirada de la anciana y le sonrió.

—Queremos hablar con usted de su nieto, de Simon —dijo.

Catherine Walker se puso atenta de pronto.

—¿Te conozco? —dijo, mirando fijamente a Barraclough. Le puso la mano en el brazo y tras darle unas suaves palmaditas, repitió—: ¿Te conozco?

—No, señora Walker. Soy agente de policía, la oficial Barraclough, y él es el sargento Corvin. Nos gustaría hablar con usted de Simon.

—Simon. —Los ojos de la anciana vagaron por la habitación. Volvió a mirar a Barraclough—. ¿Vienes de parte de Carolyn? —dijo.

—Esto no nos lleva a ninguna parte —murmuró Corvin.

—Hace muy buen día —dijo Barraclough, mirando aún a la anciana—. ¿Le apetece salir al jardín?

Por lo que veía Tina Barraclough desde allí, no había mucho jardín, pero daba el sol en la zona cubierta de gravilla que estaba delante de la casa, y había macizos de flores en los bordes. Catherine Walker se agarró al brazo de la agente y ambas se encaminaron despacio hacia la puerta.

Cuando iban por el pasillo, Barraclough sintió que la mujer le agarraba el brazo con más fuerza.

—¿Le importa que vaya con usted? —susurró al oído de Barraclough—. A mí no me gusta esto. No sé… Mi hija va a venir a buscarme dentro de poco.

—¿Ah, sí? —Barraclough la guió hacia la puerta.

—Hace tiempo que no la veo. —Barraclough bajó la mirada hacia los dedos temblorosos que le agarraban fuertemente del brazo, después miró a Catherine Walker a la cara y vio en ella el miedo y la desesperanza.

—Estoy segura de que se encontrará bien —dijo—. Puede que venga su nieto a verla. —Ya habían bajado los peldaños de la entrada y estaban al sol.

Con el ruido del tráfico costaba mucho trabajo entender las susurrantes palabras de la señora Walker.

—Con el problema que tiene el pobre —decía la anciana—. Simon siempre tuvo ese problema. —Tenía la cara pálida y la mirada perdida en la distancia.

Barraclough asintió.

—Sí. —No quería distraer aquel frágil hilo de la memoria.

—Pero le ha ido muy bien —dijo la anciana, con una orgullosa sonrisa.

—Sí —volvió a decir Barraclough, para animarla a seguir.

—Yo se lo dije, «Verás como puedes hacerlo», le dije. Se puso muy contento. —En aquel momento había un ligero brillo en sus ojos, como si su mente se liberara de las nubes negras. Barraclough sintió verdadera compasión por la persona que estaba junto a ella—. Nuestro Simon... en la universidad. Ni siquiera Carolyn lo consiguió.

Barraclough esperaba de un momento a otro que la historia se fragmentara en la mente de aquella mujer. Hacía esfuerzos por contener la impaciencia.

—No me acuerdo ahora —dijo—, ¿en que universidad estaba? ¿En la de Sheffield?

Catherine Walker la miró.

—Pues claro, en Sheffield. —Una lenta perplejidad se apoderó de su rostro—. ¿Te conozco? —dijo—. ¿Vienes de parte de Carolyn?

Por el rabillo del ojo, Barraclough vio a Corvin con los dos pulgares hacia arriba y haciéndole un gesto de que se marcharan ya de allí.

Volvieron a entrar despacio al interior del edificio. La señora Court no estaba cuando llegaron a la sala grande. Una acelerada mujer vestida con una bata rosa llevó a Catherine Walker hasta una silla y la sentó con firmeza.

—Venga, Catherine, bonita, siéntate aquí. Así, muy bien.

Catherine miró desde la silla a Barraclough.

—¿Vienes de parte de Carolyn? —dijo—. ¿Vendrá a recogerme?

Barraclough no sabía qué decir. Negó con la cabeza.

—No vengo de parte de Carolyn. Gracias, señora Walker. Nos ha sido usted de gran ayuda. —Y antes de que la anciana le respondiera, se dio la vuelta y siguió a Corvin, que ya se encaminaba hacia el coche.

Suzanne llevaba media hora esperando. Había aparcado cerca de los pisos a los que se había mudado la familia de Lee cuando se fueron de Green Park, frente a la entrada de un garaje. Según ponía en los informes, Lee seguía viviendo con su familia. Confiaba en que saliera de marcha siendo sábado por la noche, en que hubiese ido al centro. Tenía que pasar por allí. En la gasolinera había mucho movimiento.

Suzanne veía los coches que salían y llegaban. Veía a la gente que entraba en la tienda que estaba abierta toda la noche. Parecía el sitio más cercano a los pisos para comprar el periódico, tabaco, dulces y chocolatinas. Veía las brillantes franjas de colores primarios, rojo y amarillo, y la luz de la marquesina, rebosante sobre los surtidores de gasolina, la luz brillante del escaparate que iluminaba la entrada a la gasolinera, mientras caía la noche. Un grupo de jovencillos merodeaban por la carretera, utilizando la entrada a la gasolinera como trampolín para sus patines, con complicadas maniobras y saltos. Dos chicas, vestidas con escasa ropa aun para ser una noche de verano, se paseaban por allí sobre unos zapatos imposibles.

En ese momento lo vio, en dirección a las dos chicas, mirándolas con descaro al pasar junto a ellas. No había ninguna duda: aquel pelo rojo, aquel aire arrogante. Abrió la puerta del coche y salió, cada vez más insegura de lo que hacía, justo cuando llegaba el momento de actuar. Él empezó a caminar más deprisa y ella corrió tras él, llamándolo:

—¡Lee! ¡Lee! ¡Espera!

Él se dio la vuelta de repente. No parecía sorprendido.

—Lee —dijo ella, otra vez. No sabía cómo empezar. El corazón le latía muy deprisa y se dio cuenta, con vergüenza, de que estaba aterrorizada. Él permaneció delante de ella, en actitud de alerta, dispuesto a reaccionar ante cualquier amenaza o promesa que pudiera hacerle. Suzanne se detuvo a unos cuantos pasos de distancia.

—¿Qué pasa? —dijo él, al cabo de unos instantes. Se lo veía cauteloso y en guardia.

Suzanne intentó mostrarse segura y serena.

—Lee, por favor, tengo que hablar contigo. Sólo quie…

Lee retrocedió unos pasos.

—Yo no hablo contigo —dijo—. Se la pegaste a Ash, pero a mí, no.

Era absolutamente normal que él pensara eso. Hablar con la policía era siempre una traición. Ella lo sabía.

—Yo no … —dijo ella—. Encontré a una chica muerta, Lee. Yo no … La policía no entendió lo que yo dije. Tengo que contárselo a Ashley. Tengo que localizarle. ¿Tú sabes…?

Se maldijo por dentro nada más oírse pronunciar aquellas palabras.

—¿Podrías decirle...?

La calle estaba tranquila en aquel momento. Estaban en la parte oscura, lejos de la tienda, y el flujo continuo de transeúntes había cesado. Los coches pasaban rápidos, sin ver. Lee relajó su postura de alerta y, por un momento, Suzanne pensó que iba a escucharla. Él avanzó hacia ella, y la oscuridad era aislada y peligrosa. Suzanne se echó hacia atrás cuando él la agarró del brazo.

—¿Qué quieres tú de Ash? —Hablaba entre susurros, pero el tono era de enfado—. No es Ash lo que tú quieres. ¿Entiendes? Si vas por ahí buscando, puede que no te guste lo que encuentres. —Le sujetaba el brazo con tal fuerza que le hacía daño.

Suzanne intentó recordar el buen humor de aquel chico en el Centro Alfa, su actitud de camaradería y diversión, pero sólo se acordaba de la crueldad de sus burlas contra Dean, la frialdad de su oportunismo, la forma en que sus brillantes ojos buscaban la debilidad. Tenía miedo, y él lo sabía. Se esforzó por recuperar el ritmo normal de la respiración, repitiéndose a sí misma que no había ningún motivo para que él le hiciera daño, que no era violento, aunque eso realmente no lo sabía. No sabía nada de él, sólo lo que él había querido mostrar.

—Lee, por favor —dijo, manteniendo como pudo la voz homogénea, a un volumen normal—, dile a Ashley que quiero verle. Dile que tengo que hablar con él.

Empezó a pasar gente por la acera otra vez, y Lee aflojó su mano sobre el brazo de Suzanne, y arrugó los ojos con la sonrisa a la que la tenía acostumbrada. Casi con galantería, la acompañó hasta el coche, abrió la puerta y la ayudó a entrar.

—¿Qué quieres tú de Ash? —volvió a decirle—. Yo no sé dónde está. —Endureció el gesto—. Y ahora vete ya de una puta vez.

Lee cerró el coche con un portazo, y estando ella sentada al volante, dio un manotazo fuerte sobre el techo. Descompuesta, Suzanne metió la llave y arrancó, dirigiendo el volante de manera errática con una mano, mientras forcejeaba con el cinturón de seguridad con la otra. Un taxi se tuvo que echar a un lado para evitarla, y el taxista le gritó algún insulto por la ventanilla. Estaba temblando.

◆ ◆ ◆

La noche empezaba a cubrir el parque. Las sombras de los árboles
se alargaban lánguidas sobre la hierba. Las profundidades del bosque se
iban llenando de oscuridad lentamente. El tejado de Shepherd Wheel reflejaba los últimos destellos del sol, y al poco tiempo el patio de
la noria se convertía en un estanque de oscuridad, y la superficie de la
presa resplandecía entre la negrura bajo la luna. Al final del camino,
en el piso del sótano de la última casa, no se veía luz tras la cortina
rota.

El cubo de basura seguía volcado en el jardín, con el contenido
aún más desparramado por las alimañas que iban por la noche: los ra-
tones, los zorros y las ratas. El pequeño recuadro de tierra excavada
seguía allí, visible entre la maleza. Pero las plantas del semillero se
habían secado con la sequedad del verano, y empezaban a crecer malas hierbas, que volvían a la tierra de la que habían sido expulsadas. A
través de la ventana, los dibujos de la pared brillaban bajo una tenue
luz. Pero la serie había vuelto a cambiar. Primero, la niña, después, la
joven; luego la niña, después la joven; la niña, la joven. La niña. La
niña. La niña.

Suzanne había salido corriendo. Después de su encuentro con Lee en
la gasolinera, se había ido directamente a casa, a su estudio. No quería pensar en aquel momento, en nada. Al día siguiente le contaría a
Steve lo que había dicho Lee, lo que ella pensaba de Ashley: que él se
ocupara. Era su trabajo, lo que hacía normalmente. ¡Las cintas! Nunca le había hablado de ellas. Primero quería aclarar las cosas con Richard. ¡Bah! ¡A la mierda con eso! Le daría también las cintas. Quizá hubiera algo en ellas. Algo que ella no veía.

Se sentó delante del ordenador, cogió las casetes que estaban desordenadas encima de la mesa y las colocó en las estanterías. Si le
daba a Steve las cintas, debería darle también las transcripciones, a
máquina y legibles.

Mecánicamente, sujetó con la pinza del atril las páginas manus-
critas y empezó a teclear. Al principio, se confundía con las teclas y

los comandos. Pero fue recuperando la rutina progresivamente y, a medida que trabajaba, su encuentro con Lee se hacía menos vívido en su cabeza. Al cabo de dos horas terminó la última página, guardó metódicamente, archivó y salió. Cuando apagó el ordenador era casi media noche. Bajó por la escalera a su habitación y miró por la ventana hacia la calle, hacia las sombras de las farolas sobre los arbustos, el tenue brillo sobre las baldosas por la lluvia que había caído. El viento soplaba cada vez con más fuerza, y los setos de los jardines se movían sin descanso, proyectando sus particulares geometrías sobre las aceras. La calle estaba desierta. Reparó de pronto en la cantidad de casas vacías que había a su alrededor: Jane y Lucy se habían ido fuera el fin de semana; la casa de los estudiantes estaba vacía por el verano. Se encontraba en medio de una bulliciosa ciudad, pero vivía en un enclave de fantasmas.

Miró la hora. Se estaba convirtiendo en una ermitaña, ¿y para qué? ¿Para una investigación que no podía terminar, y una subvención que se gastaba en siete meses? Quizá debería dejarlo sin más. Ir al centro de asesoramiento profesional al día siguiente y empezar a buscarse un buen trabajo. Había dejado vaho en el cristal de su respiración y lo limpió. Luego miró más de cerca. Había alguien al otro lado de la calle, de pie, debajo del laurel. Suzanne le veía unos pies con zapatillas de deportes. Se fijó más, y una mano se movió, con un cigarrillo. Una pequeña lluvia de destellos se formó en el suelo cuando la colilla cayó contra el pavimento.

Se sintió incómoda. No había ninguna razón para que hubiera allí una persona de pie, ninguna razón que tuviera algo que ver con ella, pero era un buen sitio para apostarse si lo que uno quería era vigilar su casa, y la de Jane. Frunció el ceño, y se dio cuenta de que se estaba mordiendo las uñas otra vez. Fue al piso de abajo, encendió la luz de fuera al pasar junto a la puerta y decidió echar un vistazo desde la ventana de la planta de abajo. Desde allí vería mejor a quien fuese. Las ramas altas del durillo dulce le quitaban visibilidad, pero por mucho que mirara, allí no había nadie. Se fue entonces a la puerta del lateral y se quedó allí, mirando la calle hacia arriba y hacia abajo. Estaba oscura y silenciosa. Había luz en una de las casas de un poco más arriba, pero Suzanne comprobó cuántas se habían convertido en casas de estudiantes. Se las identificaba por los carteles de «Se alquila» en los jardines delanteros.

La casa frente al arbusto de alheña tenía luz en una ventana. Quizá la persona que estaba debajo del laurel fuera un invitado o un miembro de la familia a la que le obligaban a salir para fumar. Estaba casi segura de que le parecía que la pareja que vivía allí —¿cómo se llamaban?— tenía un hijo adolescente, de unos veinte años, más o menos.

Se irritó consigo misma por estar allí perdiendo el tiempo. Se metió en la casa y corrió las cortinas. Si alguien tenía intención de vigilar, no iba a ser a ella. Subió al cuarto de baño y se dio una ducha. No le apetecía irse a la cama, se puso el camisón y se volvió a la planta de abajo. Puso un casete en el equipo de música —Cleo Laine y John Williams, música para suicidarse, decía Dave—, y se dejó llevar por la melodía. La voz de Cleo Laine se iba deslizando por las notas, mientras cantaba sobre sentimientos, sentimientos de amor... Pero no eran de amor los sentimientos de los que intentaba olvidarse, sino de responsabilidad, de reproche, de culpa. Pero si... *¡Déjalo ya de una vez!* Hizo un esfuerzo consciente y se obligó a centrarse en lo que iba a hacer al día siguiente. ¿Cuántas horas había dormido la noche anterior? La noche anterior...

De repente volvió a ponerse alerta. Se le había llenado la cabeza de pájaros, y por un momento no supo dónde estaba. Las ramas del durillo golpeaban la ventana azotadas por el viento. Suzanne veía las sombras moviéndose a través de la cortina. Entonces, se quedó escuchando. Fue como si alguien... Otra vez. Un golpe, flojo y deliberado, de alguien que estaba llamando a la puerta.

Suzanne fue hasta la puerta de entrada y se quedó escuchando. Se oyeron varios golpes seguidos, y dijo:

—¿Quién es? —y se aclaró la garganta porque la voz le había salido aguda y nerviosa.

No hubo respuesta. Después se oyó otro golpe. Suzanne miró por la mirilla, intentando distinguir algo entre las sombras. El corazón le latía muy deprisa. Y entonces le vio la cara, y se quedó sin fuerzas de la impresión. Se quedó unos segundos apoyada contra la puerta, recuperándose, y después dijo, en voz baja:

—Espera —mientras descorría el cerrojo.

Él cruzó el umbral antes de que a ella le diera tiempo a decir nada, cerró y se quedó mirándola, con la espalda apoyada en la puerta y respirando de forma acelerada. Allí estaba Ashley, delante de ella, pálido, despeinado, con la ropa sucia y arrugada.

—Ashley —Suzanne no sabía qué decirle.

—¡Escúchame! —Su voz era como un alarmado susurro. La cogió por los hombros y la llevó hacia la habitación—. No vayas…

—Ashley. —Tenía muy mal aspecto, como si estuviera enfermo, y con una falta de control de la situación mucho mayor que la suya—. ¿Qué estás haciendo? No puedes …

—No les digas nada. Me está buscando.

—Ashley. —Necesitaba hacerle entrar en razón—, tienes que dejar que te ayude, no puedes seguir huyendo.

Le miró a los ojos, negros, que volvían a transmitirle aquella familiaridad esquiva. ¿Adam? *¡Escúchame, Suzanne!* Respiró profundamente.

—¿Me entiendes, Ashley? —dijo—. ¿Me entiendes?

—¿Dónde están? —preguntó él.

—¿Quién?

—Al lado. Luce.

—Ah, ya, Lucy. No, no están. Se han ido a Londres por el fin de semana.

Ashley se relajó y pareció encontrarse cómodo por primera vez.

—Entonces, bien.

Se apoyó en la pared y cerró los ojos. No podía dejar que volviera a desaparecer. ¿Qué le había llevado hasta su puerta?

—Ashley, déjame ayudarte. —Vio que se ponía en guardia, la miraba con recelo—. Deberías comer algo y descansar bien. Quédate aquí esta noche. Mañana hablamos. Te prometo que no se lo voy a decir a nadie. No hasta que hayamos hablado tú y yo.

No estaba muy segura de si le parecía bien el plan o no, pero la siguió a la cocina, donde ella empezó a cortar pan y a hacer sándwiches. Suzanne no tenía hambre, pero se sentó con él porque era importante que se sintiera acompañado. Estaba contenta, muy contenta, de que no estuviera Michael. De haber estado, no habría tenido ninguna opción. Ashley comía con ganas, y durante un rato concentró toda su atención en comer. Suzanne se preguntaba cuánto tiempo llevaría sin comer. Repasó mentalmente cuál sería la mejor manera de actuar. Necesitaba tiempo para pensar.

—¿Por qué no te das un baño? —sugirió—. ¿O una ducha? —Intentó sonreírle—. No te vendría mal.

Él hizo una mueca con la boca a modo de respuesta, pero no paraba de mirar alrededor. No confiaba en ella, pensó Suzanne con remordimiento. ¿Por qué iba a confiar? ¿Acaso ella confiaba en él?

—Está bien —dijo Suzanne, mientras seguía preguntándose por qué él debía confiar en ella—. Te prometo que no le contaré nada a nadie hasta que hablemos tú y yo mañana, ni haré nada sin decírtelo antes.

Él se quedó mirándola, como sopesando el significado de sus palabras, y asintió bruscamente con la cabeza.

—Tienes la ropa hecha polvo —dijo ella.

¿No quedaba algo de Dave en una bolsa, al fondo del armario de la escalera? Eran más o menos de la misma talla. Le consiguió unos pantalones, una camiseta y calcetines. Ashley los aceptó, aún con actitud de recelo, luego ella le enseñó dónde estaba el cuarto de baño y las toallas en las baldas.

Se fue a su habitación y se puso unos pantalones y una camiseta. En la cocina, cuando habían estado sentados juntos, se había dado cuenta de que el camisón era muy transparente, y de que él también se había dado cuenta. Miró su reloj. Era casi la una. Se fue a la planta de abajo y esperó.

El cielo estaba oscuro y despejado. Empezaba a soplar el viento. Mirando las estrellas, en la frialdad del parque, esperando. Paseando por el bosque en la oscuridad, más allá de los reflejos del río, más allá del silencio ahogado de Shepherd Wheel, más allá de la presa en la que el barro resplandecía a la luz de la luna. *Recuerda. Recuerda siempre.*

Orden. Paredes de ladrillos, rectángulos, puertas. Planos donde las sombras se deslizaban como el agua por las superficies. A lo ancho y hacia atrás. La ventana, oscura, sin nadie mirando.

¿Dónde? Una sombra en el cuadrado de luz, corriendo las cortinas. Una tenue luz en la puerta. ¿Dónde? La oscuridad otra vez. ¿Dónde? *¿Dónde?*

Allí.

Ahora, esperar. Esperar a que todo se quede tranquilo, a que se apaguen las luces y a que el silencio de la noche invada la casa.

Las líneas de los ladrillos como mapas para guiar los ojos, hacia arriba, hacia abajo, a los lados, formando una estructura enloquecida. Desorden. Pero no, no era desorden. Mira, mira la estructura, total y nítida y hermosa, los ojos corriendo entre las líneas, encontrándolo, perdiéndolo.

Esperar.

Media hora más tarde, Ashley bajó. Se deslizó por la puerta y se quedó mirándola, con actitud vacilante. Parecía que intentaba oír los ruidos de fuera. Ahora tenía un aspecto más parecido al que ella le recordaba en el Centro Alfa. Se había puesto los pantalones que le había dado. Llevaba una toalla por los hombros y los pies descalzos. Tenía la piel muy blanca. El pelo, húmedo, le caía en rizos hacia la cara. El vello del pecho era oscuro. A Suzanne no se le ocurría nada que decir. Él fue hacia el centro de la habitación.

—Ya he hecho la cama —dijo Suzanne, con un tono que a ella misma le sonó artificial—. Ven, que te la enseño.

Suzanne se dio cuenta de que tenía que pasar a su lado para ir hacia la escalera. Ashley se quedó donde estaba, en el camino hacia la puerta. Cuando ya estuvieron más cerca, él dijo:

—Fuiste a buscarme... —y le acarició la cara con suavidad. Sorprendida, Suzanne le miró, y él la besó.

Por un momento, se quedó petrificada, y él la atrajo hacia sí, rodeándola con los brazos con tal fuerza que apenas podía respirar. Empezó a llevarla hacia el sofá.

—¡Ashley! ¡Espera! Yo no...

No sabía qué hacer. Necesitaba pensar, recuperar la iniciativa. No había sabido interpretar las señales hasta que fue demasiado tarde ¡Se había equivocado por completo, por completo!

Él estaba besándola otra vez, por lo que le resultaba difícil liberar la boca y no podía hablar. Ashley estaba sobre ella encima de los cojines, con las manos bajo la camiseta, se la sacó por los hombros, por los brazos. Era como nadar contra corriente. Por un momento, no supo si se estaba resistiendo o si estaba consintiendo. Él le besaba la boca, el cuello, el pecho. Ella le empujó con todas sus fuerzas.

—¡Ashley! ¡No sigas! Yo no quiero…

Él relajó el abrazo y se quedó quieto un momento, con la cabeza entre los pechos. Suzanne tuvo que reprimir un fuerte impulso de abrazarle y retenerle allí. Entonces él levantó la cabeza y la miró, con expresión de estar confuso.

—¿Por qué me has dejado entrar? ¿Por qué me has dicho…?

Claro. El sexo era moneda de cambio en el mundo de Ashley. Ella había ido a buscarle, lo había admitido en su casa, le había invitado a quedarse. ¿Qué otra cosa podía esperar?

—Yo quiero ayudarte —dijo ella—. Pero no puedo hacer esto.

Él dejó caer la cabeza hacia delante. Le rodeó la cintura con los brazos y apoyó su cara contra la de ella. Suzanne sintió el calor y el peso de su cuerpo medio encima de ella. Ashley susurró algo y ella tuvo que esforzarse para entenderlo cuando lo volvió a susurrar.

—Perdona…, preciosa…

Suzanne recordó las palabras de Richard: *A Ashley no le ha querido nadie nunca. Nadie se ha preocupado de él.* Quiso decirle algo que le hiciera ver que ella sí estaba preocupada por él, pero sabía que iba a interpretarla mal otra vez. Sentía el peso de la cabeza de él sobre su cuerpo y le tocó el pelo levemente.

—Estamos los dos cansados. Tú estás cansado. Hablaremos mañana por la mañana.

Él levantó la cabeza y la miró.

—¿Me dejas quedarme a dormir?

Suzanne asintió. Ashley tenía lágrimas entre las pestañas.

Necesitaba estar sola, tener tiempo para pensar. Se soltó del abrazo, se levantó, se puso otra vez la camiseta. Estaba rota. Se apartó de él para no darle ninguna señal equívoca.

—Ya sabes dónde está la habitación. La cama está hecha.

Él se detuvo delante de la puerta y la miró.

—Perdona —volvió a decir. Después se acercó otra vez a ella, casi como un niño en busca de consuelo.

—Quédate conmigo —dijo.

Por un momento, estuvo tentada de abrazarle, de hacer lo que él quisiera. Era joven, estaba perdido, y ella quería proporcionarle consuelo.

—He dicho dormir. Mañana hablamos.

Él cerró los ojos, se apoyó en el marco de la puerta y luego le sonrió con aquella cálida sonrisa suya.

—Bueno —dijo.

Se le veía tan joven que a Suzanne se le partía el corazón. Cerró la puerta tras él y oyó sus pisadas subiendo por la escalera.

Introducir suavemente la llave en la cerradura, girarla despacio. La casa llena de aire vacío, llena del silencio del abandono. Peldaños, donde los pies podían pisar uno, dos, tres, cuatro… Siempre un número impar, siempre una comezón en la cabeza. Los pies subían centrados en cada peldaño. Un, dos, tres, cuatro, cinco, seis, siete, ocho, nueve, diez, once… y pararse. Saber pararse en la oscuridad. Luego por el rellano, con una mano en la barandilla y la otra en la pared, suave y rugosa. Desigual. Desequilibrado. Otra comezón.

Más escalera. Estrecha y de caracol. Después la habitación inundada por la luz de la luna. Una cama con el colchón al aire. Un armario contra la pared, encajado. Había que apartarlo, y aparecía otra vez la textura de la pared, suave a los dedos, la trampilla.

Al abrir la trampilla entró en la habitación la polvorienta noche. Después, un desván a la luz de la luna. Otra trampilla. Después sombras polvorientas. Luego una habitación con libros, un escritorio y estanterías. Una silla, que parecía negra a la luz de la luna. Una puerta que daba a una escalera estrecha y empinada, que llevaban a la oscuridad.

Suzanne se quedo en el piso de abajo, arreglando una cama improvisada sobre el sofá. Se abrigó con una manta de lana por el fresco nocturno del comienzo del verano y se hizo un ovillo entre los cojines. Aunque estaba agotada, tardó en dormirse, y cuando por fin concilió el sueño, siguió inquieta, sobresaltada. El viento empezaba a soplar con fuerza. Había rachas repentinas que hacían temblar las ventanas y movían sombras sobre las cortinas. Permaneció despierta, escuchando por si le oía levantarse, por si se movía, por si intentaba marcharse. Se quedó adormilada y se despertó de repente. Había alguien fuera. El viento sopló con fuerza y las ramas del durillo arañaron el cristal de la ventana. Suzanne se dio la vuelta, abrigándose con la manta. Había muchas corrientes de aire. Tenía que hacer algo con eso antes de que llegara el invierno: cambiar los burletes de la puerta de entrada y sellar los marcos de las ventanas. Hundió la cabeza en la almohada y cerró los ojos. Se fue flotando entre las sombras, hasta la calle, flotando sobre las casas oscuras a la luz de la luna. Uno de los monstruos de Lucy bajó por la colina. No lo veía, pero sabía que estaba allí. Era un monstruo silencioso, resbaladizo, pero ella oía sus pisadas si escuchaba atenta. Un *crujido* al otro lado de la puerta, una grieta en la madera.

Ashley le tendía la mano y ella se la cogió sonriéndole. Caminaron por el camino, y todo estaba bien ya, a salvo, todo se había arreglado. Le miró, pero él miraba hacia atrás y ella no terminaba de verle la cara bien. *¡Escúchame, Suzanne!*

Abrió los ojos sobresaltada. Algo la había despertado. En aquel momento, la puerta temblaba por la corriente de aire. Suzanne se quedó un momento escuchando. El viento, una corriente. Volvió a darse la vuelta y se tapó la cabeza con la almohada para amortiguar el ruido. El viento sopló con fuerza otra vez, sonó casi como un grito, las sombras se agitaban sobre las cortinas y las ramas del durillo arañaron el cristal. Miró la hora con los ojos entornados: las tres y media.

Cerró otra vez los ojos, y el sueño llegó en forma de una larga y agonizante caída. Se caía tan deprisa que le costaba trabajo respirar. El aire se le atragantaba y la hacía toser. Estaba en un campo —el aire debía de ser puro allí— y corría detrás de Adam, pero no dejaba de toser. El campo estaba ardiendo y Adam iba hacia las llamas.

Se oyó el ruido de algo que se resquebrajaba y después un estrépito, y Suzanne abrió los ojos, pero el sueño seguía. Estaba tosiendo en una densa oscuridad y olía a... Olía a quemado, a plástico quemado. Hizo un esfuerzo por levantarse, al tiempo que se quitaba la manta. Había humo en la habitación y estaba todo negro y denso. Se oían crujidos y pequeños estallidos que venían de la entrada. Fue corriendo hasta la puerta, giró el pomo, pero no se abría. Probó otra vez, forcejeando contra el marco de la puerta. Se había atascado. ¿Cómo iba...? Entonces se dio cuenta de que el fuego estaba justo al otro lado.

La ventana. Lo mejor era abrir la ventana. Corrió el seguro y tiró de los picaportes. La ventana crujió. Entró de golpe una bocanada de aire fresco que recorrió toda la habitación. La ventana se cerró. El fuego se avivó y el humo se puso más denso. Intentó gritar haciendo un esfuerzo, y la garganta no le respondía. No podía respirar. Tenía arcadas y sensación de asfixia. El chisporroteo de las llamas se oía cada vez más fuerte, y le pareció verlas titilantes entre el humo. No podía respirar. Buscó a tientas algo duro, sólido. Empujó los libros de las estanterías, cogió uno y lo aplastó contra el cristal. Rebotó y se cayó por detrás del sofá. Cogió otro más gordo, que se le escurrió y casi la hizo caer al tropezar con él. Agarró otro, se puso a cierta distancia esta vez y lo lanzó con todas sus fuerzas contra la ventana, dejando ir su cuerpo detrás. El cristal se rompió y ella cayó hacia delante con una ráfaga de aire fresco. Sentía un fuerte dolor en el brazo.

Estaba en el suelo, en el lecho de flores de la parte delantera, por fuera de la casa; sentía arcadas y ahogo, buscando con ansiedad aire puro que le limpiara los pulmones. La entrada estaba llena de humo. ¡Ashley! ¡Ashley estaba dentro! La habitación de Michael daba a la parte de atrás. No podía levantarse, se arrastró como pudo, dando frenéticos gritos en su cabeza que salían al exterior en forma de débiles susurros, y se cayó por el bordillo al asfalto. Sólo la calle en silencio la contemplaba.

McCarthy miró la madera carbonizada de la puerta. Había un asfixiante olor a quemado, y la entrada, la escalera y el rellano eran una masa de negrura. El suelo estaba inundado de agua sucia.

—Casi todo son daños producidos por el humo —decía en aquel

momento el jefe de bomberos—. El fuego en sí no era grande, pero había algo en la escalera que hacía mucho humo, algo muy tóxico.

—¿Cómo ocurrió?

McCarthy sabía que aquello no había sido un accidente. Sentía frustración al estar allí. Quería ir al hospital a ver directamente cómo estaba Suzanne.

—Fue provocado —dijo el jefe de bomberos.

Se frotó los dedos en la madera de la puerta y se los acercó a McCarthy. Era un olor inconfundible. A McCarthy le recordó los días de invierno en el invernadero de su abuelo, aquel calor húmedo con olor a flores de fuera de temporada. Parafina.

—Alguien echó combustible en el buzón, después lo dejó abierto, para que le diera corriente. Desde luego, no tiene nada de accidente.

McCarthy no lo pensó ni por un momento, cuando llegó allí, alertado por una llamada del coche patrulla que acudía habitualmente a los casos de incendio. Habían encontrado a Ashley Reid en casa de Suzanne Milner y lo habían trasladado al Hospital General Norte. Ya era casi de día, más de las cinco, y el equipo de la escena del crimen comenzaba su jornada de trabajo.

—Muy bien. ¿Puedo entrar? —dijo McCarthy.

El jefe de bomberos le hizo un gesto con la mano para que pasara, Y McCarthy cruzó la puerta.

Tenía todo un aspecto muy distinto a como lo recordaba. El tramo de escalera de subida que tenía delante estaba ennegrecido por el humo, y la pared era una mezcla informe de hollín y papel carbonizado. Las puertas que estaban a su derecha y a su izquierda estaban cubiertas por la misma masa espesa y grasa. La de la izquierda estaba ligeramente abierta. McCarthy se fijó en la puerta por la que había entrado, la que había forzado el pirómano. Tenía un cerrojo Yale, pestillos y una cadena de seguridad. Con la punta de un bolígrafo, comprobó los pestillos. Se movían con facilidad.

Cruzó la puerta de la izquierda. El humo había estropeado mucho aquella habitación, y las mangueras de los bomberos habían dejado empapada la moqueta. Fue hasta la cocina, que estaba al lado. Aparte del reloj roto de detrás de la puerta que salía al jardín, estaba todo casi intacto. Los bomberos habían entrado por allí. McCarthy miró a su alrededor. Había un plato en la encimera y dos tazas en el fregadero. Un oficial del Departamento del forense estaba comprobando si había huellas digitales en la puerta.

McCarthy fue hasta la habitación de la parte de delante. La puerta estaba cerrada, tal como había estado, por lo visto, durante el incendio. Había humo, pero no había hecho tantos estragos como en la entrada y en el comedor; se veían zonas ennegrecidas alrededor de la puerta y manchas en el techo. Según le habían contado los agentes, la puerta de aquella habitación estaba bloqueada, habían metido un taco de madera debajo del picaporte. Suzanne había salido por la ventana, rompiendo el cristal. Una de las hojas estaba completamente rota; había trozos de cristal en el suelo. McCarthy vio sangre en uno de los trozos, en el muro de ladrillo y fuera en la tierra. Volvió a sentir impotencia.

Miró a su alrededor. Había una cama improvisada en el sofá, con los cojines y una manta. Después subió por la escalera, miró en la habitación que estaba junto al rellano. Era un dormitorio, seguramente el de Suzanne por el aspecto. La cama estaba intacta. El humo había ennegrecido mucho las paredes del hueco de la escalera, pero en aquella habitación los daños eran mínimos. Había un camisón extendido en la cama. Lo cogió. Tenía un tenue olor a perfume, que le hizo remontarse, sin darse cuenta, a la tarde sobre el brezo y a la noche en su casa.

La otra habitación era un caos. La cama, individual, estaba separada de la pared. La ropa de la cama estaba tirada por el suelo. McCarthy se preguntó hasta qué punto el desorden se debería a la operación de rescate. Le habían dicho que habían sacado a Reid inconsciente de la habitación llena de humo y le habían llevado rápidamente a la ambulancia que esperaba en la calle. Necesitaba hablar con alguien que hubiera estado presente. Fue por el pasillo hasta el cuarto de baño. Allí no había ningún signo del incendio, salvo el olor a quemado. Había una toalla húmeda en el suelo, y algo de ropa —unos vaqueros y una camiseta— al borde de la bañera. La ropa olía mal y estaba sucia.

Otro tramo de escalera llevaba hasta la buhardilla. Miró el hueco. La escalera hacía una curva y era muy empinada. Era una escalera oscura y sin ventana. Le dio al interruptor. Nada. Seguramente se habría ido la luz.

Bajó por la escalera y volvió a la habitación de la parte de delante. Sonó el teléfono mientras estaba redactando un mensaje. Era Brooke. McCarthy escuchó lo que tenía que decirle, confirmó, siguió escuchando y colgó. Se quedó de pie, en medio del salón de Suzanne, contemplando el sol de primera hora de la mañana que formaba figuras de luz sobre la moqueta y destellos en los trozos de cristal debajo de la ventana y fuera en la tierra.

Había una fotografía en la pared, un retrato de un chico sonriente, con rizos y pecas. Reconoció aquel rostro por la búsqueda que había hecho en los archivos. Adam Milner, el hermano al que Suzanne había adorado, protegido, al que le había entregado su infancia, para después perderlo. Sintió una punzada de dolor interior, ese dolor que hacía tanto tiempo que había aprendido a pasar por alto… No, no a pasar por alto, a rechazar. *No es asunto mío, no es mi problema.*

Ashley Reid había muerto.

15

Barraclough no supo decir si McCarthy estaba exasperado o enfadado cuando en el Departamento de expedientes académicos de la Universidad de Sheffield les dieron el nombre de Simon Walker. Era un estudiante del tercer año de Química. Había vivido en una residencia durante los dos primeros años de carrera, un corto período de tiempo en Carleton Road, y después se había cambiado a Oakbrook Road, junto a Bingham Park, a pocos metros de Shepherd Wheel.

Al bajarse del coche, Barraclough oyó la música de la feria. Estaba al otro extremo de la calle, en Endcliffe Park, pero la brisa traía la melodía, los ruidos metálicos de las máquinas de montarse, los gritos y las voces de megáfono, llamando a la gente a acercarse y comprar. A ella no se le había pasado aún la etapa de las ferias, y sintió un fuerte deseo de pasar la tarde entre el algodón de azúcar y los perritos calientes, montándose en los caballitos, ganando un enorme oso de peluche verde en un puesto de tiro al blanco. Pero estaba allí por trabajo, tenía que buscar a Simon Walker en su último domicilio conocido.

La casa estaba en la calle principal, sobre Bingham Park. Era un edificio de piedra que daba al parque por la parte de atrás. La ventana en saledizo, medio tapada por unos visillos rotos, estaba oscura, y en la ventana del piso de arriba habían puesto una manta: otra casa víctima del repugnante deterioro urbano de los bloques de pisos. La pintura era barata y se estaba descascarillando, la madera de los marcos de las ventanas empezaba a deshacerse por la base. En la parte de

atrás, el terreno bajaba hasta el parque, hasta cerca del río. El pequeño jardín trasero estaba a un nivel más bajo que el de la carretera, un
piso del sótano daba a ese jardín.

Simón Walker había alquilado el piso de la planta sótano, pero
estaba vacío cuando llegó Corvin, armado con una orden de registro,
con el equipo de la investigación.

—Sabía que iba a dar problemas —refunfuñó el casero, al abrirles la puerta.

—¿A qué se refiere? —preguntó Corvin cuando ya estaban dentro.

Barraclough notó el olor a humedad. Había vivido en suficientes
pisos compartidos durante los primeros años de carrera como para
que aquel olor la transportara a aquella época de comida preparada,
vino barato y pasiones pasajeras, frente a falsas chimeneas; una época
de su vida en la que se había divertido mucho y por la que no sentía
ninguna añoranza.

El casero se quedó pensando en la pregunta de Corvin con cautela.

—Es un chico raro —contestó, al cabo de un momento.

Barraclough echó un vistazo a la habitación mientras él hablaba.
No era como ella se esperaba. Las casas de estudiantes eran sórdidas
y estaban siempre desordenadas. Todo el mundo lo sabía. Aquella estaba meticulosamente ordenada. Incluso más que eso, pensó Barraclough. En las estanterías, los libros estaban colocados cuidadosamente por tamaños. Había una pequeña cocina separada del resto
por una barra de desayuno. El único armario que colgaba de la pared
estaba lleno de latas de maíz dulce, en filas de tres. Se acercó a la mesa
que estaba junto a la ventana. Había dos cartas sin abrir, colocadas en
línea con el borde de la mesa. En una pared, había una hoja de papel
con complejos diagramas de rombos, con letras y números entre las
líneas. En la otra pared, frente a la ventana, se veían marcas, rayas,
como si hubiera habido allí algo dispuesto en filas. Fuera lo que fuese, lo habían quitado, y quedaban restos de papel autoadhesivo.

Barraclough oía al casero mientras intentaba descifrar las imágenes que estaba mirando.

—Tiene una mirada extraña —decía el hombre—, como si no
entendiera lo que se le dice.

Había propaganda y un periódico gratuito en la alfombrilla de la puerta, y un cartón de leche que se había quedado abierto en la barra de desayunar y se había agriado; su olor se sumaba al leve tufo a humedad.

—Bueno, venga, vamos a empezar —dijo Corvin.

El domingo a mediodía, McCarthy se abría camino por las calles de sentido único del centro de la ciudad, en respuesta a la urgente llamada de la médico forense. La oficina de Anne Hays se encontraba al final de la larga colina que bajaba por la parte de atrás de la universidad. Era un edificio mediocre entre modernos bloques industriales, junto a la calzada de dos direcciones, donde el tranvía subía hacia Hillsborough. Era un lugar al que la gente iba y se sentaba en la sala de espera, para ser informados de las verdades, normalmente irrelevantes, que se deducían de la muerte de sus seres queridos, y recoger los certificados que les permitieran enterrarlos. McCarthy volvió a sentir la frustración que había sentido antes, la impotencia de tener que estar en un sitio y querer estar en otro.

Un contrariado guardia de seguridad —el domingo se le había estropeado por los sucesos de la noche anterior— estaba en la puerta. McCarthy le miró e hizo un gesto de reconocerle cuando pasó junto a él hacia el ascensor, y dijo:

—Tengo una cita con la doctora Hays.

Apretó el botón del segundo, y cuando salió del ascensor, giró a la derecha por el largo pasillo, enmoquetado en color azul. En el techo había fluorescentes empotrados. Las paredes parecían muy frágiles, como si se fueran a desmoronar con solo tocarlas. Las puertas, separadas a intervalos regulares, eran de aglomerado, con cristales en la parte de arriba, por los que entraba algo de luz natural al pasillo.

Encontró el despacho de Anne Hays y llamó. Se preguntó si llegaría a decirle «Pase», y cuando lo hizo, abrió la puerta y entró a la habitación. Ella estaba sentada detrás de su escritorio, y levantó las cejas con frialdad al verle, como si le hiciera personalmente responsable de aquel último hallazgo de su oficio.

—Bueno días, señor McCarthy. —Estaba tan formal como siempre.

Debía de haber llegado muy temprano, pero estaba tan impeca-
ble como de costumbre, y tan correcta con él como siempre: no hizo
comentarios sobre las manías de las adolescentes ni sobre las injusti-
cias de la Seguridad Social. McCarthy se preguntó por qué le habría
mandado llamar en lugar de remitirle el informe al equipo de investigación.

Ella se puso de pie.

—Me temo que tengo algo para usted —dijo—. Será mejor que
lo vea. —Fue con McCarthy hasta el ascensor y bajaron al depósito
de cadáveres—. Hemos hecho la autopsia esta mañana —dijo, al
tiempo que le llevaba hasta uno de los congeladores donde estaban
almacenados los cuerpos—. Todavía faltan las pruebas de laboratorio, pero esto ya se lo puedo decir. No lo vimos al principio. —Bajó la
cremallera de la funda del cadáver y dejó la cara a la vista.

McCarthy esperó, preguntándose cuándo iba a contarle lo que
era. Bajó la cabeza y miró a Ashley Reid, que tenía la cara hinchada,
desfigurada por el dolor y… por algo más. McCarthy lo miró más de
cerca y miró después a Anne Hays, con curiosidad por saber qué tenía que contarle. Había pensado que aquella mujer era joven, pero en
aquel momento parecía mayor. La luz que había allí hacía que la piel
de la cara de la doctora pareciera de papel, frágil, transparente, deli-
cada. Por un momento, McCarthy tuvo miedo de que si ella llegara a
sonreír, la cara se le desmoronaría y se la llevaría el aire del ventilador.
Movió la cabeza para borrar esa imagen. Estaba cansado.

La doctora esperó a ver la reacción del inspector antes de continuar.

—… Intentaron recuperarle por todos los medios. Diecinueve
años, es un crimen. —Hasta el momento, pensó McCarthy, estaban
totalmente de acuerdo—. Por eso me llegó un poco estropeado. Pero
me temo que no hay ninguna duda.

Una vez más McCartrhy volvió a quedarse sorprendido de la mirada de examen académico en el rostro de aquella mujer, tan sensata,
y que se mantenía a una distancia prudencial.

—Congestión facial, petequia, marcas en el cuello —la doctora
le fue mostrando los signos, moviendo con suavidad la cabeza que estaba entre ambos—. El daño causado por el humo lo habría ocultado

todo, claro. Y, por supuesto, no tiene humo en los pulmones... Ya puede imaginarse cómo ocurrió. Lo sacaron de allí y lo llevaron directamente a reanimación. El primer objetivo en un caso así es salvarle la vida.

McCarthy tardó unos instantes en entender lo que le estaba diciendo. Ashley Reid no había muerto en el incendio. Lo mataron antes de que el humo le pudiera haber hecho un efecto letal.

El equipo forense era rápido trabajando. Sabían las huellas que tenían que localizar, y fueron directo a ello. No fue ninguna sorpresa que relacionaran con rapidez las huellas de Ashley Reid, pero la segunda coincidencia que encontraron era menos previsible. No tenían un nombre que darles, pero alguien más había dejado huellas en la casa de Suzanne Milner, en la puerta de entrada, en el pasamanos de la escalera y en el escritorio del estudio que estaba en la buhardilla. Aquellas huellas coincidían con las que habían sido encontradas en Shepherd Wheel tras la muerte de Emma Allan y que estaban aún sin identificar.

A última hora de la tarde del domingo, Brooke convocó a todo el equipo. Estaba enfadado, y no hizo ningún esfuerzo por disimularlo. Habían barajado tres prometedoras líneas de investigación, y dos eran como tener al asesino. Brooke habría apostado dinero a la posibilidad de que Dennis Allan fuera el asesino de una hija que no era suya, y de la mujer que él creía que era la otra hija de su esposa. Pero Dennis Allan estaba bajo custodia cuando habían asesinado a Ashley Reid, ya era culpable de otro delito y, con su abogado arropándole, era prácticamente imposible acusarle de nada. ¿Hasta qué punto la culpabilidad podía distorsionar la memoria de un hombre que había encontrado a su perturbada esposa aparentemente muerta por sobredosis de pastillas, después de la discusión que habían tenido y que la había empujado al suicidio?

¿Y Ashley Reid? La muerte de Reid podría, podía haberle aclarado todo, aunque Brooke tenía menos sospechas sobre Reid que McCarthy. La supuesta falta de inteligencia del joven lo reducía a la posición, como mucho, de cómplice, de marioneta manipulada por cuerdas más inteligentes. Pero en el último informe, McCarthy sugería la posibilidad de que Reid fuera de una inteligencia media, o incluso por encima de la media, perfectamente capaz de planear y llevar a cabo los dos asesinatos. Pero, por desgracia, no de planear y llevar a cabo el suyo propio. Las pruebas eran inequívocas. Reid había muerto por estrangulamiento, estrangulamiento manual. Aunque la escena estaba alterada por la operación de rescate, daba la impresión de que lo habían agredido en la habitación en la que estaba durmiendo. Le habían dado un golpe fuerte en la cabeza y luego lo habían asfixiado. Al parecer, habían provocado el incendio para ocultar los hechos. Pese a las primeras apariencias, el incendio comenzó dentro de la casa.

—Entonces, ¿quienquiera que lo hiciese venía preparado? —preguntó Griffith.

Una agresión premeditada, en la que el agresor había seguido a Reid hasta la casa de Suzanne Milner, preparado para matar y provocar un incendio.

—No —dijo Brooke, señalando un párrafo del informe—. Quienquiera que lo hiciese utilizó un combustible que estaba ya antes en la escena del crimen. Milner estaba pintando. Había un frasco de parafina en el rellano de la escalera, según dijo ella.

¿Una agresión casual? ¿Una muerte imprevista?

Fuera quien fuese la persona que estranguló a Ashley Reid, no fue Suzanne Milner, que tuvo suerte de salir con vida. Alguien la encerró en la habitación del piso de abajo y estuvo a punto de asesinarla también. Su historia era clara y convincente, pero había lagunas. Barraclough lo sabía —todos ellos lo sabían—; Suzanne Milner no les había contado toda la verdad. Dijo que Ashley se había presentado en su casa aquella noche, admitió que ella había ido a buscarle, pero explicó que la llegada de Reid a su domicilio fue independiente. Las pruebas encontradas en la casa sugerían otra versión. Aunque el incendio y los trabajos de extinción habían causado muchos destrozos, así como también la operación de rescate de Ashley Reid, seguía habiendo suficientes datos que planteaban serias dudas respecto a la versión de los hechos que les había contado Suzanne. Dijo que Ashley no había estado nunca en su casa antes de aquella noche y que había estado sólo en las habitaciones de la planta baja, en el cuarto de baño y en el dormitorio pequeño. Pero se encontraron huellas de Ashley Reid en otros lugares, concretamente en la habitación de la buhardilla que Suzanne utilizaba como estudio. En aquel momento, McCarthy estaba haciendo un resumen de los últimos hallazgos, hablando de las huellas recientes y las que quedaban solapadas debajo de otras, pruebas que no podían responder sólo a una noche.

Barraclough volvió a concentrar la atención en la reunión que estaban teniendo.

—Entonces, ¿lo ha estado ocultando todo este tiempo? —preguntó Brooke.

McCarthy mostraba una indecisión nada habitual en él. Negó con la cabeza.

—No sé. Ella dice que no.

—¿Por qué iba ella a ocultar a alguien como Ashley Reid? —preguntó esta vez Liam Martin. Era una buena pregunta, pensó Barraclough. Corvin sugirió una grotesca posibilidad que desencadenó el alivio de la carcajada. McCarthy permaneció con la cara seria, implacable.

Barraclough pensó que nunca le había visto tan enfadado. Habían interrogado a Suzanne nada más salir del hospital —contraviniendo el consejo de los médicos—, hacía apenas una hora. Barraclough sintió pena por aquella mujer. Se la veía enferma y conmocionada, no era para menos, y le costaba concentrarse. No hacía más que decir: «Lo siento, lo siento», como si no comprendiera las preguntas que le hacían. Estaba desconcertada por las pruebas y se refugió en un confuso silencio.

Por primera vez en el tiempo que le conocía, Barraclough vio descontrolado a McCarthy. Cuando Suzanne repitió por tercera vez que Ashley Reid nunca había estado antes en su casa, McCarthy dio un golpetazo en la mesa y gritó:

—Suzanne, ¿hasta qué punto exactamente te piensas que soy idiota?

Ella movió la cabeza varias veces, con aspecto de estar agotada y perpleja. McCarthy dijo algo de que hicieran un descanso y salió de la habitación dando un portazo. Dejó que Barraclough se ocupara de los formalismos y mandó a Corvin que acabara la entrevista.

Pensando en eso, Barraclough se acordó de la escena del hospital a primera hora de aquella tarde, cuando había ido con McCarthy a hablar con Suzanne, antes de que tuvieran todas las pruebas halladas en la casa. La enfermera había dicho con cierta brusquedad:

—No es muy cuerdo lo que hace, pero no podemos obligarla a que se quede. Intenten hacerla entrar en razón.

Y después habían encontrado a Suzanne poniéndose un suéter medio roto y manchado de humo, e intentando recoger sus posesiones. McCarthy le había dicho a Barraclough que esperara fuera, pero había podido oír y ver lo que pasó entre ellos. Suzanne intentó echarle a un lado al pasar y forcejeó con él cuando le impidió el paso, al tiempo que decía:

—¡Tengo que hablar con él! ¡No le escuché! ¡Intentó contarme algo y no le escuché!

Entonces McCarthy la cogió por los hombros y la zarandeó hasta que ella se calló y le miró, viendo en su rostro la noticia que tenía que darle. Pero él no dijo nada, se limitó a abrazarla, y todo lo que dijo fue:

—No pasa nada, Suzanne, no pasa nada.

Pero sí que pasaba algo, pensaba ahora Barraclough, al verle en la sala de reuniones. No había la menor duda de que a McCarthy le pasaba algo.

Los efectos adormecedores de la conmoción empezaron a disiparse a medida que la tarde del domingo se fue adentrando en la noche. Suzanne no sabía qué hacer. La policía seguía investigando su casa; allí estaban los investigadores de la escena del crimen. Aunque tampoco se sentía capaz de ir allí aunque hubiera podido. Jane y Lucy regresarían aquel día a última hora. Ella tenía un juego de llaves de la casa de Jane, y en aquel momento estaba sentada en la habitación trasera de la vivienda de su amiga, justo en el borde de la silla abatible, rodeada por los juguetes y dibujos de Lucy, viendo el cielo oscuro sobre los tejados. El osito de peluche de la niña, al que le faltaba una oreja, estaba al fondo de la silla, y Suzanne lo cogió y se quedó acariciándolo, mientras contemplaba la paulatina aparición de las estrellas en la luz mortecina.

Le pasaban una y otra vez por la mente imágenes de lo que había ocurrido en las últimas veinticuatro horas. Se acordó de cuando Ashley la empujó en el sofá, de su repentino arranque de pasión y su abrupto final. Se acordó de la forma en que él le había sonreído al cerrar la puerta tras él. Se acordó de Steve en el hospital, cuando ella interpretó en su rostro la noticia, o la confirmación, de la muerte de Ashley. Se acordó de la cara que tenía después en la comisaría, la rabia con la que se había dirigido a ella, las cosas que le había dicho, el hecho de que no le creyera.

Veía unos pies que se movían subrepticiamente por un tramo de la escalera, una escalera rodeada de paredes desnudas, oía pisadas que atravesaban una habitación enmoquetada. Veía una puerta en la oscuridad, el buzón que se abría, trapos dentro del buzón, las llamas que empezaban a hacer burbujas en la pintura, que llegaban a la papelera llena de tiras de papel que ella había dejado detrás de la puerta, el plástico que se derretía y chisporroteaba, las llamas que eran cada vez más grandes. Veía la cara de Ashley, pálida sobre la almohada, rodeada de su melena negra y espesa, veía el brazo que le sobresalía de la cama, mientras el humo invadía la habitación.

Tenía frío, a pesar de que había hecho calor durante el día, y la noche era cálida y agradable. Giró el mando del fuego de gas para calentarse y oyó el ruido del gas al formarse la llama. Las llamas que consumían la puerta, el papel, que subían por la escalera y lo llenaban todo de humo —*no se murió en el incendio*—. Levantó la vista y buscó algo con lo que entretenerse.

Los dibujos de Lucy. Miró las conocidas pinturas que estaban por las paredes. *Yo y mis hermanas en el parque. Tato Ash en el parque.* Había uno que no había visto antes. A diferencia de los demás dibujos de Lucy, aquel era todo en negro, sin ningún otro color. Miró la leyenda: *El Hombre Ash*, era la persona de las fantasías de Lucy que a Steve le reforzaba la idea de la implicación de Ashley.

Su intento de entretenerse había resultado un círculo vicioso. Suzanne sentía otra vez el peso de todo lo que había ocurrido. Entonces oyó el ruido de la llave en la cerradura, la voz animada y nerviosa de Lucy:

—… Y había un montón de coches de bomberos y estaban…

Y la voz de Jane, serena y agradable, llamándola:

—¿Suzanne? ¿Suzanne? Me acabo de enterar, he visto a la señora Varney…

Y Jane ya estaba en la habitación. Abrazó a Suzanne con cariño, y por un momento las sombras se disiparon.

Algo había despertado a Lucy. Se sentó en la cama. Los monstruos la habían estado persiguiendo por el parque, en un lugar lleno de túneles oscuros, y Tamby le decía muy bajito, con pena:

—*Ten cuidado, ten mucho cuidado, pequeña Luce. Mucho, mucho cuidado.*

Pero estaba en su casa, en la cama, a salvo. Las cortinas se movían por la corriente de aire. No estaba junto a su cama la pluma de pavo real que cuidaba de ella. Tamby. Posiblemente Tamby la mantenía a salvo. Se quedó escuchando, le hizo decir *Como un ratoncillo* en su cabeza, pero no había nadie allí.

Su mamá y ella habían ido a Londres, y su papi había estado también. Londres era un sitio grande y ruidoso, y se habían ido sumergiendo, sumergiendo, con gente que la empujaba por todas partes, y había túneles con trenes que llegaban haciendo un ruido muy fuerte, y ella estaba asustada. *Ten mucho cuidado*, le había dicho ella a Tamby en su cabeza, pero no estaba allí. Se había colgado de la mano de su padre y él le había dicho:

—Por Dios, Luce.

Y le había soltado la mano, y ella se había quedado perdida. Y el tren llegó rugiendo por el túnel y ella gritó, y entonces su mamá estaba allí, y no había pasado nada, y su papá volvió, andando entre la gente, sujetando un periódico.

De camino a casa, a su mamá le habían robado el bolso, y su papá había dicho:

—¡Qué hijo de puta!

Y su mamá le había dicho:

—Chsss.

Porque sabía que Lucy los estaba oyendo, y luego había dicho:

—No pasa nada, no ha sido más que el bolso.

Lucy estaba *cabreada* con su papá.

Ya habían vuelto a su casa, y estaba contenta. Todo estaba tranquilo y verde en su casa, y su papá no estaba enfadado todo el rato. No estaba enfadado en casa, y le traía regalos. A veces. Se dio la vuelta, buscando una postura más cómoda. Su cama era *incorrecta*. Suzanne estaba con ellos. Le había pasado una cosa cuando ellos estaban en Londres. Casi se le había quemado toda la casa. Había habido coches de bomberos, y sirenas y todo eso. Le habría gustado verlo.

—¿Estaba Michael? —le había preguntado a Suzanne, con celos. Michael se haría el chulito si hubiese estado en un coche de bomberos. Suzanne le había dicho que no estaba, con una voz de gallo muy rara, divertida.

—No estaba Michael, no, no estaba.

Y luego se había puesto a llorar, y su mamá la había abrazado como si fuera una niña pequeña.

Tenía que ir al servicio. Ella decía *pis*, como su mami, pero la señora Varney decía que era vulgar. Esa sí que era una buena palabra. Le gustaba esa palabra. *Vulgar*. Se bajó de la cama. La casa estaba oscura y silenciosa. Fue por el pasillo de puntillas hasta el cuarto de baño. Miró por la barandilla de la escalera hacia la planta de abajo, pero estaba todo oscuro y en silencio allí también. Su mamá debía de estar en la cama. ¿Y su papá estaría allí durmiendo? No sabía si su papá estaba o no. Suzanne estaba durmiendo en la sala de delante. Lucy la había ayudado a hacer la cama en el sofá. Siguió andando por el pasillo y pasó junto al tramo de escalera que subía al desván.

La puerta del desván estaba abierta, y la escalera desaparecía hacia arriba en la oscuridad. Mamá había dicho que esa habitación iba a ser para ella algún día, pero ella no quería. Estaba oscuro allí y olía a polvo y a cosas viejas. Una corriente de aire le trajo aquel olor a la cara, y se lo volvió a llevar.

Los ojos se le iban acostumbrando a la oscuridad, y vio, al fondo del pasillo, las formas de las imágenes que había en la pared: dibujos de su mami, fotografías, cosas de siempre, que parecían raras y ajenas por la noche. Al dar la vuelta a la esquina, de camino al cuarto de baño, estaba más oscuro, y tuvo que recorrer ese tramo tocando la pared con las manos. Pero no encendió la luz. Cuando intentas huir por los túneles, escaparte de los monstruos, no hay que encender la luz. En las estanterías secretas la había encendido, y casi la pilla el monstruo. Abrió la puerta del cuarto de baño; la luna formaba sombras en el suelo.

Mientras hacía pis, el ruido del líquido al caer se oía muy fuerte, y después, cuando tiró de la cadena, mucho más fuerte. Lucy se quedó quieta, atenta a ver si la gente se despertaba por el ruido, pero seguía todo en silencio otra vez. Se quedó escuchando. Y en ese momento hubo un ruido como si la casa se desperezara en su sueño, como un ruido de la madera; nada más que un ruido de esos, como decía su mamá cuando a ella le daban miedos los ruidos por la noche, contenta aún de no haber encendido la luz. Allí estaban otra vez los ruidos esos flojitos, uno detrás de otro, despacio, *pa, pa, pa*, por encima de su cabeza, como de pies con zapatillas de deportes, por encima de su cabeza. Lucy miró al techo. En el desván, en el polvo viejo. El Escondite inglés, *como un ratoncillo, como un ratoncillo*, se susurró, mientras avanzaba por el pasillo. *Como un ratoncillo.*

Tamby le había dicho que tuviera cuidado. Y el señor McCarthy también se lo había dicho.

—Ten cuidado —le había dicho—. Y si ves otra vez a los monstruos, me lo dices.

Pero es que nunca se los veía. Sólo se los oía. Oías cómo se iban acercando, poco a poco, pero cuando te dabas la vuelta, no estaban. *¡Que vienen, que vienen, que están aquí!*

Los monstruos ya no estaban en el parque. Estaban en la casa.

16

Suzanne se incorporó otra vez a la vida cotidiana. Se levantó a la mañana siguiente, despertada por los rayos de sol que entraban en la habitación delantera de la casa de Jane. Se duchó y se vistió y, por la insistencia de su amiga, se tomó un cuenco de una cosa seca e insípida. Se pasó por su casa poco después de las nueve, para reunirse con Tina Barraclough y hacer una última comprobación de que no había desaparecido de la casa nada que ellos no supieran. Resultaba extraño volver por primera vez después de una noche. Parecía que hubiera pasado mucho más tiempo que un día y una noche desde que Ashley había llamado a su puerta en busca de ayuda. Se sintió ajena al ver la ventana tapada con un tablón de madera; el hueco de la escalera, negro y sucio de hollín; la moqueta empapada bajo los pies. Barraclough se quedó mirándola nada más entrar por la puerta y dijo:

—Le pondrán hoy mismo un cristal nuevo si llama. ¿Ha avisado al seguro?

Suzanne negó con la cabeza. Tenía que hacerlo, lo sabía. Pero no le había dado ni tiempo a pensar en eso.

—¿Le parece que nos pongamos a ello? —Barraclough no quería entretenerse.

Comprobaron por toda la casa. No faltaba nada.

—No tengo objetos de valor —dijo Suzanne—, aparte de la televisión y el ordenador.

Barraclough insistió mucho en que revisara el estudio.

—Estuvo alguien ahí arriba —dijo—, tendría alguna razón para subir.

Suzanne miró por toda la habitación. Los libros seguían desordenados encima de la silla, las cintas estaban desparramadas por la mesa, las hojas de papel se salían de la bandeja. Miró a Barraclough.

—Yo creo que está todo.

—¿Y el armario archivador? —sugirió Barraclough.

Suzanne fue a mirar. El cajón superior estaba abierto, no se acordaba de si lo había dejado ella abierto o no. Comprobó los ficheros. Por lo que veía, estaba todo. No se acordaba de detalles. ¿Pero por qué iba a querer alguien fotocopias de artículos de publicaciones académicas? Se acordó del pasaporte y el certificado de nacimiento. Estaban los dos. Miró a Barraclough y se encogió de hombros.

—No falta nada —dijo.

La siguiente cita de Barraclough era con el tutor personal de Simon Walker. Era un hombre más joven de lo que Tina esperaba, rondaría los treinta y pocos, pensó. Tenía una mirada simpática y el pelo castaño y rizado. Le reconoció de haberle visto en el Fagan, uno de sus bares favoritos los miércoles por la noche, aunque ella llevaba quince días sin ir. Siempre se había imaginado a los profesores universitarios como a ancianos despistados, ajenos al mundo que habitaba el resto de los mortales. Matthew Kiernan, el doctor Kiernan, precisó, parecía mantener mucho contacto con la realidad de Barraclough. Matthew se mostró decidido a utilizar su anterior contacto como excusa para charlar, y, a regañadientes, ella le llevó a lo profesional.

—Simon —dijo él—. Ha sido una coincidencia que venga usted aquí. Me iba a poner a escribir a Simon.

—¿Por qué? —preguntó ella, con seriedad. Notó que él lo captaba y adoptaba un tono más impersonal. Cada cosa a su tiempo.

—Las seis últimas semanas lectivas no ha venido ni a las clases ni a los laboratorios. Eso no es raro, no demasiado raro, con los estudiantes de último año, pero es raro en Simon.

Un período crucial de un mes. El tiempo que había transcurrido entre la muerte de Sophie y la de Emma.

—¿Quiere decir que ha desaparecido? —Barraclough se acordó de Sophie y tuvo una sensación de premonición.

—No, ha estado por aquí, pero no ha venido a las clases. Pero ha estado por aquí, haciendo su trabajo, por eso no he intentado localizarle antes.

Barraclough comprobó sus notas.

—Doctor Kierman, no he podido conseguir todos los detalles que necesito sobre los orígenes de Simon, pero sé que le diagnosticaron autismo cuando era pequeño.

Matthew Kiernan asintió con la cabeza.

—Sí, eso tengo entendido.

Barraclough esperó y, al ver que su interlocutor no decía nada, dijo:

—Entonces, ¿cómo es posible que esté aquí cursando una carrera universitaria? El autismo es una alteración grave, y este sitio no es… —*¡Esto es una universidad!* quería decir.

—¿Quiere decir que este no es un lugar adecuado para personas impedidas mentalmente? —sugirió Kiernan.

Muy bien. Aquel hombre no padecía el síndrome de Plod que McCarthy criticaba tan a menudo. Tal vez no era tan atractivo. Kiernan siguió hablando:

—Perdóneme, ya me ha dicho que no tiene todos los documentos. Simon padece el síndrome de Asperger.

—Nunca lo había oído. Perdone, ¿qué nombre ha dicho?

Barraclough recordó que Polly había descrito a Simon como «repulsivo».

—El síndrome de Asperger.

Kiernan bajó la vista, al tiempo que se mordía el labio, después la miró con una sonrisa de leve disculpa.

—La verdad es que yo tampoco lo conocía, hasta que conocí a Simon. Es un tipo de autismo, afecta al modo en que el cerebro procesa la información. No hay daño intelectual. Si Simon supera los últimos cursos, habrá hecho una buena licenciatura. Es un buen químico, brillante diría yo. Tiene problemas con el lenguaje, con la comunicación. Le es difícil establecer relaciones sociales, por eso su conducta puede resultar un poco extraña. Esa fue la razón de que le dejaran quedarse en la residencia. Normalmente es sólo para los primeros años. Me sorprendió que decidiera ponerse a compartir piso en el último año de carrera. No duró mucho. No se siente cómodo en grupo.

Barraclough se quedó pensativa.

—Ha dicho que tiene problemas de socialización. ¿Ha habido alguna vez…? ¿Algún otro estudiante se ha sentido amenazado por Simon?

—Oh, no, no —contestó Kiernan, con rapidez—. No, nada de eso. Lo único que pasa es que le ven raro a veces. No siempre reacciona como uno se lo espera. —Vio la cara de interrogación de Barraclough—. No le puedo dar ejemplos, no sé cómo explicárselo. —Miró la cara de incomprensión de Tina Barraclough—. Simon es muy inteligente. Escucha, pero casi no habla. Es incapaz de explicar las cosas, espera que uno las entienda. No es bueno con la gente, se siente más cómodo con las cosas. —Se pasó la mano por el pelo—. Creo que últimamente le daba vueltas a algo. Le pregunté que si estaba bien, pero me dijo algo así como: «Hay que saber hasta dónde llegar», y me dio la impresión de que quería que yo hiciera algún comentario. Le dije: «Supongo que sí», o algo parecido, y eso fue todo.

Barraclough le enseñó la hoja con los diagramas que habían encontrado en la pared de la casa de Simon.

—¿Sabe usted lo que significa?

Él lo miró más de cerca y frunció levemente el ceño.

—Es… —dijo, y se interrumpió. La miró.— ¿Esto lo tenía Simon? —Barraclough asintió con la cabeza y esperó—. No tiene demasiada importancia. Es muy difícil de conseguir. Es… —señaló los diagramas—. Son los precursores químicos del MDMA.

Miró la hora.

—Este tramo es un proceso que utiliza safrol para conseguir MDP-2-P. —Vio la cara de incomprensión de Barraclough—. Perdone, de MDMA, «éxtasis»; fabricarlo no es un proceso difícil para un químico que conozca la práctica. El problema es conseguir las sustancias químicas. Están controladas. Se trata de un proceso para conseguirlo. Coménteselo a los de la brigada de estupefacientes. Ellos sabrán qué es.

Entonces el doctor Kiernan hizo la pregunta que Barraclough estaba esperando.

—¿Se ha metido en algún lío Simon?

Y Barraclough no tenía respuesta que darle.

—No lo sé —dijo—. ¿Simon sería capaz de hacer esto, el MDM-lo-que-sea, en el laboratorio?

En aquel momento, Kiernan adoptó una postura defensiva.

—Nuestro sistema de seguridad es bastante estricto —dijo. Lo cual no respondía a la pregunta que Barraclough le había hecho. Y si ella había entendido bien, Simon había estado trabajando a horarios irregulares, había utilizado el laboratorio fuera del horario establecido. No quería que Kiernan se cerrara como una concha, por lo que prefirió dejar el tema. Mejor dejarles aquellos detalles a los de estupefacientes.

—Probablemente no sea nada —dijo—. Se lo preguntaba por curiosidad.

Kiernan no pareció muy convencido. Se le veía preocupado.

—Su abuela está en una residencia —dijo—. Tiene Alzheimer. No tiene más familia.

—Le mantendré informado —dijo Barraclough.

—Por favor —dijo él, con gesto de preocupación. Luego le sonrió—. ¿La veré en Fagan el miércoles?

—Posiblemente —contestó Barraclough, devolviéndole la sonrisa. Si él llegaba a ir, sería porque el caso estaba cerrado.

McCarthy decidió ir él mismo esta vez a hablar con Kath Walker. Era posible que les hubiera dicho la verdad en lo de que no había vuelto a tener contacto con Ashley ni con Simon después de que dejaran de estar al cuidado de los Walker, pero él no estaba convencido. Kath no había mencionado a Sandra Ford, ni les había hablado de cuando fue a verlos en busca de Phillip Reid.

Era más joven de lo que esperaba por la descripción de Corvin; la encontró atractiva, e iba bien vestida. No hizo ningún comentario cuando McCarthy se presentó y le explicó el motivo de su visita, aparte de decirle:

—Será mejor que pase.

Era una casa fría, y la habitación a la que le llevó, de una limpieza y pulcritud propias de un hospital. Recibió la noticia de la muerte de su sobrino con muy poca emoción.

—Nació marcado —fue todo lo que dijo.

—Señora Walker —dijo McCarthy—, cuando mis colegas hablaron con usted, les dijo que no había vuelto a saber nada del padre de los niños, Phillip Reid, ¿no es así?

Ella le miró.

—Eso es lo que dije, y eso es lo que es.

—Pero usted tuvo noticias de él, ¿no recuerda? Antes de que Carolyn volviera de Estados Unidos con los niños.

—Sí —contestó ella, mirándole con frialdad.

Era como sacar una muela. McCarthy mantuvo un tono de voz paciente.

—¿Puede contarme cómo fue, señora Walker? Cualquier cosa que haya sabido de su cuñado.

La señora Walker estuvo callada un rato, pensando.

—Fue un par de años antes de que volviera Carolyn. En el ochenta y uno, o tal vez el ochenta y dos. Nos mandaba cartas. Trabajaba sólo media jornada; claro, con los tres a su cargo, debía de ser difícil. Bryan tuvo que mandarle dinero. Y no es que nosotros nadáramos en la abundancia. A mí me daba pena, no lo voy a negar, pero le decía a Bryan que primero tenía que pensar en los suyos. Él era muy blando con ella, era su hermana la pequeña. Fue comprensivo hasta que se perdió con el alcohol.

»Bueno, en todo caso —prosiguió la señora Walker—, lo siguiente que supimos fue cuando apareció aquella chica en la puerta. Venía buscando a Don, dijo, pero se refería a Phillip por lo visto—. «Te has confundido sólo unos miles de kilómetros», recuerdo que le dijo Bryan, «está en Estados Unidos». Y bueno, entonces se puso a llorar la chica aquella, que si tenía problemas y que él no se había acordado de dejarle su dirección, y que estaba segura de que lo iba a localizar a través de nosotros. «Pues eso es nuevo para mí», le dije yo. Bryan era muy blando. «No es más que una niña», decía. Él odiaba a Phillip Reid, decía, decía que… que había dejado a Carolyn en la estacada. Él se mantuvo en contacto con la chica, Sandra se llamaba. La verdad es que era una niña, pero, como yo digo, hay que saber cuidar de una, y nosotros no podíamos ayudarla. Nosotros ni siquiera sabíamos que él había vuelto. De todas formas, a ella luego le fue bien, se casó con su novio. Como yo digo: sabio el hombre que conoce a sus propios hijos.

McCarthy no estaba para sabidurías caseras.

—¿Por qué no nos contó esto antes, señora Walker? —preguntó.

La mujer le mantuvo la mirada.

—No me lo preguntaron —respondió.

McCarthy retomó el tema de Simon Walker, pero daba la impresión de que ella no sabía más que lo que le había contado a Corvin. Se mostró sorprendida al enterarse de que Simon había llegado a la universidad y estaba cursando una carrera.

—Al sargento le dijo usted algo de Simon —dijo McCarthy, y repasó las notas de Corvin—. Le dijo que «si se enfadaba...». ¿Qué quería decir?

—Tenía muy mal humor a veces. Además, era un chico grande. Fuerte. No había quien le parara. Bryan es alto, se ponía duro con él, pero es que ese chico... Tenía un humor terrible a veces.

McCarthy se quedó pensando. No quería que quedaran más flecos con aquella mujer, «por no preguntar».

—Carolyn Reid —dijo, y vio cómo la señora Walker fruncía los labios—. ¿Qué ha sido de Carolyn?

Kath Walker frunció más los labios, juntando las comisuras de la boca.

—Creí que eran ustedes los detectives —dijo—. Está muerta. Murió después de regresar a Estados Unidos.

McCarthy mantuvo la paciencia. *Si querían saber esto, tendrían que haber preguntado. Yo no puedo leerles la mente.*

—¿Cuándo fue eso, señora Walker?

Por primera vez se la vio incómoda.

—En 1988 —dijo, tras unos momentos de silencio—. En las Navidades de 1988.

McCarthy hizo cálculos en su cabeza.

—¿Qué le pasó? Sólo tenía treinta y tres años.

La respuesta fue demasiado rápida, demasiado preparada.

—No lo sé. No pregunté. Estaba enferma.

—¿Ashley quedó a cargo de los Servicios Sociales poco después de que ella muriera? —preguntó McCarthy.

Kath Walker se puso tensa.

—Supongo —contestó.

McCarthy sintió que algo le empujaba mentalmente. Mantuvo el rostro impasible.

—¿Dónde murió? —dijo.

En un primer momento, ella insistió en que no lo sabía, pero al final admitió que tal vez sí lo supiera.

—Puede que fuera en el hospital de San Francisco —dijo.

—San Francisco —repitió el inspector, al tiempo que lo apuntaba—. ¿No en Utah?

La señora Walker lo ignoraba. McCarthy repasó mentalmente la entrevista. Ella había dicho una cosa que le llamaba la atención. No quería pasarlo por alto.

—Señora Walker, usted dijo…

—¿Va a durar mucho esto? —le interrumpió ella, con brusquedad.

McCarthy no pudo aguantar más.

—Señora Walker, estamos en una investigación por asesinato. Ya ha ocultado información importante a los agentes que investigan el caso, y si quisiera podría arrestarla y llevarla a Comisaría. —Se estaba metiendo en terrenos pantanosos, pero estaba lo suficientemente cabreado como para arriesgarse—. Preferiría no tener que ocuparme del papeleo. Ahora…

—Yo no puedo responder a preguntas que nadie me ha hecho —dijo ella, en tono desafiante.

—Señora Walker, deje de tratarme como si yo fuera idiota y deje de hacerse la tonta usted también. Vamos a ver, acaba usted de decirme que Carolyn tenía un trabajo de media jornada, «con los tres a su cargo», pero su marido ya se había marchado. ¿Qué quería usted decir?

Ella se volvió más amable después de que McCarthy la tratara con rudeza. Tendría que haberla tratado así desde el principio.

—Los tres, los tres niños. —Se interrumpió, miró al inspector y siguió hablando:— ¿No lo sabía? Estaba Simon y luego los mellizos,

Ashley y Sophie. Carolyn se quedó con la niña. Tenía un trabajo, de enfermera, por la zona de Hull. Un día llega y nos dice: «Os dejo a los niños hasta que me haya establecido», y lo siguiente que sabemos es que se había ido.

Por primera vez, la sorpresa dejó a McCarthy sin habla. La mujer lo notó y añadió en tono triunfal:

—Menudo detective.

Por fin sabía dónde encajaba Sophie Dutton. Era la tercera hija de Phillip y Carolyn Reid. Simon, con su alteración mental; Ashley, afectado por algo indefinido. Sophie, la hija adoptiva de unos amantes padres, se había metido en una vorágine y había muerto. Emma estaba muerta y Ashley estaba muerto. Brooke habría dado dinero por ver la carta que Carolyn le dejó a su hija. Fue lo que la llevó a Sheffield, posiblemente a su familia, o a su hermano o a su mellizo. Kath Walker se mantuvo firme en que no había ido nadie por allí preguntando por Ashley o por Simon. ¿Habría acudido a su prima? Tenían que hablar con Michelle Walker, la hija de Kath y Bryan.

Barraclough se pasó media hora al teléfono, hablando con la Oficina de estadísticas demográficas de Sacramento, en California. McCarthy le dio las notas de su conversación con la señora Walker y le dijo:

—Quiero el certificado de defunción.

Ella se esperaba trámites burocráticos, retrasos e interminables contactos de un departamento a otro, pero se encontró con que su petición recibió una respuesta amable y eficaz, y le prometieron que le enviarían el documento pertinente por fax «al cabo de unos momentos». Colgó tras una larga reiteración de «muchas gracias» y de «de nada». Se quedó pensando en Carolyn Walker — Carolyn Reid. Barraclough tenía las ideas muy claras respecto a las responsabilidades de los padres, sobre todo de las madres. Había sentido hostilidad hacia la madre desconocida de Sophie Dutton porque había descuidado su responsabilidad para con su hija y, por lo visto, también respecto a su hijo. Pero ahora…

Carolyn debía de tener veintitrés años cuando nació Simon, y veinticinco cuando nacieron los mellizos. Su marido la había abandonado en un país extraño, con un niño pequeño y dos en camino. Barraclough se preguntó si ella habría sido capaz de afrontar semejante situación. Pero Carolyn lo había intentado. Durante cuatro años, salió adelante con los niños. Después, por alguna razón, no había sido capaz de seguir. ¿Se había puesto enferma? Cuatro años después de dejar a sus hijos, Carolyn había muerto, a los treinta y tres años. Había vuelto al país en el que tenía familia y donde había conseguido trabajo. Tenía previsto buscar un hogar para los niños, una vez que se hubiera asentado en su nuevo trabajo. Y luego se había marchado, dejando a los chicos con su hermano, que intentó cuidar de ella y que quería tener hijos varones, y entregando a su hija a la lotería del sistema de adopciones. Barraclough frunció el ceño. Seguramente Carolyn lo podría haber hecho mejor. Tina Barraclough *quería* que Carolyn lo hubiera hecho mejor.

Miró la hora y se fue a ver el fax. Corvin estaba allí, mirando unos papeles. Comprobó si había algo en la bandeja, y allí estaba el expediente que le habían prometido en la oficina de Sacramento.

—Ya lo tengo —dijo—. El certificado de defunción de Carolyn.

Los dos lo miraron. Carolyn Reid había muerto en diciembre de 1988, de neumonía neumocística. Barraclough sintió una punzada de decepción. Se esperaba algún tipo de secreto. Otro asesinato, pero neumonía…

—Me imaginaba algo así —dijo Corvin, que parecía satisfecho con aquella información.

Barraclough le miró con perplejidad.

—¿Cómo?

Corvin dio unos golpecitos en el expediente con el dedo.

—Sida —dijo—. Ese tipo de neumonía es una de las clásicas enfermedades mortales entre los afectados de sida. Hice un curso sobre eso.

Barraclough estaba sorprendida. Corvin siguió hablando, contento de poder demostrar sus conocimientos.

—Se dio mucho en San Francisco, empezó con los… —miró a Barraclough y cambió lo que iba a decir—. Empezó en la comunidad *gay*. —Volvió a mirar el certificado—. Era enfermera. Seguramente se formó aquí antes de ir a Estados Unidos, y es probable que tuviera que quedarse por eso. No se encontraban muchas enfermeras que pudieran trabajar en casos de sida.

—¿Y así se contagió? ¿Trabajando? —Carolyn debió de saber que se iba a morir.

Corvin se encogió de hombros.

—¿Quién sabe? Quizá sí. O se lo pegó su marido. O bien otra persona. Estaban siempre de fiesta en aquella época. Pero tú fíjate, la verdad es que una enfermera tendría que haber tenido más precauciones.

—Me pregunto por qué volvería a Estados Unidos. —Barraclough hubiera preferido estar con la familia.

Corvin sonrió.

—Eres demasiado joven —dijo—. No puedes acordarte. En la prensa había noticias todos los días. «La plaga gay», lo llamaban. En los hospitales no los trataban, los enterradores no querían enterrarlos; si lo tenías, estabas expuesto a linchamiento. Y nadie habría aceptado quedarse con los niños.

Kath Walker lo sabía. Después de que la cuñada muriera, ellos lo sabían, y sacaron rápidamente de su casa al chico que quedaba y mantuvieron en secreto la muerte de su madre. Barraclough sintió ganas de llorar. Carolyn había hecho lo que había podido. No fue culpa suya que no fuera suficiente.

Durante el recreo, Lucy estaba sentada en el pequeño tocón, junto a los jardines. Todos los niños de su clase habían plantado semillas en primavera. Su mamá le había dado algunas *hierbas*, y ella las había puesto en una de las bateas de madera. No quería que sus semillas estuvieran al lado de las de Kirsten, que le había dicho:

—A mis semillas les saldrán flores.

Y Lucy había contestado:

—A las mías también, y además se podrán comer.

De modo que ahora estaban creciendo plantas con sus hojas verdes. Había albahaca, cebolletas y eneldo. Albahaca, cebolletas y eneldo. Albahaca, cebolletas y eneldo. Formaban una canción en su cabeza. Hundió la mano en la tierra y la notó suave, húmeda y quebradiza entre los dedos.

Después del colegio, iba a ir a la fiesta de Kirsten. La mamá de Kirsten iba a llevar a la feria a todos los niños de la clase de su hija. Lucy no quería ir, pero su mamá le había dicho que tenía que ir, que si no iba, Kirsten se iba a creer que había ganado, se creería que a Lucy le daba miedo ir a su casa.

Lanzó un suspiro. Le había gustado volver a casa, aunque no la sentía realmente como su casa. Era como si alguien hubiera entrado mientras ellas estaban fuera y lo hubiera cambiado todo. La casa de Suzanne estaba muy rara cuando Lucy la vio por la mañana. Había tablas de madera en la ventana, y el arbusto de las flores blancas estaba todo aplastado y roto.

Miró a las tiendas por encima del muro del recreo. Allí estaba el gato grande que vivía en la librería. Se quedaba dormido al sol sobre las pilas de libros, y Lucy lo acariciaba a veces y él abría su boca rosa y se lamía las patas. Estaba también la señora Varney, que vio a Lucy y la saludó. La niña le devolvió el saludo y le dirigió una leve sonrisa. Pero las cosas no iban bien.

En realidad, estaba buscando a Tamby. Lo estaba buscando desde que su mamá y ella habían vuelto de Londres. Había mirado por la ventana, pero no estaba allí. Le había susurrado las frases secretas, pero él no le había contestado. *Como un ratoncillo*, volvió a susurrar. Una ráfaga de aire levantó las hojas del suelo del recreo y le lanzó polvo a la cara y al vestido. Miró al otro lado de la enorme rotonda, adonde estaban las verjas del parque. Luego volvió a mirar hacia las tiendas y después alzó la vista al cielo. En aquel momento, no sabía dónde estaban los monstruos.

Michelle Walker era una joven llena de vida, que los saludó como si fueran viejos amigos y bromeó con Corvin mientras les preparaba un café. Respondía con evasivas a las preguntas que le hacía Corvin sobre su padre. Al parecer, no tenía residencia estable. Llevaba meses sin verle.

—Aparecerá un día de estos —dijo—. Siempre lo hace. Papá es

un borrachín, mala cosa para tener una casa de huéspedes. Algo así como si Drácula fuera el responsable de un banco de sangre —se rió—. Pero ahora mismo, no sé dónde está.

—Hábleme de su padre —dijo Corvin. A Barraclough le sorprendió que su compañero hubiera sido capaz de captar algo más en la risa de aquella joven.

Michelle puso cara de disgusto.

—Es un alcohólico —dijo, sin dar rodeos—. Yo me acuerdo de una época en que no era alcohólico, cuando yo era pequeña, pero después… Siempre ha tenido problemas con la bebida. Luego, cuando mi madre lo echó de casa, se vino abajo por completo. Es un hombre… —había tristeza en su rostro—. Yo le doy dinero, comida, le limpio la ropa cuando pasa por aquí, pero no quiero verlo ahora. No quiero verlo así.

Corvin asintió con la cabeza.

—Muy bien. A nosotros nos interesa saber algo más de sus primos —dijo. La joven frunció el ceño—. Sus primos, Ashley Reid y Simon Walker. Tengo entendido que vivieron con usted y con sus padres cuando eran pequeños.

—De Simon casi ni me acuerdo, la verdad —dijo ella—. Era un chico que estaba mal. Yo no tenía mucho que ver con él. Si les digo la verdad, me daba miedo. Los niños suelen tener miedo de las cosas que no son, digamos, normales. —Se mordió el labio, todavía con seriedad en la cara—. Me acuerdo de Ashley. Hace años que no pienso en él.

—¿Podría contarnos algo sobre él? —dijo Corvin—. ¿Se acuerda de lo que pasó para que se hicieran cargo de él los Servicios Sociales?

—Será mejor que se lo pregunten a mi madre —dijo ella—. O a mi padre, si consiguen encontrarlo. Estará en alguno de sus garitos habituales. Yo sólo puedo decirles lo que sé. Sólo tenia nueve años cuando Ashley se vino a vivir con nosotros. —Los miró sonriente—. No me gustaba, supongo que me daba celos. Ya saben cómo son los chicos. No nos dejaba en paz, a mí y a mis amigas. Solíamos… —hizo una mueca de desaprobación—. Los niños son odiosos. Solíamos encerrarlo en el cobertizo. Y luego, si él se hacía pis encima o algo así, se las tenía que ver con mi padre. No era nada agradable tener que vérselas con mi padre, sobre todo si había bebido.

—¿Tenía muy mal humor? ¿Su padre?

—Cuando yo era pequeña, era fantástico —dijo la joven, devolviéndole la sonrisa a Corvin—. Pero luego, con la bebida, se ponía… Yo sabía muy bien cómo quitarme del medio cuando se había tomado unas copas de más.

—¿Por qué se quedaron con los niños? —A Corvin le parecía que eran una familia con suficientes problemas como para echarse una carga más.

—Al principio fue un arreglo provisional. Luego se convirtió en una situación permanente. Mi madre no podía tener más hijos, no se quedaba embarazada. Mi padre quería un varón. —Michelle se enroscó un mechón de pelo en el dedo y se entretuvo tirando de él—. Tal vez por eso yo tuviera celos. Mi padre quería un chico que fuera un hombre como Dios manda, ¿entienden? Me acuerdo que mi madre solía decirle a Ashley: «Los niños no besan..». A mí me daban un beso y un abrazo por las noches, aunque mi madre no era muy dada a esas efusiones. Era muy estricta con esas cosas, los chicos no tenían que… ya saben… Ellos pensaban que Ashley era demasiado suave, había que endurecerle. Lloraba todo el tiempo cuando llegó. Creía que su madre iba a volver. Y luego supongo que echaba de menos a Simon. Para mí era horrible. —La joven hizo otra mueca de disgusto—. Un día, Donna y yo cogimos a Ashley y lo disfrazamos. Tendría él unos cinco años. Le dijimos que íbamos a jugar con él y le pusimos mi vestido de fiesta y maquillaje y todo, y luego dejamos que papá lo viera. Se empleó a fondo con él. Le dio con ganas. En su momento yo creí que eso estaba bien. Yo creía que así hacían todos los padres. A mí también me daba a veces con el cinturón. Pero aquella vez… —se encogió de hombros—. Pobrecillo —dijo.

»De todas formas —continuó—, todo fue muy raro. Realmente nunca he llegado a saber lo que pasó. Siempre estaban encima de Ashley porque no iba bien en el colegio, no hacía su trabajo, pero entonces ocurrió algo. Fue en unas Navidades, y había muchos cuchicheos y mi madre iba por la casa con una cara así —Michelle hizo un gesto de terrible disgusto—, y lo siguiente fue que mandaron a Ashley con los Servicios Sociales. Siempre he creído que lo que papá no pudo soportar fue que Ashley fuera retrasado. En el colegio había dicho que tenía, cómo lo llaman, dificultades de aprendizaje. Pero yo no lo sé con seguridad. Mamá nunca habla de eso. —Los miró—. Yo pienso a veces en él —dijo—. Me pregunto que habrá sido de su vida. ¿Se encuentra bien?

Suzanne se quedó sola en medio del caos que había provocado el incendio. Después de que se fuera Tina Barraclough, se quedó en el estudio, preguntándose cómo el desorden de la casa destrozada había logrado llegar hasta allí. Suponía que el registro de la policía habría tenido algo que ver. Miró el montón de cintas que había sobre la mesa. Tenía que colocarlas otra vez por orden en las estanterías. Frunció el ceño. Le parecía recordar que ya lo había hecho, que el mismo pensamiento le había pasado por la mente la última vez que había estado trabajando allí, la noche que Ashley… Veía su cara pálida y sus ojos oscuros, pero ya no se parecía a Adam. ¿A quién le recordaba Ashley? Eso ya no importaba. Ashley estaba muerto. Cerró los ojos, y aún podía oír su voz. *Perdona… preciosa…*

Tendría que habérselo imaginado. Ahora, al volver la vista atrás, lo veía con claridad: la calidez de sus ojos cuando la miraba, la forma en que la buscaba y le llevaba cosas. No la había cortejado con flores y palabras, le llevaba dibujos, una Coca-Cola de la máquina, le daba su tiempo y la protegía lo mejor que podía de la crueldad del Centro Alfa.

¿Y Steve? Steve creía que ella le estaba mintiendo, que le había estado mintiendo todo el tiempo. Posiblemente para él sería una de esas traiciones que no se perdonan. Y sí que había mentido, pero no como él pensaba. Había estado a punto de contárselo, pero había optado por ir a buscar a Ashley y hacerle caer en la trampa que alguien le había tendido.

Había pensado en entregarle las cintas a Steve. Luego se había olvidado. Eso era algo que podía hacer todavía. Miró rápidamente la pila de cintas que estaban encima de la mesa. La de Ashley no estaba. Y de eso estaba segura, se acordaba de haberla colocado en la estantería. Miró allí, pero tampoco estaba. Perpleja, miró dentro del magnetófono, pero estaba vacío.

Con una sensación de desconcierto que se iba convirtiendo en alarma, volvió a mirar las cintas que estaban en las estanterías, una por una, comprobando que cada cinta estuviera en su caja. Nada. Sacó los cajones del escritorio y volcó su contenido en el suelo, buscando entre cada montón la cinta que, estaba segura, tenía que estar allí pero ella no lograba verla. Metió todas las cosas otra vez en los cajones y los cerró. *¡Piensa!* Estaba completamente segura de que no se la había llevado a la planta de abajo. Se obligó a recomponer mentalmente lo que había hecho aquella noche, y lo recordaba como si hubiera ocurrido hacía un par de horas. Cuando terminó de trabajar, volvió a poner las cintas en las estanterías. Se acordaba perfectamente de aquel movimiento. Después se había puesto a mirar a la calle por la ventana, y fue entonces cuando vio a Ashley, aunque sin darse cuenta de que era él, vigilando la casa. Se apretó los ojos. Cuando bajó, no llevaba nada en la mano, se había ido directamente a la puerta a mirar. Las cintas se habían quedado allí arriba.

Pero las otras cintas, las que había vuelto a colocar en las estanterías junto con la de Ashley, estaban desparramadas por la mesa. Volvió a mirar debajo del escritorio, debajo de la butaca, gateó por el suelo por si hubiera ido a parar a algún rincón. Nada. Se pasó por la frente el dorso de la mano. La policía había registrado la parte de arriba. ¿Habrían encontrado la cinta y se la habían llevado? No había mirado la lista de cosas que se habían llevado. Tardó un rato en encontrarla traspapelada en la bandeja del correo, entre unas cartas sin abrir de los últimos días. Comprobó la lista. No decía nada de ninguna cinta.

Volvió a subir al estudio y se quedó sentada, con la cabeza apoyada en las manos. La cinta había desaparecido. La cinta de Ashley había desaparecido. Y ella no se lo había dicho a nadie; tal vez no fuera importante, no era nada significativo. Se quedó pensando. En la cinta no había nada que fuera relevante. Por un momento, sopesó la posibilidad de no decirle nada a nadie. Pero no podía hacer eso. Fuera o no importante, tenía que notificarlo. Tenía que contárselo a Steve. Le aterraba la idea de hablar con él, saber que le iba a oír aquel tono frío e impersonal, que iba a notar sus ganas de colgar, pero no podía recurrir a otra persona a espaldas de él.

Primero probó con el móvil, esperando que lo cogiera directamente, pero lo tenía apagado. Lo intentó dos veces antes de hacer acopio de valor y acabar de marcar la extensión de McCarthy, y cuando por fin lo cogieron, respondió otra persona. Pidió que le pasaran con McCarthy; la persona al otro lado de la línea le tomó el nombre, y luego se quedó en el limbo de la espera durante tanto tiempo que creyó que se había cortado. Entonces, el teléfono volvió a la vida, y la voz cortante de él le retumbó en el oído.

—McCarthy al habla.

—Steve —se sentía abrumada por su brusquedad—, soy yo. —*¡Venga, mujer, mantén la calma!*—. Soy Suzanne.

Hubo unos segundos de silencio.

—Suzanne. —Parecía sorprendido. No le habían dicho que era ella.

—Te llamo porque… Verás… Es que… —tomó aire con fuerza.

—Mira, Suzanne. Estoy ocupado. ¿Es algo importante? —Otra vez aquel tono impersonal, de trabajo.

Si no hubiera captado en su voz la inseguridad nada más enterarse de que era ella, habría colgado, pero sujetó con fuerza el auricular y dijo:

—Es importante, falta una cosa en mi casa. Al principio no me di cuenta. Creo que falta desde aquella noche,… cuando…

—De acuerdo —dijo él, interrumpiéndola—. ¿Qué es lo que falta? ¿Cuándo te has dado cuenta?

Se lo contó rápidamente, intentando no justificarse, diciéndole que esas cintas eran una cuestión de rutina, entrevistas estándar, y que acababa de darse cuenta de que la de Ashley no estaba, y que las demás cintas tendrían que haber estado en las estanterías, no desparramadas por la mesa. Suzanne le hablaba al silencio y, por un momento, empezó a trabarse con las palabras, a justificarse. Dejó de hablar. Esperó.

La voz de él era tensa cuando volvió a hablar:

—¿Llevas diez días con una cinta de Ashley y no habías pensado en decírmelo?

—Sí. —No había nada más que decir. Prefería su ira a su pétrea indiferencia.

Suzanne oyó un suspiro.

—No toques nada. Mandaré a alguien. Tengo que hablar contigo.

Antes de que le diera tiempo a decir nada, él ya había colgado.

McCarthy decidió ir él mismo a ver a Suzanne. No estaba seguro de si quería verla, pero le interesaba lo de las cintas y quería enterarse de si sabía algo más, de si le estaría ocultando más cosas. Aparcó en la puerta de la casa, que parecía abandonada con aquellos tablones de madera en la ventana.

Fue hacia la puerta de atrás, dando por sentado que estaría abierta. Lucy estaba en el patio que compartían, sentada en un triciclo, que parecía muy pequeño para ella, y lo arrastraba por el suelo con los pies.

—Hola, Lucy —dijo.

Ella no respondió, pero tras un pensamiento momentáneo, le dirigió una lánguida sonrisa. McCarthy recordó la simpatía que se estableció entre ellos en torno al patinaje.

—¿No es un poco pequeño para ti? —dijo, a modo de tentativa.

Lucy se encogió de hombros y arrastró el triciclo unos cuantos metros como para demostrar que él no tenía razón. Después, se quedó mirándolo con una intensidad que a McCarthy le resultó inquietante.

—La casa de Suzanne se ha quemado —dijo la niña.

¿Intentaba ponerle al día de las cosas que ella pensaba que él tenía que saber, o trataba de decirle algo?

—Ya lo sé. —Pensó en qué podía decir después para seguir hablando con ella.

—Fueron los monstruos —dijo Lucy, al tiempo que retorcía los mangos del manillar de su triciclo—. Y Tamby.

McCarthy decidió arriesgarse.

—No fueron los monstruos, Lucy, fueron personas. No hay monstruos.

Se puso seria, enfadada. Esperaba más de él y le molestaba su estupidez. McCarthy conocía muy bien aquel sentimiento de rabia exasperada.

—De acuerdo —dijo él, accediendo con cautela—. Tú dices que fueron los monstruos. Cuéntame lo que ocurrió, Lucy.

Lucy le miró con recelo.

—Los monstruos ya no están en el parque —dijo—. Y Tamby... —empezó a temblarle el labio—. Tamby hizo...

Una lágrima le cayó por la mejilla, después otra, y otra. No lloraba como su sobrina Jenny, con la boca abierta, gritando de indignación o cansancio. Lloraba silenciosamente, intentando que las lágrimas no se le salieran de los ojos.

Él se agachó frente a ella, con la cabeza a su altura.

—¿Lucy? ¿Qué pasa? ¿Es por lo de los monstruos? ¿Por Tamby?

La niña asintió con la cabeza, enjugándose las lágrimas que no dejaban de rodarle por las mejillas.

—Cuéntamelo —dijo él, con suavidad.

—¿Pero qué es lo que le pasa a nuestra Luce?

McCarthy levantó la vista y reconoció a Joel Severini, que atravesaba el patio en ese momento, con expresión de educada perplejidad.

—¿No se supone que debería usted tener permiso antes de someter a una niña al tercer grado?

Severini cogió a Lucy por la muñeca. Ella miró a su padre y después a McCarthy. La expresión de seriedad volvió a su rostro, que seguía húmedo por las lágrimas.

McCarthy se quedó frustrado. Lucy había estado a punto de contarle algo. Se puso de pie despacio, al tiempo que dirigía a Lucy una tranquilizadora sonrisa. Repasó los hechos mentalmente. Corvin había mantenido una conversación con Severini tras la muerte de Emma. Tenía una coartada sólida. Había estado trabajando, en compañía, en su club de Leeds durante la mayor parte del día. La noche anterior también había estado acompañado, en Leeds.

—Había una auténtica colegiala hecha polvo que podía confirmarlo —había dicho Corvin entonces—. Mayor de dieciséis —añadió, en respuesta a la pregunta de McCarthy—, pero por poco. Una lástima. No es muy de fiar ese tipo. Es un arrogante de mierda. Me sorprende que no le hayan partido los dientes antes.

Ahora, al mirar a Joel Severini, McCarthy recordó la pésima eva-
luación que hizo de él Suzanne la primera vez que se vieron. Se acordaba de que Jane Fielding no puso ninguna objeción, pero estaba superada por su preocupación por Lucy. Según Suzanne, Severini era
un padre ausente que no respondía bien como progenitor, aunque
había empezado a ir más por la casa desde el episodio del parque. Por
el momento, McCarthy prefería reservarse la opinión. Volvió a mirar
a Lucy.

—¿Quieres contármelo, Lucy?

El rostro de Severini se oscureció. Empujó a la niña detrás de él.
Ella se soltó de su mano.

—Vete para adentro —le dijo Severini, y volvió a dirigirse a
McCarthy—. Tal vez podría usted contarme por qué está disgustada.

—Eso es lo que intento averiguar —dijo McCarthy.

Le llamó la atención ver que la niña no había obedecido a su padre, sino que había vuelto a montarse en el triciclo y los miraba a los
dos muy atenta.

McCarthy le dirigió otra tranquilizadora sonrisa. No quería que
los viera a él y a su padre con tensión al hablar. Quería que confiara
en él. Pensó en cómo podía demostrarle que la había entendido, que
sabía que tenía algo importante que contarle. Severini le lanzó una
mirada de rencor. Sin duda, había algo que lo sacaba de sus casillas.

—Puede que tengamos que hablar con ella otra vez —dijo
McCarthy.

Severini había logrado recuperar el autocontrol y volvía a sonreír. Miró hacia la puerta cerrada de la casa de Suzanne y amplió la
sonrisa.

—¿Viene a ver a Suzie? Vaya, vaya. Normalmente le gustan un
poco más jóvenes. No le retengo entonces. —Ya se estaba yendo,
cuando se dio la vuelta y añadió:— Ándese con cuidado, *inspector.*
—Lo dijo en tono de insulto—. La cabecita de nuestra Suzie es todo
un caso. —Miró a la niña—. Venga, que tienes que ir a la feria.

Lucy se separó de él.

—No quiero ir —dijo con terquedad. Retrocedió unos pasos y se
dio la vuelta hacia la casa. Miró una vez más a McCarthy antes de meterse dentro.

La feria era una fiesta de colores. Los puestos y los aparatos de montarse estaban pintados de amarillo, azul y rojo, la música iba cambiando según pasabas, primero los caballitos, luego el ciclón y, al final, la noria enorme, y cada música era diferente, fuerte, alegre. Se oían voces que te gritaban según ibas pasando, y la gente chillaba cuando los aparatos giraban muy deprisa o subían y bajaban de golpe. Lucy miraba el pulpo, donde la gente daba vueltas por encima de su cabeza, dentro de unas cestas grandes que no paraban de girar. Gritaban sonrientes y se reían.

Kirsten tenía un enorme algodón de azúcar en un palo, y dejaba que sus amigos le arrancaran trozos y se los comieran; después abría la boca y pegaba un mordisco a la masa rosa. Lucy podía sentir el tacto de aquel rosa, deshaciéndose dulce en la boca. Kirsten no le dejaría coger nada. Lucy no se lo iba a pedir, pero Kirsten fue y dijo:

—Ni Lucy Fielding ni sus amigos pueden comer de mi algodón de azúcar.

Y de repente Lucy no tenía ningún amigo, y Kirsten sí. Hasta Michael se había acercado y había cogido un trozo de algodón de azúcar, y estaba al lado de Kirsten, con toda la boca rosa y pegajosa. A Lucy le daba igual. No iba a hacerse amiga de Kirsten ni por todo el algodón de azúcar de la feria. El algodón de azúcar era *vulgar*.

—A mí no me gusta el algodón de azúcar —le dijo a Kirsten—. Se te caen los dientes.

Deseó que a Kirsten se le cayeran todos los dientes y que a Michael se le cayeran todos los dientes. Ya estaba la mamá de Kirsten gritando otra vez.

—No os alejéis de mí, niños.

Y también estaba allí el papá de Kirsten, y la mamá de Josh, y la de Lauren. Lucy creía que su papá se iba a quedar, pero la había llevado hasta la feria y luego le había dicho a la mamá de Kirsten:

—No puedo quedarme. Tengo trabajo.

Y había mirado a la mamá de Kirsten con una sonrisa de esas especiales, y la mamá de Kirsten se había sonrojado y había dicho:

—¡Oh! No te preocupes.

Pero a Lucy no le gustaba su papá, así que daba igual. Le entraron ganas de probar en algún puesto. Había puestos donde podías ganar un oso grande de peluche, y otros donde podías ganar juguetes grandes de plástico. Había perritos calientes y hamburguesas, y con aquel olor, a Lucy se le hizo la boca agua, aunque su mamá decía que eran asquerosas. Como Sophie con los gusanos. *Asquerosos.* A lo mejor las hamburguesas estaban hechas de gusanos.

—¿Quién quiere montar en los coches de choque? —preguntó la mamá de Kirsten.

Lucy vio que todos se ponían a gritar para montarse. Los coches se pararon, y se formó un barullo de niños. Lucy fue a por un coche con Michael, pero Kirsten estaba allí, y la empujó y no se pudo subir al coche, y luego todos los demás estaban llenos, y se quedaron sólo la mamá de Kirsten y Lucy mirando.

—No pasa nada, Lucy —dijo la mamá de Kirsten.

Pero se la veía contenta. Y después todos los coches se empezaron a mover, y Lucy se puso a mirar la feria, y se dio cuenta de que todos los colores estaban sucios, y el hombre de los coches de choque tenía las manos sucias y los brazos peludos, y la música estaba demasiado fuerte. Y en todas partes donde miraba los colores se resquebrajaban y se caían, y el olor de los perritos calientes y de las hamburguesas de gusanos le dio ganas de devolver. La mamá de Kirsten gritaba.

—Ten cuidado… ten cuidado, Lauren, que te… ¡Vaya! ¡Ten cuidado, Josh!

Lucy dio unos pasos hacia atrás. Después dio unos pasos más. La mamá de Kirsten no se daba cuenta.

Había mucha gente alrededor de los coches de choque. Fue sorteándolos, por dentro y por fuera, y al poco rato dejó de ver a la mamá de Kirsten. Entonces se fue a la siguiente atracción y luego a la siguiente, y tenía toda la feria para ella. Había mucha gente, pero no estaba Kirsten, ni Michael comiéndose el algodón de azúcar de Kirsten, ni la mamá de Kirsten diciendo *No pasa nada.* Las cestas metálicas pasaban rápidas por encima de su cabeza, ruido y gritos y colores brillantes, y enfrente, el pulpo subía y bajaba. Su papá la iba a montar en el pulpo ese año, se lo había dicho. Se lo había *prometido.* Pero de repente se dio cuenta de que no lo haría. Vio cómo subía cada vez más y más, y luego bajaba de golpe. Una voz gritó:

—Ven, monta con nosotros.

Y la música empezó otra vez a tronar, pero en el momento de silencio, oyó:

—¡Lucy! ¡Lucy!

Miró a su alrededor, pero no había nadie. El ruido de los caballitos era muy fuerte. Se deslizó por la parte de atrás de la taquilla y se encontró en el borde la feria, donde se veían cables por el suelo y máquinas que hacían extraños ruidos, y ya no había colores. Allí estaba otra vez.

—¡Lucy!

Miró. Detrás de los árboles, al otro lado del río. En el bosque entre las sombras, lo vio, como una forma en la oscuridad, y la estaba saludando. *Ven, ven aquí.* Tamby. Y la sensación fría de dolor que tenía dentro se le pasó. ¡Tamby! Sintió que una sonrisa le estiraba la cara. Le devolvió el saludo y comenzó a atravesar por los cables y alambres. Tamby había vuelto y la mantendría a salvo; él sabría lo que había que hacer ahora que los monstruos estaban en la casa.

Saltó por encima del último cable y empezó a correr hacia los árboles, hacia las sombras oscuras donde la estaba esperando, donde estaban las voces que la llamaban. Pero esta vez las voces venían de la feria.

—¡Lucy! ¡Lucy!

Giró la cabeza. El papá de Kirsten estaba subiendo por los alambres, saludándola. Lucy no quería que la encontraran. Quería ir a buscar a Tamby, y él la llevaría a casa. No quería estar otra vez con Kirsten. Se dio la vuelta hacia los árboles donde estaba Tamby esperándola. Pero ya no estaba allí. Se detuvo y miró más fijamente. Árboles y sombras, sitios oscuros donde podía haber monstruos. Pero no había ni rastro de Tamby. *Tamby*, susurró. Pero sólo se oía el silencio de los árboles y la música de la feria.

17

McCarthy se sentó frente al escritorio de Suzanne y fue revisando las transcripciones en pantalla.

—Tengo que imprimir esto —dijo— y me lo voy a llevar.

—Realmente no hay nada importante, ¿no? —dijo ella, aún con la voz débil por efecto del humo en la garganta.

Él estaba enfadado con ella, y su encuentro con Severini no había sido precisamente un alivio, pero el primer impulso colérico se le había enfriado un poco. Quizá había puesto demasiadas esperanzas. Se acordaba de que ella había intentado decirle algo, justo cuando iban a salir de su apartamento, pero él estaba demasiado preocupado por otras cosas como para prestarle atención. La miró, sintiendo esa confusa mezcla de ira y exasperación —y otras cosas que no se atrevía a reconocer—.

—Podría haber algo —dijo—. Yo creo que sí.

El nombre de Simon le había llamado la atención en la pantalla nada más verlo. El resto parecía un galimatías, pero tenía que leerlo todo con detenimiento, y necesitaba también las cintas para intentar extraerles algún sentido.

—Me habría gustado que me hubieras hablado de esto —dijo.

Ella apartó la vista y se mordió la uña del pulgar.

—No pensaba que…

—No pensabas —dijo él, con brusquedad—. Desde luego que no pensabas.

Apretó al botón de «Imprimir» y vio cómo el papel empezaba a pasar por la impresora. Estaba enfadado con ella por muchas cosas. Había mantenido contacto con Ashley Reid y no se lo había contado. Si hubieran localizado antes a Ashley, probablemente aún estaría vivo. Guardaba unas cintas que podían contener información importante y no se lo había dicho. Después de pasar la noche con él se había ido directamente a buscar a Ashley. Si era sincero consigo mismo, eso era lo que más le irritaba, el que hubieran podido compartir todo aquello, y ella hubiera optado por ir detrás de Reid.

Pareció que ella le estaba leyendo el pensamiento.

—Lo siento —dijo Suzanne— Yo… ¡Escúchame! Ashley jamás había estado en mi casa. Yo no sabía dónde estaba.

Él pasó por alto aquellas palabras y sacó las hojas de la impresora para comprobar que estaba todo. Suzanne volvió a intentarlo.

—No fui yo quien le encontré. Él me encontró a mí.

McCarthy reprimió el impulso de llegar a un acuerdo. Habría sido fácil aceptar lo que le decía. Aceptar que ella había cometido algunos errores graves, pero que eran eso, errores. Entonces la habría llevado a su apartamento y habrían pasado la noche juntos, olvidándose de todo lo que había ocurrido en las últimas cuarenta y ocho horas. Mantuvo el tono neutro en la voz.

—De momento, vamos a atenernos a los hechos —dijo. Vio que aquello le dolía y una parte de él, una parte que no le gustaba demasiado pero que no podía controlar, se alegró.

—Necesito que revises conmigo las transcripciones. Tengo que encontrarle algún sentido.

Durante una hora, los dos se centraron en las hojas de papel. Al no tener la cinta, a McCarthy no le quedaba más remedio que confiar en los conocimientos de Suzanne, y le insistía una y otra vez en que recordara. No estaba conforme con la opinión de ella de que algunos trozos de la cinta sencillamente no tenían sentido.

—Para él sí tenía sentido —dijo McCarthy—, y quiero saber exactamente cuál. Mira, ese trozo. ¿Cómo lo decía? Acuérdate. Venga, Suzanne, ¿cómo lo decía?

El garaje. El que tiene el nombre de Lee… Y… em… so… sólo a veces, ahora no.

Suzanne se esforzaba por acordarse de cómo lo decía. El tomó algunas notas y fue al siguiente fragmento.

Se lo estoy diciendo. Era en el parque y so... ella me dijo que iba a ir... No... (Pausa). Junto al bloque de pisos... em... Simon trae el asunto y so... ella no lo quería. (Pausa) Había luz..., so no quería...

Lo releyó una y otra vez y, al cabo de un rato, lo que parecía un sin sentido total empezó a cobrar un ligero significado. Empezaba a vislumbrar cierta estructura, ciertos patrones, y algo se removía en su mente, señal de que estaba viendo más de lo que le era consciente, y necesitaba tiempo para dejar que las cosas salieran a la superficie. Miró a Suzanne.

—Bueno, yo creo que no podemos hacer mucho más. Voy a...

En aquel momento, con cierto retraso, sintió que le remordía la conciencia. Se la veía cansada. Tenía la cara blanca. No se había recuperado aún de los efectos del incendio, y él le había gritado y la estaba sometiendo a un duro interrogatorio sobre las cintas. Le tocó la mano. La tenía fría.

—Tienes que descansar —dijo—. Deberías irte a la cama.

Suzanne se retiró el pelo de la cara.

—No sé qué más puedo decir —dijo ella. Él no quería volver al tema, no quería ni pensar en eso. Estaba enfadado y podía decir cosas de las que luego se lamentaría—. No quiero volver ahora mientras siga allí Joel. —Suzanne se levantó y miró a su alrededor—. Me voy a quedar aquí hasta que vuelva Jane.

McCarthy pensó que Suzanne estaba a punto de derrumbarse. Estaba cansado de comportarse como un cabrón. Aún no sabía qué pensar, seguía enfadado, pero dijo:

—Tienes que cuidarte. —Y, en contra de su propio criterio, añadió—: Te llamaré por teléfono. Tenemos que hablar. Dentro de unos días te llamo.

—Muy bien —dijo ella—. Pero de verdad que estoy bien.

Lo vio marcharse, escalera abajo.

◆ ◆ ◆

Después que Steve se hubiera ido, Suzanne volvió a su escritorio. Imprimió otras vez las transcripciones y empezó a repasarlas. Pensaba con lentitud, como si su cabeza hubiera perdido energía. Se descubrió a sí misma mirando las páginas y viendo las líneas negras impresas que recorrían la hoja carentes de sentido. El sonido del teléfono la sobresaltó, y tiró al suelo los papeles que estaban sobre la mesa al darles con el brazo. Sentía congoja en la garganta cuando levantó el auricular.

—¿Sí?

—Suzanne. —Era Dave.

—Hola, Dave. —Se esforzó por que su voz no sonara demasiado cansada.

—Ya me he enterado de lo que ha ocurrido —dijo él—. ¿Estás bien?

¿Cómo podía responder? No se encontraba bien, pero él no se refería a eso.

—Sí, estoy bien —dijo—. Tengo irritación de garganta y algunas magulladuras, nada grave.

Steve no le había preguntado nada. No le había dicho: «*¿Estás bien?*». Sólo le había manifestado su enfado. Aunque el enfado en el hospital era de ansiedad. Fue después cuando encontraron las huellas, cosas que ella no podía explicar. Y él se pensaba que ella y Ashley... No sabía lo que pensaba él. No había hablado con ella.

—¿Suzanne?

Dave había dicho algo y esperaba una respuesta.

Suzanne volvió al presente.

—Perdona, la línea está un poco...

—Oye, ¿tu casa está habitable? ¿Qué vas a hacer?

No la habría llamado para ofrecerle alojamiento.

—Estaré en casa de Jane unos días.

—Ah, muy bien. —Dio la impresión de que Dave estaba haciendo tiempo, como si quisiera decirle algo y no acabara de atreverse. Suzanne esperó.

—Oye, Suzanne, mira, Michael se ha enterado de lo del incendio. Por lo visto, todo el mundo hablaba de eso en el recreo. Se ha disgustado. Yo estaba pensando que... No me gusta meterme donde no me llaman, pero si estás en casa de Jane... y si estás segura de que no te encuentras mal...

No era propio de Dave mostrarse tan dubitativo.

—¿Quieres que te lleve a Michael y que se quede allí contigo?

Dave nunca —nunca jamás— le había propuesto que Michael estuviera con ella fuera de los días que le correspondían oficialmente.

—Él me lo ha pedido —dijo Dave—. Está preocupado por si te ha pasado algo. Si... —Su voz denotaba que se sentía embarazado. Entonces su tono cambió, se puso más enérgico—. No parece muy adecuado con todo lo que tienes tú ahora encima. Pásate a tomar café, que Mike vea que estás bien, con eso será suficiente. —Se le oía más contento, ahora que había vuelto a controlar la situación.

—No, espera un momento. —Suzanne sintió algo que no lograba identificar. Michael creía que le podía haber pasado algo. Estaba inquieto. Quería verla—. Puede venir aquí y quedarse conmigo. Claro que sí, que venga. Podrá compartir la habitación con Lucy, a los dos les encantará.

Dave puso reparos, pero Suzanne le disipó las dudas. Tal vez Michael la necesitara, aunque sólo fuera un poco. Sería más seguro que ambos se quedaran en casa de Jane.

Pusieron fin a la conversación con unos desganados cumplidos y Suzanne colgó con la certeza de que ya tenía algo que hacer.

Cuando McCarthy volvió al centro de investigaciones, fotocopió las transcripciones y las notas que había tomado para repartirlo en la reunión. Sabía que no iba a conseguir nada quedándose allí sentado mirándolas. Tenía que poner la mente a trabajar en aquellos papeles, dejarlos para más tarde. Apartó de su cabeza la imagen de Suzanne con la cara pálida cuando le había dicho que estaba bien. Entonces le vinieron otras imágenes de ella, de cuando habían estado tumbados sobre el brezo, en la cama. ¿Importaba realmente tanto que le hubiera mentido? Suzanne apenas le conocía, y desde luego no lo suficiente para confiar en él.

Pero tenía trabajo que hacer, no era el momento de pensar en asuntos personales. Ya habían encontrado la relación entre las víctimas. El vínculo común era el padre, Phillip Reid. Phillip Reid, que se había largado a Estados Unidos, dejando abandonada a su novia embarazada. Phillip Reid, que había dejado a su esposa en otro país, con un niño pequeño y los mellizos en camino. Phillip Reid, que había regresado, había concebido a Emma y había vuelto a desaparecer. Aunque no se había ido muy lejos, había mantenido algún contacto con Emma, su hija —una relación sexual, según Dennis Allan; y según había dado a entender Polly Andrews, una relación de negocios—. ¿Habría mantenido contacto también con alguno de los otros hijos? ¿La carta que dejó Carolyn para su hija Sophie la habría llevado hasta su padre? ¿Se habría puesto en contacto con sus hermanos Ashley y Simon? Y Simon había resultado tener un talento que podía utilizar. Simon, aislado por la enfermedad... Simon era valioso. A menos que la investigación se acercara demasiado a las drogas. En tal caso Simon ya no merecería mucha estimación, sería un peligro. ¡Tenían que dar con él!

Liam Martin estaba ordenando los papeles que habían encontrado en el apartamento de Simon Walker. McCarthy se acercó a echar un vistazo. Cogió una carpeta y fue pasando hojas.

—Me parece que no es más que morralla, señor —se atrevió a decir Martin.

La carpeta que McCarthy estaba mirando contenía formularios a medio rellenar, todos se interrumpían en un borrón o en alguna parte tachada, como si Simon no hubiera podido soportar ningún error y hubiera tenido que volver a empezar. Sin embargo, había guardado los formularios incompletos. McCarthy los fue mirando. Había solicitudes para sacarse el carnet de conducir, solicitudes para una tarjeta de viaje de estudiante. Impresos de banco, candidaturas de trabajos, becas de investigación, y varias hojas con el membrete de la Residencia de estudiantes y las palabras «Estimado señor». La verdad, muy poca cosa.

En una segunda carpeta había documentos personales y estaba también el pasaporte. McCarthy miró la fotografía. Simon Walker y su hermano tenían ambos el pelo y los ojos oscuros. El pasaporte estaba sin usar. Había también un certificado de nacimiento, certificados de notas del bachillerato y el ingreso a la universidad. Por muchos problemas que tuviera Simon Walker, había superado sus exámenes con muy buenas calificaciones. Martin le enseñó los papeles que ya había ordenado. Entre las montañas de papeles inútiles —al parecer aquel chico guardaba todos los folletos, todas las tarjetas, las circulares—, había más vínculos con Sophie, Emma y Ashley. Tenía tarjetas con las direcciones, listas de detalles personales. También tenía fotografías, cada una cuidadosamente marcada: Sophie, Emma, Ashley. Había una de Sophie en el parque, sonriente al sol. Había una en la que se veía a Ashley y Emma delante de una pared llena de cuadros que por desgracia no se distinguían bien. Emma se estaba riendo, con la cabeza apoyada en el pecho de Ashley, y tenía los ojos vidriosos, las pupilas parecían dos pozos negros. Él la rodeaba con los brazos, sujetándola. Ashley tenía la cara seria. McCarthy miró aquella foto con más detenimiento. Sólo había visto a Ashley Reid en los expedientes policiales, y luego muerto. Recordó la fealdad del rostro hinchado, congestionado, que le había enseñado Anne Hays, el deterioro de aquella belleza oscura. No era extraño que a Suzanne le hubiera resultado atractivo.

Pero nada de lo que encontraron les servía para averiguar el paradero de Simon Walker, ni el de Phillip Reid.

Lucy se sentó en la moqueta y le puso el pijama amarillo de punto a su osito de peluche. Hacía mucho tiempo que no jugaba con él. Ella ya era muy mayor para jugar con ositos de peluche, la verdad, pero aquella noche se lo iba a llevar a la cama. Michael estaba viendo la televisión. Lucy miró a la pantalla cuando él se empezó a reír. Estaban poniendo «Los Simpson». A veces a Lucy también le hacían reír, pero en aquel momento no le apetecía reírse.

Tamby estaba a salvo. Lo había visto, pero se había vuelto a ir, y aunque se había quedado sentada en el jardín mirando a todas partes, incluso cuando Michael se había enfadado porque no jugaba con él, y su mamá le había dicho:«Venga, Lucy, ponte a jugar con Michael», ella se había quedado allí, esperando, pero él no había aparecido.

Oía la voz de su papá. Estaba enfadado otra vez. Estaba enfadado con su mamá por algo de Michael.

—… el mocoso ese de mierda —decía.

Lucy deseó que su papá se fuera a su casa, que se fuera de una vez a su casa de Leeds. En aquel momento, su mamá estaba hablando con la voz esa que ponía cuando Lucy no se tomaba la medicina.

—Sólo va a estar una noche, no…

Lucy se puso delante de la puerta a escuchar.

—… Ah, *estupendo*, eso suena *cojonudo*. Mira, Jane…

Y Lucy oyó ruido de tazas en la cocina. Su papá estaba haciendo café. Su mamá nunca hacía ruido con las tazas. Su mamá nunca se enfadaba.

Entonces Lucy oyó pasos fuera, en el pasillo, y se abrió la puerta. Suzanne entró en el cuarto, con sábanas y un edredón. El de Michael del coche de carreras. Lucy pensó que era una *tontería*. Ella no quería un edredón con un coche de carreras, quería uno que fuera un caballo. Su mamá se lo iba a hacer. Suzanne les sonrió, pero su sonrisa era rara. Parecía más bien que tenía ganas de llorar y hacía como si no.

—¿Hacemos la cama? —le preguntó a Michael. Miró a Lucy—. ¿Nos ayudas?

Lucy se quedó pensando.

—Bueno —dijo, al tiempo que se ponía de pie. Michael se levantó también, sin dejar de mirar a la pantalla de la televisión, y los tres salieron de la habitación.

Sonó el teléfono de McCarthy, y lo cogió con cansancio. Empezaba a acusar la tensión de los últimos tres días. Le costaba trabajo concentrarse. Las distintas ramificaciones de la investigación se le agolpaban en la cabeza, y cuando intentaba reducirlas a alguna serie de patrones, que sabía que tenían que estar ahí, se perdía en una confusión de nombres, caras, sucesos. La cabeza de Barraclough apareció tras la puerta, le vio contestando al teléfono y le dejó una taza de café en la mesa. Él asintió con la cabeza agradeciéndole el detalle, al tiempo que decía:

—McCarthy al habla —y daba un sorbo de la taza. Era café solo, estaba dulce y, por un momento, notó que la cafeína le espabilaba.

Era uno de los técnicos expertos en huellas digitales.

—Hemos comprobado las huellas que nos mandó —dijo, con una vivacidad en marcado contraste con la tensión y el sentimiento de premonición que embargaban a McCarthy. Le escuchó mientras le contaba lo que habían descubierto. Las huellas que habían tomado en casa de Simon Walker, las únicas que habían encontrado allí, coincidían con las que estaban sin identificar de las que encontraron en Shepherd Wheel y con las que habían encontrado en casa de Suzanne después del incendio.

Simon Walker padecía un transtorno que le hacía tener un comportamiento antisocial y dado a la reclusión, pero también era inteligente y tenía recursos. Simon Walker tenía muy mal humor. Simon Walker podía ser el asesino inteligente que buscaban.

—Olvídese del síndrome de Asperger —le había dicho la psicóloga—, puede que le haga ser retraído. Incluso puede que se comporte de un modo que a la gente le intimide o le suscite recelo, pero la violencia sistemática de ese tipo es otro tema muy distinto. Si es él, debe haber algo más en su interior que le impulsa a actuar así. El síndrome de Asperger no es suficiente. Tendría que saber algo más de sus antecedentes, de los de todos ellos. Hay mucha rabia en este caso.

«Dígame algo que yo no sepa», había pensado entonces McCarthy. Pero antecedentes era justo lo que no tenían.

Aquella psicóloga le había hecho una sugerencia.

—Tal vez la rabia le venga de un largo historial de rechazo. Su madre lo abandonó, pero se quedó con su hermana. Él quiere a su familia, pero no puede soportar a la gente. Entonces siente que le van a rechazar otra vez. Quizá matarlos sea la única forma de evitar que le rechacen.

McCarthy no se quedó muy convencido pero, por otra parte, la muerte de Sophie coincidía con el momento en que ella había decidido marcharse de Sheffield.

—Sólo estoy especulando —había dicho la psicóloga—. Me faltan datos.

¿Simon Walker o Phillip Reid? Tal vez Phillip Reid había cometido los asesinatos para no verse implicado en un asunto de drogas, pero eso no tenía mucho sentido, a menos que el asunto de las drogas fuera mucho más grande de lo que ellos pensaban. ¿Los habría matado para ocultar su relación con sus hijos? Tampoco había razones para eso. No tenía sentido. ¿Los habría matado para ocultar que mantenía relaciones sexuales con su hija? Si esas relaciones habían llegado a existir, sí, podía ser. McCarthy dejó abierta esa posibilidad.

Por otra parte, si Simon Walker era el asesino inteligente que buscaban, y si el objetivo había sido su propia familia: su hermanastra, y su hermana y su hermano, ¿cuál era el motivo? ¿El impulso de una mente transtornada que veía amenazas y peligros donde no los había? ¿Lo habría visto Lucy como un monstruo por su comportamiento extraño? ¿Y dónde estaría en este momento, qué estaría haciendo? No quedaba nadie más, aparte de él y su padre.

La ventana estaba tapada, pero el sol, al estar bajo, iluminaba las cortinas, haciendo que brillara el desvaído estampado de flores con las últimas horas de la tarde. Había muy pocos muebles en el piso: una mesa, unas cuantas velas y una lámpara que colgaba del techo. Y en el suelo, confeti, confeti blanco, hecho de hojas de papel partidas una y otra vez en trozos. En algunos de los fragmentos más grandes se veían unos dibujos, o partes de dibujos. En uno se veía lo que podía ser una adolescente de pelo rubio. En otro, partes de una joven de cabello oscuro. Y otro trozo más grande, y luego otro. Había una foto rota. Una niña.

Suzanne fue a comprobar que Lucy y Michael estuvieran metidos en la cama, y miró la hora. Creía que Joel se marchaba aquella noche, que no se iba a quedar, pero su enigmática y amenazadora presencia seguía en la planta de abajo. Ella se quedó arriba, charlando con los niños, leyéndole a Michael otro cuento más, tumbada en la cama con su hijo acurrucado a un lado y, sorprendentemente, Lucy acurrucada también al otro lado. Suzanne sentía que podía pasarse allí toda la noche, con la suave y relajada compañía de los niños, viéndolos dormir, cuidándolos de la forma que ella había querido, sin sentido ni razón, cuidar de Ashley. Michael estaba casi dormido. Lo separó de ella con suavidad y le tapó con el edredón. Lucy la miró con recelo.

—¿Os vais a quedar en nuestra casa? —le preguntó.

Tenía la cara muy seria. No era una niña dada a sonreír, pero aquella noche se la veía preocupada y triste de una manera que Suzanne nunca la había visto.

—¿Te sientes bien, Lucy? —le preguntó. La niña no contestó—. No parece que estés muy contenta —añadió, a modo de explicación.

Lucy se subió a su cama y cogió el osito de peluche con el pijama amarillo, que había subido de la planta baja.

—Estoy triste por Tamby —dijo—. Yo le di mi pluma de pavo real para que estuviera a salvo. —Volvió a mirar a Suzanne—. Y ahora quiero dormir.

Suzanne apagó la luz del cielo raso y dejó la de la lamparita que Lucy le había pedido. Michael ya estaba dormido, tumbado boca arriba, con las manos junto a la cara sobre la almohada. Le dio las buenas noches a Lucy hablando en voz baja y se fue al cuarto de baño. Joel seguía abajo. Oía su voz, y sabía que para él su presencia era tan grata como para ella la suya. Podría atreverse a bajar y quedarse allí charlando con Jane, entreteniéndose con las rarezas de Joel, bebiendo suficiente vino para relajarse un poco, concentrarse únicamente en que pasaran las horas, y dejar que pasara un día, y luego otro, y otro, y seguramente, con el tiempo, todo empezaría a ponerse mejor. Pero era incapaz de hablar con Jane estando allí Joel, de soportar su mirada irónica y velada, de tener que buscar respuestas a aquel tono tan amable y educado con el que se dirigía a ella cuando Jane estaba delante, mientras que cuando estaban solos sus ojos le decían algo muy distinto, le divertía saber que ella veía todo esto pero era incapaz de desafiarlo.

Tenía una vía de escape. Llevaba el frasco de pastillas que le habían dado en el hospital.

—Con esto tendrá para un par de noches —había dicho la enfermera.

No se había tomado ninguna la noche anterior y no le había dicho nada a Jane de las pastillas. Miró la hora. Las nueve y media. Había estado más de una hora con los niños. Decidió que se iba a tomar una pastilla. Mejor, se tomaría dos, pasaría un rato por su casa y recogería las transcripciones del estudio, y después se metería en la cama. Si las pastillas no le hacían efecto, emplearía el tiempo en hacer todo lo que pudiera por reconstruir el sonido de la voz de Ashley, cada pausa, cada entonación, cada vacilación, y se lo daría a Steve a la mañana siguiente.

Le dijo a Jane adonde iba y se fue a su casa, abrió la puerta y se estremeció ante el olor a humo y ceniza. Tenía que hacer algo, contratar a alguien que limpiara la casa, borrar todas las pruebas de aquella noche. Mañana. No quería pensar en eso en aquel momento. Subió la escalera que iba al estudio. Las transcripciones estaban allí, las recogió todas. Entonces se acordó de que había unas partes a mano que tal vez pudieran servirle. ¿Dónde las había puesto? Abrió el cajón del armario archivador y empezó a revisar las carpetas. Se le empezaba a ir un poco la cabeza por el efecto de las pastillas y la falta de sueño. Quizá debería dejarlo. No iba a poder trabajar mucho aquella noche, pero podría hacer algo por la mañana. En una de las carpetas ponía: «Transcripciones», estaba llena de papeles. La sacó y se sentó en la butaca para ir mirándola. Se sentía muy cansada. Las palabras escritas le bailaban delante de los ojos. Le costaba mantenerlos abiertos. Dejó caer los párpados, sucumbiendo a la pesadez. Sólo unos minutos, un ratito, para despejarse, hasta que se le pasara aquella sensación de mareo que la sumió en la oscuridad.

Lucy se hacía la dormida. Estaba allí tumbada, con los ojos cerrados, oyendo a su mamá, que estaba en la planta de abajo. Suzanne había salido. Había oído la puerta al cerrarse. Después oyó que la puerta se abría y se volvía a cerrar. Oyó pasos en el pasadizo, luego otra puerta que se abría y se cerraba. Después oyó pasos por la escalera, pero más lejos, en la casa de Suzanne.

Abrió los ojos y miró hacia la forma negra de la ventana. Las cortinas se movían, pero no era más que la corriente de aire, la notaba en la cara. El señor McCarthy le había preguntado por los monstruos, y ella iba a contárselo, pero entonces su papá se enfadó. Y luego había visto a Tamby en el parque y había creído que todo se iba a poner bien otra vez, pero ya no estaba tan segura. Escuchó atenta. La casa estaba silenciosa. Sólo se oían los ruidos esos que hacían las casas, a veces un crujido, un golpecito, pero no pasaba nada, eran los ruidos de las casas.

Notó que se le empezaba a encoger el pecho. Cogió el inhalador y se lo puso en la boca. Apretó el tapón y sintió el frío en su garganta. Esperó. El pecho se le puso mejor, pero el inhalador estaba casi vacío. Llamó a su mamá, que subió rápidamente por la escalera; sintió sus pasos que hacían *ta, ta* en los peldaños.

—¿Qué pasa, mi vida? —Mamá hablaba bajito para no despertar a Michael.

Lucy movió el inhalador, y su mamá se llevó la mano a la boca.

—El nuevo. Se me había olvidado, estaba en el bolso que perdimos en Londres. No te preocupes, Lucy. Voy a ir a por otro a la farmacia que está abierta toda la noche. Voy ahora mismo. Está papá abajo.

—Que vaya papá.

Lucy no quería quedarse al cuidado de su papá, y menos ahora que los monstruos estaban en la casa, escondidos en alguna parte.

—Papá no sabe qué es lo que hay que comprar. —Su mamá parecía preocupada—. También está Suzanne. Ha ido a su casa un rato y volverá ahora.

Lucy se quedó pensando. Estaba enfadada con su papá, pero con Suzanne estaría bien.

Oyó los pasos de su madre al bajar la escalera, *ta, ta, ta*. La oyó hablar con su padre. Oía la voz de su papá, pero no oía lo que estaba diciendo. Entonces la puerta se abrió y se cerró, y oyó los pasos de su mamá por la acera.

Suzanne estaba en su estudio, oía sus pasos, *clunc, clunc, clunc*. Iba a volver ahora, eso había dicho su mamá. Entonces oyó otro ruido abajo. Se quedó escuchando. Era su papá. Su papá estaba *pendiente* de ellos. Oía sus pasos, *pa, pa, pa*, arriba y abajo, arriba y abajo. Entonces oyó que se abría la puerta de la habitación de en medio y los pasos de su papá que subían por la escalera como él lo hacía, deprisa y flojito. Le oyó ir al cuarto de baño, le oyó hacer pis, no un chorrito pequeño como el de Lucy, un ruido fuerte. Oyó la cadena y el agua al caer. Después oyó el agua que corría por el lavabo, y luego el clic de la puerta del cuarto de baño. Michael hizo un ruidito como si estuviera gimoteando.

Pa, pa, pa, otra vez por el pasillo. La puerta del dormitorio se abrió y a Lucy se le olvidó hacerse la dormida. Levantó la cabeza, y allí estaba su papá.

—Me voy al pub —dijo—. Suzanne está aquí al lado y volverá dentro de poco.

Su papá siempre se iba al pub cuando tenía que estar *pendiente* de ella.

—Michael se está despertando —susurró Lucy.

—No te preocupes —dijo su papá—, ahora le atenderá Suzanne cuando venga. Cierra los ojos y duerme. —Apagó la lamparita y cerró la puerta.

Lucy se quedó mirando la oscuridad. Oyó los pasos de su papá bajando por la escalera, *chac, chac, chac*, esta vez, y luego la puerta se abrió y se cerró. Escuchó atenta. Suzanne estaba silenciosa en la casa de al lado, tal vez ya había recogido sus cosas. Quizá ya venía de camino. Esperó. Le escocían los ojos y estaba cansada. Tardaba mucho. Entonces oyó la puerta que se abría y se cerraba, y supo que Suzanne había vuelto. Ya no tenía que estar pendiente. Se le cerraron los ojos.

McCarthy se sirvió otra taza de café. Miró a Barraclough y a Martin. No sabía si estaban haciendo horas extras o si era el nuevo turno. Se pasó la mano por los ojos, intentando recordar. Seguían revisando los papeles que habían encontrado en el apartamento de Simon Walker. Barraclough le miró y negó con la cabeza.

—Aquí no hay nada que nos dé… —dijo.

Nada que les diera una pista de dónde podría estar Simon Walker, nada que los llevara a Phillip Reid.

McCarthy se acercó adonde estaban a echar un vistazo. Cogió una de las carpetas que quedaban. Estaba muy abultada, pero era porque contenía muchas hojas de papel dobladas. Abrió una y, por unos instantes, no supo qué era lo que estaba mirando. Colores brillantes, rayas azules y verdes, una mancha amarilla, formas geométricas. Entonces cayó en la cuenta de lo que era, y sintió un escalofrío. Era un dibujo de niño. Había palabras escritas, grandes y temblorosas, por la parte de arriba de la hoja y por la parte de abajo. Las letras estaban en negro, excepto las iniciales de cada palabra, que estaban pintadas en rojo. En la parte de arriba ponía: *Tato Ash*, y en la parte de abajo: *Me Balancea*. Era un dibujo de Lucy. Ella le había enseñado otros parecidos, dibujos de su mundo de fantasías. La palabra, formada por las letras rojas, saltó del papel: TAMB. Tamby, su amigo. Tamby, Tato Ash, el hermano del hombre Ash. Simon Walker era hermano de Ashley Reid... La mente empezó a darle vueltas sobre las cosas que la niña le había contado: *Tamby es mi amigo... Es amigo de Tamby. Aunque no sólo... El Hombre Ash es amigo de Emma... Y Tamby también*. Simon Walker.

Lucy confiaba en él, y él seguía suelto. Y los monstruos. Tendría que haberse quedado, tendría que haber hablado con ella, debería haber insistido.

Miró a Barraclough, que estaba abriendo un sobre acolchado y sacaba de él lo que parecía un certificado de nacimiento. Tina lo miró, volvió a mirarlo con el ceño fruncido de la sorpresa que rápidamente se tornó en comprensión y después en alarma. Sin decir ni una palabra se lo pasó a McCarthy.

No habían ido lo suficientemente atrás en el tiempo. Era el certificado de nacimiento de Phillip Reid. McCarthy lo leyó. Phillip Reid había nacido en Sheffield en 1956. Su padre era Joel Matthew Reid. Su madre, Lucia Reid, Severini de soltera.

McCarthy se espabiló de repente.

—Quiero a Joel Severini aquí, ¡esta misma noche! Ve a buscar a Brooke —le dijo a Corvin.

En ese momento, todo lo que había visto cobró pleno significado. Se acordó de la cinta. Ashley decía: «Se lo estoy diciendo», y se lo había dicho. Se lo había dicho a Suzanne, pero ella no lo había captado. McCarthy había leído la transcripción y tampoco entendía lo que quería decir. Se acordó de lo que Ashley había dicho, lo que Suzanne le había contado que le había dicho aquella noche:

—*¿Dónde están?... Al lado. Luz*. La casa estaba vacía. Jane y Lucy se habían marchado de forma imprevista. Ashley estaba preocupado. Aterrorizado porque no sabía dónde estaban, acudió a la única persona que podía saberlo y ayudarle: Suzanne.

Lo que Ashley decía en la cinta no era *Luz*, sino *Luce*, el nombre que utilizaba Joel Severini. *¿Pero qué es lo que le pasa a nuestra Luce?* Recordó una de las frases de la cinta: *Simon trae el asunto… Pero… So no quería. (Pausa) Como había luz… So no quería…* Simon trae el asunto pero Sophie no lo quería. Como estaba con Luce, Sophie no quería… *So, Em, Luce.* Sophie, Emma y Lucy. Lo había leído, sabía que había algo ahí, y se le había pasado. Todavía no había acabado.

18

De pronto, Lucy se despertó. Había algo diferente, extraño. Escuchó con atención. Michael hacía ruidos raros al respirar mientras dormía, resoplidos. Se puso a escuchar otra vez. *Cric, cric...* Era muy débil, muy flojito. Sabía qué era aquel sonido. Lo había oído antes. Se sentó. No pasaba nada, Suzanne estaba abajo. Escuchó con atención otra vez. *Pa, pa, pa,* muy flojito, por el pasillo, fuera de su habitación. Miró hacia la puerta. Estaba cerrada. Miró el picaporte, esperando que empezara a moverse, esperando que entrara el monstruo por la puerta. Quizá él no sabía que estaban allí. ¡Tamby! Tamby había estado en el parque y había dicho *Como un ratoncillo.* Y el señor McCarthy. Le había dicho: *Cuéntamelo.* Pero el señor McCarthy no estaba allí ni tampoco Tamby. Se le humedecieron los ojos y le escocían. Iría a buscar a Suzanne. O a su papá. Iría a buscar a su papá. Miró a Michael, que estaba muy dormido. También tenía que cuidar de Michael.

Se bajó despacio de la cama y fue de puntillas hasta la puerta. *Como un ratoncillo, como un ratoncillo.* Movió el picaporte lentamente. Produjo un pequeño *clic* en medio del silencio. Lucy se quedó inmóvil. Escuchó. No se oía nada. Abrió la puerta un poco y salió al rellano. Estaba oscuro, pero no encendió la luz. Los monstruos vendrían con la luz. ¿Dónde estaba su papá? Todo estaba demasiado silencioso. No estaba oyendo su música en el piso de abajo. Fue avanzando despacio hasta la puerta del dormitorio. La abrió. Se veía la cama con la luz de la luna que entraba por la ventana. Estaba vacía.

Cerró la puerta. Su papá se había marchado al pub. Suzanne estaba abajo. Lucy escuchó atenta. No oía nada. La escalera estaba a oscuras y estaba segura de que las habitaciones también estaban a oscuras. Empezó a bajar la escalera, pero miró hacia las sombras que tenía debajo y, lo sabía, sabía que el monstruo estaba esperando allí abajo, y que Suzanne no estaba, eso también lo sabía. Michael y ella estaban solos en la casa con el monstruo, que pronto estaría arriba, y no había nadie que los pudiera ayudar. *Dios mío, Luce... Como un ratoncillo... Ten cuidado. Cuéntamelo.* Empezó a sentir opresión en el pecho.

Volvió a subir los peldaños de la escalera que había bajado y fue hasta la puerta de su dormitorio. Tal vez el monstruo estuviera subiendo por la escalera en ese momento. Oyó que Michael se estaba despertando, porque también había notado que el monstruo estaba en la casa. Hizo una especie de gemido al despertarse.

—¡Cállate! —susurró Lucy con toda la dureza que pudo, y notó que él se ponía rígido y se callaba. Lucy no sabía qué hacer. ¡Tamby! No supo si lo había dicho en su cabeza o si lo había gritado en alto, pero entonces oyó:

—¡Lucy! ¡Lucy!

No era una llamada, como en el parque, sino un susurro, un susurro que parecía decir: *¡Rápido! ¡Ahora!* Cogió a Michael de la mano y se fueron a la puerta a escuchar. El niño estaba temblando. Volvió a oírse la voz:

—¡Lucy!

Y venía de arriba, del desván.

¡El desván! El desván, con su oscuridad y su olor a polvo y los extraños ruidos del techo. Sentía una opresión en el pecho. ¡No podía pensar! Quería que estuviera allí su mamá. Que estuviera Suzanne. El señor McCarthy le había dicho: «Ten cuidado, no te quedes sola». Pero su papá la había dejado sola. Quería que estuviera el señor McCarthy. Podía irse a buscar a Tamby, subir la escalera a oscuras del desván, y con él estaría a salvo. Le había dicho:

—*Ten cuidado, pequeña Luce.*

Volvió a oírse el susurro:

—¡Lucy! Rápido!

Miró entre la oscuridad, y allí estaba en la escalera, como un signo, su pluma de pavo real. ¡Tamby!

Tiró de la mano de Michael, que salió de la habitación con ella, y Lucy subió corriendo la escalera de caracol, con él detrás. Aquella habitación estaba llena de *porquerías*. Su papá decía: «¡Tira todo esto de una vez!». Pero su mamá iba guardándolo todo en el desván, y ahora se veían formas extrañas en la oscuridad, y Michael gimoteó al tropezar y estuvo a punto de caerse al suelo. Tenía que cuidar de Michael. Ella era la mayor.

—¿Tamby? —susurró. ¿Dónde estaba?

Lucy veía luz al otro lado de la habitación, una luz que salía de un agujero en la pared, el hueco del tejado de donde salía aquel olor a polvo. Había arañas en el hueco del tejado, negrura y suciedad.

—¡Lucy!

Y allí estaba él, al otro lado de la luz, detrás del hueco del tejado, una figura oscura como los recortables que hacían en el colegio. Si Michael y ella eran capaces de cruzar por allí, estarían a salvo. Empujó a Michael por la pequeña trampilla que había en la pared, una *puerta secreta*, y entonces se encontraron gateando por encima de tablones de madera y de un pequeño muro, y apareció otra puerta secreta delante de ellos. Lucy empujó a Michael. Pensó que el monstruo podía estar subiendo por la escalera en ese momento, cruzaría la puerta secreta, y después pasaría por el hueco del tejado que habían dejado atrás y la arrastraría a la oscuridad y ella nunca lograría escapar. *¡Tamby!*

Michael desapareció, tapando la luz por un momento y dejando a Lucy a oscuras. Después ella se arrastró también para colarse por la trampilla, y vio la luz de una mesita de noche y miró alrededor. Era la habitación de Sophie, la de la *casa de estudiantes*. Miró por el cuarto para ver si estaba Tamby, porque había pasado mucho miedo por si los monstruos le cogían y estaba *muerto* para siempre como Emma y como Sophie. Y vio a Michael tumbado en el suelo, y vio unos pies dentro de unas zapatillas de deportes manchadas de barro, y supo, al levantar la vista y verle la cara, con demasiado ahogo en el pecho como para gritar, que los monstruos la habían cogido a ella también.

◆ ◆ ◆

Suzanne se despertó bruscamente, como recién salida de las tinieblas. La cabeza le daba vueltas, tenía frío y temblaba. Intentó centrarse. Se había quedado dormida. Las pastillas le habían hecho efecto cuando se sentó en la butaca. Sentía la mente confusa y borrosa. Se encontraba en su estudio. Algo la había despertado. Tenía un vago recuerdo de una voz gritando a lo lejos:

—¡Lucy! ¡Lucy!

Debía de haber soñado. Siempre oía voces en sus sueños. Venían de... ¿de dónde? Le parecía haber oído unas voces que venían de algún sitio cercano. Voces de llamada. Sueños. Sentía mareo y se echó para atrás en la butaca. Michael y Lucy estaban jugando, eso era. Estaban en el campo, un campo oscuro, y jugaban al escondite, andando de puntillas, y alguien los llamaba con una voz ahogada, casi como un susurro.

—¡Lucy! ¡Lucy!

Oyó un crujido, un golpe flojo y se despertó otra vez, luchando contra el mareo. Tenía que despertarse y volver a casa de Jane.

Se oyó el ruido de un motor de coche al arrancar, después unos acelerones fuertes y el chirrido de la gravilla bajo las ruedas. Cuando dio la vuelta a la curva al final de la calle, sonó otro chirrido. Aquel ruido la despertó un poco más. Se preguntó si habría molestado a los niños. A veces Michael se disgustaba si se despertaba en un sitio extraño. Miró la hora. Eran las diez y media pasadas. Jane estaba pendiente de ellos, no pasaba nada. Sabía dónde estaba ella, le habría avisado si Michael se hubiera despertado.

Se levantó, un poco tambaleante, y bajó con cuidado la escalera. Era como estar borracha, aunque no tan agradable, daba más sueño que euforia. En el rellano de arriba estaba oscuro. Bajó el siguiente tramo de escalera, sintió que las manos se le ensuciaban por el contacto con las paredes y se las limpió en los vaqueros.

La casa de Jane estaba a oscuras. Suzanne había temido un encuentro con Joel, pero las luces de la planta de abajo estaban apagadas y las habitaciones, vacías. Se habrían ido a la cama. Fue a la cocina y se sirvió un vaso de agua. Tuvo la tentación de desvestirse y echarse en la cama que había dejado hecha Jane en la habitación de la parte de delante, pero tenía que comprobar primero cómo estaban los niños. No quería entrar en su cuarto con aquel olor a humo. Podía darse una ducha, no iba a tardar más de unos minutos. Fue despacio al cuarto de baño. Se sentía cercada por el silencio de la casa. Debían de ser las pastillas que la hacían sentirse ajena y distante de todo, pero la casa estaba vacía, desierta.

La ducha la acabó de despertar. Mientras se secaba, escuchó atenta por si había ruidos. Se puso el camisón. El silencio empezó a preocuparla. Oía los coches que pasaban por la carretera principal, pero dentro de la casa no se oía nada, y la casa parecía muerta. Fue por el pasillo, bajo la tenue luz de las bombillas de escasos vatios que lo iluminaban, en dirección al cuarto en el que estaban durmiendo Lucy y Michael.

La luz de la lamparita de noche estaba apagada. Los montículos de las camas formaban siluetas en la oscuridad, los niños dormían bajo los edredones, las almohadas… Miró otra vez, concentrándose en ver en la oscuridad. Parecía que las almohadas estaban vacías, hundidas, como si los que habían dormido allí se hubieran marchado. Se adentró en la habitación, esperando que las formas de los niños durmiendo aparecieran gradualmente ante sus ojos. Pero cuando ya la vista se le acostumbró a la falta de luz, vio que la ropa de cama estaba separada del colchón hacia delante, y que las almohadas tenían aún el hueco de las cabezas de los niños. Pero ellos no estaban.

Los niños habían desaparecido.

Las líneas telefónicas estaban ocupadas. Era la primera noche del verano de verdadero calor, y la gente había salido por ahí a disfrutarla. Ya era casi la hora a la que cierran los pubs, los primeros borrachos y pendencieros estaban en las celdas, una pelea en un pub había terminado en apuñalamiento, los coches desaparecían de donde estaban aparcados o, a veces, sólo se quedaban sin sus órganos vitales. Una persona que llamó indignada se quejaba de que le habían quitado la cartera, la radio y una de las ruedas de delante, la del lado del conductor. En una celebración junto al canal, una persona casi se ahoga, y había también unos gamberros o algo así en uno de los parques.

—Era un coche —insistía la persona que había llamado—, ha cruzado las verjas de Bingham Park.

El operador apuntó los detalles, al tiempo que se preguntaba qué clase de prioridad había que darle a la conducción un poco ilegal por el parque. Probablemente estarían buscando un sitio apartado donde echar un polvo, pensó.

—Y he podido coger todos los detalles —decía la persona que había llamado—, o casi todos.

El operador anotó parte de un número de matrícula y una descripción: metálico, rojo, un Opel Corsa o un Fiat Punto. Le dijo al denunciante que se encargarían de ello y pasó la información a sus superiores. Alguien tendría que ir a echar un vistazo, pero había otros avisos mucho más prioritarios que una gente con ganas de juerga en Bingham Park. Los teléfonos volvieron a sonar. Iba a ser una noche larga.

McCarthy iba conduciendo hacia Carleton Road. Tenía la mente centrada en una sola cosa: mantener a salvo a Lucy. Cuánto sabía Joel Severini, hasta qué punto estaba implicado en el caso, había que encargarse de aclarar todos esos detalles, pero en aquel momento los dejó en la recámara de su cabeza, ante la necesidad imperiosa de proteger a Lucy. Sonó la señal de llamada en la radio, la cogió y contestó. Cinco minutos después estaba en el número 12 de Carleton Road, donde había ya coches de policía, con las luces azules parpadeantes.

Lucy podía oler el suelo que tenía debajo, húmedo y picante. Intentó soltarse las piernas de la cosa esa que se las sujetaba, pero no lo consiguió. Estaba oscuro. Notaba a Michael tumbado a su lado, pero no se movía. Se quedó atenta, escuchando. Todo estaba tranquilo, pero se oía el ruido constante de unas gotas y sonidos lejanos, como de coches por la carretera. Hacía frío. No podía parar de temblar. Tenía ganas de devolver.

Todo se había puesto negro. Él le había tapado los ojos y la boca y Lucy no podía *respirar*, se los había llevado a Michael y a ella, y los había metido en un sitio duro que olía a gasolina. Luego ella se había dado cuenta de que era un coche, y él iba al volante conduciendo hacia las afueras, lejos. Lucy empezó a llorar, pero bajito, para que no la oyera.

Lucy se dio la vuelta. Entraba luz de una ventana que estaba detrás de ella, no mucha luz. No veía nada en la oscuridad, y había un fuerte olor a polvo, como en el desván, como en el tejado, y también olía a algo quemado, como la casa de Suzanne después del incendio. Había una *corriente de aire*, la notaba en la cara. Y no dejaban de oírse las gotas, *drip, drip, drip*, como de un grifo.

Sentía ganas de llorar, pero se apretó los ojos con las manos, enfadada. Ella era la mayor. No tenía que llorar.

—Michael —susurró.

Michael estaría muy asustado y tenía que cuidar de él. El pobre empezaba a hacer unos ruiditos al respirar, como resoplidos y gruñidos que le habrían hecho gracia si estuvieran en casa, en la cama, pero allí no era nada gracioso.

—Michael —volvió a susurrar, y le empujó con el pie. Le sintió moverse y se echó para atrás. El Hombre Ash les había dado caramelos. Michael sabía muy bien que no había que aceptar caramelos de los extraños, pero el Hombre Ash les había dicho:«¡Comeos los caramelos!» con una voz tan horrible que Michael se los había comido. Eran de color rojo brillante, y a Michael se le había resbalado el líquido rojizo por la barbilla y luego por el jersey, junto con las lágrimas que le rodaban por las mejillas. Estaba llorando, pero muy bajito, porque el Hombre Ash había visto la cara de Michael cuando se había puesto a llorar y le había dicho: «¡Cállate!». con una voz susurrante que daba mucho más miedo que un grito.

Lucy supo lo que había que hacer cuando les dio los caramelos rojos. Era lo mismo que hacía cuando su mamá le daba aquellas pastillas de vitaminas. Se los había metido en la boca, sujetándolos con la lengua en la parte alta del paladar y luego los había tirado, cuando él no estaba mirando. Pero Michael no sabía hacer eso.

Oyó los pasos de alguien en la oscuridad. ¡Estaba allí! No se había ido. Tenía que quedarse muy quieta, callada. Él no debía darse cuenta de que no se había comido los caramelos. Estaba hablando, murmurando para sí mismo, como hacía su mamá a veces cuando estaba pintando, pero él parecía enfadado. Intentó oír lo que estaba diciendo.

—… y quitármelos de encima… mantenerlos juntos… No me van a escuchar… No van a hacerlo bien.

Era como si estuviera discutiendo él solo, y a Lucy le entró mucho miedo.

No le oía bien, porque a veces la respiración de Michael sonaba muy fuerte, y otras veces estaba tan callado que parecía que no estaba allí. Se apretó otra vez los ojos con los puños. ¿*Tamby?*, dijo en su cabeza. Pero Tamby ya no estaba. Él le había dicho: *Intenta quitarte de en medio, pequeña Luce*, y ella lo había intentado, lo había intentado con todas sus fuerzas. Igual que ahora intentaba ser valiente, pero las lágrimas se le salían de los ojos, cada vez más lágrimas, y ella no podía hacer nada. Los monstruos habían cogido a Sophie, y a Emma, y a Tamby, y ahora los habían cogido a Michael y a ella.

Habían caído en la trampa. *Como un ratoncillo.*

Hazel Austen estaba junto a la puerta del número 12 de Carleton Road cuando llegó McCarthy.

—Estamos registrando la casa, señor —le dijo con brevedad.

Le llevó al piso de arriba. La casa parecía una tumba. Suzanne estaba sentada al borde de una cama que tenía un edredón con forma de coche de carreras. Se abrazaba a sí misma con los brazos pegados al cuerpo, y lo que decía era un torrente de palabras incoherentes sobre campos y voces. Respiraba muy de prisa, y cuanto más se esforzaba por controlar el ataque de pánico, más incoherente se ponía. McCarthy se sentó junto a ella en la cama. Hizo caso omiso del rápido intercambio de miradas entre Barraclough y Corvin, y la abrazó, atrayéndola hacia sí, para que se sintiera arropada y ahogara todas aquellas palabras contra su pecho. Le fue diciendo cosas sin apenas significado como «Ya está, ya pasó. No te preocupes, todo se va a arreglar», hasta que ella empezó a perder la rigidez del susto y la angustia que tenía. Después, con mucho cuidado, empezó a hacerle preguntas.

—Yo estaba soñando —dijo ella—. Me quedé dormida, aquí al lado, en mi casa, arriba, en el estudio de la buhardilla. Pensaba trabajar un poco con las transcripciones porque quería darte…

McCarthy la apretó entre sus brazos.

—Ya está, ya pasó —volvió a decirle.

—Me desperté y me pareció oír a alguien que llamaba a Lucy con voz susurrante. Estaba todavía un poco dormida y creí que me estaba confundiendo con una parte del sueño. Y luego oí un coche. En la calle. No era del sueño, bajó muy deprisa por la carretera. Y entonces volví y… —Empezó otra vez a perder el control de su voz.

McCarthy empezó a hablarle casi al oído, rozándose con su pelo. No le importaba que Corvin o Barraclough pudieran oírle.

—Muy bien, Suzanne, muy bien. Ahora necesito que me digas algo más, preciosa. Sólo un poco más. ¿Estaba cerrada la puerta cuando volviste?

Suzanne se aferró a él con ambas manos, al tiempo que intentaba controlar la respiración.

—No me acuer… No, no estaba cerrada.

—¿Y no había nadie? —McCarthy mantuvo el tono bajo, insistente. Seguía una estructura simple: pregunta, respuesta, pregunta, respuesta.

Ella negó con la cabeza.

—No.

A medida que Suzanne fue respondiendo a las preguntas, el cuadro empezó a esclarecerse. Al menos ya tenía un marco temporal. Ella había vuelto y había transcurrido más o menos media hora cuando descubrió que los niños no estaban. McCarthy cerró los ojos. Podían pasar muchas cosas en media hora. Si el coche del que ella hablaba tenía algo que ver, podían estar ya muy lejos.

—¿Señor? —preguntó uno de los oficiales de la investigación que estaba junto a la puerta. McCarthy lo miró—. Hemos encontrado algo en el desván. —McCarthy le hizo un gesto de impaciencia para que continuara—. La trampilla que da al espacio que queda entre los tejados. Está abierta. Por ahí se puede pasar a las otras casas, en ambas direcciones. —La casa de estudiantes, vacía y accesible para quien tuviera una llave, alguien interesado en poderse mover entre las

tres casas: la habitación de Sophie, el desván de Jane y —sí— el estudio de Suzanne.

»En la casa de al lado hemos encontrado esto.

Era una pluma de pavo real.

Suzanne la miró.

—Es de Lucy —dijo.

Suzanne sentía un frío aislamiento y una extraña euforia, como si estuviera en medio de una tormenta, con ruidos y estrépitos a su alrededor. Pero ella estaba a salvo. De momento la tormenta no la tocaba, pero sólo de momento. Vio a una mujer policía que hablaba con
la pálida y atónita Jane. Oía las voces a su alrededor, mientras regis-
traban la casa, la residencia de estudiantes, su casa. Les oía hablar de
Joel. Nadie sabía dónde estaba Joel.

Pensó en Dave. Ella debía de haber dicho algo, porque la mujer
policía se dirigió a ella, negando con la cabeza:

—No estaba cuando le hemos llamado y le hemos dejado un
mensaje. Nos pondremos en contacto con él en cuanto podamos.

Suzanne volvió a su asiento junto a la ventana. Steve se había ido,
y ella no quería hablar con nadie más. Quería mantener aquella frialdad a su alrededor todo el tiempo que fuera posible, como cuando se
te adormece una parte del cuerpo después de darte un golpe, antes de
que empiece a doler. Michael estaría aterrado. Si seguía vivo, estaría
aterrorizado. Sintió que la cabeza se le partía en dos. Si seguía vivo,
estaría sufriendo. Si estaba muerto, ya no sufriría.

Hacía apenas dos semanas, había bajado del estudio corriendo
por la escalera, con el optimismo de principios del verano y sintiendo
que, a pesar de todo, seguramente las cosas iban a empezar a marchar
bien: su hijo, su trabajo, su vida. Y ahora todo se había venido abajo,
todo arrasado por culpa de alguien que venía no se sabía de dónde y
lo había destrozado. ¡Michael!

Si, *si* encontraban a los niños sanos y salvos, Michael querría estar con Dave. Sería con él con quien querría estar, no con ella. Y con
Carol, querría estar con Carol, que les pintaba caras a los huevos. La
policía estaba buscando a los niños, por eso estaban allí, eso era lo que

hacían. Localizar a Dave no era una de sus prioridades. Los pubs estarían cerrados ya, aunque Dave a veces iba a sitios que solían cerrar muy tarde, o bajaban los cierres y se quedaban dentro los habituales —los músicos, los actores y otros artistas—, y les daban las tantas de la madrugada. ¿Adónde habría ido? Miró a Jane, que le devolvió una pálida sonrisa.

—¿Dónde está...?

Jane se encogió de hombros.

—Ha ido a tomar un té. Oh, Dios mío, Suzanne...

Tenía una expresión de pánico en los ojos que resultaba muy extraña en Jane. Suzanne no era capaz de mirarla. Era como la otra vez, hacía justo diez días, cuando Lucy desapareció y luego encontraron muerta a Emma. También aquel día Suzanne había huido.

No podía hacer nada para ayudar a Jane. Sólo podía hacer una cosa.

—Tengo que encontrar a Dave —dijo—. Voy a salir a buscarle.

No quiso esperar a que Jane le respondiera, no soportaba mirarla a los ojos. Tenía que marcharse de allí antes de que regresara Hazel y se lo impidiera. Ellos no entendían que Michael iba a querer estar con él por encima de todo, y eso era lo único que podía hacer ya por su hijo.

Se tocó el bolsillo. Llevaba las llaves del coche. Tenía que encontrar a Dave, por Michael.

Necesitaban una descripción del coche que Suzanne había oído bajar por Carleton Road poco después de la diez de la noche. Una tras otra, todas las casas estaban vacías. Hacía ya unos años que los alojamientos de estudiantes habían invadido la zona. Barraclough probó primero en cinco casas hasta que encontró una habitada. Tuvo suerte. Un hombre, al que se le veía contrariado, no sólo confirmó la historia del coche que había contado Suzanne, también había visto a una persona que cargaba unos bultos en el maletero.

—Bultos grandes, como fardos, una cosa así —dijo.

No podía describir al hombre que metía los fardos en el maletero, pero sí estaba seguro de qué coche era.

—Era un Fiat Punto —dijo—. Yo tenía uno. Rojo.

No le había dado tiempo a verle la matrícula, pero creía que tenía la letra R.

—Conducía como un verdadero loco —dijo.

Le pasó esa información a McCarthy, que estaba esperando a que le dieran datos recientes de los coches que habían sido robados o que alguien hubiera denunciado por conducción temeraria aquella noche, en la ciudad. Dio por radio la información que acababa de pasarle Barraclough, y la respuesta fue casi instantánea. A las veintidós cuarenta y dos se había recibido una llamada sobre un coche rojo, un Fiat Punto o un Opel Corsa con la letra R en la matrícula, que había cruzado las verjas de Bingham Park. Nadie se había encargado de hacer comprobaciones. Habían archivado la denuncia entre los casos no prioritarios.

—Shepherd Wheel —dijo McCarthy.

19

Suzanne se alejó del centro de la ciudad conduciendo. La calle estaba muy iluminada por una masa de taxis y coches parados, según iba saliendo la gente de los pubs en busca de otro sitio donde seguir disfrutando de la noche. Iban en grupos de tres y de cuatro, por las aceras y por la calzada, riéndose, gritando, empujándose unos a otros. Eran todos jóvenes, adolescentes, veintiañeros. No eran los lugares adonde solía ir Dave. Ya había mirado en los pubs del barrio, pero no lo había encontrado. Probó en un par de garitos del centro a los que sabía que él iba de vez en cuando, había tocado en varias ocasiones y se reunía allí con sus amigos las escasas noches que tenía libres. Suzanne abrigaba la esperanza de que si él no estaba, hubiera algún amigo que le dijera: *Ah, sí. Dave Harrison, se ha ido a...* Pero nadie le había visto. Tal vez ya se había ido a casa. Quizá en aquel momento estuviera escuchando a un policía, enterándose de que, pese a todas sus protecciones, ella había dejado solo a Michael, había dejado que lo cogieran los monstruos.

Un taxi tocó el claxon con fuerza detrás de ella y le levantó las luces justo antes de adelantarla con un brusco viraje. Se le había pasado el cambio de luces del semáforo. Siguió adelante cuando estaba en rojo, y tuvo que dar un volantazo para evitar un coche que atravesaba el cruce en la otra dirección. Otra ráfaga airada con las luces de carretera y un dedo hacia arriba por la ventanilla abierta. Suzanne hizo un esfuerzo por concentrarse. Estaba llegando a la rotonda grande en la que siempre se ponía tensa cuando pasaba. Aquella noche le daba igual. Se echó a un lado y dejó que los demás coches la adelantaran. No sabía qué hacer. No tenía ningún sentido seguir conduciendo sin rumbo por los sitios en los que Dave podía estar o no. No sabía a qué locales solía ir, ya no conocía sus costumbres. Sería mejor volver a casa y esperar. Estaba llegando al final de Ecclesall Road, el sitio donde había tenido el encuentro con Lee.

La mente empezaba a funcionarle mejor, con más claridad. Se le estaba pasando el aturdimiento del susto, y el dolor comenzaba a corroerla por dentro. *¡Michael! ¡Ya voy!* ¿Quién se había llevado a los niños? ¿Quién iba a querer raptar a Lucy y a Michael?

Lucy ya se había perdido una vez. Todo el mundo pensó que había sido porque habían agredido a Emma, pero ¿y si quién atacó a Emma quería coger también a Lucy? Y ella, que era una niña con recursos, se las había arreglado para escaparse. Pero esa persona había vuelto, los había estado vigilando, esperando a elegir el momento. Steve los estaba buscando. A él también se le habría ocurrido esa posibilidad. Y la persona que se había llevado a Michael y a Lucy debía de ser la misma que entró en su casa, mató a Ashley y estuvo a punto de matarla a ella también. La persona que había matado a Emma y a Sophie. Cuchillos, barro, llamas. El coche giró, al tiempo que ella se aferraba al volante contra la imagen de Lucy y Michael...

¿Quién? La cara que vio en el parque, aquella tenue blancura, apenas un segundo antes de que se diera la vuelta, le vino a la mente de pronto con claridad. No era Ashley. Nunca se había equivocado en eso. No había visto a Ashley. En aquel momento pasaba junto a la gasolinera, la gasolinera en la que encontró a Lee, y él la había... ¿Amenazado? ¿O le había hecho una advertencia? ¿Qué le había dicho? *No es Ash lo que tú quieres...* ¡Lee sabía algo! Lee sabía que había alguien más y sabía que ese alguien era peligroso. *Puede que no te guste lo que encuentres.*

Tenía que volver, buscar un teléfono, decírselo a Steve, decirle a alguien que Lee Bradley sabía algo, algo de la persona que se había llevado a los niños.

Y en aquel momento lo vio andando por la calle. Lee iba cruzando por los semáforos, a paso rápido, con la cabeza baja y las manos metidas en los bolsillos, en dirección al centro, hacia la iglesia en la que había habido misas semiocultistas hacía unos años. La esfera blanca del reloj de la torre brillaba a la luz de la luna.

Iba por una calle de doble carril. Podía dar la vuelta en la siguiente rotonda. Probablemente, Lee saldría corriendo si la veía. Había dejado muy claro que no quería hablar con ella. ¿Y si llamaba a la policía? Podrían ir hacia allá y detener a Lee, pero cuando llegaran, ya se habría ido. Siguió mirándole por el espejo retrovisor, aminorando la marcha todo lo que pudo. Examinó con la mirada lo que había a su alrededor. No veía ninguna cabina de teléfono. Ya estaba llegando al semáforo, tenía que tomar una decisión rápidamente. Hizo un giro prohibido en U y siguió a Lee calle abajo por la calle principal. Le dio tiempo a verle desaparecer por el paso subterráneo que llevaba al laberinto de calles por debajo de la gasolinera. Seguía sin ver ninguna cabina. Muy bien, iría por las calles de detrás. Giró en el siguiente cruce a la izquierda, haciendo caso omiso de las señales que indicaban que era una calle de una sola dirección, y empezó a conducir más deprisa. El final de la carretera por la que iba estaba bloqueado, y tuvo que subirse con el coche por la acera. Luego torció otra vez a la izquierda por donde se había ido Lee, pero había desaparecido.

Lucy notaba que él estaba de pie delante de ella, mirándola. Quería que se fuese, que se fuese lejos para que ella pudiera gritar y soltarse los pies de la cosa que se los sujetaba, y salir corriendo, corriendo a toda velocidad. Michael hacía otra vez el ruidito como si roncara, y ella sabía que eso enfadaba al Hombre Ash, porque volvió a murmurar algo, se levantó, fue adonde estaban ellos y le dio un golpe a Michael con el pie.

Luego lo oyó moverse alrededor de ellos en la oscuridad. Oyó un ruido metálico, chirriante, y después, chapoteo de agua. El aire empezó a cargarse de un intenso olor, un olor como el del coche, de algo pegajosos y dulce que le daba ganas de devolver y le oprimía el pecho. Empezó otra vez a patalear, intentado soltarse los pies.

Pero él estaba allí, de pie, mirándola. Lucy lo veía un poco mejor, veía las zapatillas de deportes manchadas de barro. Estaba tumbada, muy quieta. Tenía miedo. Tenía más miedo que el día que lo vio en las estanterías secretas, más miedo que cuando perdió a su papá en Londres. Era un miedo frío y quieto, que hacía que todo fuera muy lento y muy brillante. Sentía como si ella se hubiera ido muy lejos y estuviera vigilando, pero en cualquier momento el miedo iba a poder más que ella y se iba a poner a llorar y a gritar y patalear. Y entonces el monstruo iría y la *mataría* a ella también, lo mismo que había matado a Sophie y a Emma. Notó otra vez las lágrimas en la cara, cayéndole por la nariz y por el pelo.

—Te iba a llevar conmigo, pequeña Luce —dijo él. Pero no estaba hablando con ella, estaba hablando solo—. Pero es demasiado tarde para eso.

¡Tamby!, dijo Lucy en su cabeza. Pero sabía que Tamby ya no iba a ir. Sabía que el monstruo lo había cogido a él también. Tamby le habría dicho: *Como un ratoncillo, como un ratoncillo.* Tenía que estar muy quieta, callada, tenía que esconderse del monstruo. Sintió una cosa dura que le presionaba el cuello, era algo frío y cortante. El Hombre Ash estaba hablando con susurros otra vez.

—No puedo...

El Hombre Ash empezó a envolverla en una manta, suavemente, como hacía su mamá cuando tenían que irse al hospital porque ella tenía asma, y por un momento pensó que estaba teniendo uno de aquellos sueños que tenía cuando le daba un ataque fuerte de asma y las cosas se volvían irreales. Pero le estaba tapando la cabeza y la boca y ella no podía respirar.

Luego la cogió en alto envuelta en la manta y la llevó al sitio de donde venía la corriente de aire. Lucy la notaba y olía el polvo de la manta que le tapaba la cara, y después comenzó a caer, y gritó mientras caía, y justo antes de que todo se volviera negro, oyó la voz del Hombre Ash:

—¡Luce!

Y cayó en una oscuridad donde no la encontraría nadie, allí donde estaban los monstruos esperando, donde estaba Emma esperando, y donde estaba Sophie esperando, que había estado muerta y fría durante días y días y días. Y Lucy podía oír la música y las campanas, y ellos querían que ella llegara porque estaban solos allí abajo. Ella lo había intentado, lo había intentado con todas sus fuerzas, pero al final los monstruos la habían cogido.

Suzanne se quedó en el coche unos minutos, tratando de pensar. ¿Adónde se había ido Lee? ¿Por allí abajo? En ese momento recordó la dirección que había visto en su expediente. Lee había vivido un tiempo en los pisos que estaban en lo alto de la colina, los bloques que iban a derribar, y también Ashley vivió en esos pisos. Los chicos del Centro Alfa hablaban de *los bloques*. Cuando fue a buscar a Ashley, pensó que debían de referirse a las torres de pisos que estaban al final de Ecclesall Road, donde vivía Lee ahora y donde había un garaje muy apropiado, *el que tiene el nombre de Lee*, había dicho Ashley. No llegó nunca a encontrarlo, pero tal vez se refirieran a aquellos pisos, aquellos bloques abandonados adonde no iba nadie, o al menos, nadie con alguna razón legítima para estar allí. Se podía hacer cualquier cosa en aquellos pisos. ¿Quién podía impedirlo? Se podía encerrar a dos niños pequeños en un piso de esos y nadie llegaría a enterarse. ¿Qué hacía ahora, seguir o retroceder? No había cabinas de teléfono por ninguna parte. *¡Ya voy, Michael!* Aparcó debajo de los bloques y se adentró a pie en el laberinto.

Los pisos se erguían altos por encima de su cabeza. El camino para los peatones era estrecho, y los bloques de pisos a ambos lados lo hacía aún más estrecho. No había luz, y a medida que se fue alejando de la carretera que, aunque de manera irregular, estaba iluminada por las farolas, la oscuridad la fue cercando. Aquellos senderos para peatones se habían concebido como agradables paseos urbanos que servían para atravesar la urbanización caminando, sin las molestias del tráfico. Suzanne sabía que había laderas verdes a ambos lados del camino, pero la tierra que pisaba estaba resbaladiza, y según iba tropezándose con cosas no se dio cuenta de que subía un fuerte olor agrio.

Alzó la vista. Muy por encima de ella se veía el cielo despejado y el brillo de la luna, que iluminaba el borde de una nube justo en el límite de su visión. Abajo estaba oscuro. Ya no estaba muy segura de por dónde iba, se había perdido. Había una sensación de movimiento, de cosas que se arremolinaban y susurraban en cada esquina. A veces le parecía oír pasos por delante de ella y creía que había alcanzado a Lee, pero cada vez que giraba en una esquina se encontraba con el silencio vacío.

Trató de orientarse. Había subido por la carretera, había pasado dos bloques y había dado la vuelta a un tercero. Al encontrarse en el espacio abierto tras dar la vuelta a la esquina, vio un coche rojo. El guardabarros rozaba con una de las grandes columnas en las que se apoyaban las torres. Tenía las puertas abiertas. Tocó el capó, y aún estaba caliente. Gamberros que robaban coches sólo para darse una vuelta y abandonarlos. Miró con nerviosismo a su alrededor, pero no vio a nadie. Habrían salido corriendo nada más deshacerse del coche.

Pasó rozándolo y fue a dar a un patio, una zona con el suelo de hormigón, rodeada de bloques de pisos. Las filas de garajes daban a aquel patio, pero al igual que los pisos estaban abandonados. La entrada al hueco de la escalera estaba bloqueada con cadenas. Las ventanas de los pisos bajos estaban cubiertas por tablones de madera. Miró a su alrededor y hacia arriba. No había ni un alma. Los garajes estaban desiertos, las puertas arrancadas, de modo que los interiores quedaban a la vista como rectángulos negros.

Miró hacia atrás. Uno o dos garajes todavía tenían puertas. Una nube tapó la luna, y el patio se oscureció. Allí no quedaba nadie ya, salvo los gamberros ladrones de coches. Aquellos pisos estaban desiertos, sellados, esperando a ser derribados.

Pensó en Michael y en Lucy. *Está en alguna parte. Mi hijo está en alguna parte. En este preciso momento, está asustado, sufriendo. Necesito estar con él. Tengo que estar con él*, pensó. Tal vez ella estaba soñando, tal vez iba a despertarse de un mundo a otro, a la realidad cotidiana de cuidar a Michael, de comprar triángulos de queso y yogur de fresa, de hacer huevos con caras pintadas, de preocuparse y preocuparse sin fin por la posibilidad de que empezara a afectarle a su hijo la alquimia negra que ella generaba, de forma que le trastornara la infancia, hasta qué... Se sintió invadida por una enorme frialdad al caer en la cuenta de qué había ocurrido. Había surgido de un flanco que ella no había visto, no lo había previsto, no había estado en guardia. Y había ocurrido, y también había arrastrado a Lucy.

No sabía dónde estaba. Se dio la vuelta buscando el sendero por el que había llegado al patio, la manera de irse de allí. Entonces, la luna volvió a salir y su pálida luz brilló en las puertas de los garajes, iluminando las pintadas, que eran firmas, nombres, formas geométricas, palabras. Y allí estaba. El rojo de la pintura parecía negro a la luz de la luna, pero ella sabía que era rojo porque lo había visto antes en el Centro Alfa: el círculo, las iniciales LB, la barra invertida. Era el sello de Lee. Aquel era el garaje que tenía el nombre de Lee encima, el sitio del que le había hablado Ashley.

Y en aquel momento oyó los pasos, suaves y rápidos, que el eco repitió en el hueco de la escalera del bloque desierto.

El asesino inteligente, la cara del hombre que andaban buscando cambiaba una y otra vez en la mente de McCarthy. Primero, Joel Severini, que le sonreía con mirada desafiante; después la cara se desdibujaba y se convertía en Simon Walker, a veces con la mirada de desafío y hostilidad de su padre, y otras veces con la mirada asustada de su hermano.

El parque seguía silencioso y oscuro. El despliegue policial se había hecho con rapidez y de manera discreta. Quienquiera que fuese la persona que esperaba entre las sombras de Shepherd Wheel había asesinado tres veces. En este caso, no procedía quedarse a una distancia prudencial. Tenían que ir rápidamente, entrar y controlar la situación antes de que el otro pudiera enterarse de lo que pasaba. No tenía nada que perder.

Shepherd Wheel era una masa negra en la oscuridad. A McCarthy le pareció demasiado tranquilo, demasiado apagado. El parque estaba lleno de ruidos nocturnos. A lo lejos se oía el zumbido del tráfico. Más cerca, se oía el ulular de los búhos, el grito repentino de uno, al que respondía el prolongado chillido de su pareja. Los árboles susurraban y suspiraban, y el río corría y se deslizaba por encima de las piedras. Unos sonidos ocultaban a los otros. McCarthy se quedó atento, escuchando. El tráfico, las aves nocturnas. Los gritos de la gente a varias calles de allí. El río. Y algo más.

◆ ◆ ◆

Suzanne miró al bloque de pisos que tenía delante. Le podría llevar un año mirar en todos aquellos pisos. Pero recordó los sonidos que había oído por delante de ella cuando se había adentrado en el sendero, y las pisadas por la escalera. Allí había algo, algo vivo que se movía. ¿Perros? ¿Ratas? ¿Gente? ¿Seguiría yendo Lee por allí de vez en cuando en busca de…? ¿En busca de qué? La persona que no era Ashley. *No es Ash lo que tú quieres… Puede que no te guste lo que encuentres.*

Tenía que seguir moviéndose. Si dejaba que se le pasara el ímpetu, aunque sólo fuera un momento, se derrumbaría como una muñeca de títeres a la que hubieran cortado las cuerdas, se caería al suelo y jamás se volvería a levantar. Había apostado por seguir a Lee como una posibilidad externa, y tenía que llegar hasta el final. Fue a la entrada del bloque, al hueco de escalera que estaba bloqueado y cerrado con cadenas, y miró hacia arriba en la oscuridad. Había oído pasos, y le pareció ver algo que se movía, más arriba, donde la escalera parecía colgar del fuste central. Empujó los barrotes, y vio de inmediato que no eran seguros. La cadena que habían puesto alrededor estaba cortada, y era posible apartarlos y colarse adentro. Realmente era muy fácil.

Sintió que la subida de adrenalina se apoderaba de su persona. Se deslizó entre los barrotes y empezó a subir por la escalera. Olía a humedad, a gato, al olor almizclado de los roedores, y a otras cosas que no le apetecía nada identificar. Subió dos tramos de escalera, prestando mucha atención a los ruidos, contenta de llevar puestas zapatillas de deportes. Entonces se detuvo. Era allí. Quizá dos pisos más arriba de donde se encontraba. Aquel sonido de pies por los peldaños, el tacto almohadillado de la goma sobre el cemento. Subió los siguientes dos tramos, sintiendo su cuerpo tan ligero como si de verdad estuviera en un sueño, medio volando por los peldaños, parándose a escuchar.

De nuevo, por encima de donde estaba, pero más cerca esta vez. Un suave *pa, pa,* por los escalones, alguien que parecía cansado de subir. Sentía que la embargaba una energía inagotable, pero aminoró la marcha, no fuera a acercarse demasiado, no fuera a alarmar al que subía antes de que la llevara hasta el piso. Otro rellano. Ya debían de estar cerca del final. Un rellano más. Sentía opresión en el pecho y una extraña debilidad en las piernas, pero la energía la impulsaba a seguir. Se detuvo otra vez, a escuchar. Ya no se oían pisadas por encima de ella. Estaría en el siguiente rellano. Suzanne avanzó con rapidez, pero con más cuidado. Se quedó protegida en la sombra al mirar hacia la parte de arriba del siguiente piso. No había nadie.

Siguió subiendo, pegada a la pared, y cuando ya casi había llegado al último piso, se agachó y miró a la galería que se abría ante sus ojos. Un sendero largo, de cemento, una calle en el cielo, con puertas de pisos a un lado, y abierto al espacio en el otro, protegido por un murete, que llegaba hasta la cintura, y unas verjas. Allí arriba daba la impresión de que los tablones que tapaban las puertas de los pisos estaban intactos, como si los saqueadores no se molestaran en llegar tan arriba en busca del botín. O tal vez los hubieran arrancado y luego los habían vuelto a poner, al no haber nada de interés para robar. Seguramente la subida echaría para atrás a los gamberros.

Tenía que encontrar el piso. La galería se estrechaba por detrás y por delante de Suzanne. La persona a la que había ido siguiendo podría haber cogido una u otra dirección. Se paró otra vez a escuchar. Sólo se oía el silencio. Vaciló unos instantes y luego continuó. Si se hubiera ido a la izquierda, ella lo habría visto desde el rellano de abajo. Fue hacia la derecha y avanzó poco a poco, pasando las puertas de los pisos, parándose a escuchar, buscando signos de que hubiera entrado en alguna, signos de vida en el bloque desierto. Todas las puertas estaban tapadas con tablones de madera, y en cada ventana había una lámina de contrachapado, sólida, sin romper. Estaba llegando al punto en el que la galería se unía al siguiente bloque. Fue hasta el final y se encontró con una fila de barrotes. No podía ir más allá. Se acordó de los barrotes de la entrada e intentó moverlos, pero éstos parecían sólidos e inamovibles.

Entonces una voz le habló en voz baja, por detrás.

—No puedes seguir, y ya tampoco puedes retroceder.

El corazón le dio un vuelco al girar bruscamente la cabeza. Él estaba allí detrás de ella, tan sólo una sombra en la oscuridad. Suzanne no le veía las facciones, pero los ojos se le fueron solos a las manos de él. Sujetaba algo que brillaba a la luz de la luna. Pudo ver con claridad que era una navaja.

—¿Lee? —susurró.

Se oyó una risa seca.

—No. —Entonces la cogió del brazo y la obligó a retroceder por la galería—. No te resistas —le dijo, con voz susurrante—. No serías la primera persona con la que uso esto.

¡Los niños! *Deja que llegue a tiempo para encontrar a los niños.* Ya era demasiado tarde. Le siguió.

20

McCarthy intentó centrarse en el aquí y ahora, pero su habitual indiferencia le había abandonado. Le venían a la mente imágenes de Lucy hablándole de Tamby y de los monstruos, mientras las lágrimas le rodaban por la cara y el pelo. Se las limpiaba bruscamente con los puños, y le quedaban manchas en las mejillas. Pensó en patines con las ruedas mal puestas, y en dibujos de perros y gatos imaginarios, y de hermanos y hermanas reales. Pensó en Lucy ahogándose en el barro.

Hubo un parpadeo de luz bajo los árboles y, cuando se acercaron, el ruido que llevaban un rato oyendo de fondo —un sonido de agua corriendo, un sonido de remolino—, se oyó de repente más fuerte al retumbar contra los árboles. McCarthy se acordaba de aquel sonido y fue corriendo, al tiempo que daba la orden de ir hacia allá, corriendo hacia el patio, corriendo hacia la fosa donde la noria giraba y giraba, removiendo el agua en la oscuridad.

Sin tiempo para pensar en la dificultad, McCarthy subió por la valla y saltó al patio. Oía pasos de personas corriendo detrás de él. Se quitó los zapatos y pasó los pies por encima de la barandilla que rodeaba la noria, quedándose un momento pegado al muro para saltar al foso con el máximo cuidado posible. La noria, grande y pesada, seguía dando vueltas, y si lo alcanzaba, lo arrastraría y lo trituraría.

El agua le llegaba hasta los muslos, y la fuerza de la succión lo hacía tambalearse. Un niño no habría podido luchar contra aquella fuerza. Se acordó de cuando el experto del Departamento de Museos,

John Draper, le habló del conducto submarino: de unos cincuenta metros de largo, bajo y estrecho. El lugar perfecto para ocultar cuerpos pequeños. Sabía dónde estaba: el túnel de piedra debajo del agua. Le costaba mucho trabajo mantener el equilibrio. Apenas había sitio para moverse. La noria giraba sin cesar detrás de él y amenazaba con arrastrarlo bajo el agua y aplastarlo contra el muro. Oía una confusión de gritos, voces que le chillaban desde arriba, pero él no veía de qué modo podían ayudarle. Se sumergió para ver si encontraba la entrada al túnel, pero no había nada. Salió a la superficie, con ahogo, y gritó a Martin y a Griffith que estaban en la barandilla:

—¡Haced que paren eso de una puta vez, y que traigan alguna luz! —Y volvió a sumergirse.

Esta vez pensó con más claridad. Si los niños ya habían sido arrastrados al interior del conducto por la fuerza de la succión, no podía hacer nada. El conducto era demasiado estrecho para que él pudiera tener acceso. Salió a respirar, volvió a sumergirse, fue palpando la pared, y cuando notó un cambio en la disposición de las piedras, encontró un objeto blando y pesado. Era de tela gruesa, como una manta, que se había quedado atascado entre los restos de las barras metálicas que habían arrastrado hasta allí los desechos del canal fluvial.

Estaba muy atascado. Metió la mano en el túnel y consiguió agarrarlo. Era algo que envolvía otra cosa pesada, algo que la corriente intentaba arrebatarle. Tiró con fuerza, y entonces, cuando logró sacarlo del conducto, lo rodeó con el brazo y lo retorció para sacarlo de entre los barrotes. Por un momento se quedó inmóvil, sin saber qué hacer. Tenía que respirar, pero no podía sacar la cabeza del agua sin soltar lo que estaba sujetando, y si lo soltaba, lo perdería sin remedio. Con los pulmones a punto de estallarle y flases de luz en los ojos, separó los barrotes y la manta salió. Se puso de pie, con ahogo y dificultades para respirar, y se apoyó en el muro, al tiempo que resistía la fuerza del agua que formaba remolinos a su alrededor. La noria empezó a girar cada vez más despacio y, al final, se paró. McCarthy levantó el fardo hacia unas manos que estaban preparadas para recibirlo, intentando no ver la cara pálida y el pelo rubio, intentando no comprobar lo fría que estaba Lucy. Sintió pesadez en las manos al agarrarse a la barandilla para subir y luego volvió a caerse al agua, en el mismo momento en que sintió detrás de él un ruido suave y una ráfaga de calor, y las ventanas de Shepherd Wheel reventaron entre una cortina de llamas.

Barraclough siguió a Corvin, que corría hacia las instalaciones de Shepherd Wheel. Oyó el ruido que había dentro, el sonido de las ruedas de moler. Los hombres ya estaban impulsando un ariete contra la puerta cerrada con candado, que saltó de la madera al segundo golpe. Barraclough se detuvo a la entrada del segundo edificio, superada por el caos de la noria girando, los ejes que arrastraban las correas y las poleas de las muelas. Y el olor a gasolina le produjo ahogo y casi la dejó sin respiración. Oyó gritar a Corvin.

—¡Date la vuelta!

Justo cuando vio que la luz, la luz parpadeante que habían visto desde el otro lado de los árboles, eran chispas que saltaban de las ruedas de molino.

De golpe, se dio cuenta de lo que estaba pasando. Oía voces que venían de detrás del edificio, gritos de alarma que tapaban el ruido de las pesadas ruedas al girar. Vaciló un segundo. ¡Los niños! ¿En el agua o en el cobertizo? Llevaba la linterna en la mano y, antes de ser consciente de lo que hacía, iluminó la habitación en derredor, en medio de una sensación de asfixia por el humo y oyendo las sacudidas y chirridos del metal en la madera. Corvin hablaba por radio con tono de urgencia, pero en un momento cogió a Barraclough por el brazo, justo cuando la linterna pasó por encima de una de las formas abultadas de las muelas. Movió la linterna otra vez hacia atrás.

Había algo acurrucado al fondo, algo que se movía o intentaba moverse torpemente, atrapado como una muñeca de trapo en el entramado de las correas y poleas que accionaban la maquinaria. Sus movimientos parecían descoordinados e impremeditados y, cuando Barraclough miró, la cabeza del niño —¡era uno de los niños!— caía desplomada hacia un lado, muy, muy cerca de la piedra giratoria. Entonces Corvin pasó por delante de ella corriendo, hacia el cuarto lleno del humo de las chispas, y Barraclough fue tras él, logró apartar al niño de las ruedas mientras Corvin sujetaba las correas. Si no tenía cuidado, podía perder la mano. Después, consiguió soltar al niño y fue corriendo hacia la puerta, cuando algo la golpeó por detrás y cayó sobre la gravilla del camino, al tiempo que el aire a su alrededor se encendía en una llamarada.

McCarthy agradecía la calidez de la noche de verano. Uno de los enfermeros le había dado una manta y había intentado convencerle de que fuera con ellos al hospital. El aire estaba cargado de un fuerte olor a humo y gasolina. El bombero jefe les dijo que habían tenido suerte. Quienquiera que fuese la persona que había provocado el incendio de Shepherd Wheel, lo había hecho con mucha rapidez. Debía haber esperado a que las chispas de las ruedas de moler prendieran en la gasolina y se había ido, pensando que el edificio tardaría pocos segundos en convertirse en un infierno, un infierno del que el pequeño Michael Harrison había estado luchando por salir, casi vencido por el mareo de los estupefacientes. Fuego para Michael y agua para Lucy.

O tal vez, pensó McCarthy, el deseo de matar no había sido tan fuerte como ellos habían pensado. A Lucy la había tirado a la corriente del molino para que se ahogara, pero no le había mantenido la cabeza bajo el agua, como, al parecer, sí hizo con Sophie en el barro. Ni tampoco la había matado antes de tirarla bajo la noria, como lo hizo con Emma. A Michael lo había dejado tirado como si fuera chatarra, a que probara suerte con el incendio, por escasas que fueran sus posibilidades, a diferencia de Ashley, al que le arrebató la vida antes de provocar el incendio. Tal vez el acto final de tirar una cerilla encendida a la gasolina había sido demasiado.

McCarthy no había querido ir al hospital, ni siquiera le pareció que fuera necesario. Tenía frío, se había quedado helado, pero empezaba a templarse. Pidió por radio que le trajeran de la Central la ropa que guardaba en su armario. Trataba de concentrarse en detalles prácticos. Aún no sabían si los niños habían sobrevivido. No sabían cuánto tiempo había permanecido Lucy en el agua, qué drogas le habían dado a Michael ni qué daños le habían provocado las correas de la muela. Habían encontrado el Fiat Punto bajo los árboles, cerca de Shepherd Wheel. El asesino se debía haber ido a pie, por el bosque o por las huertas.

McCarthy fue al coche y se quitó la ropa mojada. Se estaba abotonando la camisa cuando oyó gritar a Corvin que venía por el camino.

—Ha llamado Brooke. Tenemos que volver a la sala de reuniones. Ha pasado algo.

Sintió otra vez el frío del agua a su alrededor. Se puso los zapatos y entró en el asiento del conductor. Marcó el número de teléfono de Brooke. Quería enterarse de si el que los hubiera citado significaba que Lucy había muerto. Quería saber si ya tenían un nombre para el hombre que andaban buscando. Escuchó el escueto mensaje de Brooke, entonces arrancó el coche, dando un giro brusco al pisar el acelerador de camino a la ciudad.

La puerta se cerró tras ella con un pesado ruido. Suzanne se quedó donde estaba. No quería mirarlo. Sus oídos prestaban atención a otros sonidos, el sonido de los niños, asustados, quizá llorando, tal vez dormidos, respirando acompasadamente, pero allí. El piso estaba frío y desolado. Estaba muy oscuro, y el silencio la acosaba a su alrededor. Oyó otra vez su voz, apenas un susurro.

—Pronto van a derruir estos pisos.

Suzanne oía el sonido de las pisadas, *pa, pa*, como antes por la escalera. Se encendió una luz mortecina. Ella mantuvo la mirada baja y entraron en su campo de visión unas zapatillas de deportes gastadas y sucias.

—Mírame.

Suzanne siguió un momento con la mirada baja, mientras notaba la impaciencia en la respiración de él. Lo miró. La luz era débil, salía de un farolillo que colgaba de un clavo en la pared.

Lo supo antes de mirarlo. Reconoció su voz. La cara le quedaba en sombra, pero ella lo conocía bien. Cabello negro y espeso, ojos oscuros, piel pálida. Lo único inusual era que ya no disimulaba la inteligencia en los ojos, o la ira.

—Ashley —dijo.

Y no parecía real, era como un sueño. Suzanne sabía que pronto se iba a despertar, que iba a estar en su cama, y Michael y Lucy estarían durmiendo arriba. Volvió a mirarlo. Estaba de pie, junto a la puerta, mirándola del mismo modo que la noche que… *¡Ashley!*

Pareció que él le estuviera leyendo el pensamiento.

—No lo planeé —dijo—. Tuve suerte —frunció el ceño—. Tendría que haberlo pensado. Simon se parece…, bueno, se parecía… bastante a mí.

Encendió una vela en la mesa que tenía delante, y los ojos de ambos de encontraron.

—Me siguió. Creí que iba a mantener a Simon fuera de todo esto, pero empezaba a preocuparse. Creía que le iba a hacer daño a la pequeña Luce —hizo una mueca de desesperación.

»No me quedó más re… —la tristeza se apoderó de su rostro—. Simon me estaba buscando y me encontró. «No es más que un sueño, Si», le dije yo. Pero no me escuchó. Antes siempre me escuchaba. Lo averiguarán. No son tan estúpidos como te crees. —Estaba en ese momento muy cerca de ella y le tocó el pelo—. Tú viniste a buscarme —le dijo.

Todo en él le resultaba muy familiar, aquella mirada, su amable sonrisa. Ya había sentido antes aquella fuerte sensación de reconocimiento, de conocerle de hacía mucho tiempo. Jane comentó un día en el jardín: «… Tuvo un hijo de su matrimonio». Suzanne levantó la vista y le miró a la cara; le tenía tan cerca que sentía su respiración en el pelo.

—Joel —dijo ella. *¡Joel!* Y aquella sonrisa… Pero mientras que la sonrisa de Joel resultaba vacua, la de Ashley era cálida y amable. Aunque ya no. *¡Los niños!*

—Phillip Reid —dijo él. Tenía la voz calmada, pero había algo en sus ojos que la obligaba a quedarse muy quieta, alerta—. No es Joel, ni Severini. Creyó que podía olvidarse de nosotros con cambiarse el nombre. Yo era el único que lo sabía, no se lo conté a los demás. Sólo a Simon. Simon no habla. —Le dirigió una sonrisa, al tiempo que sujetaba la navaja muy cerca de su cuello—. Pero yo lo encontré —continuó diciendo—. Nuestro padre. Fue un idiota, en realidad no se cambió de nombre. El suyo venía en todos sus documentos de trabajo. Le dije a Simon lo que tenía que buscar y él lo encontró en el ordenador. Simon es muy bueno en eso.

En aquel momento, respiraba más deprisa y le brillaban los ojos a la luz de la vela.

—Fui a verle —prosiguió—. No me conocía. Le enseñé quién soy yo —dijo, con la mirada perdida, pero sujetando la navaja con firmeza contra ella—. Sophie me localizó, tenía una carta. Nuestra madre le escribió una carta. *¡Y a mí ninguna, ni siquiera pude leerla!* —Su voz sonó desgarrada.

Dio una patada a la mesa, y la vela cayó al suelo. Después, la ira se le pasó con la misma rapidez con que le había venido, y su voz recuperó el tono sereno y reflexivo.

—Yo había oído hablar de Emma. El tío Bryan hablaba mucho de ella. Y de Sandra. «Pobre chica. Como salgas como tu padre, te voy a…» El tío Bryan. Yo le cogí una botella de whisky. Me dijo dónde vivían. «Eres un buen chico, Ashley —me decía—. Ya es agua pasada». Agua pasada —soltó una carcajada. Miró al suelo y recogió la vela, que seguía encendida.

»Sophie quiere que seamos una familia. Eso es bueno. —Se sonrió, pero fue una sonrisa anodina, triste—. Vamos a pillar una casa, todos juntos. Yo, Simon, Sophie, Emma… y Luce. Ni Emma ni Sophie saben lo de Luce. No saben que tienen otra hermana. Es una sorpresa. Les va a gustar cuando se lo diga. Se lo voy a contar en algún sitio cerca del mar. Nunca he visto el mar. —Sus ojos brillaron con el resplandor de la vela.

»Pero al final —continuó diciendo—, Sophie quería que se acabara todo. Quería dejarme, volver con la familia feliz esa de la granja. No podía dejarla que hiciera eso.

Puso la navaja entre los dos, rozando a Suzanne con la punta. Ella se quedó inmóvil, casi sin respirar.

—Yo lo había planeado todo. Simon pilló una habitación en la casa de al lado, y otra para So. A Simon siempre le dan lo que pide. Él no quería, pero lo hizo por mí. Hacía lo que yo le decía…

La miró, como para asegurarse de que entendía lo que le estaba contando.

—A Sophie le gustan los niños —dijo—. Yo sabía que iba a hacer buenas migas con Lucy. Pero tenía que asegurarme, y le dije: «Pregunta si necesitan una canguro». Yo sabía que iba a salir bien. Pero no cuidó de Lucy como debía. Dejó que él estuviera cerca de ella.

—¿Él?

—Su padre. *Mi* padre. —Volvió a respirar deprisa, y su mirada, que hasta ese momento estaba como perdida, se le puso intensa.

Suzanne tenía que serenarle.

—No pasa nada, Ashley —le dijo—. Sigue contándome.

Él se sonrió y, en aquel momento, fue la sonrisa que ella recordaba del Centro Alfa, de la noche en que fue a su casa.

—Lo teníamos pensado, ¿sabes? Sophie cuidaría de la niña, la mantendría a salvo, mientras yo me deshacía de él. Emma le vendía pastillas. Le vendía pastillas a su padre y él ni siquiera la reconoció.

Soltó una carcajada ahogada, y la expresión de su rostro cambió, se volvió fría y colérica.

—Se la intentó ligar. *¡A su propia hija!* Comprándole cosas, diciéndole que podía ir a bailar a su club. Lo que quería eran las pastillas, ¿entiendes? Quería saber de dónde las sacaba. Pero ya le he dado su merecido. «Él nos puede hacer ricos a todos —decía Emma—. Deja de presionarme, voy a hacer lo que él dice y tú no puedes impedírmelo», esas cosas decía. —Se le veló la mirada otra vez. Negó con la cabeza—. Y yo me enfadé —dijo.

Suzanne hizo la pregunta que temía hacer, apenas tenía fuerzas para hacerla, porque sabía cuál iba a ser la respuesta.

—¿Y los niños? ¿Michael y Lucy?

Trató de mantener la serenidad en la voz, pero le salió temblorosa. Sentía ganas de gritar, de suplicar, *lo que fuera*; si él le decía que estaban a salvo, estaban bien.

Ashley frunció el ceño con irritación porque lo hubiera interrumpido.

—Luce lo sabe. Sabe lo de So y Em. Se lo contó Simon. —Movió varias veces la cabeza. Se lo veía perplejo, más parecido al Ashley que ella recordaba—. Era fantástico —dijo— cuando estábamos todos juntos.

Suzanne notó que los ojos se le empezaban a acostumbrar a la tenue luz reinante. Por todas las paredes, desde el suelo hasta el techo, había hojas de papel llenas de dibujos —figuras humanas y caras— y de pinturas —figuraciones extrañas, a veces pintadas con pulverizador por encima de los dibujos, todos agitándose suavemente a la luz de las velas. Sophie y Emma, redivivas a la luz de las velas. Lucy, una y otra vez, con los ojos grandes, solemne.

—Por favor, Ashley —dijo. Sentía que la abandonaban las fuerzas. Tenía que saberlo—. Por favor, Ashley, dime qué has hecho con Lucy. Con Michael. —Él la miró, y su silencio fue casi una respuesta—. Por favor.

Ashley bajó la mirada, confuso. Luego la miró otra vez.

—Tú me gustabas —dijo—. Yo te conté lo que estaba pasando, antes de que Sophie... cuando yo no sabía qué hacer con ella, pero no me escuchaste. Tú podrías haberlo impedido si me hubieras escuchado —*¡Escúchame!* Respiraba otra vez con dificultad.

—Por favor, Ashley, por favor, dímelo. Perdóname. Ya lo sé. Sí te escuché, pero era demasiado tarde. —Intentó que la voz le saliera amable, que él se mantuviera sereno. *¡Dímelo de una vez!*

Pareció que Ashley se quedaba pensando.

—No lo sé —dijo, al cabo de unos instantes—. Los dejé allí —añadió, sin mirarla.

—¿Dónde? ¿Dónde los dejaste? ¿Están heridos? Ashley...

Le cerró la boca de una bofetada. Suzanne se tambaleó.

—¡Cállate! —dijo—. Yo nunca he querido hacer daño a nadie. Pero ellas se... So se enteró de lo que pasaba, tuve que... Y Em iba a... ¡Deja de hacerme tantas preguntas! Tú siempre me estás haciendo preguntas.

La voz trastornada de la cinta era la que hablaba en aquel momento. La agarró del pelo y le echó la cabeza para atrás, sujetando la navaja contra su cuello.

—Me estoy enfadando —dijo él.

Había lágrimas en sus ojos, le brillaban entre las pestañas a la luz de las velas. Le soltó el pelo y le puso la mano en la cara, pasándole los dedos suavemente por la hinchazón que empezaba a salirle en los labios.

—Perdona —dijo—. Perdóname.

Pese a lo incongruente y extraño de la situación, a Suzanne le recordó otra vez a Adam. Igual que él, había caído en su propia trampa y ya no tenía posibilidad alguna de escapar. Acababa de decirle que los había dejado allí, a Lucy y a Michael. ¿Dónde? No tenía ningún motivo para hacerles daño. Tal vez se encontraran bien. Tal vez encontraran a Lucy y a Michael, volverían a casa y... y... No podía pensar más allá de ahí.

Ashley seguía sujetando la navaja, pero lejos de ella, como si se le hubiera olvidado que era un arma. No importaba. Ella no iba a huir. No podía ir a ningún sitio hasta que supiera dónde estaban los niños. Con aire distraído, él pasó la yema del dedo por la hoja de la navaja.

—No nos quería. Mamá no nos quería. Se quedó con Sophie, pero a nosotros nos dejó. Nos fuimos a vivir con los tíos. Yo no entendía lo que me decían. Lloraba mucho, echaba de menos a mi madre. Dijo que iba a volver, pero no volvió. Yo no sabía adónde se había ido. No sabía adónde se había ido Simon.

Los ojos se le quedaron en blanco.

—Yo no quería hacerle daño. Le di un golpe y se cayó en la cama. Entonces, tuve que...

Sacudió la cabeza como si tratara de quitarse las imágenes de la mente. Centró otra vez la mirada y se volvió hacia ella.

—Era un hijo de puta. Mi tío era un hijo de puta.

Trabajaban siguiendo el presentimiento de McCarthy, porque no tenían ninguna otra cosa en la que basarse. Sólo contaban con el críptico contenido de la cinta de Asley, los escasos datos de los expedientes y su conocimiento de la zona.

El alumbrado de las calles que rodeaban los pisos era mínimo, los gamberros habían roto muchas de las farolas, y el Ayuntamiento no había tenido dinero para repararlas. No era un barrio a tener en cuenta durante las campañas electorales, y la mayoría de los bloques estaban vacíos. Barraclough apagó los faros del coche mientras seguía a McCarthy hacia el patio central. Detrás iban dos furgones de la policía.

Simon había fabricado las drogas. Éxtasis y *speed*. Hacía unos tres meses, el Centro Alfa había denunciado un problema de pastillas. En esa época Ahley Reid había comenzado el programa del Centro, y su principal contacto era Lee Bradley. Hasta hacía seis meses, Lee había vivido en aquellos pisos, y en el último período de su estancia allí, la mayoría de las viviendas se habían ido quedando vacías y los accesos habían sido cerrados con tablones de madera. También Ashley había vivido en aquellos bloques, ocupando uno de los pisos vacíos. Nadie que tuviera otra posibilidad elegiría vivir allí. Barraclough sabía que las mínimas tareas de mantenimiento de aquella barriada desaparecerían en el momento en que todos los pisos estuvieran vacíos. ¿Qué mejor entorno para el trapicheo, y por qué razón se iban a ir de allí? Lee Bradley vivía en uno de los pisos altos del bloque que ella tenía en frente en aquel momento, y el Opel Astra abandonado que estaba delante de los garajes, un coche cuyo robo había sido denunciado apenas diez minutos después del incendio en Shepherd Wheel, parecía confirmar que McCarthy estaba en lo cierto.

Había un olor intenso a cerveza y se oían las risotadas de los hombres. El niño bajó la escalera de puntillas y miró con sigilo por la puerta de la cocina. El olor a cerveza era más fuerte ahora, y había gente, montones de gente, hombres, sentados alrededor de la mesa. Había vasos frente a cada uno y se estaban riendo a carcajadas. Uno de ellos se dio la vuelta y le vio en la puerta. El tío Bryan.

—Eh, tú —dijo, con aquella voz ronca que ponían los hombres a veces—. Mirad quién ha venido a vernos.

El tío Bryan estaba simpático con él. El niño se coló en la sala, sonriendo, con el dedo metido en la boca.

—Déjalo ya, Bryan —dijo la tía Kath, con irritación en la voz—. ¡Ashley! ¡Ese dedo!

Ashley se sacó el pulgar de la boca y se quedó de pie junto a la sólida corpulencia de su tío.

—No alborotes tanto.

El tío Bryan estaba bebiendo cerveza. Le guiñó un ojo y Ashley intentó responderle con otro guiño, pero se le cerraron los dos ojos.

—*Ven aquí, cariño* —*dijo el tío Bryan*—. *Danos un beso.*

Los hombres se reían. Él no sabía qué hacer.

—*Venga* —*volvió a decirle el tío Bryan, con los brazos abiertos.*

La tía Kath siempre decía: «*Los niños no besan*».

La miró. Ella le daba la espalda, sentada muy erguida. Estaba en-fadada.

—*Venga* —*dijo otra vez el tío Bryan y, tímidamente, Ashley se acercó a sus brazos y besó a su tío en la mejilla.*

La bofetada fue tan inesperada que ni siquiera sintió dolor. Cayó al suelo, alcanzando casi el otro extremo de la habitación, mientras todos los hombres reían a carcajadas, y el tío Bryan también reía.

—*Eso por darle un beso a un hombre* —*dijo. Se volvió hacia los hombres que reían y reían*—. *¿Te enteras? Eso por darle un beso a un hombre.*

Se hizo un corte en el dedo con la navaja. Le salía sangre. Se que-dó un rato mirándose la herida, y después se limpió la sangre en la ca-miseta.

—Yo creí que todo iba a ir muy bien cuando llegó Sophie. —Ha-bía tristeza en sus ojos—. Pero todo cambia. Nada sigue igual. A ve-ces sólo hay un lugar seguro.

Se acercó a ella y la cogió de la mano. Lo hizo suavemente, pero se la sujetó con fuerza.

—Te lo voy a enseñar —dijo.

La llevó al otro lado de la habitación, donde la ventana estaba ta-pada con una manta gruesa. Retiró la manta, y se abrió ante los dos la vista del cielo nocturno. La ventana daba a un balcón.

—Ven.

La ciudad se extendía a sus pies. A lo lejos, las luces de las casas y las calles iluminaban las colinas más apartadas. Más cerca, se fun-dían con el color y la confusión del centro de la ciudad. Las ramifica-ciones del tendido del tranvía avanzaban en la oscuridad como lu-ciérnagas. No, pensó Suzanne, no como luciérnagas, como dragones, monstruos que se deslizan por el resplandor silencioso de la noche. Los coches formaban ríos de luz; los semáforos parpadeaban: rojo, amarillo, verde; las luces de neón de las calles, bares y clubs lanzaban sus destellos a observadores que estuvieran en el cielo, más arriba de donde ellos se encontraban. Sin embargo, para Suzanne todo estaba muerto, todo era un caos de silencio. *Por qué será esto un infierno y yo no estoy fuera de él*. Las palabras, de ninguna parte, se le formaron en la mente.

Ashley le soltó la mano y la rodeó con sus brazos, atrayéndola hacia sí, como un amante, y los dos permanecieron allí juntos, contemplando la inmensidad. Entonces él dirigió su atención hacia la parte de abajo. Allí, frente al bloque, al final de la pronunciada bajada, se veía un coche que iba subiendo, oscuro y silencioso. Ashley la empujó hacia atrás, colocándose delante, aún con la navaja en la mano, y se quedó a la vista, muy cerca del borde, separado del abismo tan sólo por la barandilla rota. *Un lugar seguro*. Suzanne intentó apartarse, pero él la retuvo sujetándola férreamente. Estaba tan cerca del borde… tan cerca. Abajo, al fondo, se veían figuras moviéndose, algunas daban vueltas, sin rumbo, y otras avanzaban hacia las sombras, rodeando el edificio.

—No tardarán en subir —dijo Ashley—. Ya llevan un rato aquí.

McCarthy dispuso a los miembros del equipo fuera de la puerta del piso. En aquel momento no se oía nada, pero unos minutos antes habían oído una voz, el sonido de algo al caer. Uno de los agentes negó con la cabeza. Ya no se oía nada. Habían oído sólo una voz, y ahora sabían con certeza de quién era.

Anne Hays había tomado huellas del cuerpo que sacaron de casa de Suzanne, un procedimiento habitual cuando no había parientes ni amigos que pudieran identificar el cadáver. El formalismo de verificar aquellas huellas con las de Ashley Reid que tenían archivadas se había retrasado por la urgencia de las labores forenses relacionadas con el apartamento de Simon Walker. Y había comprobado que no coincidían.

Y en aquel momento Reid estaba refugiado en el piso. ¿Estaba solo, o con Joel, o con Lee Bradley? Necesitaban saber si había alguien más con él allá arriba. McCarthy hizo las comprobaciones pertinentes por radio. La primera confirmación llegó con rapidez. Habían encontrado a Joel Severini a la salida de un pub y, al parecer, no estaba enterado de los sucesos de la noche. Lo habían arrestado. Se ocuparían de eso más tarde. Lee Bradley, según había dicho su madre, había salido con sus amigos. No supo decirles adónde, ni tampoco mostró demasiado interés. Alguien, presumiblemente Ashley Reid, estaba en el balcón. Había visto los coches.

McCarthy juró entre dientes y valoró las opciones. En realidad no tenía ninguna. Dio la señal a los miembros del equipo y habló despacio por la radio:

—Vamos a entrar —dijo.

Desde la posición que tenía, junto al coche, Barraclough veía con claridad a la figura del balcón. Era un hombre, de pie, cuya silueta quedaba perfilada a contraluz. Corvin masculló una maldición. Reid los había visto. La figura se movió hacia atrás, hacia el interior, pensó ella, pero luego apareció otra vez en el borde. Oyó a Corvin hablando por radio con muchas interferencias.

—Con cuidado, Steve, espera, está en el balcón.

—¿Qué hace?

Corvin miró hacia arriba con los ojos entornados y el cuello en una incómoda posición en ángulo.

—No sé… ¡Mierda! Se va a …

Retrocedió unos pasos al ver el cuerpo de Ashley en la barandilla.

—No, no, sigue ahí.

Corvin retrocedió unos pasos más para apartarse de la zona peligrosa. Barraclough oyó las interferencias de la radio, voces entrecortadas, sin sentido. Después se situaron detrás del furgón, mirando aún hacia arriba, a aquella figura que los contemplaba desde el precipicio.

Al poco tiempo de haberse incorporado a la policía, Barraclough tuvo que actuar después de un suicidio. Un profesor que padecía depresión se había tirado de una torre de pisos. Recordaba dos cosas que se le habían quedado grabadas en la mente. Una era la inmediata mortalidad del cuerpo humano, su capacidad de aplastarse y quedar convertido en una masa informe; la otra era el convencimiento de que, entre el salto y el final, había tiempo más que suficiente para arrepentirse.

Suzanne forcejeaba para soltarse de él. El alivio la dejó inmóvil cuando él se alejó del borde. Intentó hablar, pero se le había ido la voz.

Ashley la miró.

—Era maravilloso, ¿sabes? Todos sabíamos que era maravilloso. Todo iba a ser perfecto. Iba a ser todo nuevo. —Le tocó la cara con suavidad—. ¿Por qué lloras? No puedo soportar que nadie llore.

Suzanne negó con la cabeza. No podía explicarse. Él la miró a los ojos y le pasó los dedos por la boca.

—Están en la puerta.

Ashley se movió antes de que ella tuviera tiempo de reaccionar y la puso con la espalda contra su pecho. Suzanne sentía en el cuello el borde frío de la navaja. La verdad es que parecía que estaba tranquilo. Oyó golpes en la puerta y luego el marco empezó a moverse y saltó. Al momento, la puerta se abrió y entraron. Sintió que la empujaba hacia el balcón otra vez. Le iba a clavar la navaja. Cerró los ojos.

—Ashley… —dijo.

Notaba la boca de él junto a su oído.

—No te preocupes, no te voy a hacer nada. —Su voz era apenas un susurro.

Entonces ella miró alrededor. Le pareció que había cientos de policías; en la habitación, junto a la puerta, por todas partes y rodeando a Ashley. Y en la entrada, Steve la estaba mirando y, por un segundo, hubo una expresión de angustia en su rostro. De inmediato recuperó la calma, la máscara impasible. Desvió la mirada hacia más allá de donde estaba ella.

—¡Ashley! ¡Escucha! Los dos niños están bien, Lucy y Michael. Están a salvo. Deja que Suzanne se vaya. Suéltala.

La voz de Ashley le habló al oído con suavidad, serena.

—Fuego y agua, *Suzanne*. Están a salvo. Se han ido.

Por un momento, Suzanne sintió en su interior una quiebra, la duda de que no fuera verdad, una duda en la que se quedaría sumida para siempre, pero Steve la había mirado fijamente a los ojos. Él no le mentiría. En eso, no, y menos a ella. Ya estaban junto a las puertas, mientras Ashley la arrastraba inexorablemente hacia el balcón.

Entonces, de repente, la soltó, y ella se tambaleó contra la barandilla y notó que estaba a punto de ceder. Ashley se había sentado en el parapeto y tenía las piernas colgando hacia el abismo.

—¡Suzanne! —gritó Steve— ¡Sal de ahí! ¡Sal de ahí ahora mismo! *¡Ya!*

Fue todo como a cámara lenta, como moverse por un agua muy densa. Ella volvió la cabeza, y los ojos de Ashley, los ojos de Adam, la miraron. *¡No!* Pero no supo si ella lo había dicho en alto o si sólo lo había gritado en su cabeza. Extendió el brazo para alcanzarle con la mano, al tiempo que él apartaba la cabeza y miraba hacia el vacío. *¡Escúchame!* Él se sonrió levemente, y de pronto fue el Ashley que ella había conocido, el Ashley que le había dicho *No los tenga en cuenta*; y el que le había dicho *Me gustaría estudiar Bellas Artes*, el Ashley que la había besado con aterrada desesperación. Él la miró a los ojos y extendió el brazo para tocarle la mano. *¡Escúchame, Suzanne, escúchame!* La mano de ella alcanzó la de Ashley, y él la miró a los ojos y le sonrió. Se oyó la voz de Steve, cargada de urgencia esta vez:

—*¡Suzanne!*

Y ella retiró la mano, al tiempo que la de Ashley se cerraba cual acero en el aire vacío.

McCarthy lo vio como una imagen fija, como una animación congelada, como una escena con iluminación estroboscópica. Ashley Reid en la barandilla, su silueta recortada contra el cielo de la noche, Suzanne tendiéndole el brazo, cogiéndole la mano, pero a él no le iba a dar tiempo a llegar, y entonces ella se iba a caer por la barandilla rota, y Ashley miraba hacia atrás y le sonreía, con una sonrisa agónica, de pesar. Y desapareció en el vacío, y a McCarthy le parecieron una eternidad los escasos segundos que él tardó en llegar hasta Suzanne, la apartó de la barandilla y le tapó los oídos para que no oyera el estrépito contra el cemento, abajo, abajo del todo.

21

McCarthy se llevó a Suzanne del piso, quiso alejarla con rapidez de las sombras y las imágenes que ondeaban a la luz de la vela. Ella temblaba de la impresión. Tal vez él debería haber esperado a que llegaran los enfermeros y le aseguraran que Suzanne estaba bien antes de emprender el largo descenso, pero él también necesitaba salir de allí.

Había un banco de obra junto al hueco de la escalera. Parecía un sitio tan bueno como otro cualquiera para sentarse a esperar. Ya le encontrarían si le necesitaban. Le puso a Suzanne su chaqueta por los hombros y la abrazó. Alzó la vista al cielo. Estaba tan despejado como el día que la llevó a los campos de brezo. La luna brillaba nítida y fría sobre el patio, marcando los perfiles y ennegreciendo las sombras.

—¿Y Michael? —preguntó ella—. ¿Y Lucy? —No dejaba de preguntar por ellos.

—Están en el hospital —dijo él. No podía decirle nada más.

—Lo siento —dijo Suzanne. No había parado de decirlo una y otra vez.

—Déjalo ya, ¿quieres?

McCarthy sentía que le latía el cerebro. No tenía ganas de hablar. No sabía lo que quería hacer. Estaba enfadado con ella, por cómo se había lanzado ciegamente hacia la catástrofe —y lo había lanzado a él, de camino—. Estaba enfadado por cómo se había sentido medio seducida por *el lugar seguro* al que Ashley la había intentado llevar. No podía comprender las elecciones que hacía, empujada siempre, al parecer, por la culpa, la desesperación o la destrucción. Él no podía pasarse la vida en el cementerio, mientras ella hacía duelo velando la tumba de su hermano.

Y aun así, en el último momento, Suzanne se había retirado del borde.

Era más de medianoche. Tina Barraclough se pasó las manos por el pelo e intentó concentrarse. Estaba cansada. Estaban todos cansados. Si cerraba los ojos, veía la figura, dando vueltas en el aire, flotando como a cámara lenta, desplomándose en picado con tal rapidez que no daba tiempo de pensar ni de actuar. Sacudió la cabeza para despejársela. Estaba soñando despierta.

Steve McCarthy entró por la puerta, se quitó la chaqueta y la dejó caer sobre la mesa más cercana. Venía del hospital. Tenía muy mal aspecto. Brooke dijo:

—Tenemos que enterarnos de lo que pasó en la última media hora, lo que ocurrió en ese piso antes de que entraras, Steve. —Se detuvo, y se limpió las gafas—. ¿Cómo llegó ella hasta allí? ¿Qué la impulsó a ir hasta allí a buscar a Reid?

Barraclough vio que Corvin iba a decir algo, miró a McCarthy y se lo pensó mejor. Tras unos momentos de silencio, McCarthy dijo:

—La muy boba salió a la calle sin saber muy bien adónde iba, y faltó poco para que le costara la vida. —Negó con la cabeza ante la expresión de pregunta en la cara de Brooke—. No tengo todos los detalles. Todavía la están examinando en el hospital. Me pasaré mañana y…

Brooke negó con la cabeza.

—Tú no, McCarthy.

McCarthy quiso protestar, se encogió de hombros y se quedó apoltronado en la silla. Estaba agotado. Brooke distribuyó las tareas del día siguiente y dijo al conjunto del equipo que se podían ir a casa.

—Espera, Steve —añadió—. Tengo que hablar contigo. Oficial Barraclough, usted quédese también. En mi despacho, Steve.

Cuando los dos hombres se metieron en el cuarto diminuto que Brooke había adoptado temporalmente como despacho, Barraclough se movió por fuera, haciéndose la despistada, buscando un sitio desde donde pudiera ver a través de los paneles de cristal de la puerta. No creía que Brooke le estuviera echando una bronca a McCarthy, ni por el suicidio de Ashley ni por Suzanne Milner. Los veía a ambos charlando, pero no lograba adivinar de qué estarían hablando. McCarthy estaba apoyado contra la pared, con la cabeza inclinada.

Brooke se acercó a su escritorio y sacó una botella de whisky y un vaso. Los colocó delante de McCarthy, que se sirvió la mayor cantidad que Barraclough hubiera visto probablemente en toda su vida, y se la bebió de un trago. Brooke asintió con la cabeza, y McCarthy se sirvió otro vaso y se lo bebió casi con la misma rapidez que el anterior. Brooke permaneció donde estaba un momento, y luego fue hacia la puerta.

—... muy bien —decía, mientras abría la puerta—. Vete a casa, Steve. —Miró al otro lado de la puerta, adonde estaba Barraclough esperando, tras haberse apartado discretamente de su estratégica posición de observadora—. Oficial Barraclough, lleve a casa al inspector y vuelva. Venga a verme en cuanto llegue. ¿Todo bien?

Como un pajarillo revoloteando por el cielo y bajando, bajando...

—Sí, señor —contestó.

A Lee Bradley lo habían encontrado cuando se alejaba corriendo de los bloques después de la caída de Ashley. En el registro de su habitación, en el domicilio de su madre, se encontraron unas cuantas pastillas de las que ya conocían. Ante la evidencia, Lee había contado que se las daba Ashley Reid y que era un cliente habitual.

—Solía ir a pillar los sábados por la noche, pero este sábado no estaba, ni el domingo.

La noticia de la muerte de Ashley Reid en el incendio apareció publicada en la prensa aquel día. Seguramente, habría dado mucho que hablar en el Centro Alfa. Bradley había dicho que había vuelto a los bloques en busca de Ashley, que no se había creído las historias que corrían sobre su muerte. Pero era más que probable que aquel piso vacío, con un arsenal de pastillas sin vigilancia alguna y con alguna posibilidad de encontrar también dinero, le hubiera tentado de una forma irresistible. Pero Suzanne llegó antes que él. Él la había visto abrirse paso entre los barrotes y subir por la escalera, y se había quedado abajo esperando, con la certeza de que tendría que salir por donde había entrado. Qué era lo que esperaba fue algo que no pudo, o no quiso, especificar. Al verse atrapado por la repentina afluencia de policías, había empezado a alejarse por las veredas interiores entre los bloques, con la esperanza de pasar desapercibido y escapar, cuando la caída de Ashley le aterrorizó y echó a correr.

En el piso se habían encontrado pruebas con las que se aclaraban ciertas lagunas. Era evidente que Ashley había utilizado aquel sitio como escondite desde su desaparición, pero había signos de que lo habían habitado durante un período de tiempo más largo. Emma se había ido allí. Había muy pocos muebles: una cama, una mesa, una cocinilla de gas y una tetera. Se encontraron también otras cosas: una bolsa con ropa que Dennis Allan identificó como prendas de su hija; y bolsas de plástico con vestidos caros, tops, lencería, que parecían en su mayoría nuevos a estrenar; más pastillas de las que ya conocían, que, presumiblemente, habría llevado hasta allí Simon Walker; una bolsita con una sustancia marrón que resultó ser heroína; unas cuantas jeringuillas y agujas, y casi tres mil libras esterlinas en metálico. Encontraron la cinta que había desaparecido del estudio de Suzanne la noche del incendio, y también las páginas que faltaban en el diario de Sophie, guardadas cuidadosamente en un cajón del único mueble de cocina que quedaba en el piso.

Sophie había buscado a sus dos hermanos varones. Debía de tener recuerdos de ellos de los primeros años de su infancia, y la carta que le dejó su madre la llevó directamente a la casa de su tío en Sheffield. La familia se había cambiado de casa, y Sophie contrató a un detective privado para que diera con ellos. Encontró primero a Ashley, y éste la llevó a Simon, y luego a Emma. El diario estaba plagado de expresiones de alegría y felicidad por haberse vuelto a reunir con sus hermanos y por haber conocido a su hermanastra. Todos habían compartido los planes que Ashley le contó a Suzanne en el piso.

La joven se sentía culpable de ser la única que había superado la infancia sin haber sufrido, al menos aparentemente. Ponía excusas para justificar a su hermano gemelo. *Es difícil para Ash. Lo ha pasado muy mal, pero lo superará.* Ella estaba de acuerdo en la insistencia de él en que mantuvieran todo en secreto. Daba la impresión de que, en una primera etapa, había aceptado sin rechistar lo que Ashley decía. Pero luego todo empezó a cobrar un tinte más siniestro. La extraña actitud retraída de Simon le causaba confusión. *Casi nunca habla, excepto con Lucy. Parece que a Lucy le cae bien.* A Sophie le preocupaba tener que ocultarle a sus padres la tendencia a la destrucción de Ashley y Emma. *Ash se enfada mucho algunas veces. Y Em también. Em encontró una foto de su madre y me la enseñó. Estaba embarazada, y era de mucho antes de que naciera Em. Ella me dijo que no le importaba, pero me di cuenta de que en realidad la ponía muy triste.*

Se veía con claridad, leyendo entre líneas las palabras de Sophie, cómo aquella joven, una adolescente querida y estable, se había visto excluida gradualmente del círculo que debió de haber entre ellos los primeros meses, excluida por los dos adolescentes que tenían en común la experiencia de la inestabilidad y la alteración. Sophie había empezado a darse cuenta del tema de las drogas, había empezado a intuir que su hermano gemelo tenía quizá otros planes, había empezado a tomar conciencia de que aquella situación la superaba.

Ya no me gusta estar aquí. No sé qué hacer. Voy a volver a casa. Eso era lo último que había escrito.

Quedaban aún otras lagunas. Ashley le había contado a Suzanne Milner sus planes de sacar a su padre de la vida de Lucy, planes de venganza. ¿Tenía previsto asesinar a Joel Severini? ¿O se trataba de otra cosa? ¿Qué había querido decir con lo de *Pero ya le he dado su merecido?*

Detuvieron a Joel Severini cuando volvía a su casa tarde, aquel lunes por la noche. Les dijo que había pasado la noche en el pub; les dio nombres de las personas a las que había visto, con la que había pasado la velada. Todo un dechado de amabilidad y espíritu de cooperación. Al interrogarle con Corvin a la mañana siguiente, Barraclough tuvo la sensación de que se hubieran trasladado al país del otro lado del espejo. Aquel hombre se comportaba como si estuviera implicado en un delito menor de tráfico. Daba la impresión de que lo único que le preocupaba era cubrirse las espaldas. Insistía en que él no había dejado solos a los niños. Suzanne Milner se había quedado a cargo de ellos. Él no tenía la culpa de que fuera una persona en la que no se podía confiar.

—Suzanne lleva un tiempo un poco rara —dijo.

Barraclough dio gracias a Dios de que McCarthy no estuviera allí.

Cambió de actitud cuando Corvin empezó a hacerle preguntas sobre Emma, sobre Sophie, sobre Simon. Sí, admitió, había abandonado a su esposa con un niño pequeño y embarazada.

—Yo no podía mantenerlos —dijo—. Carolyn decidió irse a vivir con su hermano.

No había visto nunca a los niños. Y no, nunca había intentado saber qué había sido de ellos.

—Carolyn quiso que rompiéramos de forma definitiva —dijo.

Quedaba claro que jamás se le había pasado por la mente que Sophie Dutton, la chica a la que conocía como la canguro de su hija, hubiera podido ser uno de los hijos a los que había abandonado. Él la había tratado muy poco.

—Era Jane la que se ocupaba de eso.

Empezó a ponerse más en guardia, menos comunicativo, al ver la dirección a la que lo estaba llevando Corvin.

—Yo no la conocía —dijo—. Y ella no me conocía a mí.

O si no, demuéstrenme lo contrario, parecía ser su postura.

No le dio ninguna importancia al encuentro con su hijo que Ashley le había contado a Suzanne.

—¿Cómo iba yo a saberlo? —dijo—. Tendría que haberme dicho quién era.

Aceptó que había tenido una relación con Sandra Ford a principios de los ochenta.

—Aunque no fue gran cosa —dijo, con una despectiva sonrisa—. Una historia de las de aquella época, hace mucho tiempo.

Corvin le preguntó por Emma, y Severini empezó a mostrar signos de estar incómodo.

—Ya se lo he dicho. Apenas la conocía.

Dio la impresión de que se esperaba más preguntas, y cambió ligeramente de postura.

—Quería venderme pastillas. Me contó que su novio le había dicho que se pusiera en contacto conmigo.

Se encogió de hombros. No había querido decirles nada de eso antes porque no habría servido para nada, y la chica estaba muerta.

—¿A qué buscarse problemas? —dijo.

Dejándose llevar por un presentimiento, Corvin le mencionó a Peter Greenhead, dando a entender que tenían conocimiento de algún tipo de negocio entre ellos. Severini permaneció impasible. Sí, había visto a Pete y habían hablado sobre la posibilidad de trabajar juntos. Era posible que le hubiera dicho algo de lo de Emma y las pastillas. Una historia más, sin la menor importancia.

Cuando Corvin le dijo de quién era hija Emma y las dudas que había sobre la identidad de su padre, por primera vez dio signos de una emoción genuina. Se quedó pálido y empezó a trabarse con las palabras. Pidió que hicieran un descanso para hablar con su abogado. Cuando reanudaron la conversación, había recuperado el equilibrio. No creía que Emma fuera su hija. Sandy siempre fue una mujer muy manipuladora y seguramente le habría metido una bola a su marido. Había muchos hombres que podían ser el padre de Emma.

—Podemos hacer las pruebas si fuere necesario —dijo Corvin.

Severini ni se inmutó. En todo caso, eso no cambiaba en nada su historia. A Barraclough le resultó de un cinismo agotador. Al final, iba a quedar libre de toda culpa, dejando que otras personas cargaran con la rémora de lo que él había hecho. Habían muerto cuatro personas. Los Dutton habían perdido a su hija. Dennis Allan había perdido a su esposa y a su hija. Y Catherine Walker, anciana y confusa, había perdido al nieto del que tan orgullosa se sentía. Barraclough recordaba la cara de aquella mujer, mirándola con la cabeza hacia arriba, insegura; su frágil sonrisa. *Le ha ido muy bien*. Y allí estaba Joel Severini, sentado delante de ellos, haciéndole consultas a su abogado de vez en cuando, sonriéndoles, con una leve expresión de perplejidad, como si realmente no comprendiera a qué venía todo aquel alboroto.

◆ ◆ ◆

Tras los acontecimientos, al no tener nada en lo que ocuparse que le mantuviera centrado y estable, McCarthy se había salido de sus casillas, había perdido el control. Brooke había sido comprensivo, pero firme.

—Vete a casa —le había dicho—. Tu estado no te permite…

McCarthy no había entendido si seguía en el caso o si estaba ya fuera, si la había cagado de manera espectacular, o si no era más que una reacción a la impresión que le habían producido los últimos y terribles sucesos. Se había ido a su casa y había desconectado el teléfono. Dormir le había parecido una opción peligrosa, y se había pasado las horas que quedaban de la noche sentado en un sofá, con la botella de whisky al lado, viendo salir el sol entre los tejados, reviviendo la escena una y otra vez. Dormir le eximía de la lacerante carga de las obligaciones, pero le llevó a un intento denodado por abrirse camino en un agua que le llegaba por la cintura, y se despertó sobresaltado de repente, justo cuando se daba cuenta en su sueño de que no le iba a dar tiempo a salvarlos.

Iba a haber una investigación; ciertos medios habían publicado artículos, entre conjeturales y críticos. Brooke no les había dado importancia.

—El chico no saltó en cuanto entraste en el piso —le había dicho a McCarthy en el despacho, al ponerle sobre la mesa la botella de whisky y el vaso—. De eso tenemos suficientes testigos. Volvió al interior otra vez, después de haberse asomado al balcón. Tú apartaste a la mujer del borde. No fuiste la causa de que el chico saltara.

Y los dos niños se habían salvado. McCarthy se preguntaba, a medida que iban transcurriendo las lentas horas de la noche, por qué Reid no los habría matado de inmediato en la casa, o, si le daba miedo de que lo pillaran antes de terminar, al llegar a Shepherd Wheel. Y Lucy habría muerto, al parecer, en venganza por el abandono de su propio padre. Ashley creía que los niños estaban muertos, y le había dicho a Suzanne: *Ya le he dado su merecido.* Pero, ¿por qué se creía que a Severini le iba a importar? McCarthy recordó las palabras de la psicóloga, hablando de Simon Walker: *Quizá matarlos sea la única forma de evitar que lo rechacen.* Reid le había hablado a Suzanne de mantener a salvo a Lucy, y del *único lugar seguro.* ¿Lo que quería era dejar a Lucy expuesta al mundo tal como él lo conocía? McCarthy movió la cabeza con impaciencia. Reid era un asesino, todo se reducía a eso, y lo demás eran sandeces.

Al día siguiente fue al hospital. Jane, que estaba sentada al lado de la cama de Lucy, se levantó de un salto al verle y le dio un abrazo. El pelo le olía a flores.

—Steve... —dijo. Él la retuvo abrazada unos instantes.

La niña estaba en la cama, pálida y apagada. Lo miró con recelo, después esbozó una sonrisa y le tendió la mano para cogerle la suya. McCarthy se quedó con ella en la habitación, con lo que Jane pudo salir a que le diera un poco el aire. Lucy se quedó dormida, y él permaneció sentado junto a su cama, sujetándole la mano que ella mantenía apretada, mirando por la ventana el cielo resplandeciente y despejado, sin pensar en nada, dejando vagar la mente.

Después de estar con Lucy, fue por el pasillo a la sala en la que Michael Harrison se recuperaba de la conmoción, de unas heridas en la pierna y de una sobredosis de tranquilizantes. Según los informes médicos, se recuperaba con rapidez y parecía menos afectado que Lucy por la experiencia, tal vez porque había permanecido en un estado de letargo durante la mayor parte del tiempo. Tenía una lesión muscular en la pierna que tardaría un tiempo en remitir, pero los médicos le pronosticaban una recuperación total. McCarthy vaciló según se acercaba a la sala y se dio la vuelta. Estaba contento de que Michael se encontrara bien, le satisfacía mucho saber que estaba sano y salvo, pero no se sentía preparado para encontrarse con Suzanne. Aún no.

A Lucy le dieron el alta tres días después. Estaba pálida y callada, y su serena confianza en sí misma parecía haber sido sustituida por una tensión que a McCarthy le resultaba dolorosa de ver. Se encontraba lo suficientemente bien como para contar su historia, y estaba dispuesta a hacerlo si McCarthy estaba con ella.

—Siento que tengas que verte envuelto en esto otra vez, Steve —le dijo Alicia Hamilton—. Sé que este caso ha sido muy duro para ti. La pobrecita está muy asustada, supongo que lo comprenderás. Quiere que estés tú.

La niña pareció estar calmada cuando la llevó a la sala de reuniones, pero hizo caso omiso de los juguetes y los libros, y buscó un sitio donde sentarse con McCarthy a su lado. Hamilton fue dulce y amable con ella. McCarthy sintió admiración por su habilidad para ganarse la confianza de Lucy y conseguir que se sintiera relajada. Dejó muy claro que tenían todo el tiempo que ella necesitara y, poco a poco, fue entrando en los detalles que resultaban angustiosos para la niña.

—Dime quién es éste, Lucy —le dijo, al tiempo que le mostraba el dibujo que habían encontrado en el apartamento de Simon Walker: *Tato Ash Me Balancea*.

—Es Tamby —dijo Lucy, y miró a McCarthy—. ¿Me puedo ir a mi casa ya?

—Pronto, Lucy —le prometió él—. Necesitamos tu ayuda. Tenemos que asegurarnos de algunas cosas.

Ella lo miró, asintió con la cabeza, se metió el pulgar en la boca y se inclinó para apoyar la cabeza en el brazo de McCarthy.

Hamilton le enseñó una fotografía de Simon Walker.

—¿Y me puedes decir quién es éste?

Lucy la miró con frialdad.

—Ya se lo he dicho —contestó—. Es Tamby. —En ese momento, le empezó a temblar el labio, y bajó la mirada.

—Tamby era amigo tuyo, ¿verdad? —dijo Hamilton. Lucy asintió con un brusco movimiento de cabeza—. Háblame de él.

Lucy les contó que era su amigo y amigo de Sophie. Que se sentaba con ella en el césped y jugaban a cosas de su familia en el parque.

—Con mi perro y mi gato —dijo Lucy—, y con mis hermanas y mis hermanos.

—Cuéntame qué hizo Tamby el día que te perdiste, ¿te acuerdas? —dijo Hamilton.

Lucy la miró con exasperación.

—Ya se lo dije, se lo dije y se lo dije. Me llevó a los columpios en su bicicleta. Yo le conté que Emma se había ido a perseguir a los monstruos, y él me dijo que iba a ir a buscarla y luego vendría a recogerme. Pero no le dio tiempo, porque yo vi al Hombre Ash en los columpios y salí corriendo.

Bajó otra vez la mirada y luego alzó la vista hacia McCarthy.

—¿Puedo moverte las manecillas del reloj?

Él extendió el brazo y ella pasó unos minutos inspeccionándole el reloj, y luego empezó a mover la ruedecilla para la cuerda.

—Tienes que sacarla un poco hacia fuera —le explicó McCarthy.

—Ya lo sé —dijo. Apretó los labios y se quedó un rato concentrada en la esfera del reloj.

McCarthy y Hamilton se intercambiaron las miradas. Él se encogió de hombros. No sabía decir cómo estaba yendo la cosa.

—Venga, Lucy, un poquito más —dijo Hamilton, con suavidad.

La niña le lanzó una mirada rápida subiendo las pestañas y siguió concentrada en el reloj de McCarthy.

—Mira cómo cambian los números —dijo.

Él miró el reloj.

—Me lo has puesto en el año que viene. Te has comido las Navidades.

Ella le sonrió y volvió a lanzar otra rápida mirada a Hamilton. El mensaje era claro: *él es mi amigo*.

—Lucy... —La niña tenía una cara seria. Estaba escuchando, pero miraba hacia otro lado y siguió jugando con la cuerda del reloj de McCarthy.

—Lucy, tú sabes que alguien le hizo daño a Emma, ¿verdad? —Lucy asintió con la cabeza—. ¿Qué te contó Tamby de Emma?

Lucy buscó la aprobación en los ojos de McCarthy, y dijo:

—Todos se habían ido. Tamby me dijo que Sophie se había ido y que Emma también. Pero no sabía dónde estaban, y me dijo que él me iba a cuidar para protegerme.

—¿Protegerte de qué, Lucy?

—Del Hombre Ash —contestó—. Aunque Tamby no sabía que era el Hombre Ash. Pero yo sí. Y los monstruos.

—¿Quién te habló de los monstruos?

Lucy apretó los labios.

—Nadie. Yo los oí hablar.

—¿A quién oíste, Lucy?

—A Tamby —dijo, con la cabeza baja y apenas un hilo de voz—. Y a Sophie.

—Cuéntame lo que decían. ¿Qué decían cuando hablaban de los monstruos? —La voz de Hamilton era suave, pero firme.

Hubo un silencio, después otra rápida mirada.

—Dragones —dijo Lucy, casi con un susurro—. Emma perseguía dragones, pero eso es una *tontería*, porque los dragones no viven en el río.

McCarthy juró entre dientes. *Perseguía dragones.* Los monstruos de Lucy no habían sido fantasías.

—Claro que no, Lucy. No viven en el río. —Hamilton se quedó pensando un momento—. ¿Había alguien más, Lucy? ¿Alguien más jugaba con los monstruos?

Lucy apartó la mano del reloj de McCarthy y la dejó caer en su regazo.

—Es un secreto —dijo, al cabo de unos instantes.

—No te preocupes, a mí me lo puedes contar, Lucy. Para eso estoy aquí. —La niña miró a McCarthy, que asintió con la cabeza para reforzar las palabras de Hamilton.

—Un día vi allí a mi papá. Estaba con Emma. Ella estaba enfadada. Mi papá decía que era un secreto. Él *siempre* decía que era un secreto. —Miró a la psicóloga y luego a McCarthy—. Estaba enfadado porque yo le había hablado a usted de Emma, yo le dije que no le había contado nada, pero siguió enfadado. —Le tembló el labio—. No me gusta mi papá.

McCarthy le acarició el pelo como había visto hacerle a Jane en el hospital.

—El Hombre Ash me tiró al agua donde estaba el monstruo —siguió diciendo la niña, con una voz tan baja que McCarthy tuvo que hacer un esfuerzo para oír lo que le decía—. Allí abajo, donde está Emma muerta, y él también está muerto, con el monstruo.

Gente ahogada y monstruos, pesadillas y muerte. McCarthy cruzó una mirada con Hamilton. ¿Cómo se puede proteger a una niña de una cosa así?

El caso quedó cerrado después de la investigación. El dictamen sobre la muerte de Ashley fue suicidio. No hubo ninguna duda entre los agentes que presenciaron la escena en el piso de que el joven había saltado, no se había caído, y de que había intentado arrastrar con él a Suzanne Milner.

El único momento de satisfacción para Barraclough se produjo cuando, al registrar el piso de Joel Severini en Leeds, encontraron un impresionante alijo de pastillas, una cantidad mucho mayor que la que se había incautado en Carleton Road y que la que sacaron del piso de las torres, de una calidad perfectamente reconocible por su pureza y por el tipo de envasado, ya que procedían de la misma fuente. Severini insistía en decir que no tenía ningún conocimiento de la existencia de aquellas pastillas, que alguien las había colocado en su casa a propósito. Por extraño que pudiera parecer, a Barraclough le parecieron convincentes aquellas alegaciones, pero las pastillas eran una prueba irrefutable y Severini fue acusado de un delito grave.

McCarthy no pareció inmutarse por el hallazgo. Barraclough le preguntó que qué le parecía, y él le dijo, bruscamente, que no veía qué iba a tener de positivo para Lucy el que metieran a su padre en la cárcel con una condena por tráfico de drogas. Después él le llamó la atención por el retraso que llevaba en la tramitación de unos papeles y le sugirió que se concentrara en lo que se traían entre manos, en lugar de perder el tiempo y la energía especulando sobre casos que ya estaban cerrados. Ella decidió que el inspector había vuelto a la normalidad.

22

Pasaron casi quince días hasta que McCarthy volvió a ver a Suzanne. Quedaron en verse en Carleton Road. Los dos estuvieron cautelosos por teléfono. Era viernes, a última hora de la tarde, y él dejó el coche en el extremo opuesto del parque, cerca de la casa en la que había vivido Simon Walker. Necesitaba andar. Y pensar. No sabía qué hacer. Ya se había equivocado antes con ella. Se había creído que ella le estaba mintiendo, primero con lo de la persona a la que vio en el parque, y después respecto a Ashley Reid. Pero el hombre que pasó corriendo desde Shepherd Wheel había sido, casi con toda seguridad, Simon Walker, que iba en busca de Emma, apresurándose para reunirse luego otra vez con Lucy, agobiado y sin resuello en el mundo de las personas, en lugar de encontrarse en el mundo de las cosas. Y, aunque Ashley Reid estuvo en la casa de Suzanne, en su estudio, con el propósito de robarle las cintas que podían poner a la policía tras su pista, Suzanne no lo sabía. No sabía nada del pasadizo por los huecos del tejado que permitía llegar a la casa de los estudiantes, vacía y desolada.

McCarthy había pensado en pasear por Endcliffe Park y subir luego por Carleton Road. Pero en el último momento decidió meterse en Bingham Park, en dirección a Shepherd Wheel. Un chico que vendía la prensa estaba a la entrada, mirando el tablón de anuncios. Había un trozo de papel con una nota escrita a mano con rapidez, pegado al tablón. McCarthy se paró a leerla: ¡CUIDADO AL IR POR LOS

HUERTOS! El chico miró alrededor y se encogió de hombros. Ya iba a marcharse, cuando McCarthy le dijo:

—¿Qué es esto? —señalando la nota.

El chico le miró con recelo. Él sacó la placa y se la enseñó.

—¿Qué es esto? —volvió a preguntarle.

El muchacho se colgó al hombro la saca de periódicos.

—Es por allí, en los huertos —dijo—. Andaba un tipo merodeando... —Hizo el gesto de abrirse una gabardina—. Ya sabe, uno de esos.

McCarthy se acordó de que Barraclough había dicho que había habido varias denuncias de haber visto a un exhibicionista en el parque.

—¿Y qué quiere decir esto? —preguntó McCarthy, mirando el letrero.

—Nos dejamos notas unos a otros si le vemos por allí —explicó el chico—. Por las rutas de los repartos. Yo, por ejemplo, suelo coger el sendero que atraviesa los huertos, pero hoy, pues ya no iré por allí.

Así que era eso. McCarthy vio alejarse al muchacho. Era el sistema de alerta que habían organizado los repartidores de periódicos, un grupo de autoayuda para protegerse de una de las clases de tipos raros que merodeaban por aquel reducto verde en medio de la ciudad. Eso fue lo que vio Suzanne aquella mañana, lo que la puso alerta cuando Emma y Lucy desaparecieron. Si aquella nota no la hubiera obligado a acortar su paseo, ¿habría estado allí para ver pasar a Simon cuando venía de Shepherd Wheel?

Miró las copas de los árboles, que estaban cargadas de hojas y proyectaban profundas sombras por el sendero. Siguió andando y cruzó el puente para caminar por el estrecho canal donde desaguaba el conducto. Shepherd Wheel quedaba por encima de donde se encontraba en aquel momento, escondido entre los árboles. El tejado, mohoso, brillaba con los rayos de sol del atardecer. Las ventanas rotas quedaban ocultas tras las contraventanas. Estaba tranquilo y silencioso. McCarthy subió hasta la presa. La luz sobre el agua dejaba la superficie opaca, como si fuera de acero. Las hojas flotaban plácidas en la corriente, hacia el bocal por el que se desparramaba el agua sobrante que retornaba al río. Cuando McCarthy miró fijamente, la luz se desvaneció, y empezó a ver a través de la superficie, a ver las profundidades de un espejo marrón, oscuras y frías, y donde los peces formaban tenues sombras sobre el fondo de barro.

Había una última cosa a la que le seguía dando vueltas. La familia de Carolyn Reid. Su hermano Bryan, el hombre que había ejercido de padre autoritario y acosador, un alcohólico, un hombre que había perdido el contacto con su familia a causa de la bebida. No habían llegado a hablar con él porque no lo habían localizado. Pero, según dijo Suzanne, Ashley Reid sí lo encontró.

McCarthy recordó la cara del vagabundo, aquel hombre sin identificar al que habían golpeado y lacerado hasta la muerte, clavándole en la garganta una botella de whisky rota. Había muerto ahogándose en su propia sangre, como Emma.

Bryan Walker se había preocupado de su hermana. No llegó a ser capaz de apagar su ira en el hombre que la había abandonado y que, hasta donde él sabía, era el culpable de su enfermedad. En vez de eso, intentó aplacar la mala sangre en su hijo. Por fin McCarthy sabía ahora quién era aquel vagabundo sin nombre y lo que le había ocurrido.

Eran las siete cuando llegó a casa de Suzanne. Todavía quedaban restos del incendio. Ya habían arreglado la ventana que se rompió, pero la puerta seguía ennegrecida y desvencijada. Las hojas del durillo dulce se habían puesto mustias por las partes en que se habían roto las ramas. Se le habían caído las flores.

No sabía muy bien qué esperaba cuando ella abrió la puerta.

—Te he visto venir cuando subías por la calle —dijo ella, mientras los dos permanecían de pie en la habitación delantera, mirándose el uno al otro, en aquel primer momento de difícil silencio.

—¿Qué tal estás? —dijo él. Sonó más brusco de lo que pretendía.

—Estoy bien. Supongo que me pondré mejor —contestó ella, corrigiéndose—. ¿Y tú, qué tal? He estado muy preocupada por ti.

Él no quería seguir por ahí.

—¿Y Michael? ¿Está ya bien del todo?

McCarthy ya sabía que le habían dado el alta y que se estaba recuperando bien.

Suzanne asintió.

—Sí, ya ha vuelto a ir al colegio. Dave dice que lo más importante es volver a la normalidad lo antes posible. Está… Todavía le queda un poco, pero se recuperará —tomó aliento—. Es un niño con suerte. Dave es un buen padre.

McCarthy pensó en Joel Severini. Su abogado había conseguido que le concedieran la libertad bajo fianza alegando que la hija de su cliente necesitaba a su padre después del trauma que había sufrido. Se había fugado a las veinticuatro horas de haber salido de la cárcel. Suzanne le leyó el pensamiento.

—Lucy no necesita a Joel para nada —dijo ella—. Se merece algo mejor.

Tenía la cara seria, triste. Era obvio que estaba pensando en su propio hijo, pensando en que también él se merecía algo mejor. Tal vez tuviera razón. No debían seguir por ahí.

—¿Qué vas a hacer?

Hasta donde él sabía, ella estaba sin trabajo, y los últimos acontecimientos no le habrían sido de gran ayuda para que la readmitieran en el Centro Alfa.

Suzanne se encogió de hombros.

—Tengo unas cuantas semanas para pensarlo. Estoy de baja, y todavía me quedan unos meses de la subvención. No sé qué harán con una investigadora como yo. Puedo resultar útil; si me dejan, claro. De momento soy *persona non grata* —le sonrió, con expresión de arrepentimiento—. También para ellos. Pero estoy buscando trabajo. Cuando empecé la investigación, creía que iba a hacer algo útil al trabajar con jóvenes delincuentes. Pero me he dado cuenta de que no puedo. Me toca muy de cerca, demasiado personal. Tengo que alejarme de eso.

Así que, por lo menos, se había dado cuenta de eso. McCarthy apoyó el hombro en la repisa de la chimenea y se quedó mirándola asomada a la ventana. Aunque los signos más llamativos del incendio ya no estaban, seguía habiendo muchos recordatorios de lo que había ocurrido. ¿Era ella capaz de sentarse en aquella habitación y no acordarse de la noche en la que estuvo a punto de morir asfixiada por el humo? ¿Había algún lugar en aquella casa que no le hiciera acordarse de Ashley Reid, el joven desesperado y traumatizado al que ella había intentado ayudar, aunque de forma equivocada? La casa estaba plagada de malos recuerdos. Se preguntó si ella pensaba quedarse.

—¿Qué tipo de trabajo?

Suzanne se apartó de la ventana, fue al centro de la habitación y se quedó de pie, frente a él.

—Cualquier cosa. Algo que me mantenga activa hasta que tenga tiempo para pensar. Puede que presente una solicitud para entrar en el cuerpo de policía. —Le miró con cara de póquer, y se empezó a reír al ver la cara de espanto que puso él sin poder evitarlo.

Con las carcajadas se le llenaron los ojos de lágrimas y se los limpió con impaciencia. Los dos intentaban mantener el equilibrio al borde de unas emociones que les costaba muchísimo trabajo controlar. Había llegado el momento de dejar de hablar. Mejor actuar. McCarthy miró la hora. Eran las siete y media.

—¿Has comido? —preguntó él. Ella negó con la cabeza—. Podríamos ir a uno de esos restaurantes que hay al final de la calle.

Suzanne le miró a los ojos.

—¿Y qué hay de malo en llamar para que nos traigan una pizza? Eso sí, sin piña.

Todavía les quedaban muchas cosas por hablar. El futuro resultaba, en cualquier caso, una posibilidad remota, algo demasiado lejano para tratar de comprenderlo, pero el aquí y ahora era real. Siguió mirándola mientras se ponía erguido. Ella le miraba con la barbilla levantada, como si intentara entender lo que significaba la expresión de su rostro, disimulando así la inseguridad en el suyo. McCarthy se fijó en que aún se le notaba una marca en el labio, de la herida ya curada. Se la tocó con suavidad, sonriendo.

—Bien —dijo—, me parece bien, pero dentro de una hora o así.

Catherine Walker estaba buscando su jardín. Llevaba mucho tiempo sin hacer nada en el jardín y, en aquel momento, no encontraba el camino. La ventana, el césped, todo le resultaba extraño.

—¿Dónde está mi jardín? —le preguntó a una mujer a la que no conocía. *¿Qué está haciendo usted en mi casa?*

—¿Te pongo ya el té, Catherine?

¿O estaba soñando? Miró por la ventana. Era su jardín, y los niños estaban jugando. Ya pronto iba a ser la hora de darles el té. Intentó levantarse de la silla, pero por alguna extraña razón no pudo, y luego no reconocía la habitación, estaba todo cambiado, con aquellas sillas y la gente en filas y... La televisión tendría que estar ahí... Y no estaba. Y la mesa de debajo de la ventana había desaparecido, y la ventana era de... Todo estaba cambiado. Intentó levantarse de la butaca empujando su cuerpo hacia delante.

—No te levantes ahora, Catherine, que vamos a servir el té dentro de un ratito.

Una voz a gritos y una mano que la empujó hacia atrás en la butaca, de modo que todos sus esfuerzos por levantarse resultaron baldíos, y Catherine tuvo ganas de llorar, por la frustración y el miedo. *¿Dónde estoy?*

Los niños. Volvió a mirar. Todo estaba tranquilo, seguían jugando en el jardín, de rodillas sobre el césped que hacía un momento le había parecido un aparcamiento, pero porque debía de haber tenido uno de esos sueños que tenía ella. Se lo tenía que contar a Carolyn, a ella le iba a gustar mucho saberlo. *Simon está contento.*

Pero la silla, no lograba levantarse de la silla, y Simon estaba en el jardín con otro niño. Los niños se burlaban de él y lo atormentaban. Ella tenía que salir y ver qué hacían. Se agarró a los brazos de la butaca y empezó otra vez a tirar de su cuerpo para levantarse. La televisión, la puerta y la ventana estaban otra vez en su sitio. Debía de haber sido uno de esos sueños que tenía. Y fue hasta la ventana, y empezaba a oscurecer. Iría a abrir la ventana y los llamaría desde allí, a los dos niños que estaba viendo en ese momento, dos chicos de cabello oscuro y caras serias. Se parecían tanto que le costaba trabajo distinguirlos. *¡Te has hecho un amiguito, Simon!* Abrió la puerta y notó al salir el aire fresco de la noche, pero se oían voces, y un ruido de cubiertos y platos, y le costaba mucho trabajo avanzar.

—¿Para qué te has levantado, Catherine?

—¿Simon? —dijo la anciana.

Otros títulos en Umbriel Editores

Los ojos de diamante

En vísperas de la celebración del centenario de su fundación, el «Club de los Colonizadores» atraviesa por momentos difíciles. La venerable y achacosa institución, ubicada en el elegante Gramercy Park neoyorquino se ha visto afectada por una serie de sucesos tan misteriosos como siniestros: entre ellos las repentinas muertes de dos de sus miembros más antiguos, acompañadas por la desaparición de una valiosa colección de diamantes que habían prometido donar al club para evitar que cerrara sus puertas.

¿ Quién mejor que Regan Reilly, la inteligente y desenfadada detective privada, que asiste en Nueva York a una convención de escritores de novela negra, podría dilucidar el enigma de las sospechosas muertes y los diamantes desparecidos?

« Como otros grandes escritores de novelas policíacas, de Arthur Conan Doyle a Agatha Christie y Dorothy Sayers, el estilo de Carol Higgins Clark es elegante, claro y conciso. Los personajes que crea son ingeniosos y cautivadores y la trama y el ritmo de sus novelas alcanzan la perfección. Los ojos de diamante combina lo mejor de la novela negra clásica con la chispa y el pulso de un thriller contemporáneo.»

Nelson de Mille

Hacia algún lugar

Ésta es la historia del paso –difícil, tortuoso– de una adolescente a la madurez y al descubrimiento de su auténtica personalidad. Es el viaje de Taylor Jessup –tozuda, orgullosa, solitaria, honesta– hacia su propio lugar en el mundo.

Taylor no lo tiene fácil. Para empezar, es demasiado alta y atlética. Y es rara: no le gusta ponerse bikini ni asistir a los bailes de fin de curso, y se hace preguntas sobre la muerte. Además, proviene de una familia disfuncional, "el tipo de familia que tiene ratas en el lavabo"; una madre alcoholizada, un padre espiritualmente ausente. ¿Qué puede hacer Taylor con las piezas que le han tocado en suerte? ¿Qué partes debe conservar, cuáles debe desechar?

Porque esto es lo más importante: saber qué elementos merecen ser restaurados y cuáles es preciso arrojar a la basura. Una lección esencial que Taylor aprende de Joe, el viejo carpintero que le enseñará a restaurar muebles, a distinguir lo esencial de lo accesorio, a saber qué tipo de madera puede doblarse y cuál se quiebra sin remedio.

La primera detective de Botsuana

En Botswana nunca había habido una mujer detective... hasta el día en que Mma Ramotswe decide abrir su pequeña oficina al pie del monte Kgale, cerca del desierto de Kalahari. Le basta con unas sillas, dos mesas, un teléfono y una secretaria... además de unas tazas para invitar a los clientes a tomar el té. ¿Qué otra cosa se requiere para resolver misterios? Al fin y al cabo, ¿no se han dedicado siempre las mujeres a escuchar y a intentar solucionar los problemas de los demás frente a una taza de té?

Mma Ramotswe no es una irónica intelectual ni una aguerrida ex policía, sino una mujer alegre y rolliza, cargada de sentido común y con un firme deseo de ayudar al prójimo. En su opinión, muchas personas no saben distinguir el bien del mal, y hay que enseñarles la diferencia. Huérfana, superviviente de un matrimonio infernal y madre por sólo cinco días, esta Miss Marple africana sabe reconocer el dolor ajeno, y quiere contribuir a aliviarlo. Sus métodos son tal vez poco ortodoxos, pero también lo son sus casos, así como sus atribulados clientes.

En un rayo de luz

Cinco años después de haberse escapado de una institución para en-
fermos mentales, el ente conocido como Prot está de vuelta . Ahora, a
lo largo de dieciséis sesiones con el psiquiatra Gene Brewer, Prot reve-
la que ha vuelto para llevarse consigo a unos pocos elegidos a K-PAX,
el planeta de donde procede.

K-PAX es un planeta idílico libre del sufrimiento que existe en
la Tierra. Prot tiene ideas radicales sobre cómo curar ese sufrimiento
y sus planteamientos le han convertido en una celebridad. Ahora le
giones de personas anhelan seguir sus pasos.

Pero sus ideas no son nuevas para el doctor Brewer. Cinco a
atrás había descubierto a otra persona arraigada profundamente
personalidad de Prot: Robert Porter de Montana. El misterio
enfermedad de Robert y de los orígenes de Prot subyacen den
su psique trastornada. Ahora el doctor Brewer tiene que batall
tra el reloj para desentrañar los secretos del traumático pasad
bert y no sólo salvar a su paciente sino también a la humani

A la sombra del ombú

En la inmensidad absoluta de la pampa argentina, la silueta del ombú se yergue como un peregrino errante, sabio y orgulloso. Sus raíces se funden y expanden sobre la tierra como si buscaran aferrarse eternamente y declararle a todos que no existe ningún otro lugar en el mundo para ellas. Su grueso tronco acoge con delicadeza el juego de los niños. La serena sombra de su follaje invita al canto de los gauchos y, por supuesto, a la reflexión sobre la naturaleza, el paso de los días y el siempre incierto destino.

Para muchos, es un árbol mágico. Pero como todas las cosas maravillosas de este universo, su verdadera magia no radica tanto en lo evidente, como en lo que los ojos y el corazón de algunos privilegiados son capaces de percibir oculto tras la apariencia. Aquel era el caso de Sofía Solanas de O'Dwyer, quien desde pequeña tuvo perfecta conciencia de este hecho. A la protectora figura del ombú había confiado sus sueños infantiles, sus primeros deseos, el comienzo de su gran amor y, lamentablemente, también el inicio de su particular tragedia.

Hija de un hacendado argentino y una católica irlandesa, Sofía jamás pensó en que habría un momento que tendría que abandonar los campos de Santa Catalina. O quizás, simplemente, ante tanta ilusión y belleza, nunca pudo imaginar que su fuerte carácter la llevaría a cometer los errores más grandes de su vida.

Gramercy Park

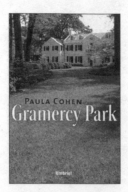

Pocos hechos pueden conmover tanto a una comunidad como la muerte de uno de sus personajes más selectos. Y si a este acontecimiento se le añade una herencia de miles de dólares, el asunto difícilmente deja a nadie indiferente. Por ello, resultó inevitable que la muerte de Henry Ogden Slade se convirtiera en la comidilla de la flor y nata neoyorquina. Un verdadero corrillo de murmuraciones que ya venía persiguiendo al viejo multimillonario, especialmente, durante sus últimos años de vida.

El motivo era simple. Tan sólo cuatro años antes de fallecer, Slade había decidido acoger, recluir y educar como a una hija, en su fastuosa mansión de Gramercy Park, a Clara Adler: una joven judía, cuya presencia dentro de la alta sociedad de Manhattan jamás había terminado de ser comprendida. Y menos ahora, cuando el testamento de su tutor la ha dejado en la más absoluta miseria.

Condenada al olvido, la desafortunada Clara habría desaparecido de las conversaciones en tan sólo un par de meses, de no ser por la aparición de Mario Alfieri… el tenor más famoso de Italia y de todo el planeta. En busca de un retiro y de una casa lujosa donde poder descansar, el gran artista europeo llega hasta Gramercy Park con la esperanza de encontrar su refugio.

Visite nuestra web en:

www.umbrieleditores.com

Un rastro del pasado

La vida personal y profesional de la detective Kate Martinelli es un caos absoluto: Lee ha decidido darse un tiempo para reflexionar sobre su relación y ha abandonado San Francisco dejándola sola; los compañeros de Kate del departamento de homicidios parecen haberse puesto de acuerdo para hacerle el vacío y, para colmo, Jules Cameron, la nueva hijastra de Al Hawkin ha decidido elegirla para resolver la desaparición de un niño sin techo de quien sólo conoce el sobrenombre: Dio.

Kate no se siente con ánimos de jugar a detectives con una niña, pero desde siempre ha sentido una especial simpatía por Jules, cuya precocidad salta a la vista . Así que, en parte, buscando algún entretenimiento que le ayude a sobrellevar la escapada de Lee y, en parte, deseando cumplir con las expectativas que ha creado en su joven amiga, emprende la búsqueda de Dio. Sin embargo, la aventura pronto desemboca en una investigación mucho más peligrosa. Y Kate ya no está en condiciones de garantizar a Jules que su amigo no haya sufrido algún daño, ni siquiera de garantizar que Jules no vaya a ser la próxima víctima.